dtv

Irgendwo zwischen Mittelschweden und Lappland ist Torsten Brettschneiders Angebetete Linda verschwunden! Und ausgerechnet er soll sie nun aufspüren. Klingt nach einem wildromantischen Spaziergang durch schwedische Wälder? Na ja, so ähnlich. Immerhin muss Torsten nicht alleine los: Sein etwas in die Jahre gekommener VW-Bus Lasse und sein fisselbärtiger Kumpel Rainer begleiten ihn.
Wäre da nicht diese Asen-Sekte, in deren Fänge Torsten und Rainer unterwegs geraten, hätte auch alles irgendwie wildromantisch sein können. Aber nichts da. Die Mitglieder der Sekte haben eine Vollmeise: Sie sind davon überzeugt, die Reinkarnationen nordischer Götter zu sein ...
Lasset die Motorschlitten starten und den Wahnsinnstrip durch die eisige Tundra Lapplands beginnen!

Lars Simon ist Jahrgang '68 (das erklärt vielleicht einiges, aber nicht alles) und hat nach seinem Studium lange Jahre als Marketingleiter einer IT-Firma gearbeitet, bevor er als Touristen-Holzhaus-Handwerker mit seiner Familie mehr als sechs Jahre in Schweden verbrachte. Heute lebt er in der Nähe von Frankfurt am Main.

Lars Simon

Rentierköttel

Roman

dtv

**Ausführliche Informationen über
unsere Autoren und Bücher
www.dtv.de**

Von Lars Simon
sind bei dtv außerdem erschienen:
Elchscheiße (21508)
Kaimankacke (21554)

*Ab Seite 357 finden sich ein kleines Schwedisch-
und ein kleines Samisch-Kompendium.
Und auf Seite 365 gibt's die ultimativen
Musiktipps von Lars Simon.*

Originalausgabe 2015
© 2015 dtv Verlagsgesellschaft mbH & Co. KG, München
Dieses Werk wurde vermittelt durch die Literarische Agentur
Thomas Schlück GmbH, Garbsen
Umschlagkonzept: Balk & Brumshagen
Karte im Innenteil: Annemarie Otten
Satz: Greiner & Reichel, Köln
Gesetzt aus der Sabon 10/12,75
Druck und Bindung: Druckerei C.H.Beck, Nördlingen
Gedruckt auf säurefreiem, chlorfrei gebleichtem Papier
Printed in Germany · ISBN 978-3-423-21609-8

boazu [poazu] – **Ren(tier)** *n*; Substantiv, neutral – Gehörntes oder geweihtragendes, in den Polargebieten lebendes, zu den Hirschen gehörendes großes Säugetier mit dichtem, dunkel- bis graubraunem, im Winter hellerem Fell und starkem, unregelmäßig verzweigtem, an den Enden oft schaufelförmigem Geweih. Es ist das einzige seiner Art (Hirsch), das domestiziert wurde.

bajkka [bai'ka] – **Köttel** (frei übers.) *m*; Substantiv, maskulin – Verniedlichend gemeinte, umgangssprachliche Ableitung des Stammwortes *Kot*; kleiner, zumeist kugelförmiger Mistklumpen; tritt oft haufenweise auf. Fachbegrifflich (Jagd) als Losung bezeichnet.

bajkka boazu [bai'ka poazu] – **Ren(tier)köttel** *m*; Substantiv, maskulin – 1. Ausscheidungen eines gehörnten oder geweihtragenden und in den Polargebieten lebenden, zu den Hirschen gehörenden großen Säugetiers, die meist haufenweise vorkommen (unabhängig davon, ob das Exemplar, das obige Ausscheidungen produziert hat, domestiziert wurde oder nicht, macht es echt keinen Spaß, davon den ganzen Kofferraum vollzuhaben); 2. Vermutlich der Gehirninhalt von Menschen, die ernsthaft glauben, in Kürze und in anderer Gestalt als gewaltiges Nordgöttergeschlecht auf die Erde zurückkehren zu können.

WAS BISHER GESCHAH

Torsten Brettschneider ist Mitte dreißig und führte bis vor kurzem ein durchschnittliches Leben in Frankfurt a. M. Sein Job befriedigte ihn genauso wenig wie seine kriselnde Beziehung, was er durch eine Ur-Mann-Therapie vergeblich in den Griff zu bekommen versuchte.

Als er völlig überraschend den Bauernhof seiner Großtante Lillemor im mittelschwedischen Kaff Gödseltorp erbt, beschließt er, sein Leben grundlegend zu ändern: Er kündigt seinen Job und zieht ins Land der Elche, um Schriftsteller zu werden. Leider entwickelt sich seine Vision zum Albtraum. Die gute Nachricht: Alle Beteiligten überleben diese *Elchscheiße* irgendwie.

Dann lässt er sich aufgrund einer Schreibblockade gleich zu Beginn seines zweiten Romans und einer nicht wirklich existenten, dafür aber bereits kriselnden Beziehung zu Linda Pettersson, der Pfarrerstochter aus Gödseltorp, von seinem Vater breitschlagen, ihm und der ganzen Irrsinnstruppe nach Costa Rica in einen ausgedehnten Cluburlaub zu folgen. Alles, was Torsten sich davon erhofft, ist Erholung, Entspannung und Ruhe, doch die Ferien enden in einem einzigen Chaos, dem er und seine Freunde nur knapp entrinnen können. Was für eine *Kaimankacke*!

Zurück in Schweden, beschließt Torsten, in der lieblichen Landschaft Dalarna ein zweites Zuhause zu erwerben, während Rainer einen Kulturintegrationskurs in

Nordschweden besucht. Alles könnte so besinnlich und nett sein, wäre da nicht die Tatsache, dass Torsten sein Herz offenbar dauerhaft an Linda verschenkt hat, die selbst nicht so ganz zu wissen scheint, was sie will, und deshalb zwecks Selbstfindung nach Lappland abgezischt ist (was halb so schlimm wäre, würde da nicht auch noch ihr doofer Exfreund »Kultur-Olle« wohnen). Vielleicht wäre Torsten schon geholfen, wenn das Haus, das er in Leksand gekauft hat, besser in Schuss wäre oder wenn Rainer andere Klamotten trüge. Was aber bestimmt gar nicht hilft, ist ein Haufen Irrer, die sich anscheinend für die Nachfahren nordischer Götter halten ...

Am Ende des Buches finden sich nicht nur diverse kleine Sprachkompendien, sondern auch eine Liste mit ultimativen Musiktipps für einen noch höheren Genuss dieser Lektüre durch atmosphärische Untermalung.

Ja dal: Buorre mátki!

ETT

Zufrieden stand ich im Garten meines neuen Häuschens und stemmte die Hände in die Hüften, um zu demonstrieren, dass ich für die anstehenden Renovierungsarbeiten bereit war und dass sich diese Hütte gar nicht einzubilden brauchte, weiter ungehindert vor sich hin zu patinieren. Ich hatte darin gearbeitet und gewohnt, weit länger als jeder Durchschnittsferiengast, und dann hatte es der Zufall gewollt, dass die Besitzer es verkaufen wollten.

Ich besaß jetzt also ein Haus.

In Mittelschweden.

Ganz in der Nähe von Leksand, und das war eigentlich eine ziemlich lässige Sache: weit genug von meinem ehemaligen Bauernhof in Gödseltorp entfernt, um den nötigen Sicherheitsabstand zu gewährleisten, und doch – ein schönes Fleckchen Erde. Dieser an und für sich feierliche Augenblick wurde leider ein wenig getrübt, weil es gerade begann, kalt und unangenehm vom dunkelgrauen Novemberhimmel zu nieseln.

»Sie haben eine Superentscheidung getroffen, Herr Brettschneider«, hatte mich Christer Holm überschwänglich gelobt, nachdem wir in seinem emotionslos eingerichteten und mit Aktenstapeln überhäuften Büro den Papierkram erledigt hatten. »Ein Superpreis für ein Superhäuschen mit viel Potenzial!«, hatte er gerufen und mir voller Maklerelan die Hand über den Schreibtisch entgegengestreckt. Sein wahrscheinlich international zertifiziertes Maklergrinsen vermittelte mir das Gefühl, das ein Einbeiniger ohne Sprachkenntnisse und Schulabschluss empfinden muss, der soeben für einen Stundenlohn von tausend Euro als Parkwächter mit einer Wochenarbeitszeit von zehn Stunden und mit Rentengarantie lebenslang angestellt worden ist.

Ich schlug, nicht restlos überzeugt, in die mir dargebotene Hand ein, denn ich war mir sehr wohl bewusst, dass die Formulierung »viel Potenzial« aus dem Munde eines Immobilienmaklers gleichbedeutend mit »viel Umsatz für viele Handwerker« war, und wer die bezahlen würde, war ja klar. Ich. Aber ich mochte dieses Haus, und neben der Wohnlage, so musste ich mir insgeheim eingestehen, gab es einen weiteren Grund, weshalb ich vielleicht nicht ganz so gründlich jeden Meter Heizungsrohr und jeden Quadratzentimeter Fassade begutachtet hatte ...

Das Leben schreibt die seltsamsten Drehbücher, und meistens hilft ihm dabei mindestens eine Frau – wenigstens war das bei mir immer so gewesen. In diesem Fall hieß diese Frau Linda, hatte lange goldblonde Haare und ein zauberhaftes Elfenlächeln. Wahrscheinlich hätte ich nie so viel Zeit in Schweden und schon gar nicht in diesem Häuschen zugebracht, wenn sie nicht gewesen wäre, und mit Sicherheit wäre mir nie in den Sinn gekommen, genau dieses Ferienhaus zu erwerben, wenn Linda nicht ganz in der Nähe gewohnt hätte.

»Uiuiui, da muss aber einiges gemacht werden«, orakelte eine Stimme hinter mir, und ich fuhr erschrocken herum. Wohl aufgrund des aufgekommenen Windes, der die spätherbstlichen Wolkentränen mittlerweile in fast horizontalen Bindfäden über das Gelände trieb, hatte ich den Mann nicht kommen hören. In meiner Einfahrt hatte er seinen etwas in die Jahre gekommenen Firmenwagen geparkt, auf dessen verbeulter Schiebetür das Versprechen prangte, er könne so ziemlich alle Tätigkeiten rund um Hausrenovierung und Gebäudeinstandsetzung in höchster Qualität durchführen, und das obendrein in dritter Generation.

»*Hej!* Sie sind Herr Johansson?«

»Ja. Wir haben telefoniert.«

»Fein!« Ich begrüßte ihn mit Handschlag und führte ihn ums Haus. Viel zu erklären brauchte ich nicht, denn Johansson hatte Stift und Block gezückt, murmelte beständig, aber unverständlich vor sich hin, setzte seine Brille auf und ab und machte sich eifrig Notizen. Vielleicht etwas zu viele? War meine neu erworbene Immobilie doch in einem noch schlechteren Zustand, als es die Exeigentümer und Makler Holm unisono versprochen hatten? Oder schrieb sich Johansson Hinweise ins Büchlein wie: *Der Typ sieht aus, als habe er absolut keine Ahnung von Umbauten. Da geht bestimmt auch noch ein neues Dach!* oder *Die Fenster sind eigentlich noch gut, aber der Kerl hat bestimmt Geld!*

Vielleicht war es aber auch einfach unfair von mir, so etwas anzunehmen, bloß weil er Handwerker war und offensichtlich dringend einen neuen Firmenwagen brauchte.

Unabhängig davon wurde der Regen plötzlich intensiver, und das ohnehin schwache Tageslicht verflüchtigte sich fast zur Gänze.

»Und, Herr Brettschneider, wollen Sie jetzt permanent hier wohnen?«, fragte Johansson und hob schnaufend sein Doppelkinn über den Kunstfellkragen seiner in allen Ölfarbtönen bekleckerten Arbeitsjacke.

Ich schüttelte den Kopf und versuchte, mir gleichzeitig die Kapuze überzuziehen. »Na ja, das hatte ich eigentlich nicht vor, aber immer ein paar Monate am Stück bestimmt. Ich komme ja aus Frankfurt ...«

»Deutschland!«

»Richtig«, fuhr ich fort, »und da habe ich eigentlich noch eine Wohnung ...«

Ich bereute das sofort. Johansson machte sich umgehend eine kurze Notiz. Wahrscheinlich: *Der Typ hat WIRKLICH Geld! Und wenn nicht, soll er halt seine blöde Wohnung in Deutschland verkloppen. Angeber!*

»Ihr Schwedisch ist ziemlich gut«, lobte er mich. »Das hat auch schon mein Schwager gesagt.«

Ich hatte die Kapuze endlich auf dem Kopf und zurrte sie fest. Ich nahm an, dass ich jetzt dämlich aussah, aber dafür war es trockener. »Danke. Meine Mutter war Schwedin, und ich habe jetzt wieder einige Monate hier verbracht. Wer ist denn Ihr Schwager?«

»Christer Holm.«

»Herr Holm ist Ihr Schwager?«

»Die Fenster müssten mal gemacht werden.«

»Die sehen doch eigentlich noch ganz gut aus«, merkte ich vorsichtig an und sah plötzlich Makler Holm und Handwerker Johansson vor mir, wie sie mit ihren Familien einen exklusiven Stranduralub machten, den *ich* bezahlt hatte.

»Auf den ersten Blick vielleicht, aber denken Sie an die Heizkosten ... Ich wollte es nur gesagt haben«, setzte Johansson nach.

»Dann schreiben Sie die mit aufs Angebot.«

Johansson notierte schätzungsweise Anzahl und Art der Fenster und den Kommentar: *Ein Geizkragen und Klugscheißer ist er auch noch!*

Nachdem wir das Innere meines Ferienhauses in Augenschein genommen und sich Johansson zu allem etwas in sein ominöses Buch geschrieben hatte, bot ich ihm einen Kaffee an. Das macht man so, und außerdem war ich müde. Wir setzten uns in die Küche, von wo aus man normalerweise einen schönen Blick über den Garten und die angrenzenden Wiesen hatte. Sie wurden am Horizont von einem Waldsaum begrenzt, an dem eine wenig befahrene Landstraße vorbeiführte. Heute allerdings nicht. Also, die Landstraße war natürlich noch da, zumindest nahm ich das an, aber man sah weder sie noch irgendetwas Schönes, weil es wie aus Kübeln schüttete und immer düsterer wurde.

»Für November noch ganz gut, das Wetter«, merkte Johansson doppelkinnnickend an. »Also, ich schicke Ihnen das Angebot bis Freitag. Wäre gut, wenn Sie sich schnell entscheiden könnten, denn dann würden wir schon nächste Woche mit den Außenarbeiten beginnen. Wenn erst mal Dauerfrost herrscht und der Schnee liegen bleibt, können Sie das vergessen.« Johansson hatte sich die beschlagene Brille auf den Kopf hochgeschoben, schlürfte am Kaffee und biss in einen der *kanelbullar*, die ich heute Morgen vom ICA-Supermarkt mitgebracht hatte. Seine gerötete Stirnglatze glänzte.

»Wenn der Preis stimmt, bekommen Sie schnell einen Auftrag«, merkte ich an.

»Wir sind die besten hier«, entgegnete Johansson trocken.

»Da habe ich ja mächtig Glück gehabt«, gab ich zurück, »der Preis muss aber trotzdem stimmen. Noch Kaffee?«

Johansson schüttelte den Kopf und erhob sich. »*Nej, tack!*«

Ich begleitete ihn zur Tür, wir schüttelten die Hände, dann sah ich ihm hinterher, wie er mit seinem klapprigen

Firmenwagen in der Einfahrt wendete, den Kiesweg davontuckerte, auf die unsichtbare Landstraße abbog und im Regenvorhang verschwand.

Ich ging zurück, schenkte mir Kaffee nach und ließ meinen Blick über die floralen Siebzigerjahremuster der Tapete schweifen. Ich war froh, dass die bald wegkam. Ganz sicher, womit ich stattdessen die Wand verzieren wollte, war ich noch nicht, aber es musste etwas weniger Psychedelisches her, wahrscheinlich ein einfacher Farbton, vielleicht ein fröhliches Maigrün? Gerade bei tristem Novemberwetter wäre das ein angenehmer Kontrast zum Grau draußen.

Ich hatte meine Gedanken noch nicht zu Ende gebracht, da klingelte das Telefon.

TVÅ

»Brettschneider?«

»Hier auch!«

»Ah, Papa, du bist es! Wie geht es euch?«

»Gut so weit. Gesund und wohlauf. Unseren Dschungelurlaub habe ich inzwischen verdaut. Renate ist gerade auf einer Esoterikmesse. Könnte schlimmer sein.«

»Freut mich. Ich hab das Haus gekauft.«

»Was? Welches Haus?«

»Na, das, in dem ich schon die ganze Zeit wohne. Das kleine Ferienhaus.«

Mein Vater schwieg einen Moment. »Du lässt aber auch gar nichts im Leben aus, oder? Was hat dich denn da geritten? Soweit ich mich erinnere, war diese Hütte nicht im allerbesten Zustand, oder?«

»Es ist ein charmantes Häuschen, und gegen den Kauf eines Ferienhauses in Schweden ist doch wohl nichts einzuwenden ...«

»Ich finde, es gibt eine ganze Menge dagegen einzuwenden, aber jeder, wie er mag.« Er zögerte, dann fragte er: »Es ist wegen Linda, oder?«

Jetzt schwieg ich einen Moment. »Ich mag eben das Land und die Leute«, antwortete ich ausweichend.

»Hast du etwas von ihr gehört?«

»Vor einer guten Woche habe ich eine Karte von ihr bekommen.«

»Und?«

»Sie hat mir geschrieben, dass es ihr gutgeht. Das Kulturprojekt von Olle läuft anscheinend prima, obwohl sie da jetzt offenbar nicht mehr mitmacht und noch etwas Zeit für sich benötigt. Und sie will wiederkommen, sobald das Projekt abgeschlossen ist.«

»Soso ...«

»Was ist?«

Ich sah meinen Vater förmlich mit den Augen rollen. »Wenn ich mich recht entsinne, ist dieser Olle Lindas Exfreund, nicht wahr?«

»Ja, aber das ist doch schon Jahre her, außerdem geht es mich ja theoretisch gar nichts an. Wir sind ja nicht einmal zusammen, nur befreundet.«

»Und genau das werdet ihr bleiben, weil du da nicht richtig Gas gibst, Junge! Da kannst du meinetwegen alle Drecksbuden in der Gegend kaufen, das wird auch nichts daran ändern.«

»Was hätte ich denn machen sollen, Papa? Sie etwa an den Haaren schnappen und Prügel androhen, wenn sie mich nicht nimmt und stattdessen zu diesem Kulturheini nach Lappland fährt?«

»Wäre ausnahmsweise mal eine männliche Reaktion gewesen«, sagte mein Vater unverblümt. »Aber ein marodes Haus in Schweden zu kaufen und zu warten, bis diese Frau vielleicht wiederkommt, um dir dann zu sagen, dass das alles nichts wird, ist natürlich ein gut durchdachter Alternativplan.«

Nur meine Erziehung hinderte mich am Brüllen und Auflegen.

»Wolltest du nicht sowieso da hochfahren?«, hakte mein Vater nach. »Wegen Rainer?«

»Ja, wollte ich, aber ich habe mit ihm telefoniert. Wir brauchen uns da keine Sorgen mehr zu machen. Dem geht's prima. Er hat sich zwar beklagt, dass sein Intensivkurs gar nicht so urkulturell sei, wie er angenommen hat, aber immerhin lernt er etwas Schwedisch, und das Ganze geht noch gut einen Monat. Außerdem kann ich hier nicht weg. Nächste Woche kommen die Handwerker und fangen mit der Renovierung an.«

»Na dann ist ja alles in bester Ordnung. Die Frau deiner Träume ist bei ihrem Exgeliebten, Rainer lernt Schwedisch in Lappland, und du versenkst Geld in eine Drecksbude, die keiner braucht. Wird das wenigstens bis Weihnachten fertig? Ich habe nämlich keine Lust, unseren Festtagsbraten am Tapeziertisch und auf einem Stapel Bierkisten zu essen.«

»Ach, das wird schon.«

»Du weißt, ich bin Frührentner, und Renate hat auch Zeit. Wir kommen gerne und helfen dir.«

»Nein, nein, das ist nicht nötig!«, wiegelte ich hastig ab.

Nicht, dass ich meinen Vater nicht gemocht hätte, und Renate war ebenfalls eigentlich schwer in Ordnung (auch wenn sie zugegebenermaßen noch eigentümlicher war als mein alter Herr), aber immer wenn mein Vater mir in der jüngsten Vergangenheit hatte helfen wollen oder davon überzeugt gewesen war, dass ich zwingend Unterstützung benötigte, hatte es im Chaos geendet. Mein Vater und Rainer waren das Duo infernale schlechthin. Auch wenn sie ansonsten nicht gegensätzlicher hätten sein können, ergänzten sie sich in diesem Punkt ganz prächtig. Ich war nicht unglücklich darüber, beide eine Zeit lang etwas weiter weg und voneinander getrennt zu wissen.

»Kommt ihr mal schön am 22. Dezember und bleibt über Silvester. Bis dahin habe ich das alles hier geregelt.«

Mein Vater schien nachzudenken. »*Du* regelst das? Na

gut, wenn du meinst. Aber, wie gesagt, ich glaube ja nach wie vor, dass du unsere Hilfe gut gebrauchen …«

»Ich weiß, dass du das glaubst, Papa. Danke für das überaus freundliche Angebot und dein grenzenloses Vertrauen, aber: Nein! Grüß mir Renate. Mach's gut.«

»Wie du meinst. Drecksbude. Tschüs!«

Ich beendete das Telefonat mit gemischten Gefühlen. Schön, dass es meinem Vater und Renate gut ging. Schön, dass sie vorerst blieben, wo sie waren, in Frankfurt nämlich. Aber: Mist! Jetzt musste ich wieder an Linda denken. Ich kramte ihre Postkarte hervor.

Hej, Torsten!
Mir geht es so weit gut, und das Projekt von Olle geht voran, auch wenn ich mich da wahrscheinlich mittelfristig ausklinken werde. Olle ist seltsam geworden, und irgendwie habe ich den Verdacht, dass das Projekt nicht das ist, wonach er es aussehen lässt. Ich erkläre Dir dann alles, aber ich brauche danach einfach mal Zeit für mich. Dann komme ich wieder. Versprochen.
Ganz herzliche Grüße
Linda

Abgestempelt am 20. Oktober in Jokkmokk, Lappland. Ich wusste ganz genau, wo das lag, denn natürlich hatte ich gleich im Internet nachgeschaut. Ein bisschen kindisch, so als würde mir das Linda näherbringen.

Etwas an dieser Karte kam mir allerdings seltsam vor. Der Stil passt einfach nicht zu Linda, denn auch wenn wir – aus meiner Perspektive bedauerlicherweise – nur Freunde und kein Paar waren, hätte sie niemals dermaßen komische Sachen geschrieben. Dazu kannten wir uns einfach zu lange, und schließlich hatten wir zusammen schon eine bewegte Geschichte in Gödseltorp durchgemacht. Das klang alles viel zu nüchtern und sachlich. Und warum redete sie nicht mit mir, sondern stellte einfach ihr Handy ab?

Das war schon ziemlich seltsam. Aber war es seltsam genug, um hier alles stehen und liegen zu lassen und nach Lappland zu reisen? Womöglich würde ich Linda dabei ertappen, wie sie mit Kultur-Olle, einem furchtbar selbstverliebt dreinblickenden Mann mit grauen Schläfen, Seidenschal und Retro-Designerbrille aus schwarzem Horn (ich kannte nur ein älteres Foto von ihm, das ihn auf irgendeiner Vernissage in Stockholm zeigte und das ich mal bei Linda gesehen hatte), händchenhaltend durch die Jokkmokker Innenstadt flanierte. Sie würde mich entdecken und Kultur-Olle flüsternd von mir erzählen, und der würde bei meinem Anblick so höhnisch-überlegen grinsen wie eine Deutsche Dogge, die von einem Chihuahua angeknurrt wird, woraufhin Linda sich beschämt abwenden würde. Und ich würde mir wünschen, dass mich der Erdboden verschlingen möge.

Nein, so ging das nicht! Vielleicht schrieb sie ihre Postkarten ja generell in diesem Stil? Ich kannte nur diese eine von ihr und hatte deswegen keinen Vergleich. Wahrscheinlich hatte mein Vater wie so oft recht, und Linda blieb am Ende bei Olle und mir bliebe als Erinnerung nur diese eine Postkarte. Und eine Drecksbude in Mittelschweden mit dem dazugehörigen Haufen Handwerkerrechnungen.

Gut, aber das Haus hatte ich jetzt nun mal – Linda hin, Olle her –, und ich hatte vor, das Projekt zu Ende zu bringen. Ein echter Mann muss einen Sohn zeugen, einen Baum pflanzen und ein Haus bauen. Kinder hatte ich noch keine gezeugt (falls doch, kannte ich sie nicht), und Setzlinge bekam man zur Not beim Gartenmarkt an der Ecke. Die beiden ersten Aufgaben schienen mir, theoretisch wenigstens, im Bedarfsfall verhältnismäßig zeitnah leistbar zu sein. Das Haus hingegen wirkte auf mich wie der aufwändigste Punkt dieser männlichen Lebens-To-Do-Liste. Ob man nun eines besetzte, erbaute oder sanierte, irgendwo musste ich ja schließlich mal anfangen, und genau das würde ich tun.

Punkt.

TRE

Johanssons Angebot steckte am Mittwoch im Briefkasten. Nun, das erfüllte ja auch auf gewisse Weise seine Ankündigung, er werde es »bis Freitag« schicken, es war halt nur ein anderer Freitag, als ich angenommen hatte. Vielleicht war ich einfach nur kleinlich?
Egal. Nachdem er und ich daraufhin noch ein längeres Telefonat über diverse Positionen, insbesondere über deren Notwendigkeit (zum Beispiel den Austausch von meiner Ansicht nach noch vollkommen intakten Fenstern), Umfang und Preis, geführt hatten, einigten wir uns schließlich, und ich erteilte ihm den Renovierungsauftrag für mein Haus.
Am Montagmorgen der darauffolgenden Woche fuhr sein Lieferwagen vor und parkte neben Lasse, wie ich meinen alten, aber treuen VW-Bus getauft hatte. Johansson und drei weitere Gestalten entstiegen dem Firmengefährt. Als Erstes hüpfte ein sehr kleiner Mann in meinem Alter aus dem Auto, der sofort mit Kusshand eine Rolle als Hobbit in jedem x-beliebigen Fantasyfilm bekommen hätte. Mustafa wirkte wieselflink, hatte auffällig blitzende Äuglein und riesige, behaarte Hände. Aufgrund seiner Physiognomie schätzte ich ihn als Profi für Erd- und Untertagearbeiten ein.
Ihm folgte ein baumlanger, schlaksiger Kerl, der aussah wie ein Weberknecht mit Arbeitsstiefeln und wahrscheinlich mit Vorliebe für Dach- und andere Reparatu-

ren in schwindelerregender Höhe eingesetzt wurde, weil er sicher auch ohne Leiter die glattesten Wände emporklettern und sich im Falle eines Sturzes an einem dünnen Faden abseilen konnte. Er stellte sich als Gunnar vor.

Der dritte Kollege stellte sich gar nicht vor. Von Johansson erfuhr ich, dass er Kjell hieß. Ein junger Typ, der offensichtlich nicht fürs Dachdecken eingesetzt wurde, weil jede Leitersprosse geborsten wäre, sobald er sie erklommen hätte. Er war fast so groß wie Gunnar, aber wog bestimmt das Doppelte. Kjells Steckenpferd schien Kaloriensammeln zu sein. Das würde auch erklären, warum er nicht gegrüßt hatte. Selbst das verbrennt ja Energie!

Kjell jedenfalls machte sich wortlos ans Werk und entfernte alten Lack an Fenstern und der Holzfassade. Johansson schnappte sich die anderen beiden und begann, mit ihnen mein Haus von innen in Augenschein zu nehmen. Sie unterrichteten mich kurz darauf, dass man sich vom Badezimmer aus über die Küche und dann durch die anderen vier Zimmer durcharbeiten wolle.

Am Donnerstag war der Fassadenlack komplett abgeschliffen, Küche und Bad waren ausgebaut und teilentsorgt, und im Wohnzimmer war der Fußboden herausgerissen. In allen Räumen hatte man die Tapeten abgekratzt. Der ganze Abraum befand sich vor dem Haus in zwei großen Containern, während die Dinge, die wiederverwendet werden sollten, im Holzschuppen lagerten.

Es war bis jetzt super vorangegangen, und ich freute mich schon auf den nächsten Tag, an dem, so hatte es Johansson fest und mit treuem Blick versprochen, nach dem partiellen Entkernen meines Häuschens mit den eigentlichen Renovierungsarbeiten begonnen werden sollte.

Am Freitag jedoch kam keiner mehr. Nun, das stimmte nicht ganz, der Postbote kam schon, nur die vier Handwerker-Daltons der Firma Johansson byggtjänst AB blieben verschwunden. Dafür schaute gegen Mittag ein Außendienstmitarbeiterpärchen der Zeugen Jehovas mit Heil bringenden Versprechungen vorbei. Ich konnte den beiden farblos gekleideten Frauen allerdings klarmachen, dass ich ihre Ansichten zwar ganz toll fand und prinzipiell auch Interesse hätte, das Jüngste Gericht im Himmel als einer der wenigen Auserwählten zu überstehen, aber anderen, die es nötiger hatten als ich, gern den Vortritt ließe und dafür ganz uneigennützig die etwaige Unsterblichkeit meiner Seele zu riskieren bereit sei. In diesem Sinne gab ich ihnen die Adresse von Herrn Johansson und behauptete, dieser habe großen Kummer und stehe eventuell vor einem Suizid, was ja eine Megasünde sei. Mit diesem Hinweis in der Tasche und dem *Vakttornet*, der schwedischen Ausgabe des *Wachtturms*, in der Hand verließen die beiden Frauen mein Grundstück und zogen von dannen – direkt zu Herrn Johansson, hoffte ich.

Nachdem ich mein Frühstück gegen neun Uhr auf zwei Bierkisten und am Tapeziertisch eingenommen hatte, rief ich mehrmals in Johanssons Firma an. Fehlanzeige. Ich hinterließ eine Nachricht und versuchte es auf seinem Handy. Es klingelte fünfmal, dann meldete sich auch hier der Anrufbeantworter. Ich wiederholte meine Bitte um Rückruf und Aufklärung und ging ratlos und entnervt zurück in die Küche, die inzwischen zu einem unmöblierten, bodenbeglaglosen Raum mit vielen Rohren, Leitungen und vor allem viel Staub und Dreck mutiert war.

»Na prima!«, sagte ich zu mir selbst und schaltete das mit Farbflecken übersäte Handwerkerradio an, das Johansson und Konsorten mitgebracht hatten. Blechern ertönte der alte ABBA-Gassenhauer *Mamma mia!* – fraglos ein gut komponiertes Musikstück, doch reflektierte es in diesem Moment nicht annähernd mein inneres Bedürfnis, Handwerker mit Dachlatten zu vermöbeln oder ihnen bündelweise den *Vakttornet* an den Kopf zu schmeißen. Ich suchte einen anderen Sender und blieb bei *American Idiot* der Punkrockband Green Day hängen. Prima! Das passte erheblich besser, auch wenn Johansson Schwede war.

Ich drehte so laut, bis der Song vor Gekrächze kaum noch zu erkennen war, dann setzte ich mich zusammen mit etwas Wut und geringfügiger Resignation auf meinen Bauherrenthron aus zwei aufeinandergestapelten Bierkästen der Marke Norrlands Guld, nachdem ich mir eine Flasche herausgezogen und sie geöffnet hatte. Ich trank einige tiefe Züge, wischte mir mit dem Handrücken über den Mund und ärgerte mich. Ich Trottel hatte das Bier gestern noch in aller Eile vor Ladenschluss eigens für die Herren Handwerker besorgt und sogar an zwei Flaschen Cola für Mustafa gedacht – für den Fall, dass er streng gläubig sein sollte. Aktuell erschien es mir als durchaus akzeptable Lösung, einen Großteil der Flaschen sofort und selbst auszutrinken und den Rest wegzuschütten, damit die blöden Daltons nichts mehr davon hatten. Netter Nebeneffekt: Nach etwa einem halben bis dreiviertel Kasten wäre mir das ganze Chaos hier wahrscheinlich auch egal.

»Hallöchen! Sag mal, was geht'n hier ab, du?«, schrie auf einmal eine männliche Stimme.

Mein Herz machte einen Sprung gegen die Innenseite meiner Brust, und ich blickte auf. Ach, du dickes Ei! Wer oder, besser gesagt, was war das denn?

Das Wesen in der Tür trug ein hüftlanges und anscheinend von traditioneller Hand genähtes Hemd in stechendem Blau, das an den Schultern und allen Säumen mit gelb-roten Bordüren verziert und durch einen handbreiten, ebenfalls mit allerlei Schmuck bestickten Ledergürtel gerafft war, von dem so etwas wie eine Fellhandtasche baumelte. Bei Linda wäre das alles wahrscheinlich ziemlich ansehnlich gewesen und als kurzes und extravagantes Sommerkleid durchgegangen. Bei diesem Typen definitiv nicht. Seine Beine steckten in einer relativ unförmigen grauen Stoffhose, die wiederum in pelzverbrämten Wildlederstiefeln endete. Die Krönung des Ganzen war eine mehr als farbenfrohe Strickmütze, die vom modischen Charakter her zwar bombig zum Hemd, aber absolut nicht zur flaschenbodendicken Hornbrille und dem fisseligen Bart passte.

»Rainer!«, rief ich, als mir klar geworden war, wer mich da mit seinem Reisegepäck in der Hand heimsuchte. Er hingegen sah mich ratlos an und schien meine Worte nicht zu verstehen. Ach ja, Green Day ... Ich stellte das plärrende Radio leiser.

»Rainer?«, wiederholte ich. »Du?«

»Genau, ne. Sorry, ne, echt, ne, wollte dich nicht erschrecken, Torsten, aber die Tür stand auf, ne, da hab ich gedacht, ich geh mal rein, ne. Und dann war die Mucke hier so oberstkrass laut.«

»Ich bin fast gestorben vor Schreck. Was machst du denn hier? Ich dachte, du wärst in Lappland?«

Ich erhob mich, ging zu ihm und umarmte ihn. Rainer roch streng, etwa wie ein schweißnasser, kettenrauchender Waschbär. Nicht nur deshalb löste ich mich rasch wieder von ihm.

»Mann, Rainer, müsstest du nicht gerade in deinem Intensivsprachkurs sitzen?« Ich machte einen Schritt zurück, um ihn eingehend zu betrachten. »Und überhaupt: Wie siehst du eigentlich aus?«

Rainer lachte und nickte gleichzeitig. »Ja, nee, ich war ja auch in Lappland, ne, aber der Kurs war irgendwie so gar nicht mein Ding, da bin ich früher weg, ne. Wieder zurück mit Bahn und Bus, so ökotechnisch vertretbar eben, ne. Aber die Klamotten hier sind total original. Hab ich auf einem Samenmarkt gekauft. Cool, ne?«

»Ja, es ist irgendwie ziemlich cool, so rumzulaufen, Rainer«, sagte ich, »das würde ich mich nicht trauen. Was ist das?«

»Die traditionelle Bekleidung der Sami, ne. Ultrabequeme Schuhe, eine eins-A-Hose aus Rentierleder und eine modisch zeitlose Tunika, auch *gákti* genannt, ne. Die ist aus 'nem handgewalkten Wollstoff namens *vadmal*, Farbmäßig und bedeutungstechnisch ist das so geregelt: Blau ist der Himmel, Gelb die Sonne, Rot das Feuer und Grün die Erde, ne. Total *basic* und *down to earth* also.« Als Rainer mein verdattertes Gesicht sah, fügte er hinzu: »Man gewöhnt sich echt dran, ne, auch an die neidischen Blicke der anderen. Nee, echt, super Klamotten. Total bequem und echt integrativ. Das hat sonst keiner bei uns. Die Leute an der Uni in Frankfurt werden Augen machen, wenn mein Urlaubssemester vorbei ist, ne.«

»Davon bin ich absolut überzeugt«, pflichtete ich ihm bei. »Wahrscheinlich darfst du diese Montur dann auch noch ganz anderen Fachleuten vorführen.«

»Meinste?« Rainer setzte die schreiend bunte Mütze ab und blickte sich um. »Und hier ist so renovierungstechnisch noch was zu machen, oder bleibt das so?«

»Das wissen nur Gott und Herr Johansson«, antwortete ich, »aber geplant war das anders.«

»Okay, wär auch 'n bissi zuuu reduziert, ne.«

»Ja, ohne Küche, Klo, Fassadenfarbe und richtige Deckenlampen könnte man sagen, dass es geringfügig zu reduziert wäre.«

»Genau, ne.«

Ich hob den oberen Kasten herunter, schob ihn Rainer als Sitzgelegenheit hin und machte auch ihm ein Bier auf. »*Skål* – auf die Schweden, auf die Samen und auf alle Handwerker!«

»Genau. Prösterchen, ne.«

Wir nippten am Bier, das erfrischend kühl war. Nicht verwunderlich, denn die Heizung in der Küche war ja abgeschraubt, und die mit Muffen abgedichteten Rohrenden schauten mich fast vorwurfsvoll aus der grob verputzten Wand heraus an.

»Du, Torsten, ich will da noch mal hoch.«

»Wohin? Nach Lappland?«

»Genau. Der Kurs, den ich gebucht hatte, war zwar nicht so dufte, wie ich mir das so vorgestellt hab, aber ich hab da so einen samischen Folkloreabend mitgemacht, wo einer einen Vortrag über nordische Religionen und die Kollision der samischen Urbevölkerung mit den Wikingern gehalten hat. Super spannend, ne, und extrem kulturmäßig. Was mir vorschwebt, wäre eine urkulturelle Kulturgruppe mitten in Lappland. Da würde ich total gern mitmachen, denn das wäre so ein authentisches, voll integratives Kultursoziotop, das alles verbindet, was ich mir so vorstelle, also Tradition, Sprache lernen und alte mythologische Strömungen, und das alles basierend auf einem nicht staatlichen Bildungskonzept, ne. Total krass politisch wär das und religiös absolut *independent* und megacool.«

»Aha. Abgesehen davon, dass ich mir vorstellen könnte, dass es schwierig werden dürfte, etwas zu finden, was deinen, sagen wir mal, doch recht konkreten Vorstellungen entspricht, würde mich mal interessieren, warum du so etwas machen willst. Du kannst doch jetzt schon einigermaßen Schwedisch, und das Land kennst du auch.«

»Hey, Torsten, *back to the roots*, ne. Das ist es«, meinte Rainer und lachte. Dabei bildeten sich in seinen Mundwinkeln kleine Schaumbläschen. Hoffentlich Bier, dachte ich bei mir.

»Du kriegst halt erst einen Einblick in die Seele eines Landes und die der Menschen und so, wenn du dich komplett drauf einlässt, ne«, fuhr er unvermindert begeistert fort. »An der Uni hab ich mal ein Referat über einen Typen gehalten, der sieben Jahre bei den Aborigines verbracht hat. So lange hat es gedauert, bis sie ihn akzeptiert hatten, ne. Irgendwie krass lange.«

Ich sah Rainer an. Während er sprach, nickte er rhythmisch und sah mich mit seinen durch die Dioptrienschaufenster unnatürlich vergrößerten Augen freundlich an. Ich fragte mich in diesem Moment, ob es irgendeinen Kulturkreis gab, der Rainer, nach welcher Zeitspanne auch immer, so akzeptiert hätte, wie er war. »Okay, Rainer, du suchst also einen privaten Kulturverein, der einen Sprachkurs anbietet, korrekt?«, sagte ich, um zum eigentlichen Thema zurückzukehren.

»Genau, aber die sollten noch mehr machen.«

»Aha, und was?«

»So was mit nordischen Göttern und Helden und so. Das wär genau mein Ding, ne.«

Ich dachte daran zurück, dass Rainer schon in unserem zurückliegenden Cluburlaub in Costa Rica damit begonnen hatte, hingebungsvoll die *Edda* zu lesen. Um genau zu sein: eine kommentierte Ausgabe, die beide Versionen, die Prosa-*Edda* von Snorri Sturluson sowie die Lieder-

Edda, vereinte und somit wohl so etwas wie eine Pflichtlektüre für all diejenigen darstellte, die sich für nordische Mythologie interessierten. Also auch für Rainer. Mir persönlich wäre es nie in den Sinn gekommen, etwas über die eisige Heimat der alten Nordgötter, der Asen, zu lesen, wenn ich bei über dreißig Grad mit einer Piña Colada am Strand liege, aber genauso wenig war mir in meinem Leben je in den Sinn gekommen, Sozialpädagogik zu studieren, wie Rainer es von Zeit zu Zeit tat. Und auch wenn ich mir absolut sicher war, dass er in einer vollkommen anderen Welt lebte, aus der man ihn bisweilen in die Gegenwart zurückholen musste, damit er sich und anderen nicht unabsichtlich Schaden zufügte, so beschlich mich doch der Verdacht, dass ich ihn auch ein klein wenig bewunderte. Womöglich hatte Rainer sogar einen ordentlichen Schlag am Ranzen, aber dafür bekam er auch keine Midlifecrisis – und zwar, weil er war, wie er war: echt.

»Okay«, sagte ich schließlich, »und wie wollen wir so etwas finden?« Ich glaubte nicht im Leben daran, dass es so etwas auch nur annäherungsweise gab. Die Leute in diesem Kulturverein müssten ja dann genauso schräg unterwegs sein wie mein lieber Kumpel Rainer, und das war schwer vorstellbar.

»Wir suchen im Internet nach allen möglichen Begriffen. Am besten fangen wir mit Yggdrasil an.«

»Mit was?«

»Yggdrasil.«

Rainer war sichtlich verwundert. »Echt, du, kennst du Yggdrasil, die Weltenesche nicht?«

Ich hatte einen Abidurchschnitt von immerhin zwei Komma fünf. In Anbetracht der Tatsache, dass mir damals Mädchen, Partys und Motorräder weitaus wichtiger gewesen waren als die Aneignung schulischen Wissens, fand ich das Ergebnis gar nicht so schlecht. Dennoch hatte ich von diesem legendären Gewächs, das eher nach Küchengewürz als nach großer Pflanze klang, noch nie etwas gehört und schüttelte daher den Kopf.

»Das ist ein oberstwichtiger Baum in der nordischen Mythologie«, erklärte Rainer kopfnickend und mit einem schulmeisterhaften Unterton. »Die drei Nornen besprengen ihn mit heiligem Wasser aus einem nie versiegenden Brunnen, ne, und schenken ihm damit immer wieder neue Lebenskraft. Total krass das Ganze! Die Nornen heißen Urd, Verdandi und Skuld und stehen für Vergangenheit, Gegenwart und Zukunft, ne. Dabei spinnen sie die Schicksale der Götter und der Menschen. Und was echt noch krasser ist: Oben auf dem Baum sitzt der namenlose Adler, und am Stamm läuft ein Eichhörnchen entlang, das Ratatöskr heißt. Ultrakrasse Geschichte, ne?«

Offenbar hatte ich Rainer so angestarrt wie ein Anstaltspsychiater, dem ein Patient soeben versichert hat, er sei ganz und gar nicht verrückt, obwohl er währenddessen den abgetrennten Kopf der Nachtschwester liebkosend in seinem Schoß hält. Nicht nur die Nornen sponnen, so viel stand für mich fest.

»Ja, echt eine ultrakrasse Geschichte«, pflichtete ich Rainer bei, der immer noch seinen Kopf rhythmisch vor und zurück bewegte.

»Quasi so 'ne Art Parabel, dass man seinem Schicksal nicht entkommen kann, ne«, fuhr er fort.

O weh, dann war anscheinend jedermann vom Wohlgefallen dreier strickender Weiber, eines Vogels ohne Identität und eines rasenden Eichhörnchens mit dem Namen einer fiesen Geschlechtskrankheit abhängig. »O Gott, o Gott, ich glaub, ich hab mir einen Ratatöskr geholt, Herr Doktor!«, sah ich mich in Gedanken beim Urologen rufen und dabei panisch in meinen Schritt deuten.

»Gut, den kulturellen Hintergrund hätten wir dann mehr oder weniger konkret umrissen«, fasste ich zusammen. »Dann lass uns mal die Suchmaschine mit der sagenhaften Weltenesche und den Begriffen ›Kulturverein‹ und ›Sprachkurs‹ füttern. Da muss ja was zu finden sein.« Ich holte meinen Laptop in die Küche und stellte ihn auf den Tapeziertisch neben die ungespülten Kaffeetassen und unsere beiden neuen Bierflaschen.

Wir suchten lange.

Vergeblich.

Fehlanzeige.

Zwar fanden wir hunderte von Seiten mit Wikingerlegenden und Erklärungen, mythologischen Texten und Bildern, aber keinen Kulturverein, der auch nur annähernd Rainers Vorstellung entsprach. Wir stießen zwar unter der Adresse www.yggdrasilsriddare.org auf eine Website, doch diese war quasi leer bis auf einen eingescannten, ziemlich detailreichen Kupferstich, der vermutlich aus dem ausgehenden 19. Jahrhundert stammte. Er zeigte drei weibliche Wesen, die mit irdenen Gefäßen Wasser auf die Wurzeln der Weltenesche Yggdrasil kippten, die im Hintergrund frohgemut in die Höhe rankte. Selbst der namenlose Adler und das fiese Eichhörnchen waren zu sehen. Einzig der Umstand, dass die Nornen, die ja eigentlich recht verknittert hätten aussehen müssen, stattdessen wie drei flotte Mädels im besten heiratsfähigen Alter wirkten, erheiterte mich. Die Wikinger, der Künstler und der Webdesigner hatten allesamt Geschmack bewiesen.

Rainer hatte mir während meiner Recherchen über die

Schulter geschaut und schnaufend ins Ohr geatmet. Jetzt richtete er sich enttäuscht auf, weil er bemerkt zu haben schien, dass unsere Ermittlungen in eine Sackgasse führten. »Das sah schon mal echt kulturell aus, aber da steht ja nix auf der Seite. Voll schade, ne«, bemerkte er frustriert. »Was machen wir denn jetzt?«

»Keine Ahnung«, entgegnete ich achselzuckend. »Vielleicht sollten wir unsere Suche ein bisschen erweitern?«

Rainer starrte nachdenklich auf den Bildschirm, der die Liste der Suchergebnisse anzeigte. Plötzlich schnellte er vor und drückte seinen Zeigefinger direkt auf den Monitor. »Und das da?«

»Wenn du deine Hand wegnimmst, kann ich auch etwas erkennen.«

Rainer tat, worum ich ihn gebeten hatte. Zurück blieb ein verschmierter Fingerabdruck, wie ich ihn auf dem Bildschirm besonders liebe. An dieser Stelle befand sich der Hinweis auf einen Forumsbeitrag, in dem ebenfalls die Ritter Yggdrasils vorkamen. Ich klickte den Link an und wurde auf eine andere Seite weitergeleitet. Dort erwartete uns allerdings eine Überraschung. Der Text war weder für mich noch für Rainer zu entziffern.

»Was ist das denn für ein Zeichensalat?«, wollte ich wissen.

Rainer beugte sich noch weiter vor. »Echt oberstkrass. Sieht aus wie uralte Runen oder so was. Ich hab das irgendwo schon mal gesehen, ich glaub, in einem Seminar über die Runen der Wikinger als Beispiel für Reflexionen soziokultureller Identitäten in Schriftzeichen oder so. Weiß nicht mehr so genau, ist schon 'ne Weile her, sorry, ne.«

»Macht nichts«, entgegnete ich. »Alte Schriftzeichen eben. Ist aber eigentlich auch egal, denn das wirklich

Wichtige steht doch hier.« Nun deutete ich auf eine Stelle am Bildschirm. »*Kulturföreningen Yggdrasils riddare* – Thoralf Leifsson, Jokkmokk«, las ich halblaut und zuckte im selben Moment zusammen. Jokkmokk! Verdammte Hacke, das war doch der Ort, wo Lindas Ex wohnte, dieser Olle Olofsson.

Mein Gehirn quälte sich mit der Aufgabe: Olle + Linda + ein vollkommen irrsinniger Kulturintegrationszirkel für Leute wie Rainer + Lindas distanzierte Postkarte, die so gar nicht wirkte, als stamme sie von ihr + meine Eifersucht. »Das wird ja immer seltsamer«, sagte ich und fragte mich insgeheim, ob die spinnenden Nornen – Urd, Verdandi und Skuld – hier ihre Finger im Spiel hatten ...

FYRA

»Jokkmokk liegt in Nordschweden, ne«, antwortete Rainer, »ich glaub, nicht wahnsinnig weit von Arvidsjaur, so entfernungsmäßig, mein ich. Da war ja mein letzter Sprachkurs.«

»Ich weiß«, gab ich zurück, »ich habe schon mal nachgeschaut, wo Linda hingefahren ist – rein zufällig natürlich. Wir haben aber noch lange keine Adresse, über die wir mit denen in Kontakt treten können, und ob die überhaupt Kurse nach deinem Geschmack anbieten, wissen wir auch nicht.«

»Och, bestimmt, ne«, sagte Rainer.

»Na ja, wenn du meinst. Ich würde das gerne für dich herausfinden, aber ohne Anschrift und Telefonnummer? Nicht mal eine E-Mail-Adresse ist aufgeführt. Was soll das denn für ein komischer Verein sein? Wollen die keine Mitglieder?«

»Ja, eher schwierig, ne. Das Ganze wirkt krass subkulturell undergroundmäßig.«

»Sag mal, Rainer, hast du was geraucht?«

Ich hatte das sarkastisch gemeint, doch Rainer dachte kurz nach und sagte dann: »Nee, echt nicht, ne, also heute noch gar nichts!«

Immerhin eine Information, die mich beruhigte.

»Und wie kommen wir jetzt weiter?«, erkundigte ich mich. »Wollen wir uns erst mal bei diesem Forum anmelden? Vielleicht bekommen wir über diese Leute mehr heraus über *Yggdrasils riddare*, wenn dein Herz so daran hängt.«

Rainer schien das auch nicht so genau zu wissen. Er starrte ins Leere und nickte dabei teilnahmslos – oder doch beipflichtend? Plötzlich rief er jedoch mit großer Entschlossenheit: »Nö, das dauert mir alles zu lange, ne. Ich fahr da einfach hoch und check das vor Ort!«

Das hatte ich befürchtet. Weil mir nichts Besseres einfiel, ließ ich meinen Finger zum animierten Avatar von Thoralf Leifsson wandern, dem mutmaßlichen Verfasser des unleserlichen Forumsbeitrages. Das Bildchen zeigte einen Mann mit ellenlangem schlohweißem Bart, der auf einem von zwei Wölfen mit ziemlich vielen Beinen gezogenen Streitwagen hockte. Zweifellos handelte es sich um Odin. Sein Aussehen wurde noch grimmiger durch die piratöse Augenklappe und die Streitaxt, die er in der Faust hielt, um damit etwa alle zwei Sekunden eine zuckende Hackbewegung zu vollführen. Leider gelang ihm das nur wenig überzeugend, denn die Animation des Avatars war nicht ganz so gelungen. Deshalb wirkten die laufenden Wolfsbeine auch eher wie Baggerketten und überhaupt nicht furchteinflößend. Um den Kopf des Kriegers kreisten zwei schwarze Wesen. Die beiden Flattermänner sollten bestimmt ursprünglich Raben oder Krähen sein, so allerdings muteten sie wie zwei schlecht gezeichnete Verwandte einer Schmeißfliege an. In Ermangelung einer glaubhaft dreidimensionalen Darstellung gewann man zwangsläufig den Eindruck, als wolle der arme Odin mit seiner Axt nach den Biestern hacken, sie aber partout nicht treffen. Nein, diese Darstellung rang mir definitiv keinen Respekt vor dem nordischen Göttervater ab.

Auch Rainer betrachtete den zappelnden Odin eher amüsiert. »Wie ist denn der unterwegs?«

»Irgendwie geschmacklos«, konstatierte ich, »und einen an der Waffel hat der auch.«

»Ist doch völlig okay! In der Uni hatte ich mal ein Semester in Soziologie genau zu dieser Thematik, das war echt oberstkrass interessant, weil aus einer Subkultur oft Inspirationen in den Mainstream erfolgen, ne.«

»Wie dem auch sei. Obwohl du keine wirklichen Informationen über diesen ominösen Kulturverein hast, willst du da also ernsthaft hoch?«

Rainer nickte wie besessen und lachte. »Logo, ne. Das ist doch die Chance auf so 'ne Art Auto-Kompressionskultivierung.« Dann zögerte er. »Komm doch mit«, sagte er schließlich hoffnungsfroh und sah mich dabei mit seinen durch die fingerdicken Brillengläser vergrößerten Augen an.

Dieser Vorschlag überraschte mich, auch wenn mir dieser Gedanke selbst schon ganz kurz gekommen war. Die Tatsache, dass Linda sich seit ihrer eigenartigen Postkarte gar nicht mehr gemeldet hatte, machte mich natürlich stutzig. Aber ich (beziehungsweise mein Gehirn) hatte mich (sich) dagegen entschieden – und mein Vater hätte mich aufgrund seiner hart erarbeiteten Genderkenntnis in meinem Entschluss bestärkt –, einer Frau irgendwohin nachzufahren.

»Ich kann nicht«, lehnte ich ab. »Ich muss hier auf die Handwerker warten und zusehen, dass mein Haus noch vor dem Winter in Schuss ist.«

»Schade, ne, dann muss ich alleine los.«

»Sieht so aus. Oder du wartest, bis die Renovierungen abgeschlossen sind.«

Rainer schob seine Brille höher und sah sich bedächtig um.

»So ganz prinzipiell 'ne Bombenidee, Torsten«, meinte

er dann. »Aber ich wollte meinen Kurs total gerne noch dieses Jahr machen, ne. Sorry, ne.«

»Danke, Rainer«, grummelte ich. Irgendwie machten mir alle extrem große Hoffnungen, dass mein Haus in Kürze fertig wäre. Stand Rainer etwa in telepathischer Verbindung zu meinem alten Herrn, vielleicht mit Renate als kosmisch-esoterischem Medium? Noch bevor ich meine Überlegungen zur überirdischen Gedankenübertragung von Schweden nach Deutschland und vice versa zu Ende bringen konnte, hatte Rainer seine Molle mit glucksenden Geräuschen ausgetrunken und wischte sich nun mit dem Ärmel seines samischen Traditionskostüms über die Lippen. »Du, Torsten, sag mal, wo in dieser Bude kann ich denn pennen?«

Das fragte ich mich auch. Das gesamte Mobiliar, mit Ausnahme meines Bettes und einiger kleinerer Schränkchen, war temporär ins Nebengebäude ausgelagert worden. Letztlich blieb nur eine Option, die mir zwar nicht behagte, aber ich konnte Rainer ja schlecht auf den Tapeziertisch verbannen, während ich im Ehebett nächtigte. Also führte ich ihn durch Dreck und halb entkernte Räume ins Schlafzimmer. »Hier!«

»Super, ne«, sagte Rainer und ließ seinen See- und seinen Rucksack fallen. »Aber is ja noch 'n bissi früh fürs Bett, ne. Was geht 'n jetzt so ab? Was machen wir?«

Ich sah auf die Uhr. Halb eins mittags. Das war fürs Zubettgehen definitiv zu früh. Allerdings wusste ich auf seine Frage nach Zeitvertreib keine Antwort.

Da klingelte das Telefon. Ich eilte in die Küche, wo ich es hingelegt hatte, und nahm ab.

»Brettschneider?«

»Hallo, Sohn.«

»Papa? Du schon wieder?«

Im Hintergrund erklangen Fahrgeräusche.

»Sehr freundlich. Hätte ich damals so mit meinem Vater gesprochen, dann ...«

»Ich fühle mich nicht belästigt, dass du schon wieder anrufst, ich *wundere* mich nur, das ist alles.«

»Um Ausreden bist du nie verlegen, was?«

»Kann ich dir irgendwie weiterhelfen?«

»Dass ich nicht lache. Das wäre ja wohl das erste Mal, dass du *mir* helfen würdest.«

Ich presste meine Lippen so fest aufeinander, dass sie wahrscheinlich die Farbe von verblichenen Thrombosestrümpfen angenommen hatten. »Gut, ich formuliere meine Frage um: Wie kannst du mir helfen?«

Mein Vater lachte sich fast schlapp. »Na, also, geht doch. Wir haben eine Überraschung für dich, Renate und ich ...« Plötzlich hupte es, und eine Frau schrie auf, schätzungsweise Renate. »So eine Arschgeige, und das bei dem Mistwetter!«, donnerte gedämpft die Stimme meines Vaters. »Der soll froh sein, dass ich keine zwanzig Jahre jünger bin, dann hätte ich ihn abgedrängt und ...« Es raschelte, und die Stimme wurde wieder klarer. »Torsten? Noch dran?«

»Natürlich. Was ist denn da los? Wo seid ihr?«

»Ich bin in der Geisterbahn und hatte gerade Ärger mit einem Gespenst. Blödsinn! Im Auto natürlich, wo sonst? Also, noch mal. Renate und ich haben eine Überraschung für dich.«

»Und die wäre?«, fragte ich vorsichtig. Mich beschlich ein unbehaglicher Gedanke. Ich kannte den Dickkopf meines Vaters und sein auf mich bezogenes Helfersyndrom, in dem er wahrscheinlich noch die nächsten Jahrzehnte gefangen sein würde. Leider ging seine Hilfe des Öfteren nach hinten los – das hatte ich schon schmerzlich

erfahren müssen. »Wo steckt ihr denn gerade?«, fragte ich nach.
»Hahaha!«, erwiderte mein Vater. Und legte auf.
»Dein Vater, ne?«, bemerkte Rainer, der mittlerweile in der Küche angekommen war.
»Ja. Mein Vater, wie er leibt und lebt, zusammen mit Renate.«
»Alles klar bei denen?«
»Ich bin mir nicht sicher«, antwortete ich.
»Geht's ihm gut?«
»Auch das weiß ich nicht hundertprozentig. Körperlich ja, aber …«
Ich konnte meinen Satz nicht zu Ende bringen. Draußen fuhr ein Wagen vor. Es hupte.
»Wer is 'n das jetzt?«, fragte Rainer.
Ich ging langsam zum Eingang. Sehr langsam, denn ich wusste ja, wen ich nun in meinem möbelfreien und für Gäste maximal ungeeigneten Haus begrüßen durfte. Na prima, somit waren ja fast alle wieder zusammen von unserem Dreamteam. Einen Moment lang schloss ich die Augen, holte noch einmal tief Luft, dann öffnete ich die Tür.

FEM

»Sie?« Ich traute meinen Augen kaum. Meine Erleichterung wich kompletter Überraschung und einem genauso unerklärlichen wie unterschwelligen Anflug von Unwohlsein. Was in Gottes Namen hatte ausgerechnet *er* hier zu suchen? Doch meine gute Erziehung vertrieb meine Neugier. »Kommen Sie doch herein.« Ich machte eine einladende Geste.

»Schön, dich wiederzusehen, Torsten«, sagte Pfarrer Pettersson und trat ein.

»Geht mir genauso, Herr Pettersson.«

»Doch bitte nicht so förmlich – für dich gern Jan-Peer.«

Wir schüttelten die Hände.

Ich half ihm aus seiner tropfnassen Jacke. Während der unschönen Ereignisse rund um meinen ehemaligen Bauernhof in Gödseltorp hatte ich ihn kennen und schätzen gelernt. Auch wenn er von meinen Gefühlen für Linda sicher etwas ahnte, hatte er es sich nie anmerken lassen und stets einen souveränen und pastoral-väterlichen Abstand zu mir bewahrt. Das war ab heute Vergangenheit, wie's schien. Im Moment wirkte er gehetzt und unsicher, so ganz anders, als ich ihn in Erinnerung hatte.

»Lieber Jan-Peer. Nicht, dass ich mich nicht riesig über deinen unverhofften Besuch freuen würde, aber was verschafft mir die Ehre?«

Er wurde ernst. Sehr ernst. »Ich mache mir große Sorgen. Es geht um einen Menschen, der uns beide verbindet, der uns beiden sehr am Herzen liegt, und es gibt da eine Sache, die ich dir unbedingt erzähle...«

»Hallöchen und *Hej*!«, tönte es mit einem Mal von der Küche unangemessen fröhlich in den Flur. »Ich bin der Rainer, ne!«

Aus Jan-Peers verstörtem Gesichtsausdruck glaubte ich zwei Dinge herauslesen zu können. Erstens: Er erkannte Rainer wieder. Zweitens: Genau deswegen freute er sich nicht mal halb so dolle über das Wiedersehen wie dieser.

»Grundgütiger, was hat der denn an?«, raunte mir Jan-Peer hinter vorgehaltener Hand zu, als unser Freund näher kam.

Ich zuckte die Achseln. »Er mag Schweden. Vor allem den Norden. Sehr. Glaube ich.« Etwas Besseres fiel mir dazu auch nicht ein.

»Mensch, krass, das ist doch der Pfarrer aus Gödseltorp, ne!«, rief Rainer, der endlich begriffen hatte, wer da vor ihm stand. »Ich bin zwar eher so atheistenmäßig und undogmatisch-spirituell unterwegs, aber egal, ne.« Er streckte Jan-Peer die Hand entgegen.

»Ich freue mich auch«, erwiderte der Pfarrer und schüttelte die ihm gereichte Hand. Rainer nickte und grinste, als habe er seinen tot geglaubten Bruder nach zwanzig Jahren wiedergetroffen. Pettersson lächelte auch geübt, denn wenn einer geübt lächeln kann, dann ist es ein Pfarrer. So etwas ist Teil seines Jobs. Emotionsfassaden je nach Anlass und Gemeindebedürfnis.

»Ich habe einen Vorschlag zu machen«, wandte ich mich an Jan-Peer. »Warum gehen wir nicht etwas einkaufen? Es ist nämlich nichts mehr im Haus, und der Kühlschrank steht abgetaut im Schuppen. Dann machen wir uns etwas zu essen, trinken ein Bier und du erzählst, was du erzählen wolltest. Einverstanden?«

»Gute Idee«, stimmte mir Jan-Peer zu und nickte.
»Was geht 'n ab?«, wollte Rainer wissen.
Ich erklärte es ihm auf dem Weg zum Supermarkt.

Gute zweieinhalb Stunden später kamen wir zurück. Es war mittlerweile halb vier geworden und dämmerte bereits. Pettersson hatte zwar bis zum Schluss darauf bestanden, uns zu fahren, wenn er uns schon unangemeldet besuche und von uns verköstigt werde, aber davon hatte ich ihn abbringen können – er wirkte auf mich etwas neben der Spur.

Im großen Einkaufszentrum *Hundra Megastores* in der Nähe von Leksand hatten wir Grillfleisch, Fertigsalate, haufenweise Konserven und durch die Abwesenheit irgendwelcher organischer Nährstoffe garantiert unschimmelbares Brot erstanden, also allesamt Ingredienzien, die ich auch mit geringsten küchentechnischen Mitteln wie etwa Mikrowelle, Holzkohlengrill, Campingkocher und Taschenmesser zubereiten konnte. Verderben würden nicht einmal die Frischwaren so schnell, wenn die aktuellen Temperaturen blieben, wie sie waren: nahe der Nullgradgrenze, wie in der Gemüsezone eines modernen Kühlgerätes. Immerhin hatte der Schneeregen vor einer guten Stunde aufgehört. Im schwedischen Spätherbst beginnt man, für wettertechnische Kleinigkeiten Dankbarkeit zu zeigen. Wir bogen von der Hauptstraße auf die Kieszufahrt zu meinem Renovierungsobjekt ab.

»Ich finde das irgendwie total spannend hier, so in 'ner kleinen Männergruppe, deren Mitglieder ganz unterschiedliche soziale und kulturelle Hintergründe mit einbringen, ne«, fabulierte Rainer mit glänzenden Augen. Er hatte bereits auf dem Rückweg eine ganze Dose seines Sixpacks Weihnachtsbock namens *Julens nöje* getrunken, das er in der Leksander Filiale des *Systembolaget* erstanden hatte.

»Ja, das ist super«, sagte ich müde, und auch Pfarrer Pettersson nickte nur mäßig begeistert, nachdem ich ihm die Aussage meines Kumpels übersetzt hatte, für die Rainers Schwedischkenntnisse, trotz hörbarer Fortschritte, noch nicht ganz ausreichten.

Jan-Peer schien weiterhin bedrückt und hatte noch keine Gelegenheit genutzt, mir zu sagen, warum genau er hier war. Er machte es spannend und feierlich – vielleicht auch eine Berufskrankheit? Jedenfalls fielen mir nur zwei Gründe ein: Linda oder etwas Gesundheitliches. Oder beides zusammen. Also nichts, was mich erbaut hätte.

Aber schlimmer geht ja bekanntlich immer.

»Boah, voll krass! Ne absolut coole Ultragruppenzusammenführung!«, rief Rainer plötzlich und deutete durch Lasses schmutzwasserverschmierte Windschutzscheibe nach vorne. Sein Arm wackelte unkontrolliert im Rhythmus der Schlaglöcher. Jan-Peer und ich hatten gleichzeitig erschrocken hochgesehen.

»Ach, du grüne Neune!«, sagte ich halblaut und sah meine frühzeitig ad acta gelegten Befürchtungen nun doch bestätigt. »Das hat mir gerade noch gefehlt.«

Was ich erblickte, war irgendwie ultra. Es war auch irgendwie eine Gruppe. Und es war mit Sicherheit eine Art Zusammenführung. Nur konnte ich nichts Cooles daran finden.

»Sind das nicht dein Vater und seine ... seine Freundin?«, fragte mich Jan-Peer.

»Sieht ganz danach aus. Ich dachte noch vor ein paar Stunden, zumindest dieser Kelch werde an mir vorübergehen, aber ich hätte es besser wissen müssen«, entgegnete ich. »Na ja, wenigstens regnet es kaum noch.«

Ich parkte Lasse neben dem Wagen meines Vaters und stieg aus. Dann ging ich zu den beiden hinüber. Sie mussten schon einige Zeit unter dem überdachten Eingangsbereich meines Häuschens gewartet haben. Renate trat auf der Stelle, und mein Vater hatte den Kragen seiner Winterjacke hochgeschlagen.

»Schön, dass du auch schon kommst«, frotzelte er zum Gruß und nahm mich in die Arme.

»Schön, dass du dich unangemeldet einlädst«, schoss ich zurück. »Warum hast du nicht noch mal angerufen, dann wären wir schneller gekommen, und überhaupt, hätte ich gewusst, dass ihr … Hallo, Renate, übrigens.«

»Hallo, Torsten. Das Handy deines Vaters ist leer, und ich hab ja gleich gesagt, wir sollten dich fragen, aber du kennst ihn ja. Gerd wollte sich einfach nicht …«, begann Renate zu erklären, doch mein Vater fiel ihr ins Wort.

»Der Junge braucht mich, und dann bin ich da. Dazu benötigt man nicht viele Worte und Einladungen und schon gar kein bescheuertes Karma oder so ein Zeug, von dem du da immer faselst. Ein Vater spürt das. Ich dachte, du und dein Kosmos, ihr würdet das verstehen.«

Ich ging zu Renate, gab ihr rechts und links einen Kuss auf die Wange, dann umarmten auch wir uns. »Sagen wir mal so: Einerseits freut es mich, euch zu sehen, andererseits könnt ihr hier nicht bleiben«, erklärte ich freundlich, aber bestimmt.

»Du weist deinem eigen Fleisch und Blut die Tür?«, erregte sich mein Vater.

»Quatsch«, sagte ich, »ihr könnt supergerne bleiben, sofern ihr es schätzt, in einer Schubkarre mit Bauschutt oder auf dem blanken Holzfußboden zu schlafen. Fühlt euch herzlich eingeladen.«

»Sag mal, das ist doch Pfarrer Pettersson. Das ist ja ein

dicker Hund. Was macht der denn hier?«, sagte mein Vater plötzlich, ohne auf meine Worte einzugehen.

»Der ist ... überraschend zu Besuch gekommen ... und ...« Ich wusste selbst, wie einfallslos sich diese Ausrede anhören musste, zumal sie nicht mal eine war. Und für meinen Vater war das eine Steilvorlage.

»Aaah, ich verstehe. Für den Herrn Pfarrer hat mein Herr Sohn ein warmes Plätzchen in seiner Kemenate, obwohl er bereits vor Jahren aus steuerlichen Gründen aus der Kirche ausgetreten ist, aber für den eigenen alten Vater nicht. Vergiss nicht, wer hier von wem erbt, Junge!«

»Du hast Geld auf der hohen Kante?«, fragte ich, um ihn zu ärgern. »Hätte ich das gewusst! Ganz abgesehen davon bin ich damals nicht aus steuerlichen Gründen ...«

Lasses Türen schlugen zu.

»*Hej*, Gerd und Renate«, begrüßte Jan-Peer die Ankömmlinge. Er war schwer bepackt mit zwei vollen Einkaufstüten vom ICA-Supermarkt.

»Hallöchen«, rief auch Rainer, der in der Linken ein Sixpack mit fünf Dosen Starkbier trug und in der rechten Hand eine bereits geleerte, verknitterte Dose hielt.

»Gott im Himmel, wie sieht der denn aus?«, bemerkte mein Vater beim Anblick von Rainers original samischer Kleidung entsetzt.

»Ist das handgemachte Ware?«, erkundigte sich Renate.

»Na logo«, erklärte Rainer. »Komplett aus samischer Hand und total original, ne. Superkultur! Will einer 'n Weihnachtsbier?«

»Entschuldige, Jan-Peer.« Mein Vater streckte dem Pfarrer die Hand zur Begrüßung hin. »Mit den eigenen Kindern und deren Freunden ist es nicht immer so einfach.«

»Vor allem, wenn man sich ungefragt einlädt«, grummelte ich.

Zu meinem Erstaunen stieß Pettersson mit einem Mal ins selbe Horn. »Ich weiß, Gerd, ich weiß. Wem sagst du das?«

»Hallo, was soll das denn? Habt ihr euch gegen mich verschworen?«, fuhr ich auf.

»Er hat doch recht!«, konstatierte mein Vater ungerührt und zeigte auf Rainer. »Guck dir diese Tranfunzel von Freund mal an, und du kriegst das hier offenbar auch nicht auf die Reihe, so wie das Haus aussieht.«

»Mann, Papa, die haben doch eben erst angefangen mit den Renovierungsarbeiten.«

»Will echt keiner 'n Bier? Ist oberstlecker!«, ertönte im Hintergrund die Stimme von Rainer, der das reduzierte Getränkegebinde leicht wankend in die Höhe hielt.

»Denen hätte ich Feuer unterm Hintern gemacht, das hätte es bei mir nicht gegeben. Allein daran sieht man, wie sehr du Hilfe brauchst.«

»Verdammte Hacke, Papa!« Jetzt platzte mir der Kragen. »Dann kauf dir doch selbst ein Haus und geh nicht mir auf den Wecker, sondern deinen eigenen bemitleidenswerten Handwerkern! Ich brauche a) keine Hilfe, und b) könnt ihr gerne eine Nacht hier bleiben, aber morgen müsst ihr euch eine Pension oder so etwas suchen. Das geht echt nicht.«

»Ich glaube, ich will eins«, sagte Renate plötzlich und nahm eine der Dosen aus Rainers Hand entgegen.

»Gerne, du. Prösterchen. Auf Schweden und Lappland und unsere Zusammenführung und so, ne.«

Rainer umarmte Renate, um gleich anschließend sein nächstes Bier zu öffnen und mit ihr anzustoßen.

»Rainer, das Zeug hat sechzehn Prozent, nur zur Info,

das ist mehr als der stärkste Rotwein«, warnte ich ihn, als ich sah, dass seine Brille schon etwas schief unter der original samischen Traditionskopfbedeckung hervorlugte, die er sich bis tief über die Ohren gezogen hatte, als würde hier ein Schneesturm toben.

»Kein Thema. Rotwein trinke ich eh nicht so gerne, ne. Wollt ihr auch eins?«

»Nein danke, immer noch nicht«, lehnte ich ab und schloss für zwei Sekunden wegen mentaler Überlastung die Augen.

»Ich glaube, du solltest das Angebot deines Vaters annehmen«, sagte plötzlich Jan-Peer Pettersson bierernst und zu meiner größten Verwunderung.

»Ha!«, sagte mein Vater erfreut.

»Wie bitte?« Ich dachte, ich hätte mich verhört.

»Es gibt einen Grund, warum ich hier bin, Torsten. Ich brauche dringend deine Hilfe.«

»Seine Hilfe? Dringend?«, fragte mein Vater erstaunt.

»Meine Hilfe?«, fragte ich nicht weniger erstaunt, wenngleich aus anderem Grund.

»Was geht hier eigentlich ab?«, fragte Rainer. »Will der Pettersson jetzt 'n Bier oder was?«

Doch keiner hörte auf Rainer.

»Ja, deine Hilfe«, bestätigte Jan-Peer. »Und du brauchst dazu die deines Vaters. Den schickt quasi der Himmel ...«

»Ha!«, rief mein Vater nun wieder sichtlich erfreut.

»Das muss mir mal jemand erklären«, meinte ich, »aber bitte drinnen. Dort ist es zwar im Moment nicht bedeutend schöner als hier, aber zumindest etwas wärmer, und außerdem fängt es gerade wieder an, stärker zu regnen – oder ist das etwa Schnee?« Ich hielt die geöffnete Handfläche prüfend vor mich.

»Das wurde aber auch mal Zeit«, bemerkte mein Vater. »Nicht gerade höflich, seine Gäste so lange in der Kälte stehen zu lassen. Außerdem habe ich Hunger.«

Rainer kam zu uns. »Sagt mal, will echt keiner …«

»Halt endlich die Klappe und gib schon her!«, schnitt ihm mein Vater das Wort ab, zog eines der Biere auf und stieß mit Rainer an. »Das sind echt die beklopptesten Klamotten, die ich jemals … Aber egal! Prost, du alte Flohhaube!«

»Genau, ne«, meinte Rainer und schüttelte meinem Vater die Hand. »Prösterchen, du alter Schwerenöter, ne!« Dann wandte er sich an mich und flüsterte mir zu: »Ich sag doch, 'ne total absolut coole Ultragruppenzusammenführung, oder?«

»Ja, absolut cool! Und voll ultra«, gab ich zurück und schloss die Haustür auf.

SEX

Nachdem Renate und ich den Tapeziertisch einigermaßen gesäubert hatten, trugen Jan-Peer und mein Vater sechs Stühle aus dem Schuppen über den Hof durch den mittlerweile um kleine Eiskristalle bereicherten Regen ins Haus und in die Küche, wo wir sie um unsere Tafel stellten. Ich war froh, dass wir wenigstens dieses minimalistische Ensemble als Essgelegenheit nutzen konnten. Rainer nahm ohne Umschweife und mit erleichtertem Gesichtsausdruck auf einem der Stühle Platz. Das Starkbier verfehlte seine Wirkung nicht; er hatte bereits leichte Schlagseite, grinste und nickte so beseelt, dass es eine Augenweide war, und wehrte sich vehement dagegen, seine original samische Traditionsmütze abzunehmen, obwohl ihm schon der Schweiß unter dem bordürenbesetzten Mützensaum herabrann.

Ich hingegen änderte aufgrund der nicht gerade verbesserten Wetterlage spontan meine kulinarischen Pläne. Grill und Grillfleisch mussten warten. Ich beschloss, stattdessen einen absoluten Klassiker zu kredenzen: lecker Ravioli aus der Dose mit Tütenparmesan, eine unübertroffene Geschmacksexplosion, an die ich mich noch aus Kinder- und Studientagen gut zurückerinnern konnte. Dieses Gericht barg einen weiteren, in unserer Lage nicht zu unterschätzenden Vorteil gegenüber richtigen Nahrungsmitteln: Die Zubereitung würde die Mikrowelle für mich übernehmen.

»Renate und ich haben Schlafsäcke dabei«, sagte mein Vater, »und sogar Rollmatratzen.«

»Gut«, entgegnete ich, »das ist auch besser so, denn ich wüsste sonst wirklich nicht, worauf ihr die Nacht verbringen solltet.«

»Ich habe auch Schlafzeug im Auto«, sagte Jan-Peer.

»Dann holen wir eure Sachen jetzt besser rein, bevor es noch mehr schüttet«, schlug ich vor und erntete damit allgemeine Zustimmung.

»Okay, ne, dann mach ich solange mal das Essen klar, ne.« Rainer sah mich fragend an. Seine Augen wirkten riesig. Und rot. Und feuchtglänzend.

»Ich weiß nicht«, antwortete ich, »du machst einen etwas, sagen wir mal, ermatteten Eindruck auf mich. Ich meine, ich bin ja gleich zurück, und dann kann ich auch selber ...«

»Jeder inner Grubbe musch wasch machen, ne«, unterbrach mich Rainer. Träumte ich, oder klang er tatsächlich unwirsch? »Jeder is wischtisch. Einerfüralleundalleführeinen, ne. Sonst is man als Gruppenindilividulum enwertet un ...«

»Ist gut, Rainer, ist gut«, versuchte ich, ihn zu beschwichtigen.

»Jeder hat Fähischkeiten, un jeder is Mensch«, fuhr er mit erhobenem Zeigefinger fort. Seine Stimme wurde immer undeutlicher und hatte inzwischen einen weinerlichen Unterton. Und einen deutlichen Hauch von *Julens nöje*.

»Das stimmt«, sprang Renate ihm überflüssigerweise zur Seite. »Lass ihn das doch machen, Torsten. Alles ist im Flow.«

»Ja, mach ich doch! Will ich doch! Soll er doch!«, rief ich überfordert.

»Dass du immer gleich so aus der Haut fahren musst«, meinte mein Vater kopfschüttelnd. »Du bist wirklich gar nicht belastbar.«

»Genau, ne«, schaltete sich nun wieder Rainer ein. »Auscherdem kenn isch misch voll damit aus, auch wenn's 'ne suuuperkrasse Teschnologie iss, die auf der Atombombenentwicklung basiert, ne, so strahlungsmäßisch unn wellentechnisch. Aber wir hatten in der Küsche vom Schtudentenwohnheim auch eine, wo wir uns immer Teewasser unn so warmgemacht haben, ne.«

»Also, Rainer, die Ravioli sind in der ICA-Tüte, und der Dosenöffner liegt auf dem Tisch. Schüsseln, Teller und Besteck befinden sich im Umzugskarton darunter«, teilte ich Rainer knapp mit und wandte mich dann an die anderen: »Los, lasst uns die Sachen jetzt holen!« Damit ging ich an ihnen vorbei voraus zur Haustür.

Mein Vater, Renate und Pfarrer Pettersson folgten mir, nur Rainer blieb zurück und machte sich an Geschirr und der Supermarkttüte zu schaffen.

Der Regen hatte zum Glück ein wenig nachgelassen. Wir hatten eben die Schlafsäcke, Decken, Unterlagen und Reisetaschen aus den Autos gezogen und waren wieder auf dem Rückweg, da ertönte ein spitzer Schrei durch die finstere Nacht, gefolgt von Gewimmer und Wehklagen. Es schien aus dem Inneren des Hauses gekommen zu sein, in dem es jetzt noch dunkler war als vorher. Das Licht war nämlich im gesamten Haus ausgefallen, und auch die ohnehin spärliche Außenbeleuchtung hatte sich verabschiedet. Einzig aus dem Küchenfenster drang ein winziges Flackern, als würde jemand dort Metallstücke mit einem Schutzgasschweißgerät bearbeiten.

»Rainer!«, riefen wir wie aus einem Munde, rannten zum Haus zurück, ließen die Sachen vorm Eingang fallen, rissen die Haustür auf und stolperten tastend den dunklen Flur entlang, hinein in die Küche, die durch einen bläulich-britzelnden Brand schwach erleuchtet war. Anorganischer Schmorgeruch lag in der Luft.

»Krass, krass, oberstkrass«, hörten wir es aus einer Ecke wimmern. »Voll die krasse Strahlungs- und Atomenergie in dem Gerät drin, ne.«

»Bist du verletzt?«, fragte ich.

»Nee, nee, aber krass, krass«, kam es zurück.

»Ich mache die Sicherung wieder rein«, sagte ich, zog den Stecker des schwelenden Mikrowellenherdes aus der Steckdose und löschte den Brand mit Rainers restlichem Doppelbock, den ich neben den Resten des ehemaligen Küchengerätes im spärlichen Feuerschein entdeckt hatte. »Dafür taugt das Zeug, aber für dich gibt's heute kein Bier mehr!« Mit diesen Worten tastete ich mich wieder aus der Küche hinaus in den Flur, wo sich der Sicherungskasten hinter einem drittklassigen Ölbild mit einem Elchjagdmotiv befand. Es dauerte ein wenig, bis ich eine der drei Porzellansicherungen, Modell Vorkrieg, ausgetauscht hatte, aber dann ging überall wieder das Licht an.

»Mann, Rainer, du Vollpfosten«, pflaumte mein Vater ihn an, als ich zurück in die Küche kam. »Was hast du denn jetzt schon wieder angestellt?«

»Dass du dich immer gleich so aufregen musst«, sagte ich kopfschüttelnd und grinste. »Du bist echt überhaupt nicht belastbar.«

»Klappe!«, fauchte mein Vater. Renate sagte nichts. Jan-Peer Pettersson auch nicht. Alle starrten Rainer an, dem noch mehr Schweiß übers Gesicht rann als zuvor. Auch seine Brille saß um einiges schiefer auf der Nase: hinter ihm die rauchenden Trümmer der Mikrowelle. Ich öffnete das Küchenfenster, um die beißenden Schwaden verbrannten Kunststoffs und vermutlich verkohlter Ravioli in die verregnete Novembernacht zu entlassen.

»Echt, ne, total krass mit dieser Atom-Aggro-Mikrowelle, ne«, versuchte sich Rainer zu rechtfertigen. Er klang fast wieder nüchtern. »Ich hab echt nur die Dosen rein und dachte, so drei Minuten wären voll okay, ne, aber dann hat's echt nur kurz gedauert, und die Funken sind geflogen. Alles voller Funken, Atomwellenfunken oder so, total oberstkrass, und nach nicht einmal der Hälfte der Zeit, ne, ist da voll die gleißende Stichflamme rausgeschlagen und auch so 'n Blitz und hat die ganze Maschine voll angezündet, ne.«

»Du hast die Dosen in die Mikrowelle gestellt? Und dann auch noch geschlossen?« Mein Vater schlug sich mit der flachen Hand vor die Stirn. »Du bist echt unfassbar! Da können wir ja von Glück sagen, dass du nicht explodiert bist, du Raviolikasper!«

Ich war nicht weniger fassungslos, auch wenn ich dieses oder ein anderes Fiasko hatte kommen sehen – reines Bauchgefühl. »Du hast doch gesagt, dass du dich damit auskennst?«

»Ja, ne, schon, aber wir hatten ja nur so Tee und Sachen vom Bio-Supermarkt im Wohnheim, ne. Bei uns gab's keine Konserven von irgendwelchen Nahrungsmittelmultis.«

Eine halbe Stunde später lag das, was von meinem Mikrowellenherd noch übrig war, zusammen mit den Raviolidosen im rechten Bauschuttcontainer vorm Haus. Zum Abendessen holte ich Knäckebrot und Heringskonserven aus dem Schuppen, wo ich vorübergehend neben den Möbeln auch meine Notration deponiert hatte. Durch Rainers Technologiekollision hatte sich der Menüplan zwangsläufig geändert. Aber Omega-6-Fettsäuren sollen ja sowieso viel gesünder sein als alles andere.

Die Stimmung verbesserte sich erstaunlich schnell, sodass wir nach einigen Gabeln der typisch schwedischen, in gelblichem, von der Konsistenz her puddingähnlichem Beiguss schwimmenden Heringshappen bereits über das Missgeschick lachen konnten. Sogar Rainer, dessen Bart von Senfsoße geziert wurde, grunzte vor Amüsement. Nur Pettersson saß verhältnismäßig appetitlos und still da, stocherte sichtlich lustlos in seinem Heringsglas herum, und mir fiel ein, dass er mir ja eigentlich etwas Wichtiges hatte mitteilen wollen, den Grund, weshalb er überhaupt hergekommen war.

Ich wischte mir den Mund sauber. »Jan-Peer, jetzt heraus damit! Was ist los? Was bedrückt dich?«

»Genau, ne, reden hilft immer«, pflichtete mir Rainer bei. »Ich hatte in der Uni mal …« Mein Vater warf ihm einen eindeutigen Blick zu. Sofort verstummte er und angelte sich einen Heringshappen aus seiner Konserve.

Fast hätte man meinen können, Pettersson sei erleichtert, endlich darüber reden zu können. Er legte sofort seine Gabel in der senfgelben Heringspampe ab und räusperte sich. »Es ist gut, dass der Herr uns auf verschlungenen Pfaden hier zusammengeführt hat, denn niemand ist allein«, eröffnete er im Duktus einer Predigt.

»Genau«, sagte Rainer kauend.

»Der Kosmos ist unendlich«, meinte Renate, schloss kurz die Augen und nickte wissend.

»Ja, so wird es wohl sein«, bemerkte ich, weil mir nichts Besseres einfiel.

Mein Vater machte sich ein Bier auf, und ich sah, wie er sich beherrschte, um nicht etwas seiner Ansicht nach Passendes beizusteuern.

»Ich habe vorhin gesagt, dass Gerd von Gott hierher gesandt wurde und dass du ihn brauchen wirst, Torsten.«

»Ha!«, sagte nun mein Vater und grinste mich selbstgefällig an.

»Hör zu, Torsten«, fuhr Pfarrer Pettersson fort, »es geht um Linda.«

Der Schreck fuhr mir in die Glieder. »Das habe ich mir schon gedacht, aber um Himmels willen, was ist mit ihr?«

»Ich mache mir große Sorgen. Mir ist bekannt, dass sie zu ihrem ... Bekannten ...«

»Ihrem Exfreund«, präzisierte ich. »Keine Bange, ich weiß Bescheid. Olle, nicht wahr?«

Pettersson nickte. »Ja, Olle, Olle Olofsson. Seit Lindas Ankunft dort oben sind ihre Anrufe immer seltsamer geworden. Sie hat auf mich manchmal fast wie ... wie betäubt gewirkt.«

»Krass. So was kenn ich.«

Ich überhörte Rainers Einwurf und sah Pettersson in die Augen. »Und weiter?«

»Ihr letzter Anruf war vor etwa zehn Tagen. Meiner Frau gegenüber hat sie zwar beteuert, dass alles in Ordnung sei, aber ich glaube das nicht so ganz. Seitdem war sie auch nicht mehr zu erreichen. Es muss Streit mit Olle gegeben haben über das Projekt und auch über persönliche Dinge. Meine Frau Elsa hat zwar versucht, mich zu beruhigen, und wir haben uns sogar deswegen in die Haare gekriegt, nur weil ich sage: Irgendetwas stimmt da nicht, ein Vater fühlt das.«

»Ha!«, sagte er und sah mich triumphierend an, worauf ich ganz bewusst nicht einging.

Pettersson zögerte, schließlich fuhr er fort. »Elsa weiß gar nicht, dass ich hier bin. Ich will auch nicht die Polizei einschalten, denn was sollte ich für einen Grund nennen? Dass meine erwachsene Tochter sich nur unregelmäßig meldet? Dass sie ihren Exfreund besucht, den ich, Gott möge mir meine lästerlichen Worte verzeihen, noch nie ausstehen konnte? Die Herren von der Polizei werden mich auslachen. Aber ich kenne doch Linda, mein Mädchen.« Er zögerte wieder einige Sekunden, dann flehte er mich regelrecht an: »Bitte, Torsten, fahr zu Olle Olofsson nach Jokkmokk und sieh nach dem Rechten.« Dabei ergriff er meine Hand. »Dir liegt doch auch an Linda.«

»Meine Rede«, sagte mein Vater und trank einen Schluck.

»Ja, natürlich liegt mir etwas an ihr, sehr viel sogar«, gab ich schnell zurück. Erstens entsprach das eindeutig der Wahrheit, und zweitens saß mir womöglich gerade mein zukünftiger Schwiegervater gegenüber. »Ich habe mir zwar auch schon Sorgen um sie gemacht, aber dass es so schlimm ist, habe ich nicht gewusst.«

Konnte vielleicht mal was problemlos ablaufen? Warum konnten die Handwerker nicht einfach ihren Job machen und mein Haus renovieren, dann könnte Linda klingeln und mir sagen, dass sie mich liebt, und wir alle würden in ein paar Wochen zusammen traut und einträchtig Weihnachten feiern? Von mir aus sogar mit meinem nörgelnden, besserwisserischen Vater und seiner esoterischen Renate. So aber musste ich offenbar in Begleitung eines subkultursuchenden Sozialpädagogen mit massiver Sehschwäche und mangelndem Realitätsbezug in einem alten VW-Bus nach Lappland fahren, um die Frau meiner Träume zu suchen.

Aber es half nichts. Ein Ur-Mann muss tun, was ein Ur-Mann tun muss – das war von meinen schon länger zurückliegenden Ur-Mann-Therapiestunden inhaltlich hängen geblieben. Dieser Punkt stand zwar nicht auf der Männer-To-Do-Liste mit dem Haus, dem Baum und dem Sohn, aber mir erschien die Aufgabe »Zauberhafte potenzielle Partnerin aus Gefahr erretten« durchaus listenwürdig und weitaus schwieriger als das mit dem Baum und dem Sohn zusammengenommen.

»Einverstanden. Ich fahre nach Lappland und kümmere mich persönlich um die Sache«, rief ich und haute mit der Faust auf den Tisch. »Das kriegen wir schon hin, was, Rainer?«

Pfarrer Pettersson freute sich unendlich, erhob sich und schloss mich überschwänglich und unter dankbaren Worten in die Arme. Fast meinte ich zu sehen, dass seine Augen feucht schimmerten vor Glück.

Rainer schien ebenfalls äußerst angetan von meiner Entscheidung. »Boah, super! Voll schwedenmäßig und echt crazy spannend. Da kannste mich direkt mitnehmen, ne! Cool, wir fahren nach Jokkmokk, du besuchst deine *Love*, ne, und ich kann mich nach meiner ultrakulturellen Kulturgruppe umschauen, und mal so gucken, was die an integrativen Sprachkursen so im Programm haben, ne! Alles irgendwie total emotional und bedeutend!« Er nickte dabei wild und rieb sich die Hände. Dann schob er sich die Brille höher auf die Nase.

Nachdem Pettersson mich wieder aus seiner Glücklicher-möglicherweise-zukünftiger-Schwiegervater-Umarmung entlassen hatte, dämpfte ich zuerst seine Erwartungen: »Ich kann nichts versprechen, denn ich weiß doch gar nicht, was da oben zwischen den beiden und auch sonst so vor sich geht. Als Erstes müssen wir zu Olle, vielleicht ist Linda ja dort.« Dann versuchte ich, Rainer von seinem Begeisterungstrip herunterzuholen: »Und wenn das erledigt ist, dann können wir meinetwegen diesen Thoralf Leifsson suchen. Aber ob der überhaupt irgendeinen Kurs abhält, steht ja noch in den Sternen, Rainer. Abgesehen davon, dürfte es schwierig werden, ihn zu finden, denn ich glaube kaum, dass er sich zusammen mit den Rittern Yggdrasils in sein Wohnhaus in Jokkmokk im Keller einquartiert hat. Diese Website war doch ein einziges Rätsel, und wir haben keine Ahnung, wo die sich rumtreiben. Lappland ist groß.«

Rainer nickte minimal enttäuscht, aber durchaus verständnisvoll. »Na logo, ne, is klar, ne. Zuerst mal das Zwischenmenschliche und so und dann Integration und Kultur. Ehrensache, ne.«

»Zusammen mit wem? Was für Ritter?«, wollte mein Vater jetzt wissen. Kopfschüttelnd betrachtete er den leicht euphorisierten Rainer in seinem Samenkostüm, während ich das Wenige, das wir über Yggdrasil und die dazugehörigen Ritter wussten, zusammenfasste. Inzwischen war mir klar, warum ich, oder besser gesagt, wir, meinen Vater brauchten. Er und Renate sollten nämlich gemäß Petterssons Planung während unserer Abwesenheit die Durchführung der Renovierungsarbeiten überwachen.

Zwar begehrte mein Vater nochmals auf, indem er tönte, es sei ja wohl das Letzte und wieder mal typisch, dass er zuerst nicht mal zwei Tage in dieser Dreckbude bleiben dürfe und nun am Ende eine ganze Woche oder länger darin wohnen und auch noch darauf aufpassen müsse. Doch Renate und Jan-Peer Pettersson sahen ihn derart vorwurfsvoll an, dass er sich schnell eines Besseren besann und schmollend dem Plan zustimmte. Einmal noch grummelte er: »Dreckbude«, dann schwieg er und nahm sich ein Bier.

Größer als sein monströs-motzendes Schandmaul war eben nur noch sein Herz.

ČIEŽA

Schon zwei Tage später saßen Rainer und ich tatsächlich in Lasse, meinem treuen VW-Bus, den ich in Frankfurt in gebrauchtem Zustand gekauft hatte, bevor ich nach Schweden gezogen war, um mein Glück zu suchen. Ich hatte extra noch an einer Tankstelle eine neue Batterie erworben, denn die alte hatte beim Starten ein wenig geschwächelt. In der Einsamkeit Lapplands musste ich mich unbedingt auf einen funktionierenden Wagen verlassen können.

Wir fuhren bereits vor Sonnenaufgang los. Im Rückspiegel sah ich Renate und Jan-Peer im Schein der Eingangsbeleuchtung meines Renovierungsobjektes winken, während mein Vater nur statisch-stoisch die Hand erhoben hielt, bis wir auf die asphaltierte Landstraße abbogen. Rainer hatte sich auch für die Fahrt nicht davon überzeugen lassen, seine original samischen Traditionsklamotten abzulegen, schließlich führe uns unsere Reise zu deren kulturellem Ursprung, hatte er voller Überzeugung entgegnet. Lediglich zu einer Handwäsche der Textilien hatte ich ihn überreden können. Dabei dachte ich vor allem an die Luftqualität im Auto, also eigentlich an mein ganz persönliches Wohlbefinden während unserer bevorstehenden, fast eintausend Kilometer langen Autoreise.

Die Sache mit Linda war insgesamt mehr als seltsam, und ich machte mir mindestens so große Sorgen wie ihr

Vater. Wir hatten während der letzten vierundzwanzig Stunden mehrfach versucht, sie auf ihrem Handy zu erreichen. Pustekuchen. Immer nur der Anrufbeantworter. Sogar unter Olof Olofssons privater Festnetznummer hatten wir es probiert. Ebenfalls erfolglos. Dass Pfarrer Pettersson momentan noch nicht die Polizei einschalten wollte, leuchtete mir zwar ein, allerdings waren wir übereingekommen, dass Jan-Peer das sofort nachholen werde, falls Rainer und ich uns auch nicht mehr regelmäßig melden sollten oder unverrichteter Dinge wieder aus Jokkmokk abreisen müssten. Den Vorschlag meines Vaters, dass *er* sich dann der Sache annehmen und diesem »Lappland-Penner Olle«, wie er sich ausdrückte, mal den Marsch blasen werde, hatten wir alle dankend abgelehnt.

Ich redete mir vehement ein, dass weder das eine noch das andere nötig werden würde, weil sich alles als Missverständnis oder Handydefekt aufklären würde. Dabei hoffte ich, dass mir der bereits zum Halbsamen mutierte Rainer, der neben mir auf dem Beifahrersitz saß und durch seine monsterdicke Brille müde in die an uns vorbeiziehende Natur glotzte, eine Hilfe wäre. Klar, seine Sozialkompetenz war nicht sonderlich hoch, sie verhielt sich quasi antiproportional zu seiner Bildung, aber das machte er mit Empathie und einer erschreckenden, beinahe kindlichen Ehrlichkeit wieder wett. Und mit Glück.

Ja, ich war davon überzeugt, dass Rainer vom Schicksal geliebt wurde. Wenn ich an die unzähligen Momente unserer erst jungen Bekanntschaft zurückdachte, die ihn durchaus das Leben hätten kosten können, ob in Costa Rica oder erst vor wenigen Tagen beim Mikrowellenbrand, dann beruhigte mich das eher. Mir war nämlich aufgefallen, dass in seiner direkten Umgebung eigentlich immer nur andere zu Schaden kamen, meistens sogar diejenigen, die es verdient hatten. Man musste nur aufpassen, dass man nicht selbst versehentlich unter seine Räder mit Reifen aus ökologisch angebautem Idealistengummi geriet. Vielleicht liebten ihn sogar der gute alte Odin und die drei Nornen trotz oder gerade wegen seiner bescheuerten Klamotten, so hoffte ich wenigstens.

Zeitlich passte unsere Reise leider überhaupt nicht. Ich hatte nicht das allerbeste Gefühl, mein neu erstandenes Ferienhaus in der Obhut meines Vaters zu lassen, der es ohnehin nur als »Drecksbude« titulierte, und noch weniger in der Obhut von Handwerkern, die kamen, wie es ihnen beliebte, und es auch mit meinen Vorgaben nicht so genau nahmen. Ich war zwar davon überzeugt, dass mein Vater sich sofort auf einen Faustkampf mit jedem noch so muskelbepackten Maurer oder Dachdecker einlassen würde, wenn er sich im Recht glaubte, aber diese Gewissheit war zugleich Quell eines gewissen Unwohlseins. Zum Glück war Renate dabei, auf deren kosmischen und beruhigenden Einfluss ich baute. Pfarrer Pettersson wäre mir in diesem Punkt keine Hilfe mehr, denn er musste ebenfalls früh abreisen, immerhin war es Sonntag, und er hatte in seiner Gemeinde eine Predigt zu halten, und seine Frau Elsa würde womöglich feststellen, dass das von ihm angegebene Treffen mit einem befreundeten Pfarrer nichts als eine Lüge war.

Ich plante nicht mehr als fünf oder sechs Tage ein, um Linda aufzuspüren, mich von ihrer Unversehrtheit zu überzeugen und sie gegebenenfalls einfach mitzunehmen.

Zuerst fuhren wir nach Borlänge und folgten der Landstraße knapp einhundertzwanzig Kilometer in Richtung Osten, bis sich die Sonne am Horizont zeigte und Rainer bei Gävle rief: »Krass, Torsten, guck mal, das Meer, ne!« Von da aus ging es nordwärts. Schnurstracks. Achthundert Kilometer Ostseeküste lagen noch vor uns. Links wurde die Landschaft immer flacher und eintöniger, rechts blieb sie gleich eintönig. Blaugraues Wasser. Hudiksvall, Sundsvall, Härnösand.

An einer Tankstelle in der Nähe von Örnsköldsvik stieg ich aus und schlug den Kragen meines viel zu dünnen Blousons hoch. Es war Mitte November, und die Temperaturanzeige stand selbst jetzt um die Mittagszeit auf dem Nullpunkt. Dabei hatten wir nicht einmal die Hälfte der Reise hinter uns. Prima! Als ich im Internet las, dass es im November in Lappland durchaus meterweise schneien könne, hatte ich das nicht für möglich gehalten. Kopfschüttelnd hatte ich dennoch meine Wintersachen eingepackt. Nun kramte ich schon den dicken Norwegerpulli aus meiner Reisetasche hervor und zog ihn mir statt meiner Jacke über.

Als ich vom Bezahlen zurückkam, staunte ich nicht schlecht. Rainer stand lässig an den Bus gelehnt da und war in ein Gespräch vertieft. Das war aber nicht der Grund meines Staunens. Der nämlich war weiblichen Geschlechts und steckte in einer engen schwarzen Ledermontur.

»Voll krass!«, rief mir Rainer schon entgegen, als ich noch gute fünf Meter von den beiden entfernt war. »Da muss man total weit in den Norden fahren, und dann trifft man jemanden aus der Heimat, ne.«

»Sieh an«, sagte ich und hielt der unbekannten Frau die Hand hin. »Ich heiße Torsten Brettschneider.« Ich schätzte sie auf Ende zwanzig, und sie sah aus wie eine Mischung aus Einzelkämpferausbilder bei der Bundeswehr und Motorradbraut. Sie hatte keinen Bart (zumindest *noch* nicht) und keine Brille, dafür trug sie eine fest montierte Zahnspange, die sich mir nun glänzend präsentierte, als sie meinen Gruß erwiderte: »Moin! Ich bin Daphne, aber meine Freundinnen nennen mich Da.«

»Daphne, genau, ne, die Da, ne«, wiederholte Rainer aufgeregt, als sei ich taub oder debil. Was war denn mit dem los? Als ich ihn genauer betrachtete, war es mir sofort klar. Seine Augen strahlten wie fünfzig Teelichter auf einer Anti-Atommülltransport-Sitzblockade, und er konnte seinen Blick partout nicht von Daphne lassen. Offenbar hatte es Rainer voll erwischt.

»Die Da, ne«, wiederholte er noch mal.

»Danke, Rainer«, sagte ich, »das ist mir mittlerweile bekannt.« Dann wandte ich mich an das Objekt seiner Begierde. »Und was machst du hier? Urlaub?«

»Nö«, erklärte Daphne. »Nix Urlaub. Ich bin hier mehr so für meine Projekte unterwegs.«

»Soso«, sagte ich.

»Die Da, ne«, sagte Rainer verträumt. »Projekte und so. Supi.«

»Was denn für Projekte?«, hakte ich nach.

»Also ich sammle Tierscheiße, trockne die und verticke die dann in mundgeblasenen Glasphiolen auf eBay. Damit finanziere ich den Frauenladen, den ich mit drei anderen Mädels in Frankfurt eröffnet habe. Bei uns kriegt frau alles, was ihr Spaß macht und Mutter Erde nicht angreift. Wir haben ein Riesensortiment. Von Pfefferspray aus organischem Anbau für die Selbstverteidigung über vegane Ökopralinen und Biokuchen für die körperliche Selbstbefreiung bis hin zu Dildos in allen Größen aus Fair-Trade-Kautschuk für die Selbstbefriedigung.«

»Tierscheiße?«, wiederholte ich ebenso erstaunt wie angewidert. Wer mochte so etwas kaufen? Oder hatte ich was falsch verstanden? Die Fair-Trade-Kautschuk-Dildos verdrängte ich ganz nach hinten, um nicht loszuprusten und das organische Pfefferspray ausprobieren zu müssen, das Daphne mit Sicherheit für männliche Lästermäuler wie mich einsatzbereit und entsichert in der Lederjackentasche aufbewahrte.

»Logo. Tierscheiße geht voll ab im Internet, und die Kohle stecken wir dann in neue Projekte, und für die Miete ist das auch echt 'n Zuschuss. Die Leute stehn total auf so was, vor allem auf Köttel von Rentieren, weil sie die ja bei uns komplett ausgerottet haben.«

»Genau«, pflichtete Rainer ihr bei. »Tiermörder und Bonzen.«

»Waren aber alles Männer, die das gemacht haben!«, grummelte sie und sah Rainer dabei scharf an.

»Bei uns gab es, bis auf die Eiszeit, aber gar keine Rentiere, wenn mich nicht alles täuscht«, wandte ich vorsichtig ein.

Jetzt sah sie mich noch schärfer an als zuvor Rainer. »Das versucht uns die phallusdominierte Weltwirtschaft und Politik nur einzureden«, ereiferte sie sich.

»Genau«, sagt Rainer, »Mörder, Bonzen und Politiker. Und Phalli!«

»Korrekt!«, stellte Daphne fest.

»Aber ein paar tausend studierte Archäologen, Meteorologen und andere Wissenschaftler diverser Fachrichtungen teilen, glaube ich, meine Auffassung«, hielt ich dagegen.

»Auch alles Männer«, beharrte Daphne und erkundigte sich dann bei Rainer: »Bist du bei dem als Anhalter mit, oder kennst du den schon länger, oder was?«

»So irgendwie beides«, antwortete Rainer ausweichend nach kurzer Überlegung. Er schien sich noch an unsere erste Begegnung zu erinnern, als ich ihn auf dem Weg von Frankfurt nach Schweden aufgegabelt und mitgenommen hatte.

»Alles klar«, meinte Daphne. »Ich will weiter.«

»Wolln wir Telefonnummern tauschen?«, fragte Rainer zaghaft und schob hastig nach: »Vielleicht wenn ich ... wenn ich mal in einem Projekt helfen kann oder so, ne.«

Daphne blickte Rainer an. War das ein Lächeln auf ihren spröden Lippen? »Nee, keinen Bock. Ich bin frei und unabhängig. Aber wenn du wieder in Frankfurt bist, komm mal in der *Frauenfaust* in Bockenheim vorbei, das ist unser Undergroundladen. Da arbeite ich jeden Donnerstag und Freitag. Vielleicht sieht man sich ja. Könnte sein, dass ich das nicht unlässig fände. Aber den Chauvityp hier«, damit zeigte Daphne in meine Richtung, ohne mich auch nur eines Blickes zu würdigen, »den lass besser zu Hause. Die anderen Mädels im Laden sind nicht ganz so locker drauf wie ich. Wenn denen einer blöd kommt, gibt's auch schon mal eins in die Fresse.«

»Okay, du, ne, ich komme bestimmt mal rum, ne«, versprach Rainer total aufgeregt, und dann küsste er doch tatsächlich die nicht weniger überraschte Emanzen-Daphne zum Abschied auf die Wange. Zuerst hatte ich Angst, Rainers fisseliger, unkontrolliert wuchernder Bart würde sich in Daphnes Haarspange verfangen – ein um eine stilisierte Faust bereichertes Venussymbol aus rostigem Baustahl. Als das ausblieb, befürchtete ich, dass Daphne ihm vielleicht als Antwort auf diese offensichtlich quasi rein sexuell motivierte Handlung einen Elfmetertritt in den verhassten männlichen Unterleib oder wenigstens einen Handkantenschlag aufs Schlüsselbein verpassen würde. Doch nichts dergleichen geschah. Stattdessen ließ sie ihn eine Sekunde lang gewähren, löste sich, sagte: »Tschö mit ö!« und: »Übrigens: Coole Klamotten.« Dann verpasste sie Rainer noch einen freundschaftlichen Fausthieb auf die Brust, drehte sich um und ging davon.

Wir sahen ihr hinterher, wie sie in ihrer rockigen Lederkluft und mit wippenden Schritten über den Parkplatz lief, in einen mit Aufklebern diverser Kampfgruppen und Aktivistinnenvereinigungen übersäten uralten Mercedes-Kombi stieg und unter dem Ausstoß einer eher unökologischen Menge schlecht verbrannten Diesels in einer dichten Rußwolke davonfuhr.

»Die Da, ne«, seufzte Rainer.

»Ja, ja, die Da«, sagte ich und versuchte ihn zu trösten: »Die Da ist schon ... sagen wir mal, speziell. Aber du weißt ja jetzt, wo du sie treffen kannst in Frankfurt, wenn du willst.«

»Genau.«

»Aber das wird schwierig werden.«

»Wieso das denn?«

»Na ja, du bist doch auf dem Weg nach Jokkmokk, um quasi Schwede zu werden. Also so kulturmäßig und so, dachte ich. Und die meisten Schweden wohnen ja bekanntlich in Schweden, und wie willst du dann Daphne im Laden besuchen?«

»Ich seh das nicht so eng, ne. Die Schweden reisen auch viel und auch nach Deutschland.«

»Ist das so?«

»Logo, ne.«

»Na, dann ist ja alles paletti. Wollen wir weiter?«

Rainer war total verknallt. Sehr amüsant, aber irgendwie rührte es mich auch.

Die Reise führte uns immer weiter gen Norden. Irgendwann schienen wir unbemerkt eine Namenskonventionsgrenze überfahren zu haben, denn nach Örnsköldsvik endeten alle Orte nennenswerter Größe und Bedeutung plötzlich nur noch auf »å«: Umeå, Skellefteå, Piteå, Luleå. Da sich weder die Landschaft noch das Wetter und schon gar nicht der Unterhaltungswert unserer Reise steigerten, spielte ich mit Rainer das von mir spontan erdachte Reisespiel »Lass-den-letzten-Buchstaben-der-Ortsnamen-weg-und-amüsiere-dich-darüber«. Und tatsächlich, es amüsierte mich. Rainer, der seit der Begegnung mit Daphne ohnehin wie ausgewechselt wirkte, verhielt sich, als hätte er auf nüchternen Magen eine Dose *Julens nöje* getrunken. Doch zurück zum Spiel: Da alle Orte nur noch auf »å« endeten, fiel dadurch auch nur immer genau dieser Buchstabe des schwedischen Alphabets weg. Nun hießen die Orte Ume, Skellefte, Pite und Lule. Das erinnerte eher an die Mitglieder der von Blut-Svente und Messer-Jocke angeführten Pippi-Langstrumpf-Piratenbande und nicht wie eine Reihe von Küstensiedlungen. Narben-Ume, Schädelspalter-Skellefte, Ringer-Pite und Musketen-Lule. Sehr witzig, aber leider auch ein relativ kurzes Vergnügen.

Dann dachte sich Rainer ein Spiel aus – Kfz-Imitation. Die Regeln waren einfach: Man musste versuchen, das zu erwartende Geräusch entgegenkommender Fahrzeuge sozusagen vorzuahmen. Das taten wir abwechselnd, und wir freuten uns jedes Mal fast ein Loch in den Bauch, wenn ein monströser Lastzug oder ein Volvo an uns vorbeischoss und dann auch wirklich so oder so ähnlich klang, wie wir es mithilfe unserer Münder und Stimmbänder imitiert hatten. Das war wesentlich unterhaltsamer als das Buchstabenspiel, und man konnte es theoretisch auch unbegrenzt lange betreiben, zumindest bei Tageslicht. Doch davon gab es leider im Spätherbst, je weiter wir uns dem

Polarkreis annäherten, immer weniger. Außerdem hatte das Spiel noch zwei Nachteile. Der erste war, dass ich meine Lippen nach dem fünfzigsten oder sechzigsten mir entgegenkommenden Fahrzeug nicht mehr spürte, und der zweite war, dass ich durch die Windschutzscheibe noch schlechtere Sicht hatte als zuvor. Sie war nämlich nicht nur von außen durch Schmutzwasser verdreckt, sondern auch von innen ziemlich vollgespuckt, vor allem auf der Hälfte von Rainer, der das Spiel mit deutlich mehr Verve (und Speichel) als ich betrieben hatte und deswegen von mir zum Autoimitationssieger erklärt wurde, was er mit Stolz zur Kenntnis nahm. Ich vermutete, dass er noch nicht allzu oft in seinem Leben bei Siegerehrungen auf dem Treppchen gestanden hatte, wenn es um Leibesertüchtigung oder motorisch-musische Fähigkeiten gegangen war.

Mein Telefon klingelte. Da in Schweden die Verwendung von Handys während der Autofahrt nicht strafrechtlich oder sonst wie verfolgt wurde, hielt ich nicht an, sondern nahm direkt ab und klemmte mir das Telefon zwischen Schulter und Hals ein, sodass ich lenkend hören und sprechen konnte.

»Brettschneider.«

»Das habe ich mir schon gedacht, wenn ich dich anrufe. Siehst du meine Nummer nicht im Display?«

»Nein, ich fahre Auto. Hallo, Papa. Was gibt's?«

»Wollte mich mal nach euch erkundigen, wenn's recht ist.«

»Danke der Nachfrage. Uns geht's gut. Wir sind kurz vor Luleå, und es ist stockdunkel und saukalt.«

»Fast wie in Lappland, was?«, meinte mein Vater trocken, bevor er über seinen eigenen Witz lachte.

»Sag mal, gibt's was Neues von Pfarrer Petters... äh ... ich meine Jan-Peer oder sogar von Linda?«

»Nichts. Er hat sich nicht mehr gemeldet, also schätze ich, dass er nicht mehr weiß als gestern.«

Ich verzog enttäuscht den Mund.

»Kurze Frage noch wegen der Renovierung«, fuhr mein Vater fort. »Theoretisch müssten morgen ja die Fritzen der Firma Johansson anrücken, oder?«

»Das will ich doch hoffen. Warum?«

»Gibt's noch irgendetwas zu klären, bevor die weitermachen?«

»Was meinst du?«

»Wenn ich's wüsste, würde ich nicht fragen. Bei dir weiß man nie. Du bist schnell überfordert und ...«

Ich stöhnte. »Dein Vertrauen ehrt mich. Antwort: Nein, es gibt nichts zu klären. Alles steht im Angebot, Papa, und wenn ihr darauf achtet, dass Johansson genau das macht, was beauftragt wurde, dann geht auch nichts schief.«

»Dein Wort in Gottes Ohr«, grummelte mein Vater.

»Jedenfalls danke für die Info, viel Spaß bei allem, was ihr tut, und noch einen schönen Sonntag. Grüß mir Renate.«

Nachdem ich wieder aufgelegt hatte, nahm ich mir vor, morgen früh lieber noch mal anzurufen, sobald Johansson auf der Baustelle eingetroffen war. Nicht dass da am Ende etwas herauskam, was meinen Vorstellungen entgegenlief. Die Kombination aus unzuverlässigem Handwerker mitsamt Gesellen, einer kosmischen Renate und meinem unbeugsamen Ingenieursvater barg jedenfalls genügend Potenzial für Überraschungen, davon war ich überzeugt.

»Alles paletti zu Hause?«, erkundige sich Rainer.

»Ja, super, alles im Lot.«

Am Abzweig nach Luleå wischten wir mit einer Packung Reinigungstücher aus Lasses Handschuhfach die Überreste unseres Fahrzeugimitationsspiels von der Windschutzscheibe und verließen die E10 in Richtung Gällivare. Noch knapp zweihundert Kilometer bis zum Wohnort von Olle Olofsson, mit dem ich dringend mal ein paar Takte reden wollte. Ich stellte mich auf das Schlimmste ein und tankte sicherheitshalber noch einmal voll. Wer wusste schon, was für seltsame Tankstellen von noch seltsameren Menschen in der lappländischen Einöde betrieben wurden, wo einen niemals jemand würde schreien hören? Kurz dachte ich an die Tanke kurz vor Gödseltorp zurück, wo ich mein erstes Schwedenabenteuer nur knapp überstanden hatte. Gemessen an der nun folgenden Gegend war das spärlich besiedelte Mittelschweden um Leksand, von wo aus wir heute Morgen gestartet waren, nämlich etwa so dicht bevölkert wie die Stockholmer Altstadt im Hochsommer.

Zweieinhalb Stunden später erreichten wir Jokkmokk, *das* Zentrum der samischen Kultur in Schweden schlechthin, wie es der kaum zu übersehende Hinweis am Ortseingang versprach. Rainer wurde ganz hibbelig, kaum dass er das Schild entziffert hatte – schätzungsweise wegen des Wortes *Kultur* darauf –, und noch schöner: Ein Schild mit der Aufschrift »Hotel« wies nach rechts als ich am vermutlich einzigen Kreisel des verschneiten Städtchens anlangte. Lasses Uhr zeigte 19:42; wir waren seit fast dreizehn Stunden unterwegs. Nach der Sonne brauchten wir uns nicht zu richten. Die war nämlich schon lange, lange weg, um genau zu sein seit etwa Viertel nach zwei.

Wir tuckerten mit Lasse auf den Hotelparkplatz. Es war ein zweistöckiges Gebäude, das mit weiß übertünchtem Holz verkleidet war und ein wenig wirkte, als wäre es vom Eigentümer selbst gebaut worden. Dieser Eindruck verstärkte sich noch, als wir es betraten. Hier sah es so aus, als wäre alles selbst gebaut worden. Die Theke, die Tische, die Wände, die Stühle, sogar die Lampen. Nicht, dass diese Unterkunft deshalb schlecht gewesen wäre, aber sie versprühte den Charme der Siebziger, gepaart mit rudimentärer Funktionalität in organischem Material.

Egal, ich wünschte mir nur noch einen Happen zu essen und ein Bett. Wir checkten beim wortkargen Rezeptionisten ein, brachten unser Gepäck aufs Zimmer und gingen schnurstracks zurück ins Erdgeschoss, wo sich rechts neben dem Empfangstresen der Eingang zum gastronomischen Bereich des Hotels befand.

Die Einrichtung des Restaurants passte designmäßig zum übrigen Hotel. Dass wir deshalb die einzigen Gäste waren, konnte ich nicht ausschließen. Aus der halb geöffneten Küchentür am anderen Ende des Raums drang neben typischen Küchengeräuschen auch der Geruch angebratener Speisen. Die Abendkarte war übersichtlich und sehr regional. Ich entschied mich schnell dafür, mich vor den feilgebotenen Spezialitäten nicht zu fürchten, und bestellte deshalb mutig einen Rentierfleischtopf beim Kellner, auch wenn laut Speisekarte Rentierrückenmark mitverarbeitet worden war. Das hatte ich noch nie. In Jokkmokk verstand man sich offenbar bestens auf Personaleinsatzoptimierung. Der Unterschied zwischen dem Rezeptionisten und dem Kellner des Restaurants bestand nämlich einzig und allein in einer umgebundenen Schürze mit dem in den Sprachen Schwedisch, Englisch und Samisch gedruckten Statement: »Schwedische Produkte sind gut, samische noch besser!« Mich hätte es nicht gewundert, wenn ich dem Kerl morgens im kurzen hellblauen Kleidchen mit farblich passendem Lidschatten und mit Staubwedel in der Hand beim Säubern der Zimmer begegnet wäre.

Rainer hingegen tat sich mit der Auswahl eines Gerichts relativ schwer. Der Kellner zeigte durch Gesten unmissverständlich, was er davon hielt, traute sich aber wahrscheinlich aufgrund von Rainers Klamotten nicht, etwas zu sagen, weil er noch abklären musste, ob der vor ihm sitzende Typ, der sich gerade die Speisekarte fast bis vor die Nase presste, harmlos oder gemeingefährlich irre war.

Obwohl Rainer aufgrund der Begegnung mit Daphne kurz mit dem Übertritt zum veganen Lager geliebäugelt hatte, wie er mir unterwegs beichtete, entschloss er sich aus Gründen der interkulturellen Verständigung schließlich zu einem leckeren *Suovvas* mit *Gáhkko*, laut Speisenkarte gesalzenes, geräuchertes und getrocknetes Rentierfleisch mit Soße und einer Art Fladenbrot, und zum Nachtisch für einen schmackhaften *Juobmo* – gesottener Sauerampfer mit Milch und Zucker. Der Kellner, der ebenso wenig sprach wie der Rezeptionist, verschwand in der Küche, und ich sah noch, wie er eine weiße Kochjacke überzog und eine Kochmütze aufsetzte, bevor die Küchentür zufiel.

Etwa zwanzig Minuten später kam der Kellner und servierte uns unser Abendessen in irdenen Gefäßen, die glühend heiß waren. Aber das Gericht hielt, was sein Name versprach: Der Rentierfleischtopf bestand zu gleichen Teilen aus Rentierzunge, Rentiermarkknochen, Rentierhüfte, Rentierbrust, Rentierblutklößen und Rentierblutwurst. Und natürlich Rentierrückenmark. Dazu gab es Brot, Mehlklößchen und Preiselbeermarmelade. Auf unnützen Kram wie Gemüse verzichtete man hier anscheinend völlig. Das war wohl etwas für Weicheier, nichts für anständige Samen!

Ein Blick aus dem Fenster, wo nun vereinzelte Schneeflocken vom Himmel fielen, erklärte, warum. Was sollte hier schon wachsen? Die Samen aßen, was sie kriegen konnten, und das waren nun einmal keine Auberginen oder Granatäpfel, sondern Rentiere und Preiselbeeren. Aber es schmeckte gut und war eine ordentliche Portion.

Auch Rainer schien es zu munden, er mampfte still vor sich hin, lupfte nur ab und zu seine Brille, die wegen der Kaubewegungen zeitweise verrutschte, und nickte zufrieden. Wenigstens hatte er seine Samenmütze vom Kopf genommen und neben sich gelegt.

Nach dem Essen zogen wir uns in unser Doppelzimmer zurück. Schon in Gödseltorp und Costa Rica hatten wir mit dem Teilen eines Zimmers intensive Erfahrungen gesammelt. Deshalb hatten wir uns diesmal ebenfalls für ein Doppelzimmer entschieden, auch wenn ich lieber ein Einzelzimmer gehabt hätte und ich Rainers Schnarchen zeitweise etwas lästig fand. Da aber weit und breit keine Mikrowelle im Zimmer zu sehen war, war mir diese Lösung doch lieber, nicht dass Rainer wieder versehentlich irgendetwas abfackelte – so hatte ich ihn wenigstens unter Kontrolle und könnte nötigenfalls einschreiten.

»Wie geht's denn weiter, Torsten?«, fragte er, als er im Bett lag und sich die Decke bis zum Hals gezogen hatte. Er las gerade ein dickes, großformatiges Buch, das ich zu kennen glaubte.

»Morgen früh gehen wir zu Olle Olofsson und fragen ihn mal ganz höflich nach Linda, und wer weiß, vielleicht lösen sich alle Bedenken in Wohlgefallen auf. Dann können wir uns auf die Suche nach Thoralf Leifsson begeben«, antwortete ich, schloss die Fensterläden und zog die Vorhänge zu. Dann legte mich ins Bett neben Rainer. Fast wäre ich eingeschlafen, da fiel mir wieder ein, woher ich Rainers Buch kannte. »Das ist doch diese kommentierte Edda-Ausgabe, nicht wahr?«

»Genau, ne.«

»Du hast sie im Club Mucho Gusto in Costa Rica mitgehen lassen?«

»Genau.«

Ich dachte kurz an diesen sehr aufregenden und unerholsamen Urlaub zurück und an den Clubbesitzer, der sich wirklich nicht mit Ruhm bekleckert hatte. »Eigentlich okay«, sagte ich zustimmend.

»Genau«, meinte Rainer. »Hör mal zu, das ist echt oberstkrass interessant, ne.«

»Ich freu mich drauf.« Erschöpft sank ich in mein Bett zurück. Kissen und Decke waren ein wenig hart und unförmig, und ich vermutete, dass beides mit Rentierfellbüscheln oder getrockneten Preiselbeeren und Birkenrindenmulch gefüllt war. Die Nachttischlampe, die ebenfalls selbst gebaut schien und höchstwahrscheinlich mit Rentierhaut bespannt war, verströmte ein gelbliches Licht, das es mir leicht machte, in die Welt einzutauchen, in die mich Rainers Stimme entführte. Es war nämlich eine neuzeitlich übersetzte und wissenschaftlich kommentierte und ergänzte Ausgabe der *Snorra-Edda*, dem Buch über nordische Götter und Helden, ursprünglich im 13. Jahrhundert aufgeschrieben von einem gewissen Snorri Sturluson (für seinen Namen konnte er nichts), und der noch älteren *Lieder-Edda*, die der gute Snorri teilweise für seine Neufassung herangezogen hatte, wie mir Rainer ungefragt erklärte. Aber bereits die ersten Zeilen des Werkes machten klar – der Autor zitierte, quasi als stimmungsvollen Prolog, die Verse eines knapp achthundert Jahre alten Runenfundes aus Norwegen –, worum es ging, oder besser gesagt: Sie ließen einen in Verwirrung zurück. Rainer las vor:

> *Heil sér þú*
> *ok í hugum góðum.*
> *Þórr þik þiggi.*
> *Oðinn þik eigi.*

»Klingt wie ein Warzenzauber«, bemerkte ich, »oder wie Namen aus der Muppetshow.«

»Nee, du, das ist so nicht richtig«, verbesserte mich Rainer, der den Witz nicht begriffen hatte, weil ihn der *Edda*-Inhalt viel zu sehr in Anspruch nahm. Jedenfalls erinnerte mich dieses Textfragment an die Sprache auf der Website von *Yggdrasils riddare*.

»Das ist nämlich Isländisch, ne, und zwar Altisländisch. Es heißt so viel wie:

> *Gesund sollst du sein*
> *und eines frohen Sinnes.*
> *Thor möge dich empfangen*
> *und Odin sich deiner annehmen.*«

Ich konnte Rainer und seine Begeisterung nicht ganz in dieses Weltbild einordnen, in dem es doch meines Wissens vornehmlich darum ging, jedem den Schädel zu spalten, der einem vor die Streitaxt lief, zu brandschatzen, sich möglichst viele Weiber auf die Leisten zu zerren, und wenn das nicht so ganz klappte, dann wenigstens mit singendem, blutverkrustetem Schwert in der Hand nach Walhall aufzufahren. Die Wikinger und sonstigen

Anhänger dieses Glaubens wollten nicht integrieren, sondern massakrieren. Das war schon ein nennenswerter Unterschied, fand ich.

Interessiert blätterte Rainer weiter durch das Werk und las mir Originaltexte und moderne Kommentare zu selbigen vor, bis mir die Augen brannten, die ich mühsam offen hielt, weil ich sonst sofort eingeschlafen wäre. Ich muss gestehen, es fesselte mich, was die damals für Lieder gesungen hatten. Überhaupt, die ganze Götter- und Heldenwelt der Nordmänner hatte was. Sehr phantasievoll, vor allem im Vergleich zur christlichen Lehre mit ihren eher vorhersehbar handelnden Figuren. Kein Wunder, dass sich die katholische Kirche einen bunten Strauß Heiliger hielt, um der ganzen Sache etwas mehr Pfiff zu verleihen.

Trotz meiner bleiernen Müdigkeit hatte ich jetzt einen besseren Überblick über die altskandinavische Mythologie. Am coolsten fand ich die Sache mit Walhall und Yggdrasil, von der Rainer mir detailreich erzählte. Immerhin hatte Walhall ein goldenes Dach. Wer konnte sich so etwas heute noch leisten? Nicht mal der Papst. Was mich allerdings ein wenig befremdete, war die Behauptung, dass auf ebendiesem Dach eine Ziege herumlungerte, die den lieben langen Tag nichts anderes tat, als an den Blättern von Yggdrasil zu naschen. Das schien da oben allerdings niemanden zu stören, denn die Ziege hatte ein Feature, das sie einmalig machte und in den Augen der ansonsten ziemlich wilden Wikinger sicherlich höher stellte als jede noch so willige großbusige Frau: Aus ihrem Euter floss unentwegt Met, dem nachgesagt wurde, er bewahre das Heldentum der Krieger.

»Krass kriegsmäßig und aggro und so, ne, aber auch irgendwie so 'ne Art Fair-Trade, oder?«, bemerkte Rainer.

»Na, ja, irgendwie schon. Ich meine, wenn ein paar Schoppen Wein am Tag aus irgendeinem Euter sicherstellen, dass einem die Männer nicht von der Fahne gehen, dann hätte ich die Ziege auch auf dem Dach gelassen. Probleme mit der Wehrpflicht hatten die jedenfalls nicht«, witzelte ich und unterdrückte ein Gähnen.

»Nee, die waren total anders drauf«, pflichtete Rainer mir bei. »Dagegen gab's irgendwie keinen gesellschaftlichen Widerstand.«

»Ja, und die drei Nornen hat anscheinend auch niemand zu dem Thema *Heidrun vom Dach* befragt, oder aber die hatten genug mit ihrer Gartenarbeit zu tun und damit, den Baum andauernd zu wässern, der, wie ich deinen Schilderungen entnehmen durfte, ziemlich hoch gewachsen war, und zwar so hoch, dass in seinem Wipfel die Wolken hingen, oder?«

»Genau«, bestätigte Rainer des Mythenbaumes Höhe, wandte jedoch ein, dass die drei Damen sich um die Wasserversorgung Yggdrasils nicht kümmern mussten, denn eine von ihnen, nämlich die gute Urd, verfügte laut der Überlieferung über eine eigene muntere Quelle, die aus dem Wurzelwerk Yggdrasils entsprang, welches im Übrigen obendrein unkaputtbar war. Zumindest konnten ihm weder Feuer noch Schwerter etwas anhaben, behauptete die *Edda*. In den Zweigen der Esche, und das amüsierte mich am meisten, wohnte, spielte und terrorisierte angeblich besagtes Eichhörnchen Ratatöskr. Ratatöskr hatte mich von Anfang an in seinen Bann gezogen. Allein schon wegen seines Namens. Die alten Götterlieder gingen nicht weiter darauf ein, wen das fiese Nagetier denn terrorisiert und vor allem auch nicht, warum, wenigstens fand Rainer keine Stelle, wo das erwähnt wurde. Aber dass es das überhaupt tat, ließ doch charakterlich ziemlich tief blicken, fand ich. Vielleicht war es sauer, dass Yggdrasil eine Esche und kein Walnussbaum war, oder vielleicht war es irgendwie mit Snorri Sturluson verwandt (theoretisch unmöglich, da es ja älter sein musste, aber ein witziger Gedanke, und außerdem, was galten schon Zeit und Raum in der Welt der Asen?). Ratatöskr Sturluson klang aber auch einfach zu blöd und dabei noch mehr nach Unterleibserkrankung als ohne Nachnamen. Aber das war nur eine etwas arg weit hergeholte Mutmaßung von mir, und doch hätte ich beide Erklärungen gelten lassen.

Schließlich machte ich das Rentierlicht auf meiner Seite aus, und schon bald befand ich mich in einem Dämmerzustand zwischen Wachen und Schlafen. Bilder von alten Wikingergöttern und Personen aus meinem näheren Umfeld schossen mir durch den Kopf und vermengten sich zu teils grausigen, teils witzigen Chimären. Irgendwann verfiel ich in einen unruhigen Schlaf, in dessen Verlauf ich von einem böse grinsenden Eichhörnchen mit Hörnerhelmchen verfolgt wurde, das auf dem Rücken des namenlosen Adlers saß und mich stinksauer mit Preiselbeeren und Rentierblutwurststücken bombardierte.

Am nächsten Morgen duschten wir und gingen zum Frühstücken nach unten in den Speisesaal. Trotz der etwas wirren Träume fühlte ich mich einigermaßen ausgeschlafen, auch wenn es draußen noch immer so finster war wie in einem Heringsfass. Auf dem Weg dorthin hörte ich das Geräusch eines Staubsaugers vom anderen Ende des Flurs und war wirklich froh, als uns der kochende und wahrscheinlich auch hotelbesitzende Rezeptionistenkellner von gestern Abend bediente.

Meine Lebensgeister erwachten nach Spiegeleiern mit

Rentierspeck und zwei Tassen Kaffee wieder zu voller Stärke. Auch Rainer wirkte putzmunter, als er unser Gepäck in Lasse lud und die Scheiben von Eis und einer oberschenkeldicken Schicht Neuschnee befreite. Ich hingegen hatte noch etwas an der Rezeption zu erledigen. Dort erbat ich mir vom wortkargen Hotelangestellten das Telefonbuch von Jokkmokk und blätterte bis »O«. Mein Zeigefinger schnellte die Zeilen hinab, bis ich ihn gefunden hatte: Olle Olofsson, Skansvägen 47. Ich notierte mir die Adresse.

Irgendwie hatte ich das Gefühl, etwas Wichtiges vergessen zu haben. Egal, das würde mir schon wieder einfallen. Jetzt würden wir uns erst einmal auf die Suche nach Linda begeben.

GÁVCCI

Das Haus von Olof Olofsson entsprach voll und ganz dem, was ich erwartet hatte. Er war tatsächlich unfassbar kulturell unterwegs. Wir standen vor einem schlichten weißen Wohnkubus in Bauhaus-Manier, umgeben von einem wahrscheinlich japanischen Garten – vermutlich angelegt nach Feng-Shui-Kriterien, oder gab's so etwas nur im Haus? –, den man allerdings kaum sah, da er unter einer geschlossenen Schneedecke verborgen war. Alles wirkte kulturell durchdrungen. Es hätte nur noch gefehlt, dass das Gebäude einen Seidenschal getragen hätte.

Ich atmete tief durch, dann betätigte ich die Klingel. Irgendwo in den Tiefen des Holzhauses rasselte es im Retrosound. Das tat es etwa zehn Mal, denn so oft drückte ich auf den Knopf aus matt gebürstetem Edelstahl, doch niemand öffnete. Ratlos drehte ich mich um.

»Keiner da«, sagte ich.

Rainer deutete auf einen kleinen Aufkleber, der am unteren Rand der Briefkasten-Klingel-Einheit angebracht worden war.

»Krass! Guck mal!«, rief er.

»Das ist ja echt seltsam.« Ich ging in die Knie, um mich zu vergewissern, dass mich meine Augen nicht trogen. »*Yggdrasils riddare*«, las ich halblaut vor. »Was hat *der* denn mit denen zu tun? Das wird ja immer seltsamer!«

»Ist auf jeden Fall total strange, ne.«

»Strange oder nicht, eine Spur ist es. Und vielleicht finden wir Linda, wenn wir Olle finden, und Olle, wenn wir die Ritter der Weltenesche finden. Wie hieß der Typ von der Website noch mal?«

»Thoralf Leifsson«, erinnerte sich Rainer.

»Stimmt.« Ich zückte mein Telefon und rief zuerst bei Linda auf dem Handy an und danach noch zwei Mal bei Olle Olofsson zu Hause. Doch beides war ohne Erfolg. Ich hörte es zwar entfernt bimmeln im Kulturhaus, aber niemand nahm ab.

Dann rief ich die Auskunft an.

Das Haus von Thoralf Leifsson lag weit entfernt vom Jokkmokker Stadtzentrum, eingeklemmt zwischen einer hässlichen Siedlung und dem Waldrand. Es war unfassbar schäbig und zugewachsen. Im Gegensatz zu den anderen Häusern in der Straße war es ein Stück vom Bürgersteig entfernt errichtet worden. Ein Umstand, den die Nachbarn aus optischen Gründen bestimmt begrüßten. Am Briefkasten war kein Namensschild zu entdecken, der Jokkmokker Postbote schien aber genau zu wissen, wer hier wohnte, beziehungsweise geflissentlich zu ignorieren, dass hier zurzeit niemand wohnte. Der Briefkasten quoll nämlich über.

»Krasse Bude«, meinte sogar Rainer.

Ich ging mit ihm zum Gartentor, sah mich kurz um und zog dann eines der Schreiben hervor, die im Schlitz des Briefkastens klemmten. Es stammte von einer Firma namens *Empower your Power AB* aus Malmö, die sich anscheinend dem Verkauf von leistungssteigernden Mitteln und Krafttrainingsgeräten verschrieben hatte. Das Firmenlogo zeigte einen selbstgefällig grinsenden Cartoon-Muskelmann.

Mehr als der Handel mit Anabolika und Steroiden interessierte mich der Adressat. Thoralf Leifsson. Wir waren also richtig.

Ich stopfte den Brief zwischen die anderen Umschläge zurück, und als mein Blick sich wieder dem Haus zuwandte, erkannte ich erst, *wie* richtig ich hier war. Auf dem verklinkerten Schornstein saßen nämlich zwei schmiedeeiserne Raben, die sich träge in den kalten Nordwind gedreht hatten und leise vor sich hin quietschten. Sofort dachte ich an die zappelnden Pixelfliegen des mitleiderregenden Odin-Avatars im Internet-Forum, das Rainer und ich gefunden hatten.

Beherzt öffnete ich das Gartentor und schritt über den beinahe knöcheltiefen Schnee auf die Haustür zu. Es machte mich ein wenig stutzig, dass die Türklinke in Form eines übertrieben muskulösen Männerarms gestaltet war. In der Mitte der Tür prangte ein stilisierter Baum mit Wurzeln und Krone, daneben ein bärtiger Opa mit Augenklappe und gehörntem Helm. Beide Arbeiten waren wahrscheinlich mühevoll mit dem Schneidbrenner einem Stück Stahlblech abgetrotzt und danach von untalentierter Hand koloriert worden. Yggdrasil und Odin? Leifsson schien weder handwerklich sonderlich begabt noch ganz knusper zu sein.

»Wie ist der denn unterwegs?«, wollte Rainer wissen.

»Oberstkrass stillos«, gab ich zurück und fragte mich insgeheim, in welche kranke Geschichte Kultur-Olle Linda mit hineingezogen hatte und in welcher Verbindung sein Kulturbegriff mit geschmacklosen Steroidbombern stand.

Linda.

Ich seufzte leise. Wo steckte sie nur? Hier offenbar auch nicht, denn es handelte sich ganz offenbar nicht um ein Schulungszentrum der Yggdrasil-Ritter, sondern um ein weiteres menschenleeres Haus.

Ich trat einen Schritt zurück in den verschneiten Garten und ließ meinen Blick erneut über das Gebäude schweifen. Gab es nicht doch ein Lebenszeichen, einen Hinweis? Die Rollos im Erdgeschoss waren heruntergelassen, aus dem Klinkerschornstein drang kein Rauch, kein Licht aus den Fenstern. Nichts. Hier war niemand, nicht einmal Thoralf Leifsson.

»Suchste was Bestimmtes, *sötnos*?«, krähte es unvermittelt hinter mir, und ich drehte mich um. *Sötnos?* Süßer?

Es war keiner von Odins Raben gewesen, sondern eine Frau, von der man nicht sagen konnte, um wie viele Jahre älter als sechzig sie war. Mit einer Zigarette im Mund lehnte sie an Leifssons Gartentor und glotzte mich herausfordernd an. Ihr bleiches, faltiges Dekolleté strahlte wie die lappländische Wintersonne, wenn die mal zu sehen war.

»Man schleicht nicht einfach bei anderen Leuten im Garten herum, *sötnos*.«

»Du, Torsten, was will denn diese Frau von dir?«, erkundigte sich Rainer und kam ebenfalls näher. Erst jetzt schien er die optischen Details der Dame wahrzunehmen und erstarrte. »Die is ja megakrass unterwegs«, entfuhr es ihm leise.

»Ist sie, aber vielleicht weiß sie etwas. Ich versuch mal mein Glück«, raunte ich zurück.

»Was ist denn das für ein Idiot in den Touristenklamotten? Und was tuschelt ihr da?«, rief die Alte. »Wer tuschelt, der lügt, und außerdem gehört sich das nicht!«

Gerne hätte ich ihr gesagt, dass es sich erst recht nicht gehörte, sich mit Lockenwicklern im Haar und einem unerotisch geöffneten fadenscheinigen Morgenmantel auf ausgelatschten Kunstfellpuschen an Menschen heranzuschleichen und diese hinterrücks anzukrähen. Aber ich schwieg lieber. Immerhin schien sie Leifsson zu kennen, und vielleicht wusste sie ja tatsächlich mehr über seinen Aufenthaltsort zu berichten. Ich versuchte mir vorzustellen, wie Rainer jetzt vorgegangen wäre, hätte er besser Schwedisch gekonnt.

»Hallöchen!«, probierte ich es. »Das finde ich ja supernett, dass Sie mich so direkt ansprechen. Die Leute hier können froh sein, eine so aufmerksame Nachbarin wie Sie zu haben, ne.« Dabei lächelte ich.

Eine eisige Windböe pfiff durch den Forsnäsvägen. Ein langer Aschekegel fiel von ihrer Zigarette und löste sich bei seinem Sturz zu Boden in graue Flocken auf.

Die wenigsten Menschen können mit Komplimenten umgehen, und die Reaktionen sind daher unterschiedlich und nicht vorhersehbar.

»Was is?«, krächzte sie lautstark. »Runter vom Grundstück, ihr Penner, sonst hole ich die Bullen!«

Ich beschloss einen Strategiewechsel und ging auf sie zu.

»Vielleicht keine so schlechte Idee. Ich suche nämlich eine Freundin von mir, die bei Thoralf Leifsson einen kulturellen Sprachkurs macht«, improvisierte ich. »Vielleicht kann die Polizei mir dann helfen, ihn zu finden.«

»Einen was?«

»Einen kulturellen Sprachkurs.«

Ihre Mimik sagte mir, dass ich diesen Begriff noch getrost mehrfach wiederholen könnte, ohne die beabsichtigte Wirkung zu erzielen. Sie zog an ihrer Zigarette, bis sich die Glut fast bis zum Filter gefressen hatte, und musterte mich.

»Du bist keiner von denen, oder?«

»Von wem?«

»Von diesen Spinnern.«

»*Yggdrasils riddare* meinen Sie?«

»Ich glaube, so heißen die.« Sie schnickte die Zigarettenkippe geübt in den Rinnstein. Weißer Rauch strömte zwischen ihren ledernen Lippen hervor. Zu meinem Leidwesen fuhr ein weiterer Windstoß durch die Straße und diesmal auch in ihren Morgenmantel. Für einen Moment wurde dieser so aufgebläht, dass Dinge zu sehen waren, die ich niemals hatte sehen wollen. Rainer anscheinend auch nicht, denn er wandte seinen Blick ab und stieß hervor: »Voll der oberstkrasse geriatriemäßige Anblick. Echt Hardcore. Ich hatte mal während meines Zivildienstes im Altenheim …«

»Klappe!«, schnitt ich ihm das Wort ab, und fuhr an sie gerichtet fort: »Nein, ich bin keiner von denen. Versprochen.« Dabei versuchte ich, durch die vor mir freiliegenden Tatsachen hindurchzusehen, und hoffte inbrünstig, diese Bilder würden sich nicht in mein Gedächtnis einbrennen und meine Libido für immer zum Erliegen bringen. Vielleicht war Ratatöskr auch ein Synonym für ein großes sexuelles Lapplandtrauma?

»Was sagt der Typ mit der Riesenbrille und den bescheuerten Klamotten?«, fragte die Alte und nickte in Rainers Richtung.

»Ach, nichts«, wiegelte ich ab. »Wie ich schon sagte: Ich bin keiner von denen.«

»Wie? Von wem?«

Ich raufte mir innerlich die Haare.

»Redet ihr über mich?«, erkundigte sich Rainer interessiert. Ich ignorierte ihn.

»Von den Spinnern. Ich bin keiner von den Spinnern, verstehen Sie? Keiner von Yggdrasils Rittern!«

»Na, klar, ich bin ja nicht schwerhörig oder bescheuert«, empörte sich die Alte. »Und du suchst also deine Freundin?«

Ich nickte.

Wieder betrachtete sie mich prüfend. »Ich glaube dir«, sagte sie schließlich. »Fahr von Jokkmokk nach Kvikkjokk und frag dort nach. Thoralf war oft in Kvikkjokk. Oft. Auch nachts!«

»Kvikkmokk?«

»Kvikkjokk!«

»Das ist Samisch«, kommentierte Rainer ungefragt.

Ich versuchte, mich zu konzentrieren. »Aha. Und wo liegt das?«

»Da lang«, krähte der flatternde Morgenmantel und machte eine theatralische Handbewegung in Richtung Westen.

»Vielen Dank!«

Ich wollte schon gehen, da packte sie mich völlig unerwartet am Revers meiner Jacke und zog mich über das noch immer geschlossene Gartentor an sich. Ich hatte das Gefühl, ich würde meinen Kopf in einen Kneipenaschenbecher stecken, während sie mich warnend ansah und sagte: »Pass auf, *sötnos*. Die sind verrückt! Denen ist alles egal, glaub mir. Du weißt nicht, worauf du dich da einlässt! Die haben eine Riesenmacke. Alle! Hi, hi, hi!«

Dann ließ ihre Hand von mir ab und fuhr in die eingerissene, aufgesetzte Tasche ihres Bademantels, um ein Feuerzeug und eine neue Zigarette zutage zu fördern, die sie sich unter gierigen Zügen anzündete. War dieses Morgenrockorakel eine der drei Nornen, die mich mit bedrohlichen Weissagungen aus der Fassung zu bringen suchte, während sich ihre beiden Schwestern in einer anderen Welt zu Füßen der Weltenesche über unsere verdatterten Gesichter halb schlapp lachten?

Einen Moment lang hielt ich gebannt inne und betrachtete sie. Wenn sie eine der drei Nornen war, dann musste das Urd sein, die für die Vergangenheit zuständig war, denn so wie die aussah, war Vergänglichkeit ihre Spezialität.

Ich trat mit Rainer durch Leifssons Gartentor und ging davon, während die Alte seelenruhig weiterpaffte. Vermutlich stand sie noch regungslos da und starrte uns hinterher, als ich schon längst wieder in Lasse saß und auf die Tankstelle in der Nähe des Jokkmokker Kreisels abbog, um mir den Weg noch mal genauer erklären zu lassen.

Auch wenn die Nikotinnorne mir keine Angst gemacht hatte, so hinterließen ihre unheilvollen Ankündigungen doch zumindest ein mulmiges Gefühl, und ein Gedanke trieb mich um: Wenn *die* schon behauptete, andere seien verrückt und gefährlich, da war ich mir nun nicht mehr sicher, ob ich Thoralf Leifsson wirklich kennenlernen wollte. Doch hatte ich eine Wahl?

Welche andere Spur zu Linda blieb uns als diese?

OVCCI

Die Strecke von Jokkmokk nach Kvikkjokk war nur hundertzwanzig Kilometer lang, aber die Fahrt dauerte über zwei Stunden, denn der vereiste Asphalt schlängelte sich wie ein müder Wurm durch die verschneite Landschaft. Und die wurde immer beeindruckender. Das hatte nichts mehr von der flachen, doch eher homogenen Topologie der Küstenstraße nach Luleå. Hunderte von kleinen und großen, ja teils monströsen Seen lagen an der Straße, beziehungsweise die Straße lag an ihnen. Außerdem wurde es zunehmend bergiger, ja fast alpin! Bisher hatte ich gedacht, Lappland sei eher eine Art Tundra, wo auf fünftausend Quadratkilometern ein Felsbrocken von der Größe eines Autos als anbetungswürdige samische Erhebung galt. Falsch gedacht! Ich begann zu verstehen, dass Leifsson und seine Yggdrasil-Kumpels sich womöglich gerne in dieser Gegend aufhielten – gewiss konnte man nirgends den nordischen Gewaltgöttern besser huldigen als vor dieser gewaltigen Kulisse. Gute Idee!

Trotz des Landschaftskinos, das sich uns präsentierte, geschah auf der Fahrt nicht allzu viel. Um genau zu sein: nichts. Das größte Ereignis fand etwa bei Kilometer neununddreißig statt, als ich einen LKW überholte und mit Rainer nach dem Passieren des überdimensionierten Road-Trains den bis dahin längsten Dialog auf dieser Reise führte.

Er sagte: »Oberstlange Karre, ne.«

Ich sagte: »Yep.«
Fertig.
Nach knapp neunzig Kilometer Fahrt änderte sich die Beschaffenheit der Straße von vereistem Asphalt in vereisten Kies, und es ging von da an beständig bergauf. Das fand ich in Anbetracht der eher ereignislosen Reise bemerkenswert. Gerne hätte ich mit Rainer wieder unser Autogeräusch-Ratespiel gespielt, ein Verfahren, das sich schon bei der Fahrt von Leksand nach Jokkmokk durchaus in punkto Kurzweil bewährt hatte. Allerdings funktionierte das nur, wenn einem wenigstens ab und zu ein paar Autos entgegenkamen. Es kam aber keins. Der Vorteil war, dass wir später nicht die Windschutzscheibe von innen würden säubern müssen.

Für mich völlig unerwartet begann Rainer – wohl aus Langeweile – plötzlich, die Melodie von *Backe, backe Kuchen* zu summen. Warum ihm gerade die einfiel, wusste ich nicht zu sagen. Ich sah verdattert zu ihm hinüber, doch er summte ungerührt weiter. Kurz dachte ich darüber nach, ob in seiner Kindheit etwas Traumatisches im Küchenbereich vorgefallen sein mochte, denn ein Typ, der in einem VW-Bus sitzt, durch Lappland kutschiert wird und nichts Besseres zu tun hat, als dieses Kinderlied zu summen, machte mir Sorgen. Selbst, wenn es sich dabei um Rainer handelte. Einsetzender Lappland-Koller? Dann fing er auch noch an, eine seltsame Weise dazu zu singen: »*Klubbudden, Vuollerim, Åtemjaure, Unna Siunak, Randijaure, Skalka, Jekkaure, Njave, Årrenjarka Sagat*, ne.«

»Alles klar mit dir?«, fragte ich ihn besorgt.

Er kicherte. »Logo, Torsten, alles super, ne. *Klubbudden, Vuollerim, Åtemjaure, Unna Siunak, Randijaure, Skalka, Jekkaure, Njave, Årrenjarka Sagat*, ne.«

Das klang sehr überzeugend und wäre jedes Schamanen würdig gewesen (bis auf das »ne« vielleicht). Rainers eher widerstandslose und weiche Stimme verlieh dem ganzen »Backe, backe, Kuchen«-Singsang etwas Bedrohliches und Bedeutungsschwangeres und erinnerte an den Fluch eines irren Hexers, der einem unkontrollierten Haarwuchs am ganzen Körper herbeiwünschte und sich dabei einen Pelzmantel aus lebenden Dackelwelpen steppte. Für einen Augenblick sah ich Rainer als weiß gewandeten *Herr-der-Ringe*-Zauberer Saruman, der mit erhobenen Händen seinen alles vernichtenden Fluch vom düsteren Turm seiner Feste ins Tal schmetterte. Ich vertrieb dieses verstörende Bild (Saruman hatte keine Brille und schon gar keine mit so dicken Gläsern) und erkundigte mich: »Was ist das denn? Ein lappländisches Kinderlied?«

Rainer verneinte heftig und nickte gleichzeitig glucksend und kichernd vor Freude, dass sein Kopf eine betrunkene Acht beschrieb. »Nee, du. Das ist von mir, ne. Einfach die Orte und Plätze, an denen wir seit Jokkmokk vorbeigekommen sind. Total funny, ne.« Im selben Moment flog Saruman die Brille von der Nase, und sein Lachen gefror. Ich hatte das Bremspedal fast durchs Bodenblech getreten. Fast wäre ich mit Lasse gegen Felsen und Bäume gedonnert.

Die Straße war zu Ende.

Einfach so.

»Das war knapp«, bemerkte ich.

»Oberstmegakrass!« Rainer setzte sich die Brille wieder auf. »Nach Kvikkjokk geht's nach rechts, ne.«

Rainer deutete auf einen großen Wegweiser vor uns, den ich fast umgebügelt hatte.

»Ach so, danke.«

»Keine Ursache, ne. Dafür sind wir ja schließlich zusammen gefahren, und vier Augen sehen mehr als zwei, ne.«

Ich folgte der Richtung, in die der Pfeil zeigte, auf einem bedeutend schmaleren und holprigeren Weg den Berg hinauf.

Nach fünf Kilometer Geeier, Gehoppel und Gerutsche auf gefrorenem Untergrund erreichten wir endlich Kvikkjokk.

Ab wann ist ein Dorf ein Dorf, ein Ort ein Ort? Braucht's dafür zwanzig Häuser, ein Dutzend, zehn? Oder genügt es, wenn sich jemand irgendwo mit verschränkten Armen mitten in die Pampa eine kleine Hütte hinstellt und starrsinnig beschließt: »So! Ich bin ab heute ein Ort!« Wenn ja, dann war das der Grund, warum Kvikkjokk einer war. Gut, es gab mehr als ein Haus, nämlich insgesamt genau fünf, und – das war wahrscheinlich der ausschlaggebende Punkt, weshalb dieser Ort überhaupt als Ort gehandelt wurde – auch eine uralte Kirche. Aber das war's dann auch schon. Allerdings standen etwas abseits auf einem gerodeten und notdürftig begradigten Stück Waldboden einige Autos, und zwar deutlich mehr, als Kvikkjokk fahrtüchtige Einwohner zählen konnte.

»Irgendwie is hier nich so viel, ne«, kommentierte Rainer und blickte sich durch Lasses dreckige Scheiben um.

Ich parkte neben den anderen Fahrzeugen, stieg aus und machte die Tür zu. Eine Sekunde später machte ich die Tür wieder auf, um meine Winterjacke nebst Schal herauszuholen. Es war saukalt geworden, noch kälter als in Jokkmokk. Rainer hingegen schien in seinem hundertprozentig original samischen Traditionsoutfit bestens gerüstet zu sein, das er nun um eine im ähnlichen

Design gehaltene Jacke – also kobaltblaues Gewebe mit gelben und roten Stickbordüren nebst Kunstfellkragen – ergänzte. Ich scannte die Autos auf dem Parkplatz. War Lindas roter Saab dabei? Ich entdeckte ihn nicht, leider aber Aufkleber auf den Hecks von vier anderen Autos: ein stilisierter Gott oder so was mit Wikingerhelm; ein PVC-Schattenschnitt von Leifssons Eisenarbeit an dessen Haustür, so viel konnte ich erkennen. Alleine kam ich hier wohl nicht weiter. Ich beschloss daher, jemanden zu fragen, der vielleicht mehr wusste, und bedeutete Rainer, mir zu folgen. Kurze Zeit später klopfte ich an die Tür des größten Gebäudes in Kvikkjokk. Es handelte sich um ein zweistöckiges, in *faluröd*, dem typischen Schwedenrot, getünchtes Holzhaus mit ausladender Veranda. Ich hoffte, dort den Bürgermeister oder einen ähnlichen Repräsentanten dieser gewaltigen Gemeinde vorzufinden.

Tippelnde Schritte waren zu hören, dann öffnete sich die Tür, und ein kleines Mädchen von vielleicht zehn oder elf Jahren sagte zahnlückig: »*Hej!*«

»*Hej!* Sind dein Papa oder deine Mama da?«

»Hallöchen, ne!«, grüßte Rainer und machte mit seiner rechten Hand eine Art Winke-Winke.

Die Kleine starrte ihn an und schien nicht zu wissen, ob sie sich fürchten oder sich amüsieren sollte. Schließlich lief sie zurück ins Hausinnere und rief laut nach ihrer Mutter, die auch kurz darauf erschien.

»*Hej!*«, wiederholte ich.

»*Halli-Hallå*, ne«, sagte Rainer diesmal und wiederholte dabei seinen albernen Winke-Gruß.

»Ich suche eine Freundin von mir«, fuhr ich fort. »Sie heißt Linda, sieht sehr hübsch aus, und sie hat lange blonde Haare. Haben Sie sie vielleicht gesehen?«

»Linda? Blond?«, vergewisserte sich die junge Mutter,

die genau wie ihre Tochter ihre weit aufgerissenen Augen nicht von Rainer lassen konnte, der heftig nickte und den beiden abwechselnd zuzwinkerte.

Ich nickte auch mal zur Abwechslung. »Ja, blond.«

Sie schüttelte den Kopf. »Nein, tut mir leid. Was wollte sie denn hier? Wandern? Skifahren?«

»Eher nicht«, gab ich zögerlich zurück. »Ich weiß es auch nicht ganz genau, könnte aber sein, dass sie die ... die Ritter von Yggdrasil und einen gewissen Thoralf Leifsson besuchen wollte, der hier in der Nähe ...«

Weiter kam ich nicht.

»Komm her, Linnea«, wies die Frau ihre Tochter scharf an.

»Aber er sucht seine Freundin ...«, hob die Kleine an.

Doch ihre Mutter zog sie einfach zurück ins Haus und schob sich schützend vor sie. »Hauen Sie bloß ab und kommen Sie nicht zurück, sonst hole ich meinen Mann und der seine Flinte, verstanden?«, fauchte sie mich an. »Wir wollen damit nichts zu tun haben! Los, verschwinden Sie beide, Sie und Ihr wahnsinniger Kumpane!«

Rumms!

Die Tür war zu.

Anders als mein Mund.

»Wie is denn die unterwegs?«, fragte Rainer. »Voll anti-peace-mäßig, oder was?«

»Ich glaube, die ist eher ängstlich unterwegs«, erklärte ich Rainer und übersetzte ihm den Redeschwall der Frau.

»Du, Torsten, ich glaube fast, dieser Thoralf Leifsson ist nicht überall beliebt, ne, irgendwie gesellschaftlich nicht voll akzeptiert und auch ausgegrenzt«, kommentierte er mit konzentriertem Gesichtsausdruck.

»Das scheint mir in der Tat eine von vielen plausiblen Erklärungen zu sein«, stimmte ich ihm zu, fragte mich aber insgeheim, womit die Mutter der Kleinen nichts zu tun haben wollte? Mit Leifsson und dessen Rittern oder mit dem, was die so treiben? Das klang alles gar nicht gut.

Schweigend und ratlos gingen wir zurück zum Parkplatz.

»Was machen wir denn jetzt?«, wollte Rainer wissen.

Ich zuckte mit den Achseln und kickte einen vereisten Schneebrocken über den Platz. Plötzlich registrierte ich aus den Augenwinkeln, wie sich die Vorhänge an einem Fenster des Hauses bewegten. Die Frau beobachtete mich. Oder war es ihr Mann, der vielleicht gerade sein Jagdgewehr reinigte und ölte? Auch dass er wahrscheinlich Rainer besser treffen würde in seiner aufgeplusterten und weithin gut sichtbaren Jacke, tröstete mich überhaupt nicht.

Doch es blieb glücklicherweise ruhig, niemand eröffnete das Feuer auf uns. Das war gut so, denn als ich mich umsah, musste ich feststellen, dass es hier nur von zwei Dingen viel gab: verschneite Berge, verschneite Wälder, verschneite Berge, verschneite Wälder und noch mal verschneite Berge und verschneite Wälder. Hier würde uns niemand finden, wenn man uns zur Strecke bringen würde, aber leider würde es genauso schwer werden, Linda oder diesen Leifsson-Verein zu lokalisieren. Immerhin schien der Jokkmokker überall bekannt zu sein, selbst in Kvikkjokk. Das bedeutete im Umkehrschluss, dass er sich sooo weit weg von hier nicht aufhalten konnte. Nur, wie sollten wir ihn aufstöbern?

Ich machte Lasses Beifahrertür auf und holte meine Handschuhe und meine Skimütze aus dem Rucksack, bevor ich Rainer einsteigen ließ, der sofort begann, etwas im Handschuhfach zu suchen. Ich hatte das Gefühl, dass mir die Kälte mittlerweile kleine Hautstücke herausbiss, wie diese Insekten von der Größe einer Fruchtfliege, die die Schweden *knott* nannten und die einen von Mai bis September im Freien drangsalierten. Je nördlicher man kam, desto zahlreicher und fieser wurden sie. Genau wie die Witterungsbedingungen. Jetzt begann es wieder zu schneien. Heute war nicht mein Tag. Entnervt schlug ich die Tür zu und wäre im gleichen Augenblick fast gestorben vor Schreck.

Die kleine Linnea stand vor mir. Weder Rainer noch ich hatten sie kommen hören. Sie hatte eine Rentierfelljacke und eine Strickmütze übergezogen, trug allerdings noch ihre Hausschuhe. Damit sah sie nicht zwingend origineller aus als Rainer, aber auf jeden Fall originaler.

»Was machst du denn hier?«, fragte ich. »Ob deine Mutter das gut findet?«

Statt mir zu antworten, sah sie sich geheimnisvoll um, legte den Finger auf die Lippen und machte: »Pssst!«

Ich blickte sie schweigend an. Und auffordernd. Was wollte das Kind von mir? War sie nur ein geübter zahnlückiger, aber trotz ihres Alters skrupelloser Lockvogel und wollte uns aus Lasses Deckung hervorholen, damit ihr Vater freies Schussfeld bekam und uns vom Küchenfenster aus bequem mit dem Jagdgewehr umballern konnte? Ich sah mich um, spähte zum Haus zurück, doch es war niemand auszumachen.

»Du und dein Freund mit der dicken Brille, der diese lustigen Sachen anhat und so komisch redet«, hob die Kleine an und hielt sich beide Hände wie ein Fernglas vors Gesicht, was die Dioptrienzahl von Rainers Sehhilfe relativ gut traf, »– ihr seid nett.« Rainer verstand wahrscheinlich nicht alles, was sie sagte, grüßte aber wieder lächelnd: »Hallöchen, ne, *Halli-Hallå*!« und winkte ihr nickend zu.

95

Dann flüsterte Linnea: »Ich habe sie gesehen.«

»Wen? Linda?«, fragte ich und beugte mich zu ihr hinunter.

Linnea zuckte die Schultern. »Ich weiß nicht, wie sie heißt – die schöne Frau mit den goldenen Haaren. Ich habe sie mal gesehen. Sie war hier mit einem Mann, und sie haben sich laut unterhalten.«

»Was für ein Mann? Und wann war das?«, fragte ich entsetzt.

Die Kleine zuckte die Achseln. »Vielleicht vor einer Woche oder zwei? Der Mann sah so schick aus und hatte auch eine Brille, aber eben in schick. Und einen Schal. Auch schick.«

»Olle«, entfuhr es mir.

»Ja, ja, so hat sie ihn genannt, Olle«, bestätigte Linnea meinen Verdacht.

»Worum ging es denn?«

Sie schüttelte mit traurigem Blick den Kopf. »Ich weiß nicht. Mama hat gesagt, ich soll keine Leute belauschen, und hat das Fenster zugemacht. Und als ich wieder hin bin, als Mama im Keller war, war keiner mehr da. Die Leute waren wieder weg. Ich habe nicht gesehen, wohin sie gegangen sind, aber bestimmt in das Lager des großen, starken Mannes.«

»Was für ein großer starker Mann?«, erkundigte ich mich. »Was für ein Lager?«

»Deine Freundin mit dem goldenen Haar ist nett, aber der Mann mit dem Schal und dieser Thoralf, die sind doof und gemein«, flüsterte sie und sah sich um, als ob sie befürchtete, einer der beiden könne sie hören. »Thoralf ist groß und stark. Und böse«, fügte sie flüsternd hinzu.

Unvermittelt zeigte sie an den Häusern vorbei auf den Wald und sagte: »Über den Fluss und dann zur Mühle und noch ein Stück. Da wohnt er mit seinen Freunden. Vielleicht ist deine Freundin mit ihnen dort hingegangen?« Sie zog eine verknitterte Landkarte aus ihrer Rentierjacke und hielt sie mir hin. Kaum hatte ich sie aus ihrer kleinen Hand entgegengenommen, makste sie auch schon wieder in ihren Fellstiefelchen durch die tiefe Schneeschicht zurück zum Haus.

»Voll putzig die Kleine, ne. Was hat sie denn so erzählt? Hat das arme Ding was mit'n Augen, oder was sollte die Geste vorhin?«

»Ach, das ist so ein lappländisches Zeichen für allgemeine Gefahr und dass man sich vorsehen soll«, log ich spontan und fuhr etwas ratlos fort: »Wir müssen zu einer Mühle im Wald und über einen Fluss.«

»Voll krass adventure-mäßig und nature-technisch die Suche, ne«, begeisterte sich Rainer. »Wie die Wikinger. Total urkulturell in Verbindung mit der Natur. Ultra-ur-schwedisch!«

»Ja, total. Aber was für eine Mühle und was für einen Fluss hat sie gemeint?«

»Na, den dahinten«, behauptete Rainer und deutete so lässig mit dem Daumen über die Schulter, als kenne er diesen Ort wie seine Westentasche.

Ich lauschte. Tatsächlich, weit entfernt war leises Rauschen zu hören.

»Geht's jetzt mal los, oder wie?«, hakte Rainer ungeduldig nach.

»Gleich, aber erst schauen wir, wo wir sind und wo wir hinmüssen. Komm!« Mit diesen Worten umrundete ich Lasse, schob die Seitentür auf und setzte mich mit Rainer zusammen ins Wageninnere, wo ich die Wanderkarte aufklappte. Sie war schon ziemlich ausgeblichen und wies einige Flecken auf, von denen ich inständig hoffte, sie stammten von uraltem Ketchup und hatten nichts mit dem Jagdgewehr von Linneas Vater zu tun. Ich fand mich schnell zurecht.

»Da ist die Mühle«, sagte ich und deutete auf die Karte. Auf der anderen Seite des Tarraälven führte ein Trampelpfad etwa drei Kilometer am Fluss entlang und von dort durch die ansteigenden, vermutlich ziemlich kalten und vor allem dunklen Wälder bis zu einer Stelle, wo ein noch kleineres Flüsschen in den Tarraälven mündete. Genau dort war ein Symbol mit vier Flügeln zu sehen. Darunter stand *kvarn*, Mühle. Ganz in der Nähe unseres Ziels und in der Nähe von Linda. Hoffentlich.

»Okay, ne, das ist *easy going*«, befand Rainer. »Irgendwie so pfadfindermäßig.«

Im Prinzip hatte er ja recht. Wir mussten nur einen Trampelpfad entlanggehen, dann wären wir auch schon da. Das bereitete mir nicht die geringsten Kopfschmerzen. Ich verfügte über jede Menge Erfahrung, was Trampelpfade anging, ja, ich konnte mich fast schon als Experte bezeichnen. Kurvige, sich schlängelnde, langweilige, verwurzelte, ganz egal – ich war in meinem Leben schon auf dermaßen vielen Trampelpfaden gegangen, dass ich sie nicht mehr zählen konnte. Allerdings hatte ich verhältnismäßig wenig Erfahrung im Überqueren von eiskalten, dreißig Meter breiten Wildgewässern ohne jegliche Hilfsmittel. Und ich schätzte, dass es Rainer da nicht anders ging als mir.

»*Easy going?* Hmm, ich weiß nicht, also einfach wird das nicht«, gab ich zu bedenken. »Ich befürchte jedenfalls, weitaus mehr *going* als *easy*.«

»Wir hatten mal von der Uni aus einen Wochenendkurs in der Eifel mit Orientierungsläufen, um zur Gruppe und zu uns selbst zu finden«, erklärte Rainer.

»Das ist sehr schön für dich, aber war das auch im Winter, so mit Schnee und Minusgraden und so?«

»Nee, eher so im Sommer, ne.«

»Das habe ich mir gedacht. Aber«, fuhr ich fort, »wir werden Linda nie finden, wenn wir es nicht wenigstens versuchen.«

»Genau!« Rainers Tatendrang schien ungebrochen. Er wirkte extrem motiviert. Warum? So kannte ich ihn gar nicht. Aber er lieferte die Erklärung gleich nach: »Würde ich für die Daphne auch machen, ne.« Aha! Daher wehte der Wind. Die Liebe verlieh Rainer Flügel. Allerdings hoffte ich, dass unser Unterfangen nicht in einem Blindflug endete, auch wenn Rainer dafür die optimalen Bedingungen mitbrachte.

Wir stiegen aus, ich öffnete Lasses Heckklappe, dann packten wir das Notwendigste in unsere beiden Rucksäcke und marschierten in Richtung des mutmaßlichen Flussrauschens, das ich vor dem Auftritt der kleinen Norne Linnea und Rainers Hinweis überhaupt nicht als solches wahrgenommen hatte.

»Irgendwie krass mystisch hier und die ganze Geschichte sowieso, ne. Der Fluss ist so 'ne Art Styx, der Fluss zur Unterwelt, nur halt in Lappland«, fabulierte Rainer. »Fast wie eine Opferung individueller Mythologien auf dem Altar einer kulturellen Assimilation, ne.«

»Zum einen sind beide Länder mittlerweile Mitglieder der EU, Griechenland wie Schweden, zumindest im Moment noch«, hielt ich dagegen, »und außerdem habe ich weder im Originaltext der Edda noch in den Kommentaren jemals etwas von einem mystischen Schwedenfluss gehört, der das Diesseits von der Unterwelt ominöser Gottheiten trennt.«

»Aber die Wikinger hatten hundert Pro auch so einen

Fluss im religiösen Angebot. Deren Mythologie ist oberstkrass kreativ. Da gibt es nicht nur diese Weltesche Yggdrasil, sondern sogar eine Regenbogenbrücke und so, ne«, widersprach Rainer.

»Von mir aus«, gab ich nach. »Vielleicht hatten die tatsächlich auch so einen Fluss, aber bei dem hier vor uns ist lediglich eins klar: Er trennt uns von Thoralf Leifsson und damit von Linda.«

Wenn sie denn überhaupt dort war.

Noch während wir uns auf den Weg ans Ufer machten, rief mein Vater an. Die Verbindung war ziemlich lappländisch, und ich hoffte, sie würde wenigstens so lange einigermaßen passabel bleiben, bis ich ihn auf den neusten Stand der Dinge gebracht hatte.

»Pettersson hin, Pettersson her, meinst du nicht, es wäre doch besser, wenn wir gleich die Polizei informieren würden?«, fragte er, nachdem er meinen Schilderungen gelauscht hatte. »Oder soll ich vorbeikommen? Renate kann bestimmt ein paar Tage alleine hier in deiner Drecksbude ausharren.«

»Nein, das bringt nichts«, widersprach ich schnell. Diese Art Hilfe konnte ich jetzt nicht gebrauchen. »Du bleibst besser, wo du bist. Ich schaff das schon. Und was die Polizei angeht, so hat Pettersson doch recht. Was sollen wir denen denn sagen? Dass meine Freundin, mit der ich im Übrigen noch gar nicht fest liiert bin, in die lappländischen Wälder wandern gegangen ist, um was weiß ich zu machen? Ganz abgesehen davon, *vermute* ich zwar stark, dass Linda dort ist, aber mit Gewissheit sagen kann ich es erst, wenn ich da war und wenn ich mit diesem Thoralf oder mit Olle gesprochen habe. Jedenfalls werden die kein schwedisches SEK herschicken. Vorschlag: Ich gehe zu dieser Mühle und melde mich dann wieder.«

»Na, wenn das mal gut geht. Du und dieser Öko-Brillenclown«, gab er knapp zurück.

»Dein Vertrauen ehrt mich.«

»Ich kenne dich eben schon etwas länger. Ich bin dein Vater.«

»Das vergesse ich nicht so schnell, keine Bange.«

»Aber es gibt auch gute Neuigkeiten.«

»Aha. Welche denn?«

»Das mit deiner Drecksbude geht einigermaßen voran. Dieser Johansson ist heute mit drei Mann gekommen und arbeitet jetzt.«

»Gut, dafür bekommt er ja auch Geld, und das nicht zu knapp«, entgegnete ich nicht ganz so enthusiastisch wie von meinem Vater wahrscheinlich erhofft.

»Das konnte er aber nur, weil wir ihm bei der Farbwahl der Fassade und der Innenräume klipp und klar gesagt haben, was Sache ist.«

Fassade? Mist! Jetzt fiel mir wieder ein, was ich heute Morgen vergessen hatte! Ich hatte meinen Vater beziehungsweise Johansson noch mal wegen der Farben anrufen wollen. Mir schwante nichts Gutes. »Wieso das denn? Ich hatte doch alles mit ihm besprochen!«

»Anscheinend nicht. Es stand eine Farbe im Angebot, die es so nicht mehr gibt, und außerdem stimmte der Farbcode nicht mit der Bezeichnung überein. Ein totales Chaos, hatte ich bei meinem Sohn gar nicht anders erwartet. Ohne uns hätte er überhaupt nicht weitergemacht. Aber alles kein Problem, Torsten. Ist doch klar, dass ich dir helfe. Blut ist schließlich dicker als Wasser, und du hast ja auch kompetente Unterstützung gebraucht, wie's aussieht. Zum Glück bin ich Ingenieur, und mir machen diese Handwerker kein X für ein U vor...«

»Und was für Farben habt ihr genommen?«, fiel ich

ihm ins Wort und betete, dass in seiner Antwort weder *Schweinchenrosa* noch *Hornhautumbra* vorkommen würde.

»Ein schönes klassisches ... FRTPFT ... FRTPFT ... KRTZGRLG ...« Die Verbindung zu meinem Vater wurde kurz unterbrochen, dann hörte ich ihn wieder. »... KRZTKKRZTK ... braun.«

Pech gehabt! Ich hatte mit Johansson über ein zartes, unaufdringliches Cremeweiß geredet. Zumindest war ich mir da relativ sicher. Außerdem hatte im Angebot das Kürzel KB für *krämbeige* gestanden. Oder hatte das eine andere Bedeutung gehabt? Zum Beispiel »kackbraun«? Ich stolperte fast über einen kindskopfgroßen Stein, der halb aus dem Boden ragte, und wäre beinahe die Böschung zum Fluss hinuntergestürzt, den ich zusammen mit Rainer gleich zu überqueren gedachte.

»Was für ein Braun?« Ich sah mein farblich gedemütigtes Ferienhaus schon düster am Waldesrand stehen. Meine Nachbarn und die anderen Einheimischen würden es wahrscheinlich aufgrund seines Fassadenkolorits in Kürze *Brettschneiders Kackhütte* nennen. Oder *Scheißhaus*.

»Was ... FRTPFT ... Was sagst du? ... FRTPFT ... KRTZTLFRPT ...«

Ich gab auf. Das hatte keinen Sinn bei der Verbindung, und ich hatte jetzt wirklich andere Sorgen. »Okay, Papa, danke für eure Hilfe, aber ich mache jetzt Schluss. Ich muss nämlich über einen reißenden Fluss setzen.«

»FZKLRP ... Fluss? Was für ein reizender Fluss? Solltet ihr nicht besser ... FTPRTZP ... Linda suchen, anstatt einen idyllischen Spaziergang zu machen?«

»Nein! Nicht reizend, sondern *reißend*, im Sinne von wild, unbändig, gefährlich und so weiter. Der Fluss heißt

Tarraälven. Und Rainer und ich müssen da rüber, weil wir hoffen, auf der anderen Seite Linda zu finden.«

»Gibt's da ... KLKLPRTZTFT ... Brücke?«

»Nein, Papa, sonst würde ich die nehmen, glaube ich.«

»Na ja, bei euch weiß man ja nie. Und womit wollt ihr dann ... FLPFTRZPTFT?«

»Damit!«, sagte ich erfreut und zeigte auf ein Kanu, das mit einem Tau an einem Baum festgebunden war, der aus der Ufervegetation herauswuchs. Dann fiel mir auf, dass mein Vater das Ding ja gar nicht sehen konnte. »Ich habe gerade ein Boot gefunden«, schob ich nach. Die Verbindung wurde wieder schlechter.

»Wieso ein Brot? ... KLPFRTZPT ... Was für Brot? Junge, ich sage doch, du brauchst dringend Hilfe, wie willst du jetzt denn mit einem Brot ... FRTTPFTZPT ...?«

»Nein, kein Brot, ein BOOT!«, rief ich, doch das Gespräch war weg.

Ich sah das Handy kurz, aber vorwurfsvoll an, dann verstaute ich es in meiner Jackentasche.

»Was ist braun? Das Brot?«, fragte Rainer. »Und überhaupt: Was für'n Brot?«

Statt einer Antwort zeigte ich auf das Kanu. Wir prüften es auf Beschädigungen und stellten erfreut fest, dass wir keine fanden. Tatsächlich schien das Gefährt für die Überfahrt tauglich zu sein. Ich entdeckte die beiden Ruder, die der letzte Nutzer ordnungsgemäß in seinem Inneren verstaut hatte, und sah mich vorsichtshalber noch mal in alle Richtungen um, ob nicht irgendjemand uns beobachtete, am Ende Linneas schießwütiger Vater. Immerhin beging ich gerade den ersten Bootsdiebstahl meines Lebens, und auch, wenn ich nicht vorhatte, mir das zur Gewohnheit zu machen, so wollte ich wenigstens die Option haben, es wieder zu tun. Doch niemand war zu sehen außer dem dunkelgrauen Himmel, vereinzelten Flocken, dem weiß gepuderten Wald und dem wilden Eiswasser direkt vor uns.

Ich bedeutete Rainer, im Kanu Platz zu nehmen, und warf kurzerhand unsere Rucksäcke hinterher. Dann kraxelte ich ans Schilf, löste den Knoten vom Baum, brach ins Eis ein und versenkte mein linkes Bein bis zum Knie im frostigen Matsch. Prima! Ich hatte einiges auf die Reise mitgenommen, allerdings keine Anglerstiefel. Nun wäre es dafür ohnehin etwas zu spät gewesen. Ich fühlte, wie das brackige Eiswasser in meinen Trekkingschuh drang.

Ein sehr unangenehmes Geräusch war zu hören, als ich meinen Fuß mühsam den Fängen des Morasts entriss. Schwer atmend zog ich das Boot näher ans Ufer heran, dann sprang ich mit Schwung hinein und legte die Ruder in die Dollen. Und trieb sofort ab. Mein lieber Herr Gesangsverein, war die Strömung stark! Damit hatte ich nicht gerechnet, und ich war schon lange nicht mehr gerudert.

»Irgendwie echt voll *basic* hier, ne«, kommentierte Rainer unser hilfloses Trudeln im Lapplandstrom. »Schade, dass Daphne nicht hier ist, ne.« Entweder schien er sich der Gefahr einer drohenden Havarie nicht wirklich bewusst zu sein, oder er war einfach todesmutig. Letzteres konnte ich nicht ausschließen. Schließlich war ich mit ihm ja schon im nicht weniger bedrohlichen Urwald Costa Ricas unterwegs gewesen, wo er, wenn ich mich recht entsann, auch nie Angst gezeigt hatte. In diesem Moment wünschte ich mir, dass Linda bei mir gewesen wäre. Vor allem, weil ich dann höchstwahrscheinlich nicht in finstrer Eisnacht mit Rainer in einer Nussschale versucht hätte, ein lappländisches Wildgewässer zu bezwingen.

Zum Glück schaffte ich es nach einiger Zeit, das Boot unter Kontrolle zu bringen, und zehn anstrengende Minuten später legten wir endlich an, gut und gerne dreihundert Meter von der Stelle entfernt, die ich ursprünglich anvisiert hatte. Kaum waren wir dem wankenden Gefährt entstiegen, schlug uns der beißende Wind ins Gesicht. Meine Hose war nass, mir war kalt, ich war müde, die Trageriemen meines Rucksacks schnitten mir schmerzhaft in die Schulter, und das verlorene Handynetz war auch nicht wieder aufgetaucht. Hatte ich etwas vergessen? Ach ja, bei jedem Schritt quakte es aus meinem linken Trekkingschuh, als würde ich auf einen bedauernswerten, aber äußerst widerstandsfähigen Frosch treten, der zur Strafe für ein Vergehen in seinem Tümpel an meiner Sohle festgetackert worden war. Wenigstens waren wir so nicht vollkommen allein. Ein imaginärer Frosch, Rainer und ich. Ein echtes Dreamteam!

In Kürze würde es wieder dämmern.

Klar, war ja auch schon fast ein Uhr mittags in Lappland.

Dann folgten wir dem Trampelpfad zur Mühle und hoffentlich auch zu Linda. Mir schwante nichts Gutes ...

LOGI

Wir waren bereits gut eineinhalb Stunden unterwegs und, wie mir ein Blick auf die dreckige Wanderkarte zeigte, noch ein ordentliches Stück von unserem Etappenziel, der alten Mühle, entfernt. Zumindest wenn ich das im schwachen Schein meiner Handy-Taschenlampe überhaupt richtig deuten konnte. Es war mittlerweile dunkler und noch kälter geworden, also noch ungemütlicher, um mit Rainer durch lappländische Wälder zu stolpern, und zwar obendrein ständig bergauf. Gab es hier nicht auch Wölfe oder Bären oder beides? Ich beschleunigte meinen Schritt, imaginäre glühende Augen im Nacken. Kermit unter meiner Schuhsohle quakte schneller, wenngleich mittlerweile etwas leiser. Vielleicht um die lauernden Raubtiere nicht auf uns aufmerksam zu machen – äußerst umsichtig von ihm.

Immer steiler ging es bergan, und zwanzig Minuten später war es stockdunkel. Ich hätte mich gerne professionell an den Sternen orientiert, so wie es der Protagonist jedes zweitklassigen Actionfilms draufhatte, aber dazu waren zwei Dinge Grundvoraussetzung: Erstens musste man irgendwann einmal gelernt haben, sich an den Sternen zu orientieren, und zweitens musste man die Sterne dafür auch sehen können. Nichts davon war der Fall, und auch Rainer hatte noch kein Tutorium, kein Kolloquium und keinen Arbeitskreis mit Themen wie »Orientieren in dunklen Tannenwäldern bei Eiseskälte leicht gemacht« oder »Komplett hilfsmitteloses Zurechtfinden in nebulösen Nächten nahe des Polarkreises« absolviert. Notgedrungen aktivierte ich wieder die Handy-Funzel und leuchtete uns voraus.

Plötzlich schrie Rainer hysterisch auf, und auch mir rutschte das Herz in die Hose. Kaum nämlich, dass ich den Schrei verwunden hatte, beleuchtete mein Handy das Antlitz eines Monsters direkt vor uns. Wie gerne wäre ich geflohen, doch ich glitt auf dem überfrorenen Waldboden aus und knallte rücklings gegen einen Baum, der mich mit einer kleinen Schneelawine seiner Äste willkommen hieß.

Zum Glück wurde mein Sturz durch den umgehängten Rucksack etwas abgemildert. Der Schuhfrosch war völlig verstummt, wahrscheinlich ebenfalls aus Angst, oder er war vor Schreck einfach gestorben, und mein Handy flog in hohem Bogen irgendwohin in den Schnee, wo ich es nicht mehr sah. Und als habe der Mond nur auf einen möglichst dramatischen Einsatz gewartet, schob er ein paar Wolken beiseite und beschien die bizarre Szenerie unter sich mit aschfahlem Licht, tauchte alles in ein düsteres Spiel aus gräulich-blauem Weiß und langen Schatten.

Vor Schreck angesichts des Ungetüms schien Rainer ebenfalls seinen Kampf gegen die Gravitation aufgegeben zu haben und lag nun auf dem Rücken wie ein Maikäfer. Dabei zappelte er mit allen ihm zur Verfügung stehenden Gliedmaßen und versuchte das, was auch der Maikäfer in ähnlicher Lage versucht hätte: wieder auf die Beine zu kommen. Vergeblich. Dann verfiel er in eine Art Raupenmodus. Mit beiden Füßen und mit Unterstützung seiner rudernden Arme, wollte sich auf dem Rücken liegend und mit heruntergerutschter Brille von dem Monster wegbewegen, was natürlich ein lächerliches Unterfangen war.

Seine Bemühungen unterstützte er durch stoßweise hervorgequälte Rufe: »Krasskrassoberstmegakrass!«

Das grauenvolle Wesen war bestimmt einen, wenn nicht zwei Köpfe größer als Rainer und unglaublich breit gebaut. Seine Haut war mit struppigem Fell überzogen, und seinen Schädel zierten zwei ellenlange Hörner. Bizarrerweise ging dieses Monster, das gewiss einem der finstersten lappländischen Höllenschlünde entstiegen war, relativ behände auf zwei Beinen. Ob es über einen Schweif verfügte, hatte ich nicht erkennen können, ich ging aber davon aus. Niemand kreuzt einen Minotaur mit einem Kleintransporter und würde darauf vergessen.

Jetzt machte es unvermittelt einen Sprung nach vorne und stand über Rainer, der ein hochfrequentes Pfeifen ausstieß, welches an einen ausgeleierten Keilriemen erinnerte. Das Viech schnaufte gierig, und Rainer war wie paralysiert. Würde dieses Wesen ihm nun direkt den Todeshieb verpassen oder lieber erst noch ein Weilchen mit ihm spielen, bevor es meinen bebrillten Gefährten zerriss wie ein feuchtes Stück Klopapier? Hatte sich am Ende während der Evolution eine Raubkatze mit in den Genpool dieser satanischen Bestie geschlichen, die nun mit ihren krallenbewehrten Tatzen ein wenig Pingpong mit Rainers und meinen Eingeweiden spielen würde?

Das konnte ich nicht zulassen. Panisch sah ich mich um. Hier musste es doch irgendetwas geben, womit man ... Da! Ein Ast. Hastig krabbelte ich auf allen vieren hin, zerrte ihn aus dem überfrorenen Schnee, der ihn kaum hergeben wollte, lief hinter das Ungetüm, holte weit aus.

Dann ließ ich den Ast fallen, denn das Monster fragte den vor ihm auf dem Boden liegenden Rainer: »Was bist du denn für ein ungeschickter Trottel?« Es konnte fließend Schwedisch sprechen und hielt Rainer nun auch noch seine Pranke hin, um ihm aufzuhelfen.

»Es kann sprechen, ne! Krass! Oberstkrass!«, quiekte Rainer aus der Horizontalen. »Das krasse Fabeltier kann sprechen.«

Ich vergaß zu atmen, schnappte nach Luft und musste husten.

Das Monster fuhr herum. »Und du? Alles in Ordnung bei dir? Was hast du denn mit dem Zahnstocher vor?« Dabei deutete es auf den Ast in meiner Hand.

Langsam dämmerte mir, dass es sich nicht um einen Traum handelte. Diese Kreatur redete wirklich mit uns; wenigstens das Sprachzentrum schien menschliche Qualitäten zu haben – auch wenn seine Stimme unpassend hoch klang wie die eines Knaben.

»Ach, nur ein Wanderstock«, gab ich eilig zurück. Ich steckte ihn in den Schnee und stützte mich lässig darauf ab, wie um zu beweisen, dass es einer war. War er aber nicht. Er war zu kurz. Fast wäre ich wieder in den Schnee gefallen. »Im Großen und Ganzen geht es mir gut, danke der Nachfrage«, stöhnte ich erleichtert, nachdem ich mich gerade noch gefangen hatte. »Aber du hast uns einen ganz schönen Schrecken eingejagt. Wer bist du, und was machst du hier?«

Ganz sicher war ich mir noch nicht.

Eine Taschenlampe ging an. Schwacher Lichtschein fiel auf das Gesicht meines Gegenübers. Was das Äußere des Monsters anging, so hatte mich mein optischer Ersteindruck nicht getäuscht. Es hatte tatsächlich struppiges Fell und einen Schädel mit Geweih. Doch unter dieser Maskerade verbarg sich zum Glück ein menschliches Wesen, ein Mann, dessen konturloses, leicht aufgedunsenes Gesicht mir nun entgegenblickte. Der Typ steckte in einem

Bärenfell und hatte einen Helm auf dem Kopf, an dessen Seiten zwei Kuhhörner abstanden.

»*Var hälsad!* Seid gegrüßt! Mein Name ist Thoralf Leifsson, und ich gebe hier für ein paar …«, er zögerte und schien sich seine Worte gut zu überlegen, »… Interessierte eine Art Kulturkurs.«

Jetzt war ich paralysiert. *Das* war Thoralf Leifsson?

»Du, was sagt denn das Ungetüm?«, erkundigte sich Rainer, der in seiner Panik wohl nicht viel verstanden hatte, und kam wieder auf die Beine. Noch immer lag ein Zittern in seiner Stimme.

»Beruhige dich. Es scheint ein Mensch zu sein!«, rief ich ihm zu. »Es ist Leifsson.«

Der fragte: »Wer seid ihr?« und streckte mir seinen rechten Klodeckel hin.

Ich sandte ein Stoßgebet gen Himmel, schlug schließlich in Leifssons Monsterhand ein und stellte mich artig vor: »*Hej!* Ich heiße Torsten, Torsten Brettschneider. Und das ist mein Freund Rainer Renner. Wir sind Deutsche.«

»Deutsche?«, wunderte sich Leifsson. Seine Stimme nahm kurz einen skeptischen Ton an, oder hatte ich mich getäuscht?

»Ja«, bestätigte ich.

»Ich kan auch sogar spreche ein wenig Deutsch«, erklärte der Muskelberg akzentbehaftet, ging aber dann wieder ins Schwedische über, was ihm deutlich leichter über die Lippen kam. »Und was wollt ihr hier? Seid ihr Touristen? Wir haben niemanden mehr erwartet.« Das klang schon deutlich unfreundlicher.

»Ja, wir … Wir suchen …«

»Was?«, fragte Leifsson und trat näher.

Ich hielt inne und überlegte. Es erschien mir äußerst unklug, Leifsson von Linda zu erzählen, solange ich die wahren Hintergründe und Verwicklungen nicht kannte und solange ich nicht mit Gewissheit wusste, dass es überhaupt Linda betreffende Hintergründe und Verwicklungen waren. Mein Blick fiel auf Leifssons monströse Oberarme, welche die Ausmaße von durchschnittlichen Männeroberschenkeln hatten, und bekam gerade noch die Kurve: »Wir suchen eine alte Mühle.«

»Was wollt ihr denn da?«, wunderte sich Leifsson.

»Na ja, im Prinzip nichts, denn eigentlich wollen wir zu den Rittern Yggdrasils. Die müssen sich da ganz in der Nähe aufhalten. Wir suchen sie wegen der Kultur und der Götter und so.«

»Genau!«, rief Rainer von hinten. »Kultur und Götter und so, ne!«

Leifssons Züge entspannten sich merklich. Er schaute erst zu Rainer, dann zu mir. »Ach so, sagt das doch gleich. Ihr seid spät dran, wir haben schon gedacht, die Zentrale hätte niemanden Geeigneten mehr gefunden, und ihr würdet gar nicht mehr kommen.«

»Äh ... nö ... doch, doch ... klar ... die Zentrale ... logo. Doch, doch, die fanden uns supergeeignet, und da habe ich gedacht, wir schauen mal direkt vorbei und checken, ob noch zwei Plätzchen für echte Götterfans frei sind.«

»Genau«, sagte Rainer.

»Götter ...« Leifssons Stimme und Blick verklärten sich. »Sei's drum, dann habt ihr ja eine ziemliche Odyssee hinter euch, Brüder.« Damit trat er noch näher.

Ob die Tatsache, dass die Taschenlampe sein Gesicht nun von unten beleuchtete, dem Umstand geschuldet war, dass er sie nicht mehr anders halten konnte, so dicht, wie er nun vor uns stand, oder ob er sich der theatralischen Wirkung dieser diabolischen Illumination bewusst war, konnte ich nicht sagen. Jedenfalls wurden seine Züge dadurch in furchteinflößende Schatten getaucht, was den Ausdruck seiner unvermittelt düster und gnadenlos klingenden Flüsterstimme noch unterstrich. »Ihr könnt offen sprechen. Wir sind unter uns. Ihr seid hergekommen, weil ihr welche der Unsrigen seid, oder? Weil ihr es auch fühlt, nicht wahr? Auserwählte, die an die Kraft der Götter glauben, wissend, dass der Tag der Wiederkehr nicht mehr fern ist?«

Meine Gedanken rasten. Man würde unsere käseweißen, aufgequollenen Leichen niemals finden oder aber erst zur Schneeschmelze im kommenden Frühjahr, wenn Rainer und ich vom Fluss in irgendeinen lappländischen See gespült und während der kurzen Sommermonate von allerlei Getier angeknabbert worden wären.

»Ach so. Du, ich weiß nicht, das ist irgendwie anmaßend, ne. Also auserwählt zu sein, ist ja soziologisch auch immer gepaart mit der Bürde des Heroentums und so, ne«, raunte Rainer mir zu.

Ich entgegnete leise zischend: »Glaub mir, Rainer, im Moment scheint es mir ganz außerordentlich nützlich, auserwählt zu sein!«

An Leifsson gewandt sagte ich mit fester Stimme: »Jawoll, wir sind Auserwählte!« In dieser Situation war eine Spontankonvertierung und eine Abkehr vom Christentum unter Umständen eine lebensrettende Maßnahme, die uns selbst Lindas Vater nicht dauerhaft verübeln würde, und der war immerhin Pfarrer.

Leifsson nickte zufrieden, doch dann leuchtete er uns plötzlich direkt ins Gesicht.

»Und wer seid ihr?«

Dem Kerl fehlten definitiv ein paar Latten am Zaun, musste ich erkennen und erklärte daher in möglichst ruhigem Tonfall: »Äh, wie wir bereits sagten, ich bin Torsten, und das ist Rainer.«

Dieser nickte, als er seinen Namen hörte, hob die Hand und behauptete: »Ich bin total auserwählt, ne!«

»Nein!«, donnerte Leifsson und hob den zur Faust geballten Klodeckel in die Höhe. »Ich meine nicht den Namen eurer schäbigen vergänglichen Hüllen, sondern ich will wissen, wer ihr *wirklich* seid!«

Gute Güte, der Kerl hatte ja *gar keine* Latten mehr am auch ansonsten komplett morschen Zaun! Um Gottes willen, wo waren wir denn hier hineingeraten? Der Typ war ja komplett durchgeknallt. Außerdem fand ich meine Hülle überhaupt nicht so schäbig. Was sollte ich denn jetzt sagen? Ich bin eigentlich der Riese Timpetu? Oder die Hexe Schrumpeldei? Such dir was aus. Und mein Kumpel heißt nicht Rainer, sondern Ronar und ist auf Besuch aus Mittelerde vorbeigekommen? Alles konnte richtig oder falsch sein, unseren schmerzhaften Untergang oder unser kurzfristiges Weiterleben bedeuten.

»Wir wissen es noch nicht so ganz genau«, stotterte ich.

Unerträgliches Schweigen.

Gefühlte Minuten lang.

Nur die Taschenlampe hob und senkte sich ganz leicht im Rhythmus von Leifssons Atem. Maximal fünf Züge pro Minute, schätzte ich. Er musste Lungen wie ein Schlauchboot haben. Dann legte sich eine seiner Pranken auf meine und die andere auf Rainers Schulter. Ich spürte das ganze Gewicht seines Arms und wartete darauf, dass sich seine Hand schraubstockgleich um meinen Hals schließen würde, um mir ganz langsam mit dem Druck einer hydraulischen Müllpresse das Leben aus dem Körper zu quetschen.

»Ach, ihr Armen«, fistelte er plötzlich mitfühlend.

Ich traute meinen Ohren nicht.

»Ich kenne das«, fuhr er fort. »Es ist furchtbar, wenn man spürt, dass man einer von *ihnen* ist, aber nicht genau weiß, wer. Man muss sich erst finden, nicht wahr?«

Fast wäre ich in Ohnmacht gefallen vor Anspannung. Gut, dass ich die Taschenlampe nicht in den Händen hielt. Sie wäre auf- und abgetanzt wie ein Stroboskop. Fünfzig Züge pro Minute mindestens, schätzte ich. Meine Lungen kamen mir in diesem Augenblick vor, als hätten sie die Größe einer Kekstüte. Ich nahm allen Mut zusammen und seufzte: »Ja, es ist ganz furchtbar, so ohne Heimat der Seele!«

Das verfehlte seine Wirkung nicht. Der Riese schloss uns in die Arme, und ich fand mich zusammen mit Rainer – der somit glücklicherweise an einem höchstwahrscheinlich unpassenden Kommentar gehindert wurde – zwischen den stahlharten, kindskopfgroßen Hügeln von Leifssons Brustmuskulatur wieder. Sein nach Mottenkugeln stinkendes Fell kitzelte mich in der Nase. Freundlicherweise ließ er kurz vor einem nahenden Erstickungstod von uns ab und versprach feierlich: »Ihr seid genau richtig gekommen, Freunde, denn wir werden noch heute um Mitternacht Heidrun, das Orakel, befragen. Es weiß alles. Und danach, in nur fünf Tagen, am Tage des elften Neumonds, werden wir es aus seinem menschlichen Gefängnis befreien und dem Wohle Walhalls opfern, damit es wiederauferstehe. Blut soll die Erde tränken und die Gelüste der immer durstigen Weltenesche Yggdrasil löschen. Dann endlich werden wir auch wissen, wer wir sind und wer du bist. Hab deswegen keine Sorge.«

»Super. Einverstanden. Bombenidee«, sagte ich rasch. »Dann hab ich ja echt keine Sorgen mehr!«

»Das ist hier so 'ne Art Willkommensritual, ne, Torsten! Wir haben die Gruppe erweitert. Echt krass kollektiv das Ganze hier und abgefahren kulturmäßig, so mit Neumond und so! Genau so hab ich mir das vorgestellt!«

Ich war verwirrt, was ich aber weder Rainer noch Leifsson mitteilte. Ehrlich gesagt war es mir ziemlich egal, wer wir hätten sein müssen, denn ich bildete mir in meiner Unbedarftheit ein, mir bereits seit einigen Jahren meiner Identität relativ sicher zu sein, etwa seit der Adoleszenz. Und ich war der Meinung, dass auch Rainer eigentlich schon wusste, wer er war. Was mir hingegen ernsthafte Sorgen bereitete, war Leifssons psychischer Zustand, für dessen Heilung es meiner Ansicht nach eines langjährigen, vollkommen therapieergebnisoffenen Kuraufenthaltes bedurfte, und zwar dort, wo man die Jacken hinten zubindet!

Noch wesentlich größere Gedanken machte ich mir allerdings um Linda. Ich hoffte, sie im Lager dieses anabolischen Irren vorzufinden, der jetzt in Riesenschritten und vollkommen zielsicher vor uns her und weiter bergauf durch den finsteren Lapplandwald stapfte, als hätte er ein Nachtsichtgerät übergezogen. Ich freute mich auch schon ganz doll darauf, die anderen Kursteilnehmer zu treffen. Denn auch wenn in punkto Schwachsinn kaum noch Luft nach oben war, nachdem ich Leifsson hatte persönlich kennenlernen dürfen, so war ich dennoch davon überzeugt, dass noch ein paar recht üble, um nicht zu sagen, gemeingefährliche Launen der menschlichen Natur auf uns warteten. Leider würde uns hier niemand schreien hören, zumindest niemand, den das ernsthaft und in unserem Sinne interessierte.

Na, das konnte ja heiter werden.

OKTANUPPELOHKÁI

Die Bäume hatten irgendwann beschlossen, hier nicht mehr anständig zu wachsen. Nur einige wenige, wahrscheinlich die Tollkühnsten unter ihnen, hatten ihre Wurzeln in den fast immerfrostigen Boden geschlagen. Oder war hier von Menschen- oder gar Götterhand gerodet worden?

Es war verdammt kalt geworden, was auch daran liegen mochte, dass die mondbeschienenen Wolken in der Auflösung begriffen waren und bereits fleckenhaft den pechschwarzen Sternenhimmel freigaben. Vielleicht lag es aber auch daran, dass ich den Wind, der uns bereits unten am Fluss ins Gesicht gebissen hatte, hier oben noch stärker spürte, nachdem Leifsson wie ein Panzer durchs Unterholz gebrochen war und wir ins Freie getreten waren.

Vor uns öffnete sich eine Art Miniaturhochebene, die allerdings in der Mitte kratergleich einige Meter eingesunken war, so als hätte eine Riesin von der Größe eines Hochhauses vor ein paar hunderttausend Jahren versehentlich ihre schwere Handtasche dort abgestellt. Aus dieser Mulde leuchteten uns die Fenster einiger Hütten entgegen; die Lichter mussten von offenen Feuern stammen, denn sie tanzten flackernd und zuckend hinter Glas. Strom gab es hier demnach nicht, oder er wurde aus atmosphärischen Gründen nicht verwendet. Weiter oben schien noch eine Hütte zu stehen, ein weiterer gelblichoranger Lichtpunkt in der absoluten Finsternis.

Plötzlich erklang eine rauchige Stimme aus dem Krater. »Wer ift da?« Ein kleiner Feuerball zappelte hektisch auf uns zu.

»Ich!«, donnerte Leifsson zurück, so gut es seine fistelnde Stimme zuließ. Das schien der Fackel zu genügen.

»Ah, du bift es, Herr!«, sagte sie und zappelte sofort weniger hektisch. Ich sah meine schlimmsten Befürchtungen bestätigt. *Herr* hatte ihn der Näherkommende tituliert. Herr von was? Herr der Finsternis? Herr von Kvikkjokk? Herr der Fliegen? Herr Gott? Wir würden es bestimmt bald erfahren, denn die Fackel hatte uns erreicht und kam zum Stillstand.

»Endlich bift du furück von deinem Wachgang, wir haben unf fon Forgen gem…«

Der Ankömmling hielt inne und deutete zuerst auf mich und dann auf Rainer, der schon wieder die Hand winkend zum Gruß erhoben hatte. »Wen haft du unf denn da mitgebracht?« Der Fackelträger hatte anscheinend weder ein »s« noch irgendwelche artverwandte Konsonanten im Repertoire. Rasch erkannte ich auch den Grund, als das schwache Licht seine dürre Gestalt mit der Anmutung eines Weberknechtes und dem Gesicht eines Trinkers erhellte, das mit einem verhältnismäßig zahnfreien Mund aufwartete. Vielleicht waren das »s« und das »z« (und womöglich auch das »ß« nebst »sch«) zusammen mit den Zähnen ausgefallen?

»Ich heiße Torsten.«

»Torften?«

»So ähnlich«, sagte ich.

»*Och jag heter Rainer*«, stellte sich dieser noch immer winkend vor. Der Sprachkurs war definitiv nicht umsonst gewesen, wie ich zum wiederholten Male feststellen durfte.

»Rainer, aha.«

»Torsten und Rainer sind welche von uns«, mischte sich nun Leifsson ein, »doch ihre Wesen sind noch zu ergründen.«

»Ach fo, verftehe«, gab das zahnlose Spinnentier zurück. »Ich heife Larf.«

»Hallo, Larf«, grüßte ich zurück.

»Nein, nicht Larf. *Larf!*«

Zugegeben, das zweite »f« klang etwas anders.

»Lars«, korrigierte mich Leifsson.

»Ift fon okay. Da bift du nift der Erfte.« Larf lachte wie ein Reibeisen. »Freut mif, dich begrüfen fu dürfen«, fuhr er fort. »Ef ift gewiff eine Fügung def Fickfals, daff unfer Herr dich gefunden hat. Und daf jetft, fo kurf vor dem elften Neumond!«

»Davon bin ich absolut überzeugt«, bestätigte ich ihn in seinem Glauben.

»Du, Torsten, sag mal, ist das Samisch, was der Larf da spricht?«

»Nein, nur so eine Art Logoschwädisch«, antwortete ich Rainer, »übrigens heißt Larf Lars, nicht Larf.«

»Du, vielleicht kommt diese Aussprachesschwäche von seinen Zähnen, ne«, mutmaßte Rainer. »Ich kenn mich damit ein klein wenig aus, und ich könnte ihm da einige Tipps in Bezug auf ...«

»Nein, lass gut sein!«, unterband ich seine geplante Hilfsaktion. Seine letzten Aussprachetipps in Gödseltorp, dem Ort, wo ich seinerzeit einen Bauernhof geerbt hatte, waren mir noch zu gut in Erinnerung. Sie hätten uns beinahe das Leben gekostet.

Ein Windstoß fuhr über die Bergkuppe und trug kleine weiße Flocken mit sich, die sich mit kühlem Griff in meinem Gesicht festhielten. Der Schneefall nahm wieder zu.

»Genug des Geplänkels!«, beschloss Leifsson. »Wo sind die anderen? Sind sie bereit? Bald werden wir Heidrun, das Orakel, befragen, und in wenigen Tagen, am nächsten Vollmond, an unserem Opferfest, werden wir zurückkehren auf die Erde! Haha!« Sein gehörntes Haupt bebte, und seine Stimme versuchte, tief und grollend zu klingen.

Ich musste mir in diesem Augenblick eingestehen, dass er in seiner Kostümierung in der Tat an ein mythisches Wesen erinnerte, auch wenn ich versuchte, die Formulierungen »Opferfest« und »in wenigen Tagen« einstweilen auszublenden.

»Die anderen warten fon auf daf Thing in Walhall«, antwortete Larf eifrig.

»Gut, dann lasst uns gehen. Es gibt noch viel zu tun, es will alles aufs Kleinste vorbereitet sein, wir dürfen uns keine Fehler erlauben, denn noch ist die Macht gefangen in den Kerkern unserer erbärmlichen irdischen Hüllen.«

Leifsson eilte mit militärischem Stechschritt durch den Schnee voraus. Larf, der Weberknecht, krabbelte auf dünnen Beinchen hintendrein und mühte sich redlich, seinem Boss dabei den Weg zu leuchten. Fehler dürften wir uns hier keine erlauben, das war mir klar. Diese Veranstaltung nahm immer beängstigendere Formen an.

»Ich geh mal einfach so mit, ne«, flüsterte mir Rainer zu. »Bin echt gespannt, was hier noch so ansteht mit den Jungs in ihrer Kulturkommune.«

O Himmel! Das war ich auch. Ziemlich sogar.

Wir erreichten die Siedlung, als der Schnee bereits so dicht fiel, dass man von Zeit zu Zeit blinzeln musste. Ich drehte mein Gesicht aus dem Wind und erkannte, dass uns der Trampelpfad durch ein Tor aus Birkenholz führte, auf dessen Spitze ein Tierschädel prangte. Darunter stand etwas in grob gehauenen Runen; es waren dieselben Schriftzeichen wie die auf der verlinkten Website dieses Beklopptenforums. Als Leifsson meinen fragenden Blick bemerkte, deutete er teilnahmslos auf das Runenschild und übersetzte: »Asgard.«

»Aha«, sagte ich.

Rainer stupste mich an und meinte: »Kultur, ne?«

Na klar, Asgard! Die Heimat der Götter! Was sonst? Auch dieses Metallschild musste Leifsson selbst hergestellt haben, denn es erinnerte mich stark an die wenig kunstfertige Ausführung des Odin-Konterfeis an seiner Haustür in Jokkmokk. Die tragenden Säulen des Tores, die aus entrindeten Birkenstämmen bestanden, waren mit allerlei Gestrüpp umwickelt, das nachlässig mit goldener Farbe – höchstwahrscheinlich ein Restposten Spraylack aus einem Autozubehörladen – besprüht worden war, um der ganzen Sache einen würdevollen Anstrich zu verpassen. Es hatte nicht geklappt.

Rainers *Edda* zufolge sollten hier eigentlich zwölf Paläste stehen, auch Himmelsburgen genannt, für jeden Gott einer, erbaut aus purem Gold und Edelsteinen, und das Ganze umgeben von unbezwingbaren Mauern. Ich zählte beim Betreten des Areals zwar ebenfalls nahezu ein Dutzend Gebäude, allerdings waren diese von einem Palast optisch maximal weit entfernt. Es waren billige Hütten, zusammengezimmert aus altem Bauholz und Gerümpel, und das Ganze war umgeben von einem windschiefen, brusthohen Weidezaun. Die gesamte Kulisse wirkte so schäbig und phantasielos wie die Speisekarte einer Autobahnraststätte.

Ich konnte mir absolut nicht vorstellen, dass sich Linda freiwillig an einem solchen bizarren Ort aufhielt. Es gab also nur zwei Erklärungen, die mir beide wenig behagten:

Entweder wurde sie hier gegen ihren Willen festgehalten, oder sie war nicht oder nicht mehr hier, und obwohl wir in diesem Fall den ganzen beschwerlichen Marsch inklusive lebensgefährlicher Wildwasserüberquerung umsonst gemacht hätten, war mir das noch die sympathischere der beiden Varianten.

Rainer indes fand das alles offenbar nicht so wild und zeigte sich sogar leicht beeindruckt. »Oberstkrass vorbildlich ökomäßig hier, ne, das muss ich schon sagen«, kommentierte er.

Ich sah das etwas anders. Asgard, das Heim der Asen? Die Armen. Ich empfand tiefes und ehrliches Mitleid mit ihnen. Das hatten sie und ihr Andenken tatsächlich nicht verdient. Aber was für ein groteskes Zusammentreffen war das eigentlich? Welche Art von Kultur gedachten die Leute an diesem unwirtlichen Ort zu erlernen?

»Fo, wir find da!« Vor der größten Hütte hielten Leifsson und Larf an. »*Valhall! Valhall, mitt hemliga hem!*«, rief Leifsson und breitete die Arme aus, als wolle er mittels seines Mottenkugelfells den gesamten Wind Lapplands aufhalten. Das machte er schauspielerisch recht überzeugend und darüber hinaus weithin hörbar, denn nach und nach öffneten sich die Türen der anderen Hütten. Schwacher Lichtschein fiel in den Schnee, der uns mittlerweile bis weit über die Knöchel reichte. Ich sah mich verstohlen nach allen Seiten um und dachte angestrengt darüber nach, wo denn hier eine Geisel namens Linda festgehalten werden mochte.

Plötzlich drang von irgendwoher aus der Dunkelheit ein langsam lauter werdendes Japsen an mein Ohr. Vollkommen unvermittelt spürte ich einen spitzen Schmerz in meiner rechten Wade und sah an mir herab. Ein Yorkshireterrier hatte sich in meine Hose verbissen und zerrte am Stoff, als ginge es um sein Leben. Leider zerrte er auch an meiner Haut, die er ebenfalls in Ermangelung von Respekt und Koordinationsvermögen zwischen seinen fiesen, spitzen Reißzähnchen eingeklemmt hatte.

»Aua! Verdammte Hacke!«, rief ich, versuchte, das scheinbar blutrünstige Tier von meinem Bein zu schütteln, und kam auf dem glatten Untergrund ins Straucheln. Das war unelegant, aber der Schmerz ebbte ab. Allerdings nur kurz, denn ich verlor selbstverständlich das Gleichgewicht und fiel wieder mal auf den Hintern. Kurz sah ich Sternchen. Dann einen anderen, einen zweiten Hund – den ersten hatte ich womöglich entweder unter mir begraben und zu Tode gequetscht, oder aber er war geistesgegenwärtig weggesprungen. Die eingedrückte Schnauze eines weitaus größeren Tieres drückte sich nun schnaufend und gurgelnd in mein Gesicht. Ich erwartete angststarr den mörderischen Kehlbiss, doch der blieb aus. Stattdessen schlug mir ein rauer, triefend nasser Waschlappen auf die Haut und wanderte mehrfach quer über meinen Kopf.

Mit einem Mal rief eine Stimme aus dem Off: »Freki! Geri! Aus! Hierher!« Es war Leifsson. Der Waschlappen wurde zurückgezogen. Ich öffnete die Augen und erschrak. Nicht nur weil dieser bemitleidenswerte Hund nur drei Beine hatte, sondern vor allem, weil ich nun stattdessen in eine Körperregion blickte, die der Schnauze zum Verwechseln ähnlich sah, nur ohne Gesicht. Statt der Ohren wackelte ein Stummelchen von der Größe eines halben Landjägers gemächlich hin und her, und statt der hängenden Lefzen nebst Zunge baumelte ein gigantisches und auffallend unattraktives Hautsäckchen herab, das mich spontan an einen rindsledernen Klingelbeutel erinnerte. Ich wollte mich rasch abwenden, doch dann hörte ich ein leises Zischen. Eine Millisekunde später stieg mir ein infernalischer Gestank in die Nase. Eine Mischung aus Stinkbombe, Wasserleiche und Misthaufen. Reflexartig rebellierte mein Körper, noch bevor das Hirn erfassen konnte, was da geschehen war. Angewidert rutschte ich rückwärts, während Rainer bemerkte: »Das ist ja echt oberstkrass kompostmäßig!«, wobei er sich die Hand auf Mund und Nase presste und einen Rückwärtsschritt machte.

»Freki hat es manchmal ein wenig mit der Verdauung«, erklärte Leifsson entschuldigend. »Er kann nichts dafür.«

»Ich auch nicht«, sagte ich und sprang angewidert auf die Füße. »Vielleicht wäre ein Besuch beim Veterinärproktologen eine erste Maßnahme?«

Die Bewohner der umliegenden Hütten, vorwiegend Männer, aber auch zwei Frauen, waren derweil zu uns getreten und standen mit brennenden Fackeln in den Händen in einem Halbkreis vor uns.

»Mögt ihr etwa keine Wölfe? Es sind die edelsten unter den Tieren«, stellte Leifsson klar. Dabei klang seine Stimme wieder so unterschwellig bedrohlich wie schon bei unserer Begegnung im Wald. Er schien meinem Vorschlag einer proktologischen Diagnose seines geliebten Dreibeiners nur wenig aufgeschlossen gegenüberzustehen. Mir kam es so vor, als würden die anderen den Kreis enger um uns ziehen, würden sich Seitenblicke zuwerfen, würden unhörbar murmeln. Insbesondere Larf schien mir mit allen Wassern gewaschen zu sein. Den musste ich im Auge behalten, gerade weil er so unterwürfig tat.

Ich sah auf Freki hinab. Er sah zu mir herauf. Und wedelte weiter sehr langsam mit seinem halben Landjäger. Das war kein Wolf, sondern ein Boxer. Ein alter Boxer. Ein alter, ziemlich hässlicher Boxer. Seine Visage sah aus, als hätte er vor einigen Jahren bereits die unliebsame Bekanntschaft mit einem Schneepflug oder einem Lapplandtruck bei Vollgas gemacht. Das würde unter Umständen auch den Verlust einer seiner Extremitäten erklären. Aus seinem Maul troff Sabber in langgezogenen Fäden, mit denen der Wind spielte, bevor er sie abriss und forttrug. Frekis Augen hingen schief aus dem Schädel. Ein Ohr war abgeknickt. Er wirkte nur mäßig intelligent und war das Gegenteil von flink. Dafür schien er aber prinzipiell eher freundlicher Natur und Fremden gegenüber durchaus aufgeschlossen zu sein.

Das konnte man von seinem Kollegen Geri nicht behaupten. Der winzige Yorkshireterrier saß inzwischen auf Leifssons mächtigem Arm und war genauso hässlich wie Freki, nur anders und kleiner. Und nerviger. Er kläffte ohne Unterlass in einer widerlichen Tonlage, und statt ihn einfach mit einem trockenen Fausthieb zum Schweigen zu bringen, kraulte Leifsson ihm mit seinen Wurstfingern versonnen das struppige Haupthaar.

Ich beschloss, nun einen Coup zu landen, der unser Ansehen bei den Verrückten hier hoffentlich enorm steigern würde. »Wölfe sind die Edelsten unter den Tieren«, zitierte ich Leifsson laut und selbstbewusst und verlieh meiner Stimme einen hochfeierlichen Klang. »Und Geri und Freki sind die Gefährten Odins. Hugin und Munin, den heiligen und weisen Raben gleich, gehören sie zum Gott der Götter, wie ... wie ... wie der Morgentau zur Lapplandrose.« Mist, etwas Blöderes war mir nicht eingefallen.

Die Umstehenden zeigten sich dementsprechend mehr verwirrt als beeindruckt.

»Wie waf?«, hakte Larf nach. »Lapplandrofe? Waf ift daf denn?«

Das fragte ich mich auch. »Die Lapplandrose ist natür-

lich keine Pflanze, sondern ... sondern ... eine Metapher der regionalen Verbundenheit, eine Parabel der göttlich-nordischen Schönheit und eine Allegorie auf die Bewusstseinswerdung des Vergänglichen«, sprudelte es endlich aus mir heraus.
Stille.
Schneeflocken wirbelten herab.
Ich spürte bohrende Blicke in meinem Rücken. Auch Leifsson und Larf starrten mich ratlos an.
Ich musste die Gunst der Stunde nutzen und die drohende Verbalniederlage in einen Punktsieg verwandeln. »Und sie ist immerdar«, hauchte ich theatralisch, während ich beide Arme gen Himmel erhob. Das ergab absolut keinen Sinn, aber es wirkte extrem poetisch und dramatisch.
Da kam Rainer mir unbewusst zu Hilfe. Er hatte wahrscheinlich nicht völlig kapiert, was ich gesagt hatte, aber er schien das Gefühl zu haben, auch mal etwas zum Dialog und zur Integration beitragen zu müssen.
»Total süße Tierchen, ne«, sagte er, streichelte erst den verlebt wirkenden Freki, der daraufhin ein wohliges Geräusch absonderte, das irgendwo zwischen einem uralten, schnurrenden Kater und dem Gluckern eines verstopften Badewannenabflusses anzusiedeln war, und dann ging er – mir nichts, dir nichts – zu Leifsson und streichelte die kleine fiese Kläffratte auf dessen Arm, die daraufhin doch tatsächlich damit aufhörte, aggressiv die Zähne zu fletschen und Rainer stattdessen mit ihrer teelöffelkleinen Zunge hektisch über die Hand leckte. Diese Tiere liebten Rainer, und er sie anscheinend auch. Anders war das Verhalten dieser Wolfsmetamorphosen in absonderlicher Hundegestalt nicht zu erklären.
Das Wichtigste aber war, dass sich die Situation durch

Rainers emotional getriebenes Eingreifen in der Tat merklich entspannte. Larf begann behutsam zu nicken, die anderen taten es ihm gleich, und auch Leifsson schürzte anerkennend die Lippen. Und hätte Geri nicht sofort wieder angefangen zu kläffen, kaum dass Rainer wieder zu mir getreten war, man hätte diesen Moment durchaus als feierlich bezeichnen können.

»Fie mögen Wölfe, und die Wölfe mögen fie!«, brach Larf schließlich das allgemeine Schweigen.

Zustimmendes Gemurmel erklang, Rainer und mir wurde wohlwollend auf den Rücken geklopft. Leifsson trat zuerst zu Rainer und umarmte ihn. Dann kam er zu mir und drückte mich ebenfalls an sich. Wieder versank ich in den Stahlkuppen seines Pectoralis major, und während er mir jovial auf den Rücken klopfte, verebbte Geris Gekläffe. Teils weil man es, gedämpft durch Leifssons Stinkefell, nicht mehr hörte, aber vielleicht auch, weil der putzige Racker versuchte, mir mit seinen Zähnchen in den Bauch zu beißen – und gleichzeitig zu kläffen schien selbst für Odins pseudowölfischen Weggefährten eine Nummer zu hoch zu sein. Doch da löste sich Leifsson bereits wieder von mir und fistelte getragen: »Kommt mit uns nach Walhall und seid meine Gäste. An meiner Tafel ist stets Platz für Männer wie euch!«

Jubel brach aus. Sofort kam Bewegung in die Versammlung, und alle strömten Leifsson hinterher zur großen Hütte.

Die erste Hürde schienen wir genommen zu haben.

Allerdings wussten wir immer noch nicht, ob Linda hier war, und wenn ja, wo sie sich befand.

GUOKTENUPPELOHKÁI

Walhall war definitiv kein leuchtendes Aushängeschild für innovative Inneneinrichtung, stellte ich fest, nachdem sich die Tür quietschend hinter uns geschlossen hatte.

Rainer sah auch das anders. »Auch hier total basic, ne. Alles krass authentisch und irgendwie kulturell verwurzelt, ne.« Er nickte, blickte in alle Richtungen und schien sich tatsächlich heimisch zu fühlen und den ganzen grotesken Unsinn, der uns bisher mit dieser Bande offensichtlicher Halbirrer widerfahren war, vergessen zu haben.

Ich malte mir aus, wie ich mir als mächtiger Obergott meine Behausung eingerichtet hätte. Jedenfalls mit ordentlich Prunk, teuren Stoffen, goldenen Statuen, edelsteinbesetzten Waffen an den Wänden und mit dürftig bekleideten Nymphen, die dann und wann, genauso leise wie begehrenswert, wohlriechende Speisen auftrugen und mir pausenlos Met ins Horn schütteten. Was man eben so macht und sich gefallen lässt als Götterboss. Neben meinem Thron würden meine stolzen Wölfe Geri und Freki Wache halten.

Tatsächlich saßen die beiden Tierchen neben Leifssons Stuhl, der so gar nichts Thronartiges hatte. Geri bleckte mir drohend die stecknadelgroßen Zähne entgegen, zog die Lefzen hoch und machte ein Geräusch, das bestimmt als Knurren gedacht war, sich allerdings eher anhörte wie ein Elektrorasierer unter Volllast im Bart von Karl Marx. Geri hasste mich grundlos, aber dafür abgrundtief.

Auch der Rest des Gebäudes war wenig prunkvoll. Zwölf unterschiedliche Stühle, wahrscheinlich vom letzten Jokkmokker oder Kvikkjokker Sperrmüll, waren lieblos um einen Esstisch gestellt, der den Charme der frühen Siebziger versprühte, nur ohne Charme. Walhall klang für mich entfernt nach Halle. Die Decke von Leifssons Hütte aber hing tief in den Raum hinein. Der Riese hatte sich ducken müssen auf dem Weg vom Eingang zum Tisch, um sich nicht mit den Hörnern seines Helms in den schiefen Birkenstämmen zu verheddern, welche die Dachunterkonstruktion bildeten. Immerhin entdeckte ich ein Schwert nebst Schild an der Wand, drunter hatte man ein Rentierfell getackert. Ein Bollerofen, der stilistisch und zustandsmäßig vom selben Sperrmüll wie die Stühle stammen mochte, strahlte eine erstaunliche Hitze aus. Das war auch gut so, denn es war saukalt geworden.

Zwei oder sogar drei Dutzend Kerzen, die in Bierflaschen aus grünem und braunem Glas steckten, illuminierten die Szenerie. Die Schatten tanzten unruhig an den mit derben Holzlatten verkleideten Wänden auf und ab und erzeugten fast schon psychedelische Farbspiele in Braun und Grün. Während ich das alles auf mich wirken ließ und mir darüber Gedanken machte, wie ich möglichst geschickt herausfinden konnte, ob Linda hier irgendwo steckte, da fiel mein Blick auf Leifssons erhabene Gestik und seinen Gesichtsausdruck und mich überkam ein schrecklicher Verdacht. Was, wenn dieser eiweißaufgepumpte und muskelbewehrte Fleischberg nicht etwa nur dem irrsinnigen Glauben anhing, Odin werde an diesem ominösen selbsterdachten Opfertag aus den diffusen Untiefen der Mythologie auf die Erde geflutscht kommen, sondern vielmehr der irrsinnigen Überzeugung war, er selbst *sei* ebendieser Odin *himself*?

Dann würde alles einen Sinn ergeben, sofern man in diesem definitiv pathologischen Fall von Sinn sprechen konnte. Auch das für mich bislang unverständliche Gerede über unsere, also auch Rainers und meine, vergänglichen und schäbigen Hüllen passte dazu. Ich zählte die Anwesenden. Leifsson, Larf, Rainer und mich eingerechnet, kam ich auf dreizehn. Die Zahl der Asen plus eins. Wir hatten denen also gerade noch gefehlt, beziehungsweise es war einer zu viel. Ein weiteres böses Omen? Wir würden es spätestens am 6. Dezember erfahren, denn da war der nächste Vollmond, wie uns Odin vorhin noch stolz berichtet hatte.

Während die anderen, insbesondere die beiden Frauen des Kollektivs, damit beschäftigt waren, Teller und Besteck aus Plastik, Bierdosen, Whiskyflaschen, diverse Gefäße mit Lebensmitteln und Brot auf dem Tisch zu verteilen, dachte ich weiter, und Schweiß trat mir auf die Stirn. Von der kleinen Norne Linnea wusste ich, dass Linda hier gewesen war, zumindest in Kvikkjokk. Wenn meine neuen Kumpel durch Rainers und meine Anwesenheit mehr als komplett waren, dann konnte Linda keine große Rolle mehr für sie spielen. Hatten sie sie etwa beseitigt? Was war geschehen? Ich musste es herausfinden.

»Dürfen wir dich ab sofort auch Herr nennen, o Odin?«, wandte ich mich betont beiläufig, aber mit ernster Stimme an Leifsson, denn ich wollte überprüfen, ob dieser Irre tatsächlich von sich selbst dachte, was ich vermutete.

Larf blickte auf und sah skeptisch zwischen mir und seinem Asenboss hin und her, ja fast schien es mir, als unterzöge er Leifsson einer Verhaltenskontrolle. Sehr seltsam. Alle anderen waren sofort verstummt, kaum dass ich meine Frage gestellt hatte.

Im Interview mit einer Polizeipsychologin hatte ich mal gelesen, dass das Schmeicheln von gewaltbereiten Irren und das soziale Erhöhen von Minderbemittelten ein probates Mittel sei, um diese zu beschwichtigen und um kommunikative Brücken zu bauen. Auch wenn ich mir nur schwer vorstellen konnte, dass sich meine Lage als Geisel eines Bankräubers maßgeblich verbessern würde, wenn ich sein professionelles Vorgehen, seine mordsmäßige Ausrüstung oder seine echt coole Gewaltbereitschaft lobte (»Total bewundernswert, wie Sie den Kassierer mit dem Kolben Ihres Sturmgewehrs niedergeschlagen haben, als er nicht sofort mit der Kohle rübergekommen ist! Ganz großes Kino. Sorry, aber das musste ich mal sagen, ehrlich. Respekt!«), so schien das in diesem Fall zu klappen, denn Larf und Leifsson tauschten mit einem Mal anerkennende Blicke aus und nickten sich zu.

Dann wandte sich Letzterer an mich. In die eingetretene Stille hinein sagte er feierlich und mit fester, volumenloser Stimme: »Du hast mich erkannt, denn bin ich auch noch in meiner Menschenhülle verborgen, so bin ich in Wahrheit Odin, Vater der Asen, und in meiner Allmacht und Großmut sage ich dir: Wohlan, ihr dürft!«

»Dann wollen wir das ab sofort auch machen, o Herr«, sagte ich ruhig und deutete eine Verbeugung an. Innerlich erschauderte ich und wünschte mich in diesem Moment weit, weit weg. Dieser Typ wäre überall auf der Welt willkommen gewesen – als Referenz für pathologischen Irrsinn erster Güte.

»Was genau?«, fragte Rainer leise.

»Wir sprechen ihn ab sofort mit *Herr* an.«

Rainer dachte kurz nach, dann widersprach er: »Du, Torsten, ich sag mal so, ne, Kultur ist eine Sache, aber die Unterwerfung meines Selbst als integraler Bestandteil der demokratischen Gesellschaft unter das autokratische Joch einer selbst ernannten soziotopischen Quasi-Tyrannei ist nich so mein Ding, ne.«

»Klappe!«, zischte ich.

»Waf redet er?«, fragte Larf Leifsson und musterte Rainer dabei mit skeptischen Blicken.

»Er freut sich sehr und ist zutiefst bewegt«, erklärte ich an Leifssons Stelle, denn der hätte Rainers Worte aufgrund seiner Deutschkenntnisse zwar theoretisch vielleicht verstehen können, in der Praxis schien ihn das Geschwafel meines Kumpels jedoch zu überfordern, weshalb er bloß anerkennend nickte, uns zwei Gedecke Wegwerfgeschirr herüberschob und rief: »Esst, meine Asen, esst und stärkt euch!« An Rainer und mich gewandt schob er nach: »Ihr auch. Das Finanzielle bespricht Lars mit euch nach unserem Göttermahl – er ist für die Geldangelegenheiten zuständig.«

Hä? Was für Finanzielles? Ich kam nicht dazu, zu fragen, denn kaum dass Odins Worte in Walhall verhallt waren, zischten Bierdosen, es wurden Heringsgläser aufgeschraubt, Brottüten aus dem ICA-Supermarkt ausgepackt und zu meinem Entsetzen auch Konservendosen geöffnet, denen der Geruch des Todes entströmte. Ich hatte ihn nicht vergessen, seitdem ich ihn in Gödseltorp auf meinem ehemaligen Bauernhof zum ersten Mal hatte kosten dürfen. Es war Surströmming, der berühmt-berüchtigte, in Salzlake verweste Fisch, den die Wikinger, also quasi die Söhne der Asen, aus Versehen erfunden haben mussten – mit Vorsatz kriegte so etwas niemand hin! Bald schon war der ganze Raum von diesem bestialischen Gestank erfüllt, der wie eine Mischung aus Kloake und verbranntem Gummi in der Luft hing und mir den Atem raubte. Was hätte ich darum gegeben, mich in diesem Moment in einem südlichen Eukalyptushain oder einem holländischen Blumentreibhaus zu befinden!

Rainer war blass geworden. Oder mischte sich bereits ein leichtes Grün in die Farbe seines bleichen Gesichtes? Jedenfalls hatte er die Schmollpose, die er aufgrund meiner Zurechtweisung eingenommen hatte, aufgegeben und reckte den Kopf hoch, um besser Luft zu bekommen. Ich hingegen versuchte, mir nichts anmerken zu lassen, sondern aß stattdessen die normalen, in Sahne und Mayo konservierten Heringshappen. Es gab auch jede Menge Wurst und Schinken aus Rentierfleisch, die Leifsson dem Todesfisch vorzuziehen schien.

»Willst du nicht auch von dem guten Surströmming?«, fragte ich ihn verwundert und nicht ohne leichten Sarkasmus.

Er schüttelte den Kopf. »Geht leider nicht, obwohl er so lecker riecht. Ich habe eine Heringsallergie.«

Ich versuchte, nicht laut loszuprusten. Odin, Gott der Götter, Herr der Asen und über Leben und Tod und sonst was hatte eine Heringsallergie! Larf kam mir unbewusst zu Hilfe: »Einmal hatte er einen apokalyptifen Fock, oder wie daf heift, fagte der Artft. Er verträgt daf überhaupt nift mehr. Ift vermutlich daf Eiweif.«

Leifsson war das sichtlich unangenehm.

Mir nicht, aber ich hielt mich weiterhin zurück.

»Meinen Anteil bekommt Freki«, erklärte Leifsson entschuldigend und schnickte mit diesen Worten ein ordentliches Stück des stinkend-fermentierten Fischkadaverfilets auf den Boden neben sich. »Geri mag das nicht.«

Ich konnte Geri nur zu gut verstehen, und nun war mir auch klar, warum sein Artgenosse Freki ernsthafte Verdauungsprobleme hatte. Oberstkrass kompostmäßig!

Einziger Vorteil war, dass man das nicht mehr wahrnahm, wenn man eine Weile in Walhall gewesen war. Alle Sinne wurden eins. Hoffte ich zumindest. Auf der anderen Seite von Leifssons Thron hörte ich ein sabberndes Schmatzen.

»Und, Torften, waf machft du fo? Ich meine beruflich?«, fragte Larf und spülte die Reste seines stinkenden Heringsbrots mit Wodka hinunter.

»Ich schreibe Bücher.«

»Bücher? Daf ift ja intereffant. Und welche?«

Ich schreibe humorvolle Belletristik über den Schwachsinn des Lebens und Bekloppte wie euch, wäre die Wahrheit gewesen, doch ich entschloss mich für die nüchterne Variante: »Männerratgeber.«

»Aha«, grinste Larf und zwinkerte mir anzüglich zu, »über Frauen und fo? Hä, hä, hä!«

»Klar. Auch. Was Männern eben gefällt.« Ich zwinkerte zurück und versuchte, durch den Mund zu atmen.

»Ich hatte bif vergangenen Winter einen Filift in Funäfdalffjällen«, erklärte Larf unaufgefordert.

»Waf ... äh was?«, fragte ich. »Viehlift?«

Ich sah eine lange Reihe schwarz-weiß gescheckter Kühe mit Pudelmützen und auf jeweils vier Skiern, die gerade zum schneebedeckten Gipfel gezogen wurden.

»Nein! Einen Filift. Einen Feffellift.« Larf klang ein wenig sauer und verzweifelt, doch das half mir auch nicht weiter. Ich versuchte, die neuen Gedanken in mein bestehendes Bild zu integrieren. Die pudelmützenbewehrten Kühe fuhren weiterhin auf Skiern bergauf, nur dass sie jetzt obendrein gefesselt waren. Nein, das ergab auch keinen Sinn.

»Sessellift«, half Leifsson, dem mein ratloses Gesicht wohl nicht entgangen war.

»Ach so«, rief ich und schlug mir an die Stirn. »Sessellift! Skilift!«

»Fag ich doch!«, entgegnete Larf kopfschüttelnd. »Dann habe ich *Yggdrafilf riddare* im Internet gefunden, habe mit Odin ein paar Mailf aufgetauft, habe die Anlage verkauft und bin noch am gleichen Tag hergefahren, weil ich fon immer wuffte, daff etwaf Befonderes in mir fteckt.«

Oh ja, in Larf steckte hundertprozentig etwas Besonderes. Vielleicht ein besonders dicker Nagel, der sich quer ins besonders kleine Gehirn gebohrt hatte? Oder eine gefesselte Kuh, die darin auf Skiern fröhlich jauchzend umherfuhr?

Ich sagte nur: »Ach was!«

»Und dein Freund, waf macht der?«, fuhr Larf mit seiner Befragung fort, oder war das schon ein Verhör? Ich traute diesem Kerl nicht.

»Er ist Sozialpädagoge.«

»Genau«, sagte Rainer und blickte auf.

»Ach fo«, kommentierte Larf. »Die muff ef ja auch geben.«

Leifsson bedeutete nun den anderen am Tisch, die unserer Unterhaltung still schmatzend und schlürfend gefolgt waren, sich ebenfalls vorzustellen. Der Dicke neben Larf war Sven, und der behauptete zumindest glaubhaft, er sei orientierungslos gewesen, bevor er zufällig auf die Ritter Yggdrasils und Thoralf Leifsson gestoßen sei. Jetzt habe er zwar seinen gutbezahlten Job als Steuerberater aufgegeben, aber wisse wenigstens, wo er hingehöre. Seine Augen wurden feucht. Larf legte mitfühlend sein Ärmchen um den bärtigen Kloß neben ihm, schaffte es aber bloß bis zum Hals. Irgendwie tat er mir auch leid, dennoch brauchte ich dringend eine Luftveränderung. Außerdem fühlte ich einen ziemlichen Druck auf der Blase. Vielleicht kam es daher, dass ich inzwischen vier Dosen Lappland-Bräu getrunken hatte.

»Wo ist denn hier die Toilette?«

»Raus und dann zweimal links rum, dann siehst du es schon«, erklärte Leifsson. »Wenn du wiederkommst, werden wir mal über die Kursgebühr sprechen.«

»Äh, ja«, antwortete ich. »Fein.«

Ich bedankte mich und machte, dass ich aus Walhall kam. Als ich die Tür öffnete, atmete ich mehrmals die frische Luft tief ein und den unfassbaren Fischgestank aus und traute gleichzeitig meinen Augen nicht. Wie viele Stunden hatten wir in dieser Hütte denn zugebracht? Burg Walhall ein asisches Raum-Zeit-Kontinuum oder so was? Draußen lag mittlerweile so viel Schnee, als wären drei Tage vergangen. Er reichte mir übers Knie, und die Flocken flogen derart dicht umher, als hätte Frau Holle in einem Wutanfall ihr gesamtes Bettzeug auf einmal mit einem Teppichmesser aufgeschlitzt und aus dem Fenster geschmissen. Ich zog den Kopf wie eine Schildkröte tiefer in den Rollkragen meines Norwegerpullis und war das erste Mal ein wenig neidisch auf Rainers original samische Traditionsjacke, die eine lange, fellverbrämte Kapuze hatte.

Schneepfluggleich näherte ich mich dem Klo, einem Holzverschlag von den Ausmaßen eines Gartenfertigschuppens aus dem Baumarkt, Modell *Student* oder *Armer Ritter Yggdrasils*. Die Tür zierte anstelle eines Herzens der ausgesägte Kopf Odins. Leifsson war offenbar auf einem Egotrip, der nicht einmal vor der Toilette haltmachte. Daneben konnte ich im Dunkeln die Umrisse eines Schuppens mit zwei kleinen Toren ausmachen, von denen jedes bestimmt eineinhalb Meter breit war. Ich fragte mich, was darin wohl versteckt gehalten wurde, aber meine Blase quengelte.

Doch ich musste erst Berge von Schnee von der Tür wegbugsieren, bevor ich sie unter Mühen und mit viel Kraft so weit aufbekam, dass ich mich hindurchzwängen konnte. Drinnen war es so finster, dass ich nichts sehen konnte. Also beschloss ich, die Tür wenigstens einen Spalt breit offen zu lassen, damit ein wenig vom Schein der Laterne hereinfiel, das am niedrigen Dachgiebel befestigt worden war. Zu meinem Erstaunen entdeckte ich eine Chemietoilette jüngeren Datums, die in eine breite Holzverkleidung eingelassen war. Anscheinend legten die Asen Wert auf eine gewisse Grundhygiene und rechtfertigten damit den wenig eddakonformen Griff in die technische Trickkiste der Moderne.

GOLMANUPPELOHKÁI

Ich stapfte zurück. Es schneite immer noch. Und es war eisekalt. Im Gepäck hatte ich eine Menge unguter Phantasien über Heidrun, das Orakel, das uns in Kürze mit allerlei Weissagungen beglücken würde, vor allem aber über Linda und ihr Schicksal. Was zur Hölle und bei allen nordischen Göttern hatten diese Bekloppten mit ihr angestellt? Was war das Ganze überhaupt für eine Veranstaltung? Das konnten die doch wohl nicht ernst meinen, oder waren die Leute vollkommen behämmert? Selbst der letzte Vollidiot konnte diesen lächerlichen Mummenschanz nicht für bare Münze nehmen. Und dann diese schäbigen Hütten und das alberne Lager und die Tatsache, dass an jeder Hütte und an mehreren Pfählen Vogelkästen hingen. Erwarteten diese Irren etwa einen Schwarm Eisvögel? Obwohl mir angst und bange wurde, durfte ich mir nichts anmerken lassen, solange ich nicht genau wusste, was hier gespielt wurde und wo Linda war. Also machte ich gute Miene zum bösen Spiel.

Das allerdings schien zu klappen, denn nachdem ich mich wieder zwischen Rainer und Leifsson am Ende der Sperrmüllsitzgruppe niedergelassen hatte, trat Larf zu uns und kam auf ein Thema zurück, das ihm und Leifsson offenbar sehr am Herzen lag. »Ihr wifft, daff ef etwaf ganf Befonderef ift, hier bei unf mitfumachen.«

»Selbstredend«, erwiderte ich, denn davon war ich absolut überzeugt. Allerdings befürchtete ich, dass Larfs und meine Auffassung dazu, was die Sache zu etwas so *ganz Besonderem* machte, geringfügig differierte.

»Ihr habt fu unf gefunden, und damit wir fu euch. Ihr gehört fu unf, und doch«, Larf hob seinen weberknechtbeingleichen Finger, »und doch müffen wir, wenigftenf bif fum elften Neumond, hier auf Erden weilen und fomit auch irdife Koften tragen.«

Aha! Daher wehte der Wind! »Umsonst ist der Tod«, pflichtete ich ihm bei und biss mir im selben Moment auf die Zunge. Hatte Freud durch mich gesprochen?

»Weife, daff du ef so fiehft«, sagte Larf zufrieden.

»Was sagt er?«, fragte Rainer.

»Wir sprechen darüber, dass wir für den kulturellen Integrationskurs etwas bezahlen sollen«, fasste ich zusammen.

»Is prinzipiell okay, wegen der Unkosten und so, aber ich hoffe, das ist nicht so krass kommerzmäßig, ne.«

»Das hoffe ich auch.«

»Waf fagt er?«, erkundigte sich nun Larf.

»Rainer ist der gleichen Meinung wie ich.«

»Macht einhunderttaufend Kronen pro Nafe. Fahlbar an Odin«, sagte Larf. Sein Gesicht zeigte keine Regung.

»Wie bitte?«

»Isses kommerzmäßig krass, oder wie?«

»Oberstkrass«, stieß ich hervor, ohne Rainer anzusehen. Hunderttausend Schwedenkronen waren über zehntausend Euro! Nun hatten wir ein ziemliches Problem. Zum einen hatte ich nicht vor, diesem Wahnsinnigen so viel Geld für diesen Mummenschanz der Bekloppten zu zahlen, zum anderen hatte ich maximal viertausend Kronen in bar dabei. Und wenn wir nicht zahlten, dürften wir bestenfalls nicht mehr teilnehmen, schlechtestenfalls würden wir als unliebsame, nicht zahlende Zeugen um die Ecke gebracht und anschließend häppchenweise an Geri und Freki verfüttert werden, und Linda würde ich vielleicht nie mehr wiedersehen.

»Stimmt etwas nicht?«, mischte sich nun auch Leifsson ein, der das Gespräch am Rande mitbekommen hatte.

Ich schluckte und schwor mir gleichzeitig, dass ich Linda dazu verdonnern würde, mich abgrundtief zu lieben und nie wieder auch nur in die Nähe von Lappland zu fahren, sobald wir hier wieder herausgekommen wären und ich sie gefunden hätte. »Nee, nee, stimmt alles. Problem ist nur, dass ich … ähem … nicht wusste, dass wir dann doch eine eher höhere Gebühr zahlen müssen.«

Larf sagte jetzt nichts, sein immer noch unveränderter Gesichtsausdruck dafür umso mehr. Er wechselte Blicke mit Leifsson.

»Qualität hat ihren Preif. Das hat euch die Fentrale doch wohl gefagt, oder?«

»Klar, logisch, das stimmt. Wer billig kauft, kauft zweimal, keine Frage, aber ich dachte, das ginge auf Rechnung«, erwiderte ich.

»Ohne Gebühr keine Teilnahme.«, setzte er nach. »Die Fahlung erfolgt in bar.« Mit diesen Worten verschränkte Larf die Arme und richtete sich im Jokkmokker Sperrmüllstuhl zur vollen Weberknechtsitzgröße auf.

Nicht nur Leifsson schaute uns jetzt erwartungsvoll an. Die Gespräche wurden leiser, und nach und nach wandten alle Anwesenden ihre Blicke uns zu.

Mist! Und nun?

»Was geht'n jetzt ab?«, wollte Rainer wissen.

»Der Typ will insgesamt knapp weit über zwanzigtausend Euro von uns zweien dafür, dass wir hier mitmachen dürfen.«

Rainer schwieg, doch sein Brillenblick verfinsterte

sich. Urplötzlich sprang er hoch, hieb mit der einen Faust auf den Tisch, während er die andere in die Höhe reckte und losdonnerte: »Echt krass, wie ihr hier drauf seid. Da kommt man hierher, ne, so ins Hinterland einer der äußersten und in ihrer Originalität noch größtenteils unberührten Gegenden menschlicher Besiedlung, ne, nimmt totale Strapazen auf sich und so, ordnet in hohem Maße individuelle Bedürfnisse der Schaffung einer fruchtbaren Ausgangssituation für gedanklichen und persönlichen Austausch unter und bringt ein krass hohes Maß an soziologischer und kultureller Integrationsbereitschaft mit für urtümliche Bräuche, Sitten und Traditionen und autokratisch-machistische und damit antifeministische, auf einer inhumanen Herrschaftsstruktur fußende Hierarchien, die kaum mit dem Hier und Jetzt harmonisierbar sind – und was bleibt als Quintessenz? Die oberstkrasse Erkenntnis, dass es wieder nur um eines geht, nämlich den Verrat aller echten Ideale und wahrer Ideen, ne. Ihr fahrt mit pekuniärem Vollgas auf einem ewigen und verachtungswürdigen Weg, und der nennt sich KOMMERZ!«

Er brüllte das letzte Wort seiner flammenden Rede ins mittlerweile mucksmäuschenstille Walhall, senkte dabei seine zur Faust geballte Hand ab und zeigte langsam und bedächtig auf jeden in der Runde.

Dann setzte er sich.

Noch immer sagte niemand etwas. Zu überzeugend schien die Impression, die Rainer hinterlassen hatte, während er voller Inbrunst und tiefer Überzeugung in vollkommen unpassenden, aber dafür original samischen Traditionsklamotten gesprochen hatte, die Brille verrutscht, Schweiß auf der Stirn, die Faust noch immer leise schüttelnd – oder war es ein erregtes Zittern?

Vom Inhalt hatten die Schweden wahrscheinlich kein Wort verstanden, das wäre in Deutschland allerdings nicht wesentlich anders gewesen. Doch Rainers Mut hatte Eindruck hinterlassen, und mir war aufgrund seines letzten Satzes tatsächlich eine Idee gekommen, wie wir eventuell bezahlen konnten. Zumindest einen Teil und fürs Erste.

»Was hat er gesagt?«, erkundigte sich Leifsson, dessen Deutsch Rainers intellektuellem Verbalgewitter nicht standgehalten hatte, was mich kaum verwunderte.

»Rainer ist sehr traurig und sehr enttäuscht, dass wir nicht bleiben dürfen«, erklärte ich so laut, dass es jeder im Raum hören konnte. »Wir haben diese Summe nicht in bar dabei, aber wir sind welche von euch! Darum biete ich euch meinen VW-Bus als Pfand an, bis wir das Geld bezahlt haben. Er ist in einem Top-Zustand!« Ich versuchte, mir die Worte des türkischen Autohändlers in Frankfurt ins Gedächtnis zurückzurufen; schließlich hatten die bei mir auch gewirkt, sonst hätte ich Lasse niemals gekauft. »2004er, T5 Multivan, Sechszylinder, Automat, 235 PS, 3. Hand, TÜV neu, groß, dunkelblau. Zweiundzwanzigtausend. Särr gutt!«

Stimmte alles, nur hatte ich mich selbst als Besitzer nicht mitgerechnet, und ich hatte den Preis etwas höher angesetzt, was aber völlig okay war, denn diese Busse waren in Schweden, das wusste ich, sauteuer.

Ich zog die Autoschlüssel aus der Tasche und die Wagenpapiere aus meinem Portemonnaie und legte beides vor Leifsson auf den Tisch. »Einverstanden? Was anderes haben wir nicht.«

Seltsamerweise schaute dieser erst unentschlossen drein, dann erwartungsvoll zu Larf – toller Obergott, dachte ich bei mir, der selbst nichts entscheiden kann.

Dafür sagte Larf: »Wenn ef ftimmt, klingt ef doch nicht fo flecht, oder?«

Schließlich griff sich Leifsson die Schlüssel und die Zulassungspapiere, prüfte sie nachdenklich und tauschte sich tuschelnd mit Larf aus. Schließlich nickte er zustimmend. »Gut, einverstanden. Wie genau wir das machen, regeln wir später mit der Zentrale.«

Damit entspannte sich die Stimmung wieder, und nachdem ich mich bei Rainer für seinen spontanen Einsatz bedankt und ihm erklärt hatte, welchen Deal ich mit Odin getroffen hatte, forderte Leifsson nun auch die anderen auf, sich vorzustellen, ganz so, als wäre das erst nach Entrichten der Kursgebühr erlaubt gewesen.

Es wurde eine Runde Flaschenbier verteilt, und alle prosteten sich zu. Während wir uns miteinander bekanntmachten, unterzog ich jeden Einzelnen am Sperrmülltisch einer Sichtprüfung zwecks Gefahreneinordnung und Zeitvertreib.

Mir schräg gegenüber saß ein unglaublich unscheinbar aussehender Mittdreißiger, an dem alles durchschnittlich zu sein schien. Er wäre der Horror jedes Polizisten und jeder Rasterfahndung, denn man würde ihn niemals finden. Ein Dutzendgesicht. »Der Gesuchte ist zwischen eins fünfundsiebzig und eins achtzig groß, normale Figur, mittelblondes Haar, bekleidet mit einem Sweatshirt und Jeans«, hörte ich die imaginäre Suchmeldung und sah in der nächsten Szene meines Kopfkinos, wie in Schweden gleichzeitig über hunderttausend Männer festgenommen wurden. Keiner von ihnen leistete Widerstand. Leute mit einem solchen Aussehen taten das nicht. Das galt auch für den Typen vor mir, davon war ich überzeugt. Gustav war Kassierer in einer Sparkassenfiliale und stammte aus Östersund, wie er mir nicht ohne Stolz erklärte.

Den Typen neben ihm würde man hingegen sofort schnappen. Er sah aus wie Pumuckl. Rote Locken zierten sein Haupt, sein Gesicht war breit und blass wie ein Germknödel mit Mohnsommersprossen, und er trug an beiden Ohren silberne Kopien von Thors Hammer Mjölnir. Ich war davon überzeugt, dass man ihn wegen seiner leuchtenden Haarfarbe über weite Entfernungen hinweg auf den verschneiten Hochebenen Lapplands würde erkennen können. Sein Vorteil bei einer etwaigen Verfolgung durch die Behörden wäre allerdings, dass er sich stehend unter einer umgestürzten Birke oder in einem Polarfuchsbau hätte verstecken können, denn er war nur knapp an der Kleinwüchsigkeit vorbeigeschrappt. An den Sommerwochenenden arbeite er als Führer im Västergötlands-Museum in Skara, erzählte er. Ansonsten sei er als Lagerleiter einer großen Supermarktkette tätig.

Neben ihm saß ein kahl rasierter, breitschultriger, großgewachsener Kerl, dessen Kopf zu schwer schien, um ihn aufrecht zu halten. Ich führte dies vor allem auf das Gewicht der Verpackung zurück. In dem kantigen Schädel, dessen Wände wahrscheinlich dick wie Betonplatten waren, konnte sich höchstens ein walnussgroßes Denkzentrum befinden.

»Hallo!«, sagte er und winkte mir grinsend zu. Er musste denselben Zahnarzt wie Larf haben, nämlich gar keinen. Die Tatsache, dass ihm zwei Finger der rechten Hand fehlten, überzeugte mich sofort davon, dass ihm tatsächlich ein Sägewerk in Oskarshamn gehörte, auch wenn er gerade in Lappland weilte.

»Und das da«, mischte sich Leifsson mit theatralischpiepsender Stimme in die laufende Vorstellungsrunde ein und deutete auf ein Pärchen, das aussah, als hätten beide zum Frühstück zwei Kilo Achillessehnen gegessen, »das sind Maria und Stefan aus Sveg.« Beide nickten stumm und synchron und wirkten dabei extrem angespannt.

»Fie haben einen Motorflittenverleih in Fveg«, präzisierte Larf.

Besagter Stefan wirkte mit seinem Haarkranz und dem ausgemergelten Vogelgesicht wie ein ehemaliger Fremdenlegionär, nicht muskulös, aber zäh, komplett schmerzfrei und willensstark. Seine Frau sah genauso aus, nur trug sie statt eines Haarkranzes einen sportlichen Pferdeschwanz.

Ihre Sitznachbarin war etwa doppelt so breit, was bei Marias schmalen Hüften auch keine Kunst war. Ich schätzte die Frau auf Ende dreißig sowie kinder- und mannlos – warum wäre sie sonst zu dieser irren Truppe gestoßen? Ihr Haar war maßlos hochtoupiert, sie war mit allerlei Schmuck behängt, und ich vermutete, dass sie kopfüber in die Auslage einer Parfümerie gefallen war, so übertrieben, wie sie Kajal, Lidschatten, Lippenstift und Wangenrouge aufgetragen hatte. Es war nicht zu übersehen, dass sie den Mann neben sich regelrecht anhimmelte. Als dieser sich vorstellte, leuchteten ihre Augen, und sie hing förmlich an seinen Lippen.

Woher ihre Begeisterung rührte, war mir nicht ganz klar. Lag es an seiner extrem nordischen Kühle oder an dem seltsamen Dialekt, in dem er sprach? Unterschwellige Distanz und exotische Aussprache als Mittel der Erotisierung? Seine Miene verriet weder Leben noch Emotionen. Er erinnerte mich an einen Androiden, und mich hätte es nicht gewundert, wenn ihm versehentlich eine Diode oder ein Schaltkreis aus der Nase gefallen wäre.

Sein Sitznachbar, der Letzte in der Runde, war unansehnlich, fand ich. Ziemlich sogar. So und nicht anders hätte ich einen Triebtäter beschrieben. Sein Kopfbewuchs war spärlich, dafür hingen ihm die dünnen Strähnen fettig bis zu den Schultern herab. Er wirkte schwammig wie ein Camembert, und wahrscheinlich roch er auch so.

Ich ließ meinen Blick über die Runde schweifen und wunderte mich darüber, wie es möglich war, dermaßen viele seltsame Individuen an eine lappländische Sperrmüllsitzgruppe zu bekommen.

»Ich heiße Thomas und bin Brückenbauingenieur. Als solcher habe ich auch Bifröst erschaffen«, erklärte der Camembert.

»Ist nicht wahr«, gab ich in gespieltem Erstaunen zurück. Wer oder was zur Hölle war Bifröst? Ich wandte mich an Rainer, den Fachmann für derlei Fragen.

»Bifröst ist die Regenbogenbrücke zwischen Midgard und Asgard, der Welt der Götter«, erläuterte er flüsternd.

Larf hatte anscheinend begriffen, worum es ging. »Hier ift Midgard, und da«, er zeigte mit dem Daumen hinter sich, »da ift Afgard, und die Brücke verbindet die beiden Welten.«

»Ja, die Brücke«, murmelte Thomas und kicherte in sich hinein. »Wir werden sie begehen, hi, hi, hi.«

Dann zog er laut die Nase hoch und wischte sich mit dem Handrücken durchs Gesicht.

»Alles zu seiner Zeit!«, meinte Leifsson. »Wir sollten jetzt mit den Vorbereitungen für das Mitternachtsthing beginnen. Geht in eure Paläste und zieht euch um. So werden wir das Orakel nicht befragen können, so will ich meine Asen nicht sehen. Geht!«

Widerspruchslos tranken alle aus, dann erhob sich die versammelte Mannschaft und strömte dem Ausgang zu. Kalte Luft und einige Schneeflocken wirbelten herein, bis der Letzte gegangen war und die Tür wieder hinter sich zugezogen hatte.

Rainer und ich waren allein.

Mit Leifsson und Larf.

Geri und Freki waren auch noch da. Ich sah auf den Boden. Offenbar war Geris Akku leergelaufen, denn er war eingeschlafen. Dafür hatte Freki wohl wieder einen fahren lassen, oder war das noch der geruchsmäßige Nachhall des leckeren Surströmming-Abendmahles?

»Lars, du wirst unsere Neuankömmlinge in ihren Palast führen«, wies ihn Leifsson an, dann drehte er sich zu mir. »Um Mitternacht müssen wir über Bifröst an den Ort laufen, der einst Asgard war und wieder werden wird. Haltet euch bereit!«

»Super, ne«, sagte Rainer, und wieder einmal war ich mir bei ihm nicht sicher, ob er das ernst meinte oder nur mein Spiel mitspielte. Zumindest seine Laune schien sich gebessert zu haben. War ja auch nicht sein VW-Bus, der als Pfand herhalten musste.

Wir standen ebenfalls auf.

»Und kleidet euch entsprechend. Eure Sachen liegen auf euren Lagern bereit«, schob Leifsson nach.

»Geht klar«, sagte ich.

Leifsson nickte zufrieden, und Larf ging voraus.

Nachdem Rainer und ich durch Schnee und Kälte in unseren Palast geführt worden waren – eine weitere, absolut schäbige und nur notdürftig isolierte Schrebergartenhütte – und die Tür ins Schloss gefallen war, zündete ich die drei Ölfunzeln an, die uns als Beleuchtung dienen sollten.

Und jetzt? Was tun? Noch immer hatten wir keinen Hinweis auf Lindas Aufenthaltsort, und nun stand uns in Kürze auch noch die mitternächtliche Orakelbefragung von Heidrun bevor. Super! Ich sah mich um. Auf unseren sogenannten Betten lagen die Kostüme, die wir anzuziehen hatten: ein Rentierfellumhang, ebensolche Stiefel (okay, die standen vor dem Bett) und Handschuhe, ein goldener Brustpanzer und ein passender Helm, beide aus Glasfasermatten gefertigt, wie man sie im Karosseriebau verwendet, um marode Blechteile zu kitten. Dazu ein Gürtel mit riesiger Schnalle und ein Schwert. Letzteres war echt, wie eine Materialprüfung ergab. Und scharf war es auch. Daran hatte Leifsson also nicht gespart. Fazit: Diese Typen waren durchgeknallt, lächerlich und bewaffnet. Und jetzt hatte ich ihnen auch noch unser potenzielles Fluchtauto freiwillig ausgehändigt. Alles in allem eine Konstellation, die mir nicht sonderlich behagte.

Ich machte mich daran, ein Feuer in dem kleinen Bollerofen an der Stirnseite unseres wunderhübschen Palastes zu entfachen, was mir sogar relativ schnell gelang. Kurz darauf breitete sich eine gewisse Wärme in dem ausgekühlten Raum aus. Zurück auf dem Bett, zog ich meine Trekkingschuhe aus, schlang die Decke, die selbstredend ebenfalls aus Rentierfell bestand, eng um mich und lehnte mich gedankenverloren mit dem Rücken an die Wand. Würden Rainer und ich diesem Irrsinn unversehrt entkommen, am besten in Begleitung von Linda? Würde ich sie je wieder in die Arme schließen? Ehe ich michs versah, schlummerte ich weg.

NJEALLJENUPPELOHKÁI

Es war ein schneebedeckter Berg, auf dem ich mich plötzlich wiederfand. Ziemlich schneebedeckt sogar. Ich drehte mich um und stellte fest, dass ich nicht alleine war. Rainer winkte mir jauchzend zu. Er saß auf einer schwarz-weiß gescheckten Kuh, die in perfektem Parallelschwung auf ihren zwei Paar Carving-Skiern die frisch präparierte Piste heruntergedüst kam. Ihr Schweif stand fast waagrecht in der Luft, so schnell war sie. Rainer und die Kuh legten sich wie ein eingespieltes Team in jede Kurve. Die Stahlkanten der Bretter schnitten sich geräuschvoll in den platt gewalzten Schnee.

»Total krass, ne!«, brüllte Rainer und hielt sich mit beiden Händen an den Kuhhörnern fest. »Oberstkrass, musste auch mal probieren!«

Ich hielt Rainers Vorschlag für durchaus reizvoll. *Extreme Cow-Carving* könnte ja theoretisch ein neuer Trendsport werden, überlegte ich mir, und wenn ich einer der Ersten wäre, der das kultivierte, dann hätte ich Chancen auf den Weltmeistertitel. Logo!

»Ich hab aber keine Kuh!«, rief ich zurück.

»Doch«, widersprach die Kuh, die sich plötzlich zwischen meinen Schenkeln befand, und blinzelte mir zu. Sie hatte das Gesicht von Thoralf Leifsson, aber eine tiefere Stimme und bedeutend weniger Oberarm.

»*Do we go for a ride?*«, fragte sie oder er und wartete erst gar nicht ab, ob ich womöglich ablehnen würde. Mit einem wahnwitzigen Satz sprang der Wiederkäuer plötzlich in die Höhe, drehte sich um knapp neunzig Grad und stand auf einmal lotrecht zum Hang, quasi in der Ideallinie eines Abfahrtläufers auf Goldmedaillenkurs. Der Hang war steil. Sehr sogar. Wir nahmen deswegen sofort Fahrt auf, kaum dass die Kuh ihre Viertelpirouette vollführt hatte. Während ich den Fahrtwind genoss und mich mit meinem Tier ordentlich in die Kurven legte, schoss mit einem Mal Rainer an mir vorbei. Er und sein Rind lachten sich halbtot dabei, machten einen zugegebenermaßen saucoolen Schwung, wobei Rainer seinen Ellbogen und die Kuh ihr linkes Horn lässig in die Piste bohrten, als hätten sie ihr Lebtag lang nichts anderes gemacht. Der firnige Untergrund spritzte mir wie Gischt ins Gesicht.

»*Let's have some fun*«, muhte das Leifsson-Rind unter mir. Ich hatte keine Ahnung, warum das Tier die ganze Zeit Englisch sprach, aber es passte, denn es war cool. Ich war cool, alles war cool.

»*Go and get them!*«, wies ich die Kuh an, und wir duckten uns in den immer stärkeren Fahrtwind.

Vor uns düste Rainer und brüllte unentwegt: »Oh, krass, oberstkrass, ne!«

Ich wollte ihn unbedingt einholen. *Ich* wollte Weltmeister werden. Die Tribünen, die sich plötzlich neben uns erhoben, waren voller jubelnder Menschenmassen. Unter unseren Fans konnte ich Linda, Pfarrer Pettersson und sogar meinen Vater und Renate ausmachen, die mir zuwinkten und Transparente mit meinem Namen hochhielten.

Da! Das Ziel kam in Sicht. Ich drückte meiner Kuh mit dem Leifsson-Gesicht die Hacken fest in die Seiten, spornte sie an, lehnte mich noch tiefer auf ihren Hals. Doch es half nichts. Rainer war schneller. Schlimmer noch. Meine Kuh geriet ins Straucheln und schoss in der letzten Kurve vor der Zieleinfahrt über den Rand der Piste. Unter uns tat sich ein Abgrund auf. Er war voller Brackwasser, in dem Tausende von Surströmmingen schwammen und mich gierig anlachten. Ich schrie, so laut ich konnte, doch dann tauchten wir bereits unter. Die Flut schwappte über unseren Köpfen zusammen. Es schmeckte grauenvoll wie der Tod, und es war vor allem eins: nass.

Erschrocken riss ich die Augen auf und schnappte nach Luft.

Langsam kam ich zu mir. Leifssons dreibeiniger Boxer Freki stand neben mir auf dem Bett und verabreichte mir feuchte Hundeküsse. Offenbar hatte er mich damit geweckt, was auch den furchtbaren Surströmmingtraum erklärte. Sein Mundgeruch war nämlich nicht wesentlich besser als der seines Hinterns.

»Was war denn los?«, fragte Leifsson, der ebenfalls in unserer Hütte stand. »Hast du geschlafen? Zieh dich an, es ist so weit. Eure Initiation steht bevor. Wir wollen Heidrun, das Orakel, befragen.« Mit diesen Worten ging er davon. Freki nahm er dankenswerterweise mit und auch den lieben Geri, der sich derweil in meinen linken Trekkingschuh verbissen hatte.

»Du, was is'n das für ein Orakel?«, wollte Rainer wissen, der sich gerade damit abmühte, seinen vergoldeten Plastikbrustpanzer anzulegen. »Ich meine, diese Heidrun kenn ich ja, ne, das ist die Götterziege auf dem Dach von Walhall, aber dass die auch'n Orakel war, habe ich nirgendwo gelesen, ne.«

Müde rieb ich mir die Augen und stand auf. »Ich habe absolut keine Ahnung, aber wir werden es gleich erfahren. Außerdem glaube ich, dass diese Typen hier es mit der *Edda* und anderen authentischen Asenüberlieferungen nicht ganz so genau nehmen wie du.«

»Immer nur Kohle, ne«, grummelte Rainer in seinen Bart, während ich den Fellumhang anlegte, der an mir herabhing wie eine behaarte Glocke und erheblich zu groß war. Der Gürtel mit dem Schwert taillierte meine Erscheinung ein wenig; ich zog ihn ins letzte Loch. Dann wickelte ich mir die Felllappen um die beschuhten Füße und verknotete die angenähten Lederriemen. Schließlich griff ich mir den Brustpanzer aus Kunststoff, der aus zwei Plastikhalbschalen bestand, und streifte ihn mir über. Auch der war zu groß und saß deshalb miserabel.

Ich blickte an mir hinunter und war zum ersten Mal froh darüber, dass Linda *nicht* hier war. Dem Potenzial unseres jungen Glücks wäre wahrscheinlich ein jähes Ende beschieden gewesen, wenn sie mich so gesehen hätte. In meine Sehnsucht nach ihr mischte sich ein ganz klein wenig Wut. Wie hatte sie sich jemals mit diesem Olofsson einlassen können? Ohne ihn hätte ich mich nie auf die Suche nach ihr begeben müssen und hätte in diesem Moment ganz gewiss nicht in einer goldbesprühten Faschingsrüstung gesteckt. Seufzend nahm ich den Helm vom Bett, der aus demselben Material gefertigt war und aus dem zwei Kuhhörner ragten, die man mit Montagekleber festgepappt hatte. Im Gegensatz zu allen anderen Teilen meines Göttergewandes war dieser zu klein. Ich hatte das Gefühl, mein Kopf befände sich in einem Schraubstock, und außerdem schnitten mir die ungeschliffenen Kanten in Stirn und Wange.

Wir waren Götter.

Na toll.

Von draußen drang Stimmengewirr zu uns herein. Ich sah auf meine Uhr. Viertel nach elf, es wurde Zeit.

»Dann wollen wir mal, was, Rainer?«

»Genau!«

»Was ist mit deinem Schwert?«

»Das lasse ich mal besser hier, ne. Frieden schaffen ohne Waffen, und Schwerter zu Pflugscharen, ne!«

»Rainer, ich bin mir nicht sicher, ob diese Menschen da draußen unsere Ansicht über die Erreichung des Weltfriedens oder die Verwendung von Hieb- und Stichwaffen vorbehaltlos teilen. Weißt du, was ich meine?«

»Prinzipien erwachsen erst in Gefahr zu wahrer Größe!«

Dem hatte ich nichts hinzuzufügen. Ich hielt weitere Diskussionen für kontraproduktiv. Vielleicht lag ich auch falsch, und den Pseudoasen war es wurscht, ob Rainer eine Waffe trug. Womöglich merkten sie es auch gar nicht in der Dunkelheit. Ich zog mir die Rentierfellhandschuhe über und löschte die Öllampen, dann traten wir vor die Tür.

Auch an unserem Hüttchen hing ein Vogelkasten. Warum nur? Was mochte es in dieser unwirtlichen Gegend für Vögel geben? Vielleicht waren es die Vogelkästen für die gefiederten Freunde der Asen, die in ihren leeren Oberstübchen herumflatterten? Doch Ornithologie war im Moment nicht unser Thema, denn der Anblick, der sich uns bot, war noch schlimmer als befürchtet.

Vor uns standen zehn Menschen im Erwachsenenalter. Sie steckten wie ich in Fellen und Plastikbrustpanzern, hatten Helme auf und hielten Fackeln in ihren behandschuhten Händen. Manche von ihnen trugen seltsame Gegenstände am Körper. Der fette Sven zum Beispiel hatte eine verbeulte Tröte um den Hals hängen. Sie schien wenigstens nicht aus Plastik zu sein, doch ich hatte keine Ahnung, was es damit auf sich hatte. Zu Füßen von

Thoralf Leifsson standen seine beiden Möchtegernwölfe. Es war mit Abstand die beeindruckendste Versammlung, die ich in meinem ganzen Leben gesehen hatte. Dagegen verblasste sogar die allerletzte Fastnachtsprunksitzung zu fortgeschrittener Stunde im hinterletzten Dorf des fröhlichen Rheinlandes zu einem farblosen Priesterseminar.

Wir hingegen schienen einen durchaus positiven Eindruck zu machen. Ein verhaltenes »Aaahh!« und »Oooh!« der Bewunderung drang an mein Ohr, und Leifsson nickte mir väterlich, ja fast stolz zu, als ich mich nach einiger Zeit von dem Zauber der Atmosphäre losriss und die beiden verschneiten Stufen zu meinen Götterkumpels hinabrutschte.

»Bragi! Ef ift Bragi! Du hatteft recht, Odin!«, nuschelte Larf. »Und der andere ift ...«

»Sag nichts! Das entscheidet allein das Orakel!«, sagte Leifsson, um zufrieden lächelnd hinzuzufügen: »Aber es könnte stimmen.« Dabei legte er mir seinen muskulösen Arm auf die Schulter, dass mein Brustpanzer schräg vom Körper abstand. »Seid ihr bereit? Bist *du* bereit?«

Bereit wofür?, dachte ich.

»Total bereit!«, sagte Rainer und rückte seine Brille zurecht, die sich unter dem Plastikhelm verklemmt hatte. »Total bereit für kommerzlose Kultur, ne.«

Ich wandte mich an Leifsson, der mich noch immer erwartungsvoll anblickte, und bestätigte: »Wir sind so was von bereit!«

»So gefällt mir das!« Leifsson bedeutete den anderen, sich in Bewegung zu setzen, und der Fackelzug schob los. Allerdings nicht zum wackligen Tor, sondern in die entgegengesetzte Richtung, zur Rückseite der Siedlung. Der Schnee rieselte nur noch in vereinzelten Flocken vom Himmel, und glücklicherweise war auch der bissige Wind zum Erliegen gekommen, was die Kälte ein wenig erträglicher machte.

»Boah, Torsten, jetzt bin ich aber echt mal supergespannt, was jetzt kommt. Schade, dass die Daphne nicht hier ist, die hätte auch gestaunt, was die hier für 'ne echt krass gruppendynamische Atmo auf die Beine gestellt haben, ne, und das mit echt begrenzten Mitteln.«

Ich war davon überzeugt, dass es nicht nur die finanziellen Mittel waren, die hier für Begrenzung sorgten, aber ob Rainers neue Flamme, Daphne, die Situation in Richtung besserem Ausgang verändert hätte? Wohl kaum, höchstens in Richtung gewaltvollerem. Plötzlich stoppte der Umzug. Der fette Sven löste sich aus dem Tross und stapfte einige Schritte voraus, wo er ein kleines Törchen aufstieß, das ich noch gar nicht wahrgenommen hatte. Dann zogen wir durch ebendieses Törchen hinaus auf die verschneite Ebene, nur, um nach geschätzten zweihundert Metern erneut anzuhalten. Jetzt zerrte sich Sven wenig geschickt die Blechtröte über Kopf und Helm, holte tief Luft und blies hinein. Es klang wie eine waidwunde Ente in einem leeren Getreidesilo.

»Echt krass!«, meinte Rainer bewundernd. »Kohle hin, Kommerz her, aber die haben an alles gedacht, sogar ans Gjallarhorn, ne.«

»Die Tröte heißt also Gjallarhorn? Und warum musiziert Sven damit?«, fragte ich leise an Rainer gewandt.

»Daf ift nicht Fven, sondern Heimdall, der Bewacher der Regenbogenbrücke Bifröft«, mischte sich Larf ein, der wohl die Namen Sven und Gjallarhorn aufgeschnappt hatte, die auf Deutsch nicht wesentlich anders klangen als auf Schwedisch. »Viel Ahnung haft du aber nicht.« Dabei sah er mich prüfend an.

»Ich will ja erst noch Gott werden. Wenn ich schon

einer wäre, wüsste ich natürlich so ziemlich alles«, erklärte ich.

Larf schien meine an den Haaren herbeigezogene Erklärung zu genügen. Warum auch nicht? Sie hatten ja immerhin mein Auto als Faustpfand.

»Ja«, ergriff nun der camembertähnliche Brückenbauingenieur aus Walhalla das Wort, »und ich habe Bifröst erbaut, die heilige Brücke, die Midgard mit Asgard verbindet, hi, hi, hi.«

»Hi, hi, hi«, kicherte ich solidarisch. »Gjallarhorn. Bifröst. Heimdall. Hi, hi, hi.«

»Richtig«, zischelte Thomas weiter, »denn ich bin Njörðr, der Gott des Meeres und der Ozeane.« Dann wandte er sich wieder ab und sah gebannt nach vorne, wo der selbsternannte Gott Heimdall irgendetwas Magisches in die Luft brabbelte und wieder die sterbende Ente im Getreidesilo bemühte.

Eben wollte ich fragen, warum ein durchschnittlich begabter Meeresgott sich auch auf Arbeiten verstand, die in aller Regel eher Pioniere der Armee durchführen, da erinnerte ich mich daran, dass Thomas, der sich hier Njörðr nannte, im normalen Leben Ingenieur war. Vielleicht hatte ihn Odin Leifsson deswegen dazu ermächtigt, seinen göttlichen Kompetenzbereich auf das Feld Brückenbau auszuweiten.

Nach einem dritten Tröten setzte sich der Zug wieder in Bewegung. Bifröst schien nichts dagegen zu haben, dass wir nach Asgard vordrangen. Als ich die Brücke überquerte, war mir auch klar, warum. Sie bestand aus vier zusammengebundenen Planken, die auf beiden Ufern von zwei armdicken Posten an Ort und Stelle gehalten wurden. Man hätte auch bequem mit einem großen Schritt über das alberne Rinnsal steigen können, falls überhaupt jemals in diesem kleinen Graben etwas floss. Aber klar, wenn das so einfach wäre, dann könnte ja jeder nach Asgard.

Der Anstieg auf der anderen Seite machte allen große Mühe. Bis zu den Knien versanken wir im Schnee, und Rainer, der nicht unbedingt der Sportlichste war, klang wie eine Dampflok. Nach einiger Zeit erkannte ich auch, wohin die Reise führte. Mit Thoralf Leifsson an der Spitze, dem der Weg wohl aufgrund seiner monströsen Schrittweite noch am wenigsten auszumachen schien, wie es sich für einen anständigen Göttervater auch gehörte, hielten wir auf die kleine Berghütte zu, die ich bereits bei unserer Ankunft oberhalb des Dorfes vermutet hatte. Es dauerte noch eine mühevolle halbe Stunde, bis wir endlich dort anlangten.

Die Hütte entpuppte sich als notdürftig isolierte Bretterbude, an die ein ziemlich enges und schiefes Vordach angebaut worden war, vor dem sich Schneehaufen türmten, weil die Asen offensichtlich den Weg wieder und wieder frei geräumt hatten. Außerdem befand sich auf dem Miniplateau ein ringsum überdachter Platz mit einem etwa zehn Quadratmeter großen Loch in der Mitte, in dem ein altes Ölfass stand. Unter der Überdachung war ein weiteres Ensemble aus Sperrmüllmöbeln untergebracht, bestehend aus einem Stuhl, der, auf zwei Europaletten platziert, elf andere überragte. Nach einer kurzen Verschnaufpause gingen alle ans Werk. Bis auf Rainer und mich schien jeder genau zu wissen, was er zu tun hatte.

Leifsson setzte sich auf seinen Europalettenthron und sah dabei zu, wie die anderen sich abrackerten, Trinkhörner und Sixpacks herbeischafften, die sie offenbar mit hierhergeschleppt hatten. Dann schmissen sie Brennholz in das Ölfass, übergossen es mit Benzin aus einem Kanister und warfen ein Streichholz hinein. Es machte »Wuff!«, und eine meterhohe Stichflamme schoss aus dem verrosteten Stahlbehältnis empor. So hätte Geri sicherlich auch gerne geklungen, doch sein aufgeregtes Kläffen, mit dem er das Ganze untermalte, hörte sich eher an, als hätte er sich wieder im Bart von Karl Marx verheddert.

Nach und nach nahmen alle Platz. Auch Rainer und mir wurden von Leifsson Stühle zugewiesen, die Larf zuvor in die Mitte gestellt hatte, ganz in die Nähe des Feuers. Sollte ich mir das hier überhaupt noch länger antun, oder wäre es nicht besser, bei nächster Gelegenheit wegzulaufen, und zwar bis in Reichweite des nächsten Mobilfunknetzes oder gleich zurück nach Kvikkjokk, um von da aus die Polizei zu rufen? Aber mein Handy war weg, Rainer besaß keins, und der Weg nach Kvikkjokk war eisig, dunkel und sehr, sehr weit. Keine Chance auf Hilfe.

Ich setzte mich zögerlich auf meinen Stuhl neben Rainer.

Was würde nun geschehen?

Erst mal nichts.

Das Feuer hatte sich mittlerweile ein wenig beruhigt, und auch der schwarze Rauch hatte sich gelichtet.

Niemand sprach ein Wort.

Die Scheite im Ölfass knisterten und knackten.

Ab und an tanzten ein paar Funken in chaotischen Spiralen gen Himmel, um sternengleich zu verglühen.

Sogar Geri hielt endlich mal die Klappe.

Es war besinnlich. Oder so.

Mit einem Mal donnerte Leifssons Fistelstimme, soweit es ihr möglich war: »Dies ist unser heiliger Thingplatz in Asgard, und ich bin Odin, Herr der Asen, Gott der Götter.«

Das hatte ich befürchtet.

Dann ging es reihum. Es schien mir so eine Art Vorstellungsrunde zu sein. Ob uns zu Ehren oder als allgemeines Startritual, vermochte ich nicht zu sagen.

»Ich bin Loki«, rief Larf. »Gott der List und Tücke.«
Das war mir neu. Ich sah verwundert zu ihm hinüber.
»Und ich bin Heimdall, Bewacher von Bifröst und Träger des heiligen Gjallarhorns«, posaunte der fette Sven.

Dass Thomas sich als Meeresgott Njörðr sah, war ebenfalls ein alter Hut. Ich wunderte mich über nicht mehr viel, auch nicht darüber, dass sich der wortkarge Stefan aus Sveg für den Gott Vidar hielt, den schweigsamen Sohn Odins. Amüsant fand ich, dass der Rothaarige, den ich ebenfalls in Odins Hütte gesehen hatte, sich als Thor vorstellte. Noch amüsanter fand ich allerdings, dass Magnus, der Typ aus Oskarshamn, dem zwei Finger im Sägewerk abhandengekommen waren, sich allen Ernstes für die Göttin Idun hielt, die in Asgard für Schönheit und Unsterblichkeit zuständig war. Maria hingegen wollte im Götterreich die gute Sif sein, die, daran erinnerte ich mich noch gut aus Rainers *Edda*-Schilderungen, eigentlich Thors Gattin und ansonsten mit einer eher übersichtlichen Anzahl von Aufgaben betraut war.

Dieses Beziehungs- und Machtgeflecht versprach Kurzweil, egal, wie die Sache heute Nacht ausgehen würde.

Als alle geendet hatten, trat wieder Schweigen ein. Doch plötzlich waren alle Augen auf mich gerichtet.

»Wer bist du?«, rief Odin in die Stille, erhob sich und zeigte mit dem ausgestreckten Arm auf mich.

Ich wertete das als eine rein rhetorische Frage, denn die Antwort kannte er ja bereits, also hielt ich die Klappe. Ich wertete richtig.

»Bist du Bragi, der Gott der Dichtkunst, der die gefallenen Helden in Walhall begrüßt? Bist du Bragi, der

Sohn Odins, und verheiratet mit deiner geliebten Idun? Bist du es?«

Ich fasste nüchtern zusammen. Bragi? Okay, vertretbar. Odins Sohn, also der direkte Nachfahre eines Bodybuilders aus Jokkmokk, der obendrein eventuell an der Entführung von Linda beteiligt war? Ich schüttelte heftig den Kopf. Natürlich nur innerlich. Nach außen starrte ich die liebreizende Idun an, die leider im unförmigen Leib von Magnus gefangen war, der an Hässlichkeit kaum zu übertreffen war. Er lächelte erschreckend anzüglich und warf mir einen Kussmund zu. Ich beschloss: Nö, ich bin weder Odins Sohn, noch der Mann einer fetten, ein Meter neunzig großen Frau mit halber Hand und ohne Haare. Außerdem hatte ich schon einen Vater, und vor allem hätte ich gerne Linda als Freundin. Das ging also beim besten Willen nicht.

»Ich sag mal so …«, hob ich an, doch Odin rief schon in väterlicher Ungeduld: »Es sei! Holt das Orakel, holt Heidrun!«

Alles um mich herum jubelte, als wäre die schwedische Senioren-Nationalmannschaft durch einen unfassbaren Fernschuss von der Mittellinie Weltmeister gegen Deutschland geworden.

Dienstbeflissen war Larf, beziehungsweise sein göttliches Alter Ego namens Loki, zusammen mit dem fettleibigen Heimdall aufgesprungen und zur Hütte hinübergespurtet. Odin hielt mir und Rainer jeweils eine Plastikmaske hin. Bei näherer Betrachtung entpuppten sie sich als das Antlitz eines Bewohners vom Planet der Affen. Stammten auch sie vom Sperrmüll?

»Zieht sie über«, befahl Odin. »Das Orakel darf eure Gesichter nicht sehen, sonst ist sein Urteil getrübt. Mein Sohn!«

»Das habe ich mir schon gedacht«, gab ich zurück und zog mir das Gummiband der Primatenmaske über den Asenhelm aus Plastik. »Vater!«, nuschelte ich.

Die Maske stank säuerlich nach altem Sportlerschweiß. Was machte ich hier eigentlich? Odin griff in seine Felltasche, die er am Schwertgürtel trug, und zog etwas Undefinierbares daraus hervor. Dann forderte er erst mich und dann Rainer auf, unsere Arme auszustrecken, und ließ in unsere Hände ein paar mittelweiche Stängelchen mit körniger Oberfläche fallen, um zu erläutern: »Frisst Heidrun aus deiner Schwerthand, so bist du es, Bragi, mein Sohn. Wählt sie die andere, so bist du es nicht und musst uns verlassen. Für immer und ewig!« Das klang nicht erfreulich, vor allem die Wendung »für immer und ewig« machte mir gewisse Sorgen. »Aber ich irre mich nicht, denn ich bin Odin«, fügte Leifsson augenzwinkernd hinzu und klopfte mir auf die Schulter.

Es ist schön, wenn ein Vater seinem Sohn vertraut (das kannte ich von zu Hause nicht) und wenn sich eine Beziehung generationsübergreifend so positiv entwickelt, aber in diesem Fall beruhigte es mich nicht.

Ich fragte mich, was für Naschwerk uns Odin in die Hände gelegt haben mochte. War es Gummi? Es fühlte sich an wie ein Stück weicher Autoreifen, mit dem man durch die Sahara gefahren war, mit eingepresstem Wüstensand. Unbemerkt von Odin führte ich eine Hand an Mund und Nase. Ich kannte diesen Geruch. Widerlich! Ich wagte es und biss in eines der Stückchen. Pfui Spinne! Ich hatte mich nicht getäuscht. Es war in Salz gewendete Lakritze. Eine hiesige Spezialität. Geschmacklich kam das direkt nach Surströmming. Pfui Deibel! Ich spuckte das Salzlakritz-Stückchen vor mich in den Schnee. War Heidrun Schwedin? Wenn nein, dann wäre es möglich, dass sie aus keiner unserer Hände fraß. Was würde dann geschehen? Wäre das die Erfüllung einer noch grausameren Prophezeiung, und man würde uns kurzerhand vierteilen oder so?

Ich wollte es nicht darauf ankommen lassen und beschloss, Heidrun die Entscheidung zu erleichtern. Aber ich sollte mich besser beeilen, denn hinter uns öffnete sich die Hüttentür, und ich sah, wie Sven und Larf etwas an einem Strick hinter sich her ins Freie zogen. Gleichzeitig legte sich ein übler Geruch über den Thingplatz. Stammte der Gestank von Freki? Ein Schulterblick verriet mir, dass dieser gut und gerne zehn Meter von mir entfernt neben Odins Europalettenthron eingeschlummert war. Der Gestank musste also aus der Hütte kommen, aus Heidruns Behausung.

Alle starrten auf Sven und Larf und das Wesen, das auf allen vieren hinter ihnen durch den Schnee gezerrt wurde. Es schien genauso wenig Lust auf diesen Firlefanz zu haben wie ich. Jetzt war der Moment gekommen, an dem ich Rainers und mein Schicksal in die richtige Richtung lenken konnte. Ich ließ die ekligen Lakritzgummis aus meiner Nicht-Schwerthand vor mich in den Schnee rieseln und trat sie fest. Ich würde Heidrun keine Wahl lassen, denn wenn sie zwischen einer leeren und einer gefüllten Hand entscheiden sollte, würde sie hoffentlich das Richtige tun. Sofern sie eklige Salzlakritze mochte ...

Heimdall und Loki kamen zu mir, flankiert von Odin. Alle sahen erwartungsvoll auf mich herab, denn ich saß ja noch auf meinem Stuhl. Allerdings versperrten mir die drei Asen den Blick auf Heidrun, die sich hinter ihnen befinden musste.

»Führt Heidrun zu den Unbekannten!«, befahl Odin seinen Getreuen und trat zusammen mit Loki zur Seite.

»Möge die heilige Ziege entscheiden, aus deren Euter für ewige Zeiten Met fließt und die stets die Wahrheit weissagt.«

Sven schob Heidrun vor uns.

Was für ein grotesker Anblick! Heidrun war natürlich keine Ziege, sondern ein Mensch. Sie war nur miserabel als Ziege hergerichtet worden. Statt eines Rentierfells trug sie ein Ziegenfell, statt Kuhhörnern waren zwei Ziegenhörner an ihren Plastikhelm geklebt worden. Die Hände und die Knie steckten in etwas, das an schwarze Hufe erinnerte, höchstwahrscheinlich kleine, mit Auspufflack besprühte Kochtöpfe. Mich beschlich ein furchtbarer Verdacht. Konnte es sein, dass diese Wahnsinnigen ... ich traute mich nicht, den Gedanken zu Ende zu denken.

Das ging auch gar nicht, denn in diesem Augenblick gebot mir Odin mit fester Stimme: »Streck die Hände aus, mein Sohn!«

Jetzt galt es. Mein Herz schlug schneller, und ich hielt Heidrun beide Hände unter die Nase, um sie langsam zu öffnen.

Dann hob Heidrun den Kopf.

Mein Herz blieb fast stehen, und meine Kinnlade klappte nach unten.

Das konnte nicht wahr sein!

Heidrun hatte dunkle, grau-melierte Haare, die in leichten Wellen unter dem Hörnerhelm hervorlugten. Und Heidrun war männlich, zumindest geschlechtsmäßig. Auf keinen Fall war es Linda, wie ich es die ganze Zeit über insgeheim gehofft hatte.

VIHTTANUPPELOHKÁI

Mist, jetzt musste ich auch noch lachen. Unpassender ging es nun wirklich nicht. Es war eine der Situationen, in der davongaloppierender Humor durch nichts mehr zu zügeln ist. Diese Symptome treten in aller Regel in der Kirche, bei wichtigen Geschäftsmeetings und, wie ich jetzt wusste, auch bei Initiationsriten aller Art auf. Ich unterdrückte den kurzen, unangebrachten Jauchzer, weil ein Schwall eiskalter Erkenntnis die aufgeflammten heiteren Emotionen alsbald erstickte: Wenn nicht Linda in dieser albernen Kostümierung steckte, sondern ein anderer bemitleidenswerter Mensch – wo steckte sie dann?

Rainer holte mich aus meiner Gedankenwelt in die sich vor mir entfaltende Albtraumgegenwart zurück. »Noch ein Typ mit Fell, ne?«

»Heidrun«, raunte ich ihm zu.

»Cooler Name. Irgendwie total traditionell. Meine Oma heißt so.«

»Interessant«, sagte ich und meinte das Gegenteil.

Rainer kümmerte das nicht, oder er hatte meinen subtilen Unterton nicht bemerkt, was wahrscheinlicher war. Er legte den Kopf schief und beäugte kritisch die vor uns im Schnee hockende Schimäre aus Mensch, Ziegen- und Synthetikteilen. »Soll das etwa *die* Heidrun aus der Göttersage sein?«, fragte er schließlich ungläubig, als hätte er jetzt erst den Zweck dieses Mummenschanzes begriffen.

»Ich glaube ja.«

»Krass.«
»Ich weiß.«
»Ich meine: Krass schlecht gemacht, ne.«
»Ja, Rainer. Ich weiß!«, zischte ich.

Odin, Heimdall und Loki sahen mich mit zusammengekniffenen Lippen, aber dennoch erwartungsfroh an. Sicher hatte Thoralf Leifsson allen gesteckt, dass ich Deutscher war. Ich hätte ihren Erwartungen gerne entsprochen und den Dialog mit Rainer übersetzt, aber ich befand mich eindeutig in der Klemme. Ich wollte unsere Situation nicht noch mehr verschlechtern. Zugleich sollte der armselige Geselle vor mir auf keinen Fall spitzkriegen, dass ich mehr auf seiner Seite stand als auf der der bekloppten Götter. Am Ende hätte er mich noch als seinen Retter gesehen, wäre mit seinen Heidrun-Kochtopfhufen jubelnd auf mich zugeschlittert und mir mit den Dingern freudeklappernd um den Hals gefallen, was eventuell unser dreier Untergang bedeutet hätte.

Was wusste ich denn, wozu diese Asenimitationen noch in der Lage waren, wenn sie schon Menschen entführten, sie in lächerliche Tierverkleidungen steckten und als Teil ihres rituellen Götterglaubens fortan hinter Schloss und Riegel hielten? Bei einer Gerichtsverhandlung hätten Entführung, Nötigung, Körperverletzung und Freiheitsberaubung auf der Deliktliste gestanden, eventuell sogar Folter, ja selbst Opferkannibalismus traute ich diesen Typen durchaus zu.

Ich beschloss, kurzfristig unkollegial, aber mittelfristig lebensbejahend zu reagieren. Zuerst sagte ich auf Schwedisch zu Rainer: »O ja, das Orakel, das Orakel!«, was zwar keinen Sinn ergab, aber ziemlich andächtig klang. Rainer starrte mich verdattert an, schwieg aber zum Glück.

Dann kam es, wie ich es befürchtet hatte. Heidrun hatte offenbar meine Gedanken gelesen, denn sie flehte mit schwacher Stimme, der es dennoch nicht an hörbarer Verzweiflung mangelte, auf Schwedisch: »Hallo! Wer seid ihr? Könnt ihr mir hier raushelfen? Die sind alle wahnsinnig! Hilfe! Bitte!«

Ich erwiderte lautstark und unwirsch: »*Tyst! Håll käften och ät!* Ruhe! Halt's Maul und iss!« Dabei hielt ich Heidrun die geöffneten Hände noch näher vor die Nase, während ich mich von den Asen abwandte, damit sie nicht mitbekamen, dass ich Heidruns Wahl quasi vorgegeben hatte (Salzlakritztoleranz oder extreme Unterzuckerung vorausgesetzt), denn die linke, meine Nicht-Schwerthand, war ja leer.

Mein Täuschungsmanöver schien zu glücken, denn die Asen durchschauten mich nicht und begrüßten mein Gepöbel sogar noch mit anerkennendem Gemurmel. Ungehobeltes Auftreten schien in diesen Götterkreisen zum guten Ton zu gehören. Warum behandelten die ihr Orakel so oder ließen zumindest zu, dass ich es tat?

Das sah Rainer offenbar ähnlich, denn das Gute seiner Seele verhielt sich antiproportional zu seiner sozialen Kompetenz. In diesem Moment wusste ich nicht zu sagen, ob er sich aus Tierliebe (Heidrun = Ziege) oder aus humanitärer Empathie (Heidrun = Mensch) empörte.

»Was geht denn jetzt ab?«, fragte er mich. »Du bist ja total aggro unterwegs!« Er beschäftigte sich zum ersten Mal eingehender mit der Salzlakritze in seiner Faust. Interessiert führte er seine Hände zur Nase und versuchte zu sehen, was sich darin befand, was allerdings wegen der schlechten Lichtverhältnisse auch jemandem mit besserer Sehkraft nicht gelungen wäre. Dann ging er dazu über, daran zu riechen.

»Ist das hier so 'n schwedisches Kultur- und Integrationsritual für uns und die Heidrun oder was? Krass, echt oberstkrass ...« Er roch noch mal an seinen Händen. »Lakritze, ne? Hast du das auch gekriegt?«

Unterdessen kam Heidrun zögerlich näher. Mein barscher Hinweis, sie solle die Klappe halten und mir aus der Hand fressen, schien sie eingeschüchtert zu haben, und sie konnte ja nicht ahnen, dass sie mit dem verzweifelten Hilferuf der Wahrheit näher war, als es mir lieb sein konnte. Wenn wir den Ziegenartigen nicht retteten, wer sollte es dann tun? Zunächst stand aber unsere eigene Sicherheit im Vordergrund. Daher galt es für mich, weiterhin böse Miene zum guten Spiel zu machen, und ich hoffte inständig, dass mein Plan funktionieren würde. Also brüllte ich die arme Heidrun noch einmal an: »Los! Friss, und wähle die Hand, welche weissagen wird, wer ich sei für immerdar!«

Dieser Befehl war grammatikalisch zugegebenermaßen ziemlich fragwürdig, aber ich fand, er klang saugut. Wieder murmelten die Pseudoasen anerkennend. Leider waren einige von ihnen so begeistert, dass sie das Schauspiel vor meinen Füßen von Nahem betrachten wollten. Als ich einen vorsichtigen Schulterblick wagte, erkannte ich zu meinem Schrecken, dass Thoralf Leifsson, alias Odin, so dicht hinter mir stand, dass ich meinte, seinen warmen und biergeschwängerten Atem im Nacken zu spüren, aber auch Sven und Larf kamen näher.

Rainer in seiner vollkommen unbedarften Art erhöhte unbewusst das Gefahrenpotenzial dieser Situation um den gefühlten Faktor zehn. »Krasse Geschichte, das hier, ne! Ich will ja echt kein Spielverderber sein, aber ergibt das Sinn, dass du nur in der einen Hand Lakritze hast? Oder ist das Teil des Rituals?« Er kicherte in sich hinein, als hätte er ein viel zu einfaches Rätsel mit Leichtigkeit gelöst.

»Mann, Rainer, halt die Klappe, echt jetzt!«, zischte ich in seine Richtung.

Statt meinem Wunsch nachzukommen, schob er seine Brille etwas höher, und seine Augen glotzten mich in einer Mischung aus Vorwurf und sozialpädagogischer Gesprächsbereitschaft an. »Du, Torsten, da wollte ich eh schon mal mit dir drüber reden. Ich finde, du bist manchmal echt etwas verletzend und unkontrolliert. Emotionale Ausbrüche als Zeichen von Empathie oder bei gruppendynamischen Findungsprozessen mit dem Ziel einer emanzipatorischen Balance sind echt okay, ne, aber nicht so egotripmäßig wie manchmal bei dir. Das ist echt total kontraproduktiv, ne. Hat das mit der Linda zu tun? Wir können da immer total offen drüber reden. *No woman, no cry*, ne!«

Am liebsten hätte ich Rainer einen monströsen Schneeball in den Mund gesteckt. Gerade wollte ich ihn darauf hinweisen, dass ich sein sensibles und selbstloses Angebot prinzipiell begrüßte, dass aber Ort und Zeit möglicherweise suboptimal gewählt seien, da wandte Heidrun den gehörnten Kopf meiner rechten Hand zu.

Und endlich.

Endlich spürte ich, wie sie mit kalten Lippen vorsichtig ein Stück Salzlakritze von meiner Schwerthandfläche graste.

Kaum kaute sie darauf herum, da rief Odin auch schon freudestrahlend meinen neuen Namen und sprang auf, um mich aus dem Sitz zu heben und mich in seine Monsterarme zu schließen. Ich schaffte es gerade noch, meine beiden Hände zu schließen.

»Bragi!«, schluchzte Odin. »O Bragi, ich habe es gewusst. Mein Sohn!« Auch die anderen brachen in Jubel aus und liefen zusammen.

Nachdem Odin mich aus seinen Pranken entlassen hatte, spürte ich, wie mir unzählige Hände auf den Rücken klopften. Nach und nach schwoll ein rhythmischer Sprechgesang an, eine Art Asen-Rap, dessen einziger Text mein Göttername war: »Bragi! Bragi! Bragi!«

Auch Rainer machte mit. »Bragi! Bragi! Bragi! Oberstkrass hier, ne. Du bist jetzt voll integrierter Schwede, oder wie? Echt witzig hier, so insgesamt! Jetzt will ich aber auch mal so 'n cooles Gruppenritual durchziehen. Ich bin jetzt dran, ne?«

Genau das hatte ich befürchtet. Sobald sich der Jubel gelegt haben würde, stand uns Rainers Initiation bevor. Wir hatten erst die halbe Miete eingefahren. Würde Heidrun sich auch für seine Schwerthand entscheiden, dann wäre alles gut. Wenn nicht, dann ... ja, was dann? Würden sie meinen Freund in der eisigen Wildnis aussetzen oder kurz und schmerzlos einen Kopf kürzer machen? Mist! Warum hatte ich Rainer keinen Hinweis gegeben, als noch Zeit gewesen war?

»Schmeiß die Lakritze aus deiner linken Hand weg!«, rief ich ihm durch das nicht enden wollende Schulterklopfen meiner neuen Mitgötter zu.

»Was ist los?«, fragte Rainer. »Links? Was ist links, ne? Wegschmeißen? Wegen der Dritten Welt und Lebensmitteln und so eher nich so mein Ding, aber wenn das hier so 'n Ritual is, dann mach ich's so, dass es keiner mitkriegt, ne!« Aus den Augenwinkeln sah ich, wie Rainer zuerst ein Daumen-Hoch-Zeichen machte und dann die Lakritze zwar etwas ungeschickt, aber immerhin von den Asen unbemerkt aus seiner linken Hand hinter sich in die verschneite Dunkelheit warf.

Zuerst dachte ich, alles wäre gut, denn in den allgemeinen Trubel hatte sich plötzlich das Summen von Geri, dem Elektrorasierer-Hündchen, gemischt, der sich wieder einmal an meinem Fuß zu schaffen machte. Auch Freki war zu uns gestoßen, bestimmt um den Grund dieser allgemeinen Heiterkeit zu erfahren. Aua! Geri war es doch tatsächlich gelungen, mir seine Stecknadelzähnchen durch die Hose in die Haut zu bohren. Ich schnickte ihn mit einer behänden Fußbewegung weg. Zu meiner Freude kam er nicht gleich wieder an, was einen guten Grund hatte. Er hatte anscheinend als Einziger bemerkt, dass Rainer etwas in den Schnee geworfen hatte. Anders als sein träger Artgenosse schoss Geri in einem Tempo davon, das ich ihm niemals zugetraut hätte. Kurz darauf war er zurück und kaute auf etwas herum.

Schlagartig stockte mir der Atem, denn auch Odin hatte mitbekommen, dass sein surrender Möchtegernwolf irgendetwas naschte.

»He, Geri! Hierher! Aus! Was hast du da?« Odin bückte sich, um seinen Hund auf den Arm zu nehmen. »Was hast du da?«, wiederholte er, und statt es gierig herunterzuwürgen, wie es sich für einen durchschnittlich erzogenen Hund gehört, spuckte das bissige Vieh den Inhalt seines Maules doch tatsächlich vor seinem Herrchen in den Schnee. Odin griff danach, prüfte das vollgesabberte Etwas kurz, nur um sich dann zu seiner vollen Anabolikagröße aufzurichten. Sein linker Arm ging langsam empor, bis er zur vollen Länge ausgestreckt war. Erst nach und nach bemerkten die Asen, dass ihr Chef mit dieser Geste Ruhe befahl. Nach und nach verstummten die Rufe und das Jubilieren. Odin drehte sich um und kam mit wütendem Blick und irren Augen zu mir.

»Zeigt mir eure Hände!«, zischte er.

»Was geht'n jetzt ab?«, fragte Rainer. »Irgendwie liegt hier so 'ne Art Konflikt in der Luft, ne. Leute, hört mal, das kann man alles lösen, ne. Lasst uns das thematisieren und reden, ne. Reden ist ganz wichtig ...«

Odin schlug ihm mit der flachen Hand blitzartig auf den Polyethylen-Wikingerhelm, sodass dieser mit seinem Rand über Rainers Flaschenbodenbrille rutschte, woraufhin meinem Freund ein »Echt krass aggro!« entfuhr.

In diesem Moment hätte ich ausnahmsweise gern mit Rainer getauscht, damit ich nicht hätte mit ansehen müssen, was sich nun zutrug.

»Zeig mir deine Hände!«, wiederholte Odin mit grimmer Knabenstimme und ebensolchem Gesichtsausdruck.

Widerwillig öffnete ich meine verkrampften Fäuste. In meiner Schwerthand war keine Lakritze mehr. So weit, so gut. In meiner Linken leider auch nicht. Das war blöd. Als Leifsson das sah, fixierte er mich mit bohrendem Blick. »Wo ist der Rest?«, erkundigte er sich wenig freundlich und deutete auf meine Linke.

»Muss ich im fröhlichen Trubel verloren haben«, antwortete ich und versuchte mich wenig erfolgreich an einem gefälligen Lachen.

»Verloren?«, fragte Odin bedrohlich und so tief, wie es sein Fisteln zuließ. »Soso.«

Es war das absolut finsterste »Soso«, das ich in meinem Leben gehört hatte. Ich schluckte.

Dann drehte Odin sich zu Rainer um, der es mittlerweile geschafft hatte, den Plastikhelm wieder einigermaßen hochzuschieben, und wies ihn scharf an: »Jetzt du! Los, zeig mir deine Hände!«

»Immer langsam, ne, und so tonmäßig müssen wir auch noch dran arbeiten, ne!«

»ZEIG SIE MIR!«

»Okay, okay.« Damit streckte Rainer seine Hände nach vorne. Es hätte nicht beschissener laufen können.

Klar. Rainers linke Hand war ebenfalls leer.

Leifsson donnerte los: »Ihr habt uns betrogen! Und überhaupt, wo ist eigentlich dein Schwert?«

»Ja, also wegen der Waffe und so, wollte ich eh noch mal mit euch ...«

»Das wirst du büßen, du feiger, waffenloser Frevler!«, fiel Odin meinem Freund außer sich vor Zorn ins Wort und schlug ihm nochmals frontal mit der flachen Hand gegen den Helm. Dann drehte er sich zu mir um und packte mich am Rentierfell. »Aber du bist der Schlimmste. Du hast mich hintergangen! Du bist gar nicht Bragi! Du bist nicht mein Sohn!«

Hatte er Tränen in den Augen? Was für eine Theatralik! Ich hatte scheinbar ein Talent, Väter zu enttäuschen. Auch wenn mein leiblicher Papa mir in diesem Moment sicher zu Hilfe geeilt wäre, so hätte er vorher Odin bestimmt zugenickt und etwas gesagt wie: »Ich weiß, wie du dich fühlst!« oder: »Das kenne ich. Das macht der immer so.«

Die Wut eines vom eigenen Sohn enttäuschten Vaters dürfte wohl nur noch von der einer betrogenen Ehefrau getoppt werden, aber eigentlich war sie schon groß genug. Was es nicht mehr gebraucht hätte, um Odin auf die Nordmanntanne zu bringen, war Rainer. Der tat das Dümmste, was er in dieser Situation hätte tun können.

Er beschwerte sich nämlich beim Obergott in gebrochenem Schwedisch, aber dafür total engagiert. »Das ist ja total megaoberstkrass, ne! Wie seid ihr denn alle drauf? So geht das echt nicht. Ich dachte, der Kurs wäre kulturell integrativ, aber was ihr hier abzieht, ist echt ultraherb, ne, so mit Gewalt und Waffen und Gefangenen und so!«

Ich wäre am liebsten im Boden versunken. Odin sah so aus, als würde er sich diesen Wunsch gleich erfüllen. Er hatte einen so roten Kopf, dass ich befürchtete, er würde in wenigen Sekunden eine punktuelle Schneeschmelze auslösen und den Frostboden unter sich wegtauen. Sein Körper zitterte, und im flackernden Feuerschein meinte ich fingerdicke Adern an seinem Hals auszumachen. Dann rief er mit schneidender Stimme: »Euer Schicksal ist besiegelt! Sperrt sie in den Stall mit Heidrun! Wir werden über die Strafe beraten, doch sie wird furchtbar sein!«

Kaum hatte sich die erste Überraschung der umstehenden Asen gelegt, packten sie Rainer und mich, nahmen mir das Schwert ab und zerrten uns dann quer über den Thingplatz in die stinkende Hütte, wo sie uns auf den mit Stroh ausgelegten Boden warfen. Auch Heidrun wurde am Strick auf rutschenden Kochtopfhufen hereingeführt.

»Das werdet ihr noch bitter bereuen!«, drohte Leifsson mit wutfunkelnden Augen und zeigte mit dem Finger auf Rainer und mich. Im Hintergrund sah ich Larf und Sven fies grinsen. Dann schlug Odin krachend die Tür zu, und ich konnte hören, wie ein Riegel vorgeschoben wurde.

»Wir sind jetzt noch nicht so ganz integriert, oder, Torsten?«, fragte Rainer und rückte die Brille zurecht, die ihm zusammen mit dem Helm während der unsanften Behandlung erneut verrutscht war.

Ich sah ihn an und schüttelte resigniert den Kopf. »Nee, ich glaube, das mit der Integration sollten wir erst mal zurückstellen. Läuft im Moment eher unrund.«

Hinter uns klapperte Heidrun auf ihren schwarz lackierten Kochtopfhufen herum. Die erbärmliche Hütte war von einem beißenden, widerlichen, organischem, aber eindeutig nicht menschlichem Gestank erfüllt, dessen Quelle ich noch nicht ausgemacht hatte. Doch an irgendetwas Furchtbares erinnerte er mich.

Das alles musste ein Albtraum sein.

»Und was machen wir jetzt?«, erkundigte sich Rainer.

»Ich hab keinen blassen Dunst«, grummelte ich, »aber wir müssen irgendwie raus aus der Nummer.«

»Ich bin dabei, ne«, sagte Rainer, und ich schloss die Augen, sehnte mich nach meinem warmen Bett in meinem mittlerweile bestimmt topsanierten Ferienhäuschen in Leksand. Und ich sehnte mich nach Linda.

GUHTTANUPPELOHKÁI

Das Einzige, was uns die wenig freundlichen Nordgötter an Luxus zugestanden hatten, waren ein Boden mit Stroh, ein mickriger Bollerofen nebst ein paar Scheiten Brennholz und zwei batteriebetriebene Lampen, die von der niedrigen Decke baumelten und ein schummriges Licht erzeugten. Meine Waffe hatten sie mir logischerweise abgenommen, und auch wenn Rainer und ich ziemlich bescheuert aussahen mit unseren verbliebenen Verkleidungen, so war ich dennoch froh, dass wir in unseren Fellen steckten, denn was bis vor Kurzem noch Rentieren durch den grimmen Winter geholfen hatte, half nun uns, und Heidruns Ziegenfell schien ihr ebenfalls passable Dienste zu leisten. Außerdem sah sie noch erheblich bescheuerter aus als wir.

»Ist kalt, ne.«

»Ja.«

Rainer sah mich an. Dann fragte er beiläufig: »Sag mal Torsten, vielleicht reden wir mit denen mal so über uns und so, ne, was meinst du? An der Uni hatte ich mal ein Kolloquium über soziologisch zielführende Grundsatzdiskussionen im Kontext repressiver und autokratischer Gesellschaftsstrukturen, und ich finde, das kommt der Sachlage recht nahe.«

»Mann, Rainer, mit Idioten kann man nicht reden!«, gab ich unwirsch zurück. »Ich befürchte, diese Wahnsinnigen haben irgendetwas mit uns vor, was uns nicht gefallen wird, und ich schätze, mit reden kommen wir da ausnahmsweise nicht weiter!«

Ich schüttelte leise den Kopf über Rainers Weltfremdheit, betrachtete seine Glubschaugen, die jetzt durch die monströsen Brillengläser so groß wirkten wie entzündete Golfbälle. Ich konnte ihm einfach nicht böse sein!

Doch meine Predigt zeigte Effekt. Rainer wirkte plötzlich eingeschüchtert und schien nachzudenken. »Krass«, sagte er schließlich und nach einer weiteren Pause: »Das heißt ja so quasi im Prinzip, dass die, also alle hier, die ganze Gruppe hier total unkollegial ist, ne. Und Kohle wollten die auch noch dafür. Total die Kapitalphilister oder was? Oberstkrass. Ich bin echt sauer.«

So sah Rainer also aus, wenn er sauer war? Das musste ich mir merken, weil man es nicht sofort erkannte. Er wirkte eher wie ein desorientierter Maulwurf und nickte vor sich hin, als würde er jemandem lauschen und die ganze Zeit »Ja, genau!« sagen. Tat er aber nicht. Er nickte nur.

»Was ist wohl da drin?«, fragte ich und deutete mit dem Daumen auf zwei große blaue Kunststofffässer mit einem Metallring als Verschlusshilfe.

Rainer schaute auf und zuckte teilnahmslos mit den Schultern.

»Heringe«, kam es mit einem Mal von hinten mit weicher Stimme. »Surströmming.«

Ich drehte mich um. Heidrun hatte ihre Sprache wiedererlangt. Allerdings sah sie noch immer erbärmlich aus, selbst im schwachen Lichtschein. Die bekloppten Asen mussten ihr die Kochtopfhufe in Kniehöhe dermaßen fest an der Hose befestigt haben, dass sie diese mit ihren ebenfalls in schwarz lackierten Kochtöpfchen steckenden Händen nicht selbst abnehmen konnte. Niemand hätte sich freiwillig mit diesen lächerlichen Tierfußimitaten im Schneidersitz ins Stroh gesetzt.

»Die essen das eimerweise, aber ich mag das Zeug nicht. Es riecht streng und schmeckt gewöhnungsbedürftig. Nichts für Genießer«, fügte Heidrun hinzu.

»Ich würde eher sagen, es riecht scheiße und schmeckt noch schlechter«, konterte ich. Zwei große Fässer mit Surströmming! Es war bestimmt derselbe Fisch gewesen, den sie beim Abendessen in sich hineingestopft hatten und von dem Odins Möchtegernwolf mit dem Landjägerschwänzchen seine Terrorblähungen bekommen hatte. Das erklärte den bestialischen Gestank in unserer Hütte. Überhaupt hatte ich das Gefühl, dass mich dieser Verwesungsgeruch seit meiner Ankunft im Dorf der irren Asen begleitete. Ein treuer Gefährte, den keiner wollte. Ich zumindest nicht.

»Ich bin übrigens Torsten«, schon wollte ich Heidrun meine Hand hinhalten, aber das Bild, wie ich einer Pseudoziege die Kochtopfhufe schüttelte, hielt mich davon ab.

»Ich bin der Rainer, ne. Und wie heißt du?«

Heidrun blickte auf und sagte: »Anders.«

Rainer stutzte.

»Anders ist ein schwedischer Name, Rainer«, erklärte ich.

»Ach so. Na, das ist was anderes. Alles klar, ne«, sagte er. »Hallo, Anders.«

Der Angesprochene sah kurz verdattert zu Rainer und dann zu mir.

»Wie lange bist du schon hier?«, hakte ich schnell ein, bevor ich irgendetwas erklären musste.

Anders kratzte sich mit Heidruns schwarz lackierten Vorderläufen am Ziegenhelm und schien seinerseits nachzudenken beziehungsweise nachzurechnen. »Einen

Monat, eine Woche und drei Tage«, meinte er schließlich und deutete zur Tür. »Seit sie mich hier festhalten, mache ich jeden Tag einen Strich«, erklärte er.

»Mit den Hufen?«

»Beim Essen und zum Schlafen nehmen sie mir die Dinger ab.«

»Wir müssen hier weg, und zwar wir alle zusammen«, sagte ich und erhob mich. Ich horchte durch die Tür nach draußen. Stimmengewirr. Die Asen waren noch auf ihrem Thingplatz. Wahrscheinlich schütteten sie sich gerade mit Dosenbier und Selbstgebranntem zu und berieten dabei, wie sie uns am besten und phantasievollsten loswurden. Wir hatten nur eine Chance zu entkommen, wenn die sich endlich verdrückten.

»Die Hütte ist unbewacht, oder?«

»Meistens schon«, gab Anders zurück, »aber mit Gewissheit kann ich das nicht sagen.«

»Ich bin immer noch richtig sauer«, sagte Rainer unvermittelt. »Die haben hier meine auf kultureller Unsicherheit fußende Integrationsbereitschaft mit einer immanenten, gruppenmotivierten Blockadestrategie voll ausgenutzt und damit die proklamierte Zielsetzung einer zweckgebundenen Maßnahme ad absurdum geführt, ne, und das alles auf der Basis der selbstherrlichen Autokratie eines pseudoreligiösen Soziotops. Krass!«

Ich vermutete, was ich nicht verstand, aber ich begriff nicht, was zur Hölle in seinem Kopf vorging. Hatte Rainer denn allen Ernstes geglaubt, dieser Hominidenzirkel würde ihn mit einem Sektempfang, Polonaise und Konfetti im Kreise der Kursteilnehmer willkommen heißen? Als vollwertigen Schweden? Wieder schielte ich zu ihm hinüber. Er nickte noch immer vor sich hin und grummelte in seinen Fusselbart. Ja, das hatte er wohl allen Ernstes geglaubt. Ich griff mir innerlich an den Kopf. Wenn hier einer das Potenzial hatte, jemals Ase zu werden, dann Rainer, denn er war nicht von dieser Welt. Er brauchte definitiv einen Coach und Aufpasser. Und das war momentan leider ich. Und in gewisser Weise war ich obendrein noch Ziegenhirt geworden.

»Ja genau, ne!«, rief Rainer plötzlich. Ich wusste nicht, was er meinte. »Jetzt bin ich richtig, richtig sauer!«, schob er nach. Irgendetwas Bedrohliches ging in ihm vor. Ich hatte Rainer bis zu diesem Tag noch nie ernsthaft erbost oder verstimmt gesehen, und »richtig, richtig sauer« erst recht nicht. Diese subtile emotionale Steigerung wäre mir gar nicht aufgefallen, wenn er es nicht explizit erwähnt hätte. Der einzige Unterschied zu sonst war, dass seine Haut nun einen roten Schimmer bekommen hatte, höchstwahrscheinlich durch einen leicht erhöhten Blutdruck. Eigentlich sah er aus wie jemand, dem gerade ein rohes Ei auf den frisch gewischten Küchenboden geflogen war, nicht schlimmer, aber für ihn, dessen Welt normalerweise auf den Säulen Gleichmut, Kommunikation und bewusstseinserweiternde Substanzen ruhte, war das sicherlich die physische und mentale Obergrenze der Belastbarkeit.

Noch bevor ich ihm Mut und Trost zusprechen konnte, drangen tumultartige Geräusche von draußen in die Hütte, dann hörte ich Schritte. Ich trat zurück, und im nächsten Moment wurde der Riegel beiseitegeschoben und die Tür geöffnet.

Es war Thoralf Leifsson in Begleitung von Larf und Sven, noch immer mit dem Gjallarhorn um den Hals.

Ich meinte zu hören, dass sich die restlichen Götter draußen gerade entfernten. Sicherlich gingen jetzt alle zurück ins Asendorf nach Midgard. Ich schöpfte neuen

Mut, denn der feierlichen Exekution zweier Verräter wie uns würde der Rest der Bande bestimmt auch gerne beiwohnen, ich nahm also an, dass es noch nicht so weit war.

»Ihr habt uns verraten und betrogen«, fistelte Odin aufgebracht. Seine Wut wurde von seinen gigantischen Oberarmen unterstützt, von denen einer wild in der Luft herumfuchtelte, während die Hand des anderen sich in das Heft seines Schwertes verbissen hatte. Er zitterte. Ich auch. Ich schluckte. Er nicht.

»Heidrun ist im Leib eines Menschen gefangen«, fuhr er fort, »und muss daraus durch Opferung befreit werden. Sonst haben die Götter auf der Erde keine Macht, sondern bleiben so widerliche Menschenhüllen wie du!« Die letzten beiden Wörter zischelte er in meine Richtung und bohrte mit seinem dicken Zeigefinger vor meiner Nase ein Loch in die Luft. Instinktiv trat ich noch einen Schritt zurück. Sollte mich dieser Finger treffen, hätte ich einen Riss in der Stirn.

Was redete dieser Irre denn für einen unfassbaren Schwachsinn daher? Ich versuchte, eine religiöse Strategie hinter dieser flammend geführten Rede auszumachen ... vergeblich. Seiner Meinung nach war ich also in einer widerlichen Menschenhülle gefangen. Diese Auffassung konnte ich nicht ganz teilen, denn ich fand mich beim besten Willen nicht widerlich. Und anscheinend musste Heidrun geopfert werden, damit Odin und seine Götterkumpels Generalvollmacht auf der Erde erhielten. Der Sinn dieser Aussage blieb mir vollkommen verschlossen.

»Daf werdet ihr bitter bereuen und unf büfen!«, riss mich Larf aus meinen analytischen Überlegungen.

»Am 6.12. um zwölf Uhr nachts, also in zwölf Tagen«, fuhr Thoralf Leifsson fort, »wird es geschehen. In dieser Nacht nämlich ist der letzte Vollmond des Jahres. Dann ist unser Opferfest, und dann endlich wird unsere Herrschaft wieder beginnen. Haha!«

Haha? Schön, dass wenigstens einer lachen konnte. Außerdem war am sechsten Dezember meines Wissens der Nikolaustag, aber dieser bärtige Heilige hatte bei den Asen scheinbar nicht viel zu melden. »Was habt ihr denn mit uns vor?«, erkundigte ich mich.

Odin, Heimdall und Loki wechselten hastige Blicke. Mir fiel auf, dass sie etwas ratlos schienen, oder hatte ich mir das bloß eingebildet?

»Das werdet ihr früh genug erfahren, nur so viel sei gesagt!«, giftete Odin mich an, aber es wirkte nicht völlig überzeugend, und auch sein nachgeschobenes: »Wir machen das, was man schon immer mit Verrätern gemacht hat. Haha!«, ließ es an vollkommener Entschlossenheit mangeln. Seltsam ...

»Fo ift ef«, schloss Larf sich dem diffusen Vorschlag an. »Und bif dahin wirft du mit deinem deutfen Verräterfreund und Heidrun hierbleiben, und wir werden gut auf euch aufpaffen, alfo denkt erft gar nicht an Flucht!« Larf hingegen klang extrem entschlossen.

So viel zur unbewachten Hütte.

Rainer schwieg, nur sein Teint glich mehr und mehr dem eines desorientierten Maulwurfs mit Sonnenbrand, und ein leichtes Zittern war nicht zu übersehen.

»Versucht lieber nicht zu entkommen, sonst ziehe ich Euren Vollmondtermin vor«, drohte Leifsson. »Ich selbst werde euch in dieser ersten Nacht persönlich bewachen.«

»Daf mufft du auch, fließlich war ef deine Idee, daff diefer Typ da Bragi fein foll.« Damit zeigte Larf auf mich.

»Da hat er recht«, stimmte der fette Sven verhalten zu, nachdem ihn Larf, von Leifsson unbemerkt, mit dem Ellbogen in die Seite gestoßen hatte. Was lief denn da ab?

Leifsson fuhr augenblicklich zu den beiden herum. »Was fällt euch ein? Ihr sagt mir nicht, was Odin zu tun und zu lassen hat! Verstanden?«

Aha! Disharmonische Klänge aus der Gruppenmitte. Vielleicht konnte man sich die noch zunutze machen? Womöglich steckte in Larf doch mehr Loki, als es auf den ersten Blick den Anschein hatte, und er hatte bereits damit begonnen, fleißig und subtil Zwietracht zu säen. Das war ja auch sein Job, wenn ich mich an das erinnerte, was Rainer mir aus der *Edda* vorgetragen hatte. Und wenn Larf nur ein wenig mehr Grips besaß als die anderen, dann könnte er wenigstens einige der Typen auf seine Seite ziehen. Spielte er schon länger mit dem Gedanken einer Palastrevolution in Walhall? Wollte er den Göttervater abservieren, um an seine Stelle zu treten? Ich schrieb mir das in mein Kopfmemo, gleich unter den Eintrag, dass Leifsson offenbar nicht überall beliebt war. *Merke: Larf sägt an Odins Stuhl!*

Während Loki die Zurechtweisung durch seinen direkten Vorgesetzten und Vater mit geübt devotem Blick quittierte, begann Sven unvermittelt zu schluchzen: »Ach, wir sind doch alle Freunde. Lasst uns nicht streiten. Es ist wie zu Hause bei meinen Eltern, ich will das nicht. Lasst uns nicht streiten ...«

Ich fasste es nicht. Ein über hundertzwanzig Kilo wiegender ehemaliger Steuerberater brach in Tränen aus, weil ihn der Götterpapi angeraunzt hatte?

»Du, Torsten, was hat denn der Mann?«, fragte mich Rainer, der außer ein paar Wortfetzen natürlich nichts verstand.

»Es ist wegen seiner Eltern«, erklärte ich, um das Ganze abzukürzen.

»Krass, der Arme, ne.« Rainer stand auf. Seine Hautfarbe war noch immer leicht rosé, aber das Zittern hatte sich spontan gelegt. Wahrscheinlich reagierte sein Körper durch die Ausschüttung eines nur bei Sozialpädagogen vorhandenen Endorphinderivats, das durch bestimmte mitleiderregende gruppendynamische Prozesse spontan im Kleinhirn produziert wurde. Behutsam, als wäre Sven ein waidwundes Rentierjunges, schritt Rainer auf ihn zu und legte ihm seine Hände auf die Schultern.

»Du, echt, ne, das kommt alles wieder in Ordnung. Ich will mal total offen sein, ne. Also das mit der Gruppe, du, ich bin da echt so ein bissi sauer, aber das war die Gruppe. Und es ist immer das Individuum, das zählt, also, ich will sagen: Egal! Komm mal her, du, ne!«

Mit diesen Worten schloss ihn Rainer in die Arme.

Damit waren alle völlig überfordert, denn niemand konnte damit gerechnet haben. Sie kannten meinen Rainer nicht. Und als hätte Sven auch nur ein Wort dieses Sozialpädagogenmonologs verstanden, brachen bei ihm nun alle Dämme. Er heulte wie ein Schlosshund und barg seinen Kopf in Rainers Umarmung.

Ein junger Mann mit monströser Brille und Fisselbart tröstete einen heulenden Steuerberater, beide in B-Movie-Götterverkleidungen. Die Szene war nicht weit von den carvenden Kühen entfernt. Leifsson und Larf glotzten ziemlich hilflos aus der Fellwäsche. Aber nur kurz, denn einige Sekunden später schien Leifsson seine durch Larf subtil infrage gestellten Führungsqualitäten unter Beweis stellen und sein Alpha-Männchen-Dasein zementieren zu wollen. Er zog Rainer plötzlich und mit viel Schmackes vom heulenden Heimdall fort, sodass mein armer Kumpel durch den Raum flog wie ein Püppchen.

»Schluss jetzt mit dem Unsinn!«, befahl er. »Und du, Heimdall, benimm dich wie ein Gott, und hör auf zu heulen. Das kann ja keiner ertragen. Geht zu den anderen, die an der Brücke Bifröst stehen und auf das Horn warten, damit sie nach Midgard zurückkönnen. Morgen früh um sieben ist Wachablösung. Macht unter euch aus, wer dann dran ist, das werdet ihr ja wohl noch hinbekommen, oder? Los jetzt!«

Der Gescholtene hob den Blick und wischte sich mit dem Rücken seiner Fellhandschuhe über die Augen. Er schniefte, nickte, senkte den Blick und schwabbelte in Begleitung von Larf aus dem Ziegenstall. Leifsson hatte sich wieder gefasst. Es war still, nur das Stapfen der beiden Asen, die sich auf den Weg bergab gemacht hatten, war zu hören.

Lange, sehr lange stand Leifsson vor uns.

Mein Puls war leicht erhöht.

Langsam, sehr langsam zog er sein Schwert und hob es hoch. Der schwache Lichtschein der Stallfunzeln spiegelte sich bedrohlich darin.

Mein Puls ging joggen.

Dann hob er es noch höher. Beidhändig. Die Fellärmel seines Odin-Umhanges rutschten hoch, und mächtige Arme kamen darunter zum Vorschein, die so aussahen, als steckten sie in einem hautengen Neoprenanzug mit Adern. Damit passten sie optisch ganz prima zu denen an seinem Hals und auf der Stirn.

Mein Puls sprang Bungee.

Dann holte er weit aus und stieß einen markerschütternden Schrei aus.

Mein Puls machte Urlaub, und Rainer und Heidrun, die sich in letzter Zeit verdächtig still verhalten hatte, sahen auch nicht besser aus.

Ich hätte den Todesstoß erwartet, aber nicht das, was jetzt kam.

»Ich hab keinen Bock mehr auf die Scheiße hier«, sagte Odin unvermittelt und schmiss das Schwert lustlos in die Ecke, dass es schepperte.

»Wie bitte?«, fragte ich ganz leise, und mein Kopf tauchte zusammen mit meinem Puls langsam wieder aus der Versenkung auf. Wir waren uns nicht ganz sicher, ob wir uns nicht verhört hatten, ob das nicht eine Wahnvorstellung im Angesicht des nahen Todes gewesen sein könnte.

Mein Herz schlug, wenngleich auch noch etwas holprig, mein Kopf saß wie gewohnt auf meinem Hals, und ich träumte nicht. Ich räusperte mich und fragte mit etwas gefassterer Stimme noch einmal: »Wie bitte?«

Leifsson schüttelte nur den Kopf. Er sah verzweifelt aus.

Anders schnaufte verächtlich.

»Ich hab echt keinen Bock mehr«, sagte Odin. »Mann, wie konnte ich mich nur darauf einlassen. Scheißkohle …«

»Genau«, zischte Rainer grimmig, obwohl er zweifelsohne nicht mehr kapiert haben dürfte als ich – nämlich nichts.

Dass der gute Odin nicht alle Tassen im Schrank hatte, war offensichtlich, die Frage lautete nur: Wie viele waren noch drin?

»Es ist der Gruppendruck«, murmelte Leifsson erschöpft.

»Ich dachte, die Kohle«, wagte ich anzumerken.

»Ja. Die Kohle und der Gruppendruck. Das ist gewollt, davon bin ich überzeugt!«

»Soso.«

Das führte wohl zu nichts. Ich drehte mich zu Rainer um. Er wirkte sichtlich geschockt und starrte Leifsson und mich hilflos an, während sich Anders »Heidrun« mit einem Gesichtsausdruck in die Stallecke verzogen hatte, als hätte ihm jemand ins Ziegenfutter gespuckt.

»Es war wegen meiner Rechnungen ...«, erklärte Leifsson. »Und dann ... dann ... ich meine, ich fand das alles mit Odin und den Asen einfach ganz lustig. Aber dann habe ich gemerkt, dass viele von denen ehrgeizzerfressen sind und nicht richtig ticken ...«

»Tatsächlich?«, fragte ich und tat erstaunt.

»Sie waren bereit, viel zu zahlen, wenn ... wenn einer sie führte und ihnen das Blaue vom Himmel versprach. Dann habe ich im Spätsommer alle hierher eingeladen, und wir haben gemeinsam die Hütten gebaut.«

»Wie jetzt?« Langsam dämmerte es mir. Die Asen waren keine Sekte, sondern ein irrsinniges Geschäftsmodell, eine Art religiöser Hoffnungsfonds der Orientierungslosen, und Leifsson war der Fondsmanager. Konnte das sein?

»Jeder Teilnehmer hat einhunderttausend Kronen gezahlt«, sagte Leifsson und senkte beschämt den Kopf. Er wirkte in diesem Augenblick gar nicht mehr bedrohlich, sondern eher wie ein Laienschauspiel-Praktikant aus einer studioproduzierten Herzschmerz-Vorabendserie.

»Einhunderttausend von jedem?« Ich kratzte mich am Kinn, rechnete und musste zugeben, dass das Geschäftsmodell durchaus lohnend war. Leifsson hatte mit seinen Jüngern mal eben umgerechnet weit über hunderttausend Euro Schwarzgeldumsatz gemacht.

»Hat er auch bezahlt?« Ich deutete in Heidruns Richtung.

Leifsson zuckte mit den Schultern. »Bestimmt, sonst wäre er nicht hier. Das Geld hat die Zentrale bekommen. Eures hätte ich nur angenommen, um es später weiterzugeben. So lautete die Anweisung der Zentrale.«

Anders sagte hastig aus dem Off: »Ja, klar habe ich bezahlt!«

»Was ist das denn für eine ominöse Zentrale, von der hier dauernd die Rede ist?«, fragte ich.

Leifsson schwieg und hätte seinen Kopf bestimmt gerne noch weiter gesenkt, aber seine pektoralen Gebirge waren dem eigenen Kinn im Weg.

»Und wenn du keine Lust mehr hast, warum gehst du dann nicht und verlässt den ganzen Quatsch hier einfach?«

Leifsson blickte angsterfüllt auf. Angsterfüllt? *Der?*

»Das geht nicht. Ich darf nicht über die Zentrale sprechen. Und außerdem dürfen die anderen nicht erfahren, dass sie betrogen worden sind. Vielleicht würden sie sie aus Rache lynchen.«

»Betrogen? Wie? Lynchen? Wen? Uns?« Ich kam aus dem Staunen nicht mehr heraus, aber ich fand es saunett von Ex-Odin, dass er höflich *Sie* sagte. Das konnte nur bedeuten, dass ihm mein und wahrscheinlich auch Heidruns und Rainers Wohl am Herzen lag. »Wer will uns denn lynchen? Wir sind zu viert, und ganz abgesehen davon: Hast du in letzter Zeit mal in den Spiegel geguckt? Die wirfst du doch alle nacheinander über den Zaun von Midgard ...«

»Es geht nicht um euch«, fiel er mir stammelnd ins Wort. »Sie werden Geri und Freki töten, wenn sie die Wahrheit erfahren. Lars hat schon längst insgeheim die Macht übernommen, und auf ihn hören sie. Er will unbedingt gewinnen.«

Aha! Daher wehte also der Wind. Leifsson sorgte sich um Furzi und den schnappenden Elektrorasierer. Ich schüttelte wieder mal fassungslos den Kopf. Da erhob sich ein Menschenberg direkt vor mir, der mit Sicherheit zum Großteil aus reiner Muskelmasse bestand, und dann war er wie gelähmt, nur weil er befürchtete, ein paar ihm körperlich vollkommen unterlegene Verrückte würden seinen komischen Hunden den Garaus machen.

»Ich verstehe trotzdem nicht, was hier vor sich geht. Was will Larf gewinnen? Und welchen Betrug meinst du?« Ich zögerte kurz und sagte: »Aber das kannst du uns auch später erklären. Jetzt holen wir erst mal deine Hunde und hauen ab! Was ist denn daran so schwer?«

Er schüttelte den Kopf. »Ich kann nicht …«

Allmählich platzte mir der Kragen. »Mann, dann nimm dir von mir aus einen Anwalt, sobald du zurück im normalen Leben bist. Das ist doch Nötigung und Freiheitsberaubung im Irrencamp! Ich will hier jetzt schnellstmöglich weg. Es ist kalt, es stinkt nach vergammeltem Fisch, und ich bin eigentlich nur hier, weil ich meine Freundin suche.«

Odin sah aus wie jemand, der total eingeschüchtert war. »Ich weiß nicht, wozu die imstande sind, die wollen das Ding hier durchziehen. Die gehen vielleicht über Leichen, sonst würden sie alles verlieren … Das würde mir ja auch so gehen …«

»Wovon faselst du denn da?«, unterbrach ich ihn. »Was würdet ihr verlieren?«

»Viel Geld«, gestand Odin kleinlaut.

»Viel Geld?«, vergewisserte ich mich. »Mann, jetzt raus mit der Sprache! Was ist hier los?«

Odin sah mich an, dachte nach, dann holte er tief Luft wie vor einer langen Beichte. Doch noch bevor ein weiteres Wort über seine Lippen dringen konnte, geschah es.

Weder Rainer noch ich hatten mit dem gerechnet, was sich nun zutrug. Und Odin, alias Thoralf Leifsson, schon gar nicht.

Heidrun, das scheinbar friedvolle Ziegenorakel, kam quer durch den Stall galoppiert und rammte den Plastikhelm mit den Ziegenhörnern in Leifssons Seite.

Auch wenn das Opfer seiner Attacke gut doppelt so viel wog – Heidrun hatte ihn auf dem falschen Fuß erwischt. Leifsson strauchelte und krachte in eines der beiden Surströmmingfässer. Daraufhin kippte das blaue Plastikbehältnis zur Seite, schlug gegen die Hüttenwand, der metallene Verschlussring sprang auf, der Deckel löste sich, und etwa eine Schubkarrenladung voller toter, extrem stinkender Heringe ergoss sich über Leifsson und auf den Boden. Sofort war der Raum erfüllt von einem Gestank, bei dessen Auftreten eine Kläranlage durch das Militär dichtgemacht worden wäre.

Rainer, ich und Leifsson waren völlig perplex. Uns tränten die Augen, und ein unwiderstehlicher Husten- und Würgreiz ergriff uns. Plötzlich verfärbte sich Leifssons Gesicht, und er japste verzweifelt nach Luft, von der es in diesem Hüttchen nicht mehr allzu viel gab.

»Verflucht! Die Heringsallergie!«, rief ich, als ich begriff, was diese wenig ansehnlichen Veränderungen hervorrief. »Spinnst du, Anders? Leifsson wollte uns doch gerade sagen, was er weiß. Hättest du nicht wenigstens noch dreißig Sekunden damit warten können?«

»Dich hat er ja auch nicht tagelang im Ziegenstall gefangen gehalten«, wehrte sich Anders.

»Mag sein«, entgegnete ich. »Aber er wäre für unsere Flucht eher ein Gewinn gewesen, nun haben wir ein hundertzwanzig Kilo schweres Problem!«

Leifsson wälzte sich mittlerweile am Boden und machte dabei gurgelnde Geräusche.

»Komm her und hilf mir, Rainer! Wir müssen ihn vom Hering retten!«

»Ich kann auch helfen. Dazu müsste mich einer von diesen Dingern befreien!«, rief Anders aus dem Hintergrund und klapperte mit den Kochtopfhufen.

»Gleich! Nicht jetzt! Erst ist der Ase mit Atemnot an der Reihe. Rainer? He, was ist denn los? Hilf mir endlich!«, fuhr ich ihn an.

Doch Rainer stand noch immer verdattert da und wirkte relativ blass um die Nase.

»Los! Komm schon, sonst nippelt der uns noch ab!«

Jetzt endlich kam Bewegung in ihn. Er bückte sich nach seiner Brille, die ihm offenbar vor Schreck vom Kopf geflogen war, setzte sie sich wieder auf und kam zu mir. Mit angewiderten Gesichtern schoben wir die schamhaft rosafarbenen Heringsfilets von Leifssons Körper, aus seinem Gesicht und vom Fellumhang. Der ekelerregende Gestank brannte in meiner Nase wie ein glühender Lötkolben.

Die Augen des ehemaligen Göttervaters waren gerötet, und seine Haut war unvorteilhaft angeschwollen. Aus Leifssons Mund und Nase tropften schleimige Sekrete. Rainer war überfordert, auch wenn sein Verhalten deutlich zeigte, dass er um Wiedergutmachung bemüht war.

»Das wird wieder, du. Das kriegen wir schon wieder hin, ne.« Er sagte das im Tonfall von »Heile, heile, Gänschen«, während er Leifsson einige Heringe aus Haar und Helm fingerte.

»Brblbblr«, bedankte sich Leifsson. Ich stellte mir vor, ich wäre Gerichtsmediziner und das, was ich hier tat, mein täglich Brot. So überwand ich meinen Ekel und zog dem Göttervater einen Surströmming aus dem Mund. Durch das Entfernen des Fisches gewann seine Aussprache an Deutlichkeit.

»Brblr ... Fliehen ... mgrnglkprng ... meine Hun-

de ... mngrttsplrg ... Fliehen ... Will nicht mehr ... krpfmpfpfrt ... Stefans ... Stefans ... Mgrplnmgplrp!«
Funkstille.

Leifsson war ... tja, was war er denn? Vorsichtig presste ich mein Ohr an seine Lippen. Der Odem, der seinem Mund entströmte, war im wahrsten Sinne des Wortes atemberaubend.

»Ist er ...? Wahnsinn, ich bin bei seinem Tod dabei gewesen! Krasskrasskrass!« Rainer raufte sich verzweifelt die Haare.

»Nein, bist du nicht. Er atmet, beziehungsweise er rasselt noch«, beruhigte ich ihn. »Aber wir müssen ihn dringend zum Arzt oder noch besser ins Krankenhaus bringen.«

»Aber wie?« Rainer war genauso ratlos.

Ich stand auf und versuchte, den schier unerträglichen Gestank zu ignorieren. Was hatte Leifsson eben gemeint? Was hatte Stefan, was wir nicht hatten und was uns in dieser schier aussichtslosen Lage helfen konnte? Und wenn, dann wo? Ich hatte keinen blassen Schimmer.

»Kann mir jetzt endlich einer mal die Hufe abnehmen?«, beschwerte sich Heidrun aus dem Hintergrund.

»Ja, gleich, Anders. Lass mich erst mal nachdenken, okay?« Dann wandte ich mich an Rainer: »Wir haben hier einen Typen, der etwa so viel wiegt wie du und ich zusammen und den wir von hier wegschaffen müssen.«

»Genau.« Rainer nickte und versuchte ein Lächeln. Er blickte mich an wie ein Fünfjähriger, dessen Drachen sich auf Brusthöhe in einem Strauch verheddert hat, seinen Vater.

»Vorher müssen wir aber noch in einer Saukälte durch den Schnee wandern und zwei entartete Hunde aus den Fängen gewaltbereiter Irrer befreien.«

»Ich bin auch noch da«, meckerte Heidrun.

»Ja, ja, ich weiß, gleich ...« Anders nervte, auch wenn er recht hatte, aber ich musste mich wirklich erst mal sammeln und auf die bevorstehende Flucht konzentrieren. So etwas schüttelt man doch nicht aus dem Ärmel! »Anschließend müssen wir es mit den Hunden und dem ohnmächtigen Bodybuilder nur noch knapp fünf Kilometer durch unwegsames Gelände und über einen eiskalten Wildwasserfluss schaffen. Dann müssen wir alle drei ins Auto laden und wegfahren. Zack und fertig!«

»Super!« Rainer rieb sich voller Tatendrang die Hände und erhob sich ebenfalls. »Wann geht's los? Echt, du hast immer so coole Ideen!«

Ich musste ihn angesehen haben wie ein Auto.

»Mensch, Rainer, das war doch alles nur ein bitterböser Witz! Das nennt man Galgenhumor, okay! Das schaffen wir nie! Wie denn? Wir werden erfrieren oder ertrinken oder erschossen oder erstochen oder erhängt oder mit der Axt geopfert. Der Phantasie sind quasi keine Grenzen gesetzt. Wie sollen wir denn hier rauskommen?«

»Stefan verfügt über Motorschlitten«, kam es von hinten. »Das wollte Leifsson euch vorhin sagen, als er von ›Stefans Mgrplnmgplrp‹ sprach.«

Ich drehte mich um. »Motorschlitten?«, fragte ich Heidrun ungläubig.

Die nickte.

»Jetzt verstehe ich. Klar, dieser Stefan und seine Grazie aus Sveg haben doch einen Motorschlittenverleih«, erinnerte ich mich.

»Cool, stimmt genau! Versuch macht kluch, ne«, witzelte Rainer und kicherte. Ich musste mir eingestehen, dass ich ihn in diesem Augenblick um seine nahezu pathologische Euphorie beneidete. Höchstwahrscheinlich war sie auf den konsequenten und jahrelangen Genuss bewusstseinserweiternder Drogen zurückzuführen. Aber trotz seiner Weltfremdheit hatte er in einem Punkt verflucht recht: Lieber sollten wir es auf diese Weise versuchen, als hier auf den verhältnismäßig sicheren Untergang zu warten.

»Okay, dann legen wir mal los. Auf geht's!«, forderte ich Rainer und Heidrun auf und ging zur Tür.

»Kann mir jetzt endlich mal einer diese Scheißhufe ...«, beschwerte sich Anders zum wiederholten Male.

»Ja, ja, ist ja gut«, sagte ich, eilte zu ihm und befreite seine Vorderhufe aus den Kochtöpfen, die er sofort in die Stallecke pfefferte. Er rieb sich die Hände – wahrscheinlich war die Durchblutung in seinen Extremitäten auch schon mal besser gewesen. Er sagte leise: »Danke«, und befreite nun auch seine Beine.

Ich öffnete die Tür, und eine bissige Kälte schlug mir entgegen. Der Himmel war sternenklar und schwarz wie die Nacht. Rainer zwängte sich neben mich. Am Horizont glomm in weiter Entfernung das virtuose Farbspiel eines Nordlichts, und hinter mir näherte sich auch Anders, der nicht mehr auf allen vieren, sondern wieder auf den normalen Sohlen seiner Fellstiefel unterwegs war.

Ich lächelte, weil ich in diesem Moment ein kurzes Gefühl von Zuversicht verspürte, vielleicht aber auch, weil der Anblick trotz unserer misslichen Lage wunderschön war. Das heißt die Sterne und das Polarlicht natürlich, nicht Anders mit seinen Fellstiefeln.

ČIEŽANUPPELOHKÁI

Anders hatte sich zwar ein wenig beschwert und uns vorgeschlagen, ihn mitzunehmen und keinesfalls bei diesen Irren zurückzulassen, aber ich machte ihm klar, dass er sich keine Sorgen zu machen brauche und dass wir bald zurück seien. Er solle bei Odin bleiben und eine etwaige Atemnot mit einer Ziegenorakel-zu-Gott-Beatmung beheben. Er erklärte sich erstaunlich schnell einverstanden, winkte uns zum Abschied zu und machte ein Daumenhoch-Zeichen. Er schien mir fast zu entspannt und überschwänglich in Anbetracht der misslichen Lage, in der wir uns alle befanden – oder hatte er aufgrund des schier unerträglichen Surströmmingdunstes im Stall auch eine leichte Sinnestrübung erfahren?

Nachdem ich mich ein letztes Mal von Leifssons zwar noch besorgniserregendem, aber immerhin stabil-schlechtem Zustand überzeugt hatte, machten Rainer und ich uns auf den Weg nach Midgard. Ich stapfte voran, Rainer hinterher. Der war allerdings verdächtig still; ich vermutete, dass er noch immer davon betroffen war, eventuell den Gottvater auf dem Gewissen zu haben.

Die Asen hatten eine deutlich sichtbare Spur durch den Schnee gezogen, die im Mondschein gut sichtbar vor uns lag. Zuerst hatte ich vorgehabt, eine der batteriebetriebenen Funzeln aus dem Stall für den Abstieg zu verwenden, aber diese Idee hatte ich schnell wieder verworfen. Die Gefahr, dass einer der Irren so auf uns aufmerksam werden könnte, war mir zu groß. Allerdings hatte ich Rainer trotzdem eines der Lämpchen in die Hand gedrückt. Wer wusste schon, wofür wir es noch brauchen würden?

Wir erreichten Bifröst. Die sogenannte Brücke war unbewacht, und wir rutschten über die eisigen Planken auf die andere Seite. In einiger Entfernung zeichnete sich bereits die Siedlung ab, hie und da schimmerten ein paar Lichtpunkte durch die Nacht herüber. Sterne funkelten, der Mond grinste schelmisch, die Kälte klirrte fast hörbar.

»Schade, ne«, bemerkte Rainer in besinnlichem Flüsterton. Es war das Erste, das er sagte, seitdem wir aufgebrochen waren.

Ich drehte mich zu ihm um. »Was meinst du?«

»Na, irgendwie idyllisch hier, ne. So obersteinsam und so. Und schön, ne. Schweden eben.«

Rainer hatte recht. Es war idyllisch. Es war einsam. Und es war schön. Irgendwie. Und in Schweden war es auch. Allerdings musste man dazu unsere Lage ausblenden. Bis jetzt hatten wir Glück gehabt, aber es war noch nicht vorbei. Noch lange nicht.

»Die werden mich ausweisen.«

»Wie bitte?«, fragte ich.

»Na logo, jetzt wo ich einen Mord nicht verhindert habe, ne. Schönes Land, und ich muss raus. Mist! Krass, krass, echt oberstkrass.«

Ich hatte mich also nicht getäuscht. Er brauchte Trost. Ich versuchte, ihn zu beruhigen, und legte ihm die behandschuhte Hand auf die Schulter. »Rainer, erst mal wäre das kein Mord, sondern Totschlag, außerdem hat Anders Leifsson umgerannt und nicht du, und es ging so schnell, dass ich ja auch nichts unternehmen konnte. Aber das wichtigste Argument ist, dass Thoralf Leifsson noch lebt. Sein Herz dürfte vom Volumen her für eine

Kleinfamilie genügen. Und ehrlich gesagt schätze ich, dass sie dir eher die Ehrenbürgerschaft anbieten, wenn wir uns, ihn und seine Hunde retten und heil hier rausbringen, okay?«

»Echt?«

»Keine Ahnung, aber ausweisen wird dich jedenfalls keiner. Komm jetzt. Wir müssen weiter, okay?«

»Okay.« Rainer nickte.

Ich ging wieder voraus. Je weiter wir uns dem Dorf näherten, desto bedächtiger und vorsichtiger schoben wir uns durch den Schnee. Ab und zu blieben wir stehen und lauschten in die Dunkelheit hinein. Einmal meinte ich, ein gedämpftes Kläffen wahrzunehmen. Aber sonst: nichts. Keine Asenseele. Schließlich erreichten wir das hintere Tor und drückten uns geduckt an den schäbigen Lattenzaun, der das Dorf einfriedete.

»Wo gehen wir hin, wenn wir drin sind?«, wollte Rainer wissen.

»Hm, keine Ahnung. Wir haben zwei Aufgaben. Erstens: Hunde finden und mitnehmen. Zweitens: Fluchtfahrzeug organisieren.«

»Das kling oberstkrass militant, ne. Wie ein Briefing von einem S.C.H.W.O.P.P.-Team, oder wie das heißt. Echt krass, ich bei so einem Einsatz, ne. Als wär *ich* 'n Bulle!«

Während Rainer kicherte, fragte ich mich, wie er um Himmels willen auf S.C.H.W.O.P.P. gekommen sein konnte. Spezielle Charakterlich Höherwertige Operative Polizei Präsenz? Sanfte Cholerisch Hingebungsvolle Wunderbare Ohne Pistolen Polizei? Staatlich Christliche Waffenlose Oberstkrasse Plebiszit Protektion? »Du meinst S.W.A.T.?«, fragte ich, als mir nichts Lustiges mehr einfiel.

»Ach, so heißt das. Und was für ein Fluchtfahrzeug meinst du? Haben die auch einen Panzer oder so?«

»Ich fürchte, mit einem Panzer können die uns nicht dienen, aber vielleicht mit besagtem Motorschlitten, sofern dieser Stefan und seine Gemahlin Maria tatsächlich über solche Gefährte verfügen und die auch fahrbereit sind. Gehen wir?«

Rainer machte ein entschlossenes Gesicht. Wahrscheinlich stellte er sich so die Polizisten eines S.C.H.W.O.P.P.-Teams vor. Ich brauchte eine ganze Weile, bis ich mit meinen verfrorenen Fingern den Haken, der das Türchen verschlossen hielt, aufgeschoben und das Tor geöffnet hatte – gerade so viel, dass wir uns mit unseren Götterfellen hindurchzwängen konnten. Wir schlichen gebückt durch das Camp, dicht an die Fassaden der armseligen Götterhütten gedrängt. Aus den Fenstern drang kein Licht mehr, und selbst die Lampen, die ich noch von der Anhöhe vor Bifröst ausgemacht hatte, waren erfreulicherweise verloschen. Die Götter schliefen und träumten gewiss vom letzten Vollmond in diesem Jahr und den dazugehörigen Tier- und Menschenopfern. Ich bedeutete Rainer, mir zu folgen, und hielt auf den Schuppen zu, der mir bereits aufgefallen war, als ich während des gestrigen Trinkgelages das Klo frequentiert hatte.

Der Schuppen war dunkel wie alles um uns herum und recht ausladend. Die beiden Tore waren unverschlossen. Vorsichtig schob ich den Riegel des linken zur Seite und hielt den Atem an. Ich erwartete keine Schätze, aber vielleicht hielten die irren Nordmänner hier noch weitere Unschuldige gefangen oder ein Rudel Wölfe oder sonstige Karnivoren, die sich nun auf uns stürzen würden. Ich lugte hinein, und was ich sah, überraschte mich kaum. Nichts. Es war drinnen so dunkel wie draußen.

»Gib mir mal das Licht«, bat ich Rainer flüsternd, woraufhin dieser die mitgebrachte Batterielampe wortlos aus seinem Asenkostüm hervorholte. Mein Herz machte einen Luftsprung, als der Lichtkegel das Innere des Schuppens erhellte. Tatsächlich standen hier zwei Motorschlitten älterer Bauart einträchtig nebeneinander. Ich gebe zu, dass ich in diesem Moment sehr glücklich war und mir fest vornahm, meinen Enkeln dereinst davon am Kamin zu erzählen. Doch zunächst mussten wir aus unserer Bredouille unversehrt herauskommen.

»So«, sagte ich. Das passt immer.

»Und jetzt?«, fragte Rainer.

»Unsere Sachen und die Hunde«, sagte ich.

»Soll ich sie holen?«, fragte Rainer.

»Wen?« Verwundert blickte ich direkt in sein S.C.H.W.O.P.P.-Gesicht.

»Na, die Wuffis, ne.«

»Äh, ich weiß nicht ...«

»Du, echt, ne, mach dir mal keine Gedanken. Ich kann mit Tieren umgehen. Ich hatte mal ein Seminar zum Thema ›Hund-Mensch/Mensch-Hund – Kommunikation über die Grenzen des pädagogisch Festgefahrenen‹. Es waren drei echt krasse Tage in der Ost-Rhön, so mit schlafen in der Hundehütte und so, ne. Wir haben sogar zusammen mit den Hunden aus Fressnäpfen ...«

»Ist gut«, schnitt ich Rainer das Wort ab, weil ich die weiteren Details seiner animalischen Fortbildung im Moment nicht hören wollte. »Hol sie, aber sei um Himmels willen vorsichtig. Ich kümmere mich derweil um unsere Sachen und die Schlitten.« Mein Blick fiel auf einen verdreckten, ölverschmierten Jutesack, der an einem Haken an der Bretterwand hing. Ich nahm ihn ab und leerte den Inhalt möglichst geräuschlos auf den durchgefrorenen

Boden. Es waren Motorenteile darin und einige Spraydosen. Ich hielt Rainer den Sack hin. »Nimm ihn mit. Zur Not kannst du die beiden Kläffer da reinpacken, wenn sie nicht folgen wollen.«

Rainer sah mich verständnislos an. »Ein Tier ist auch das Gefäß einer Seele, und das soll ich da reintun? Du bist krass! Das kann ich nicht, ne.«

»Ich bin meinetwegen krass, aber du bist im S.C.H.W.O.P.P.-Team. Also, wenn wir hier lebend rauswollen, dann zier dich nicht. Es ist ja nur zum Besten der Hunde und ihres Herrchens. Vielleicht helfen sie Leifsson bei der Genesung?«

Meine nicht ganz faire Frage verfehlte ihre Wirkung nicht. Wortlos griff sich Rainer den Sack und machte sich in die Dunkelheit davon.

Ich sah ihm kurz nach, sandte ein Stoßgebet gen Asgard, dann wandte ich mich unserer Hütte zu. Mit der Batteriefunzel leuchtete ich hinein und packte unsere Rucksäcke, was etwas mühevoll war, denn Rainers original samische Traditionsbekleidung war recht voluminös. Bepackt wie ein Esel, schlich ich mich aus der Hütte und in die Dunkelheit davon, hinüber zu dem Schuppen mit den Motorschlitten. Ich hoffte inbrünstig, Rainer würde in Kürze ebenfalls hier auftauchen, denn ich hatte kein gutes Gefühl bei der ganzen Sache. Vorsichtig drückte ich die Schuppentür auf, zwängte mich hindurch, stellte unser Gepäck auf dem Boden ab und machte die Lampe an.

Aha!

Das waren also Motorschlitten.

Schau mal an.

Beachtlich.

Ich kannte solche Gefährte bisher nur aus Filmen. Man konnte verrückte Sachen mit ihnen anstellen. Zum Beispiel wie ein Irrer durch die verschneite Gegend fetzen und vollbeladen über Hügel, Steine und Bäume springen und Verfolger wahlweise abhängen oder über den Haufen fahren. Geübte vollbrachten sogar einhändig gewagte Wendemanöver, während sie mit der anderen Hand am Abzug ihrer MP ganze Heerscharen von Gegnern durch gezielte Garben niedermähten. Die Dinger waren also genau das Richtige für uns.

Diese Modelle allerdings sahen so aus, als wäre bereits Willy Bogner in seinen Jugendtagen irgendwelche Eisbahnen mit ihnen hinuntergedonnert. Sie wirkten wie Relikte aus den besten James-Bond-Zeiten mit Sean Connery und Gert Fröbe. Orangefarbene Zeitkapseln mit verkratzten, aber dafür formschön integrierten Windschutzscheiben. Sie hatten eine langgestreckte Sitzgelegenheit für zwei Personen und dahinter sogar eine Stellfläche für drei Gepäckstücke, kochtopfbehufte Ziegen oder ohnmächtige Bodybuilder. Meine Begeisterung wurde allerdings vom Zustand der Gefährte etwas getrübt, denn sie waren arg heruntergekommen. Ich nahm an, dass nicht einmal Vidar und seine Gattin sie noch an irgendwelche noch so blöden Touristen hatten verleihen können und sie deshalb ausrangiert und mit ins Asenkastell gebracht worden waren. Hoffentlich fuhren die Dinger überhaupt noch, und Anders hatte sich nicht geirrt.

Es wäre extrem hilfreich gewesen, wenn ich gewusst hätte, wie diese wundersamen Kraftfahrzeuge angingen. Wie man sie fuhr, darum würde ich mich kümmern, sobald der Motor lief. Kurzentschlossen saß ich auf. Der Kunstledersitz war warm wie diese lappländische Winternacht. Ich leuchtete mit der Funzel aufs Cockpit. Eigentlich wie beim Motorrad, stellte ich fest: ein Tacho, eine Tankanzeige, zwei, drei Kontrollleuchten und am rechten

Lenkerende etwas, das nach E-Starter und Unterbrecher aussah. Es gab keinen Gasgriff, dafür eine Art Gashebel. Auch gut, Hauptsache Gas. Ich bewegte ihn ein paar Mal.

Auf der linken Seite befanden sich der Schalter fürs Licht und die Hupe, beidseits waren Hebel angebracht, höchstwahrscheinlich die Bremsen. Vorne war noch ein eigentümlicher schwarzer Kunststoffkasten aufmontiert, der in Fahrtrichtung wies. Er schien neueren Datums und nachträglich angebaut worden zu sein. Ich entdeckte das gleiche Bauteil auch auf dem anderen Schlitten, was mir aber nicht weiterhalf. Bestimmt irgendein Quatsch für den lappländischen Schneemobil-TÜV. Denen fiel doch, genau wie ihren deutschen Kollegen, immer etwas zum Nachrüsten ein. Auf Blinker hatten hingegen weder der TÜV noch die Entwickler dieses Gefährts Wert gelegt, denn sie fehlten komplett. Doch ich nahm es ihnen nicht übel. Elche und Rentiere, in dieser Gegend die einzigen anderen ernst zu nehmenden Verkehrsteilnehmer, würden die Ankündigung eines Fahrtrichtungswechsels ohnehin nicht verstehen.

Ich drehte den Lenker hin und her, soweit es möglich war. Es knirschte, als wäre das Lager voller Sand, aber er bewegte sich. Immerhin. Einen wesentlichen Unterschied zum Motorrad durfte ich dabei jedoch auch feststellen: Der Wendekreis musste etwa dreimal so groß wie der eines Krads sein. Gut zu wissen. Den Zündschlüssel hatten die Asen, wahrscheinlich im Gottvertrauen auf sich selbst, glücklicherweise in beiden Schlitten stecken lassen.

Ich drehte ihn gespannt von OFF auf ON.

Es pfiff kurz, irgendwo klackte ein Relais, dann machte es »Bing!«, die Nadel der Tankuhr erwachte und machte sich schlaftrunken auf den Weg in die Mitte ihrer Anzeige. Erleichtert atmete ich auf, denn sollte das Ding

tatsächlich laufen, so war zumindest die Versorgung mit fossilem Brennstoff eine Zeit lang gesichert. Ein Kunststoffpickel von der Größe einer halbierten Haselnuss leuchtete grün auf. Ich wertete das als positives Signal. Zumindest die Batterie schien einigermaßen bei Kräften zu sein. Im Prinzip konnte es jetzt losgehen.
Im Prinzip.
Denn jetzt fehlte noch Rainer mit den beiden Tölen.
Ich drehte den Schlüssel wieder auf OFF.
Nervös spielte ich an dem weichen Griffgummi des Lenkers herum. Das Warten zog sich hin. War Rainer entdeckt worden? Hatten sich die Asen bereits zusammengerottet und pirschten sich mit selbstgebauten Streitäxten an, um mir den Garaus zu machen? Ich schalt mich einen Trottel, den zwar liebenswerten, aber durchaus etwas ungeschickten Sozialpädagogen mit dieser diffizilen Aufgabe betraut zu haben. Schließlich ging es um unser Wohl und Wehe.
Irgendwann hielt es mich nicht mehr auf meinem Kunststoffsitz. Ich schlich zur Tür, öffnete sie und lauschte. Ein vertrautes Geräusch ließ mich im gleichen Augenblick zurückschrecken: Der Elektrorasierer von Karl Marx summte mich an und schnappte nach mir. Kaum hatte ich einen Schritt nach hinten gemacht und die Lampe wieder angeknipst, da betrat Rainer auch schon den Schuppen. Er trug den Jutesack lässig über der Schulter und auf dem Arm den kleinen Geri, der sich dort sichtlich wohlzufühlen schien. So wohl, dass er seine kleinen, ungepflegten Stecknadelzähne fletschte und dieses sonore, hochfrequente Knurren absonderte. Aber er knurrte nicht Rainer an, nur mich. Meinen Kumpel hingegen schien er voll und ganz zu akzeptieren und deshalb sogar beschützen zu wollen. Vor mir!

Im Schlepptau hatten sie Freki, der so teilnahmslos hinterhertrottete, als ginge ihn all das nichts an. Er hatte nichts von einem Hund, stellte ich fest, eher von einem Beamten auf der Zulassungsstelle kurz vor der Frühpensionierung. Als er im Schuppen stand, sah er sich gelangweilt um und schaute zu mir hoch. Seine Augen leuchteten kurz auf, was aber an der Lampe und absolut nicht an seinem lebendigen Geist lag. Dann drehte er sich ein paar Mal um sich selbst und ließ sich schließlich auf den Boden neben unsere Sachen fallen, wo er kurz schmatzte, die Augen schloss und seinen Kopf auf meinen Rucksack legte, während sich ein dünner Schleimfaden von seiner Lefze löste und in Zeitlupentempo heruntertroff.

»Wie hast du denn das hinbekommen?«, fragte ich Rainer.

»Du, echt, ne, das war voll easy. Ich bin da rein, in dieses komische Haus. Da war aber keiner. Dann bin ich rumgelaufen und hab die Hundis gefunden. Der Kleine hier ist so süß. Echt putzig. Ich kenne ihn ja kaum, ne. Und was für süße Geräusche er macht, ne. Fast wie ein Kätzchen, das uns etwas sagen will, ne.«

Rainer kicherte und tätschelte Geri den Kopf.

»Ja, voll süß«, sagte ich, als der Hund unvermittelt in meine Richtung schnappte. Geris Akku war komplett geladen. Das Viech lief auf Hochtouren. »Aber wieso war keiner da?«, hakte ich nach.

Rainer zuckte die Achseln. »Keine Ahnung. Die waren alle weg. Also, ne, ich war logo nicht in den anderen Häusern drin, ne, aber da in dem großen Haus war keiner.«

Ich kratzte mich am Kinn. Walhall verlassen? Das Allerheiligste? Wie konnte das sein? Hatte Odin seinem Gefolge nicht klipp und klar aufgetragen, zur frühen Morgenstunde die Wachablösung zu vollziehen?

»Das soll uns nicht kümmern«, sagte ich. »Wir werden verduften, und zwar sofort.«

»Ha! Hab ich euch, ihr elendef Gefindel!«, tönte es urplötzlich von der Schuppentür her. Mir rutschte das Herz in die Hose. Gift und Galle lagen in dieser rauchigen Stimme, die unverkennbar Larf gehörte. Rainers Augen waren schreckgeweitet, Geri summte wie unter achtundvierzig Volt Betriebsspannung, und Freki schlug sogar das eine Auge auf.

»Krass!«, brachte Rainer erschrocken hervor.

Geri knurrte in Larfs Richtung, und ich nahm mir trotz der unangenehmen Situation die Zeit, mich darüber einen klitzekleinen Moment lang zu freuen.

»Die anderen find auch bald von unferer myftifen Nachtwanderung furück, dann erlebt ihr euer blauef Wunder! Bif dahin feid ihr Verräter hier beftenf aufgehoben, Hahaha!«

Unter höhnischem Gelächter schmiss Larf die Schuppentür derart krachend zu, dass sogar Freki vor Schreck zweimal blinzeln musste. Wir hörten noch, wie der Riegel vorgeschoben wurde, und dann, wie Larf durch den Schnee davoneilte und immer wieder rief: »Kommt fnell her! Fie find hier, die Verräter, hier im Fuppen! Fie wollten fliehen! Kommt her! Ich hab fie!«

Jetzt hatten wir ein echtes Problem.

»Das erklärt, warum niemand in Odins Haus war, als du die Hunde geholt hast. Die Deppen sind auf mystischen Pfaden im dunklen Wald herumgestolpert«, erklärte ich dem blass aussehenden Rainer, der in diesem Moment gesichtsmäßig definitiv aus dem S.C.H.W.O.P.P.-Team ausgetreten war und auf deren Reservebank Platz genommen hatte.

»Krass! Oberstkrass! Wie die unterwegs sind!«, rief er.

»Stimmt. Deshalb müssen wir uns etwas einfallen lassen, und zwar ziemlich zügig, sonst sind wir geliefert!« Ich dachte eine Weile nach. Plötzlich fiel mir auf, dass Rainer aus meinem Blickfeld verschwunden war. »Was machst du da eigentlich?«, fragte ich, als ich ihn vor dem einen Motorschlitten hocken sah. »Dafür haben wir keine Zeit!«

»Ich wollte doch bloß mal gucken, wo bei dem anderen Ding hier ...« Rainer erhob sich mit Geri auf dem Arm.

»Los, setz dich lieber auf den!« Ich deutete auf den anderen Motorschlitten, der mir in einem weitaus besseren Zustand zu sein schien, und stellte unsere mitgebrachte Ziegenstalllampe auf einem Balken ab, sodass wir einigermaßen Licht hatten und ich meine Hände frei. Während Rainer und sein neuer Freund Geri sich schon mal gemeinsam auf der Sitzbank niederließen, wandte ich mich Freki zu. Allerdings wollte dieser meinen Befehlen, die ich zuerst auf Deutsch erteilte, um sie danach auf Schwedisch zu wiederholen, partout nicht Folge leisten. Stattdessen sah er mich nur verständnislos an. Fast arrogant, wie es mir schien.

Schließlich bückte ich mich, als ich erkannte, dass es um mein kynologisches Wissen nicht zum Besten bestellt zu sein schien, und wollte ihn aufheben. Ich fuhr mit den Armen um seinen kurzhaarigen Wanst und zog daran. Abgesehen davon, dass er müffelte wie ein alter, feuchter Wischmopp, machte er sich auch noch extra schwer. Vielleicht konnte er auch dafür nichts, und das Gewicht war einfach nur die logische Konsequenz des jahrelangen ungezügelten Verzehrs von fettigen Heringshappen. Jedenfalls bekam ich Freki kaum vom Boden weg. Er bog sich unter meinen Händen durch wie eine überdimensionale Nackenrolle, die mit nassem Sand gefüllt war, und gab dabei Laute von sich, die eher an einen im Winterschlaf gestörten Grizzly erinnerten als an einen übergewichtigen Hund mit Sabberlefzen. Das Einzige, was ich mit meiner Aktion erreichte, war, dass seine Innereien die äußeren Einwirkungen offensichtlich als Darmstimulation und Aufforderung begriffen hatten, ihr Bestes zu geben. Der Gestank brannte teuflisch in der Nase. Angewidert ließ ich Freki los und richtete mich auf.

»Blödes Vieh!«, entfuhr es mir ungehalten.

Plötzlich sagte Rainer mit kindlicher Stimme: »Gar nicht wahr, ne, Frekilein, feini-fein. Kommt der liebe Freki mal zum Raini? Ja, was ist der Freki für ein Feiner, so feini-fein. Na, komm, ne, kommi-komm!«

Ein Wunder geschah. Freki bewegte sich. Selbstständig. Wie von Geisterhand. Der Hund stand auf. Langsam zwar, aber er stand auf. Als wäre er selbst verwundert über die magische Wirkung der Worte eines deutschen Sozialpädagogen, sah er Rainer an, dann mich, und dann humpelte er auf Rainer zu und zum Motorschlitten hinüber.

»Ja, so feini-fein«, fuhr Rainer unbeirrt fort. »Was ist der Freki für ein Feiner, ne. Und hoppi-hopp, kommi-komm zum Onkel Raini, ne!« Mit diesen Worten klopfte Rainer drei Mal vor sich auf die Kunstledersitzbank, und Freki stellte seine rechte Pfote auf den Sitz und nahm dann alle Restdynamik zusammen, die er in seinem Leib noch auftreiben konnte, und schwang sich in Zeitlupe auf den Sitz.

Rainer lächelte sanft und streichelte ihn. »Feini-fein, der Freki.« Dann richtete er das Wort an mich. »Auch ein Hund ist immer das Gefäß einer Seele, ne. Außerdem ist der behindert.«

Ich sagte nichts dazu, lud unsere Taschen auf und

quetschte mich vor Freki und Rainer mit Geri im Arm auf die Sitzbank. Dann drehte ich wieder den Schlüssel von OFF auf ON und hörte sofort das vertraute Pfeifen, das Klacken und dann das »Bing«.

Plötzlich erklangen von draußen tumultartige Geräusche, Rufe und Schreie. Die Götter waren offenbar von ihrem Spaziergang zurück und tobten. Allen voran ertönte die Stimme von Larf, der seine Gefährten anstachelte, uns zu ergreifen und den Verrat zu rächen. Odin sei ohnehin zu weich, brüllte er.

Okay. Der Kleine hatte also das Regiment ergriffen und wiegelte die anderen auf. Das war schlecht. Ich musste handeln.

Sofort betätigte ich den Taster am rechten Griff, unter dem in abgewetzter Schrift START zu lesen stand. Augenblicklich mahlte es unter uns. Es klang metallisch und furchteinflößend. Doch mehr nicht. Die Stimmen wurden lauter und ich nervös. Machte ich etwas falsch? Ich entdeckte einen Zugknopf namens CHOKE. Vielleicht keine schlechte Idee. Wütende Hände machten sich am Riegel zu schaffen, meine waren verschwitzt und zogen den Choke ganz heraus. Wieder drückte ich auf START. Es leierte, es mahlte, es knallte. Fertig. Im selben Moment wurde die Tür des Schuppens fast aus den Angeln gerissen.

Rainer sagte: »Oberstkrass!« und krallte sich an mir fest.

Larf schrie: »Greift fie euch!«

Geri versuchte, mir von hinten in den Rücken zu beißen.

Ich drückte ein drittes Mal auf START.

Der Motorschlitten sprang an.

Ich hatte keine Ahnung, wie man so ein Ding fuhr. Hatte es eine Gangschaltung? Ich gab Vollgas und drückte den entsprechenden Hebel nach links. Ein infernalisches Dröhnen ertönte. Binnen Sekundenbruchteilen war der gesamte Schuppen in eine einzige dichte Rauchwolke eingehüllt, und wir schossen durch die Gruppe der Asen hindurch. Ihren weit aufgerissenen Augen entnahm ich im Vorbeiflug, dass sie genauso wenig mit dem gerechnet hatten, was gerade geschah, wie ich. Bogners Schlitten begann nach einigen Metern zu frotzeln, als hätte er Schluckauf. Das kannte ich aus meinen Mopedzeiten noch zu gut. Mischung zu fett, Choke etwas raus, fuhr es mir durch den Kopf.

Wir rasten durch das Asendorf, nachdem ich den Choke wieder fast in seine Ausgangsposition zurückgeschoben und mit zittrigen Händen das Licht des Fahrzeugs angeschaltet hatte. Sobald sich das Gefährt über den erdigen Schuppenboden, der nur mit einigen Schaufeln Schnee gangbar gemacht worden war, nach draußen geschoben hatte, ging es ziemlich flott voran.

Es war wie der Ritt auf einem Wildpferd.

Hinter mir schrie Rainer: »Oberstmegakrass das Teil, ne!«

Ich hörte ihn kaum noch, denn der scheppernde Verbrennungsmotor übertönte sein Brüllen.

Frekis Beine wehten entspannt im Fahrtwind, wohingegen sich Geri wütend in mein Fell verbissen hatte. Meine Frage nach einer Gangschaltung hatte sich erübrigt. Es gab keine, beziehungsweise nur einen Gang, und der hieß: Schnell vorwärts! Während die armseligen Bretterbuden der Pseudogötter an uns vorbeirauschten, drängte sich mir eine weitere Frage auf, deren Beantwortung an Dringlichkeit gewann, je näher wir dem Zaun kamen: Wie gut bremst so ein Ding?

Ich zog an beiden Hebeln gleichzeitig.

Wir wären fast vornüber vom Schlitten geflogen.

Die Frage war beantwortet. Leider hatte Bogners Gefährt dabei beschlossen, einfach auszugehen. Ob es wegen meiner mangelnden Einfühlsamkeit beleidigt oder einfach nur bockig war, wusste ich nicht. Jedenfalls hatten wir keine Zeit zu verlieren, denn hinter uns hörte ich das Aufheulen eines weiteren Motors. Mann, waren wir bescheuert! Ein nur mittelmäßiger Agent hätte zumindest den Verteiler ausgebaut oder so, um seine potenziellen Verfolger vom Verfolgen abzuhalten. Wir hatten nicht einmal den Zündschlüssel abgezogen. Mist!

»Du, warum halten wir? Willst du doch mit denen über alles reden?«, fragte Rainer von hinten, während Geri ein Stück meines Fellkostüms als Gewölle hervorbrachte und gleich darauf wieder wütend hineinbiss.

»Nein, will ich nicht!«, zischte ich entnervt. »Ich würde lieber weiterfahren, aber die Kiste springt nicht mehr an.«

Es mahlte und leierte und mahlte und leierte, und hinter uns war bereits der Scheinwerfer des anderen Schlittens zu erkennen. Wenn ich mir überlegte, dass der Fahrer wahrscheinlich Vidar war, der eigentlich Stefan hieß und einen Motorschlittenverleih in Sveg hatte, dann wurde mir nicht besser zumute. Es war anzunehmen, dass seine Fahrkünste erheblich besser waren als meine, denn im Unterschied zu mir hatte er wahrscheinlich bereits das eine oder andere Mal auf so einem Ding gesessen.

Es mahlte und leierte und mahlte und leierte und knallte enorm – und er lief wieder!

»Halt dich gut fest!«, befahl ich Rainer. Er klammerte sich an mich und presste Freki mit seinem Körper zwischen uns. Ich legte den Gashebel wieder nach links und beschloss, nicht mehr zu bremsen, bis wir oben waren.

Scheiß auf den billigen Sperrholzzaun! Da mussten wir und der alte Bogner-Motorschlitten jetzt eben durch.

Unter infernalischem Motorgebrüll und wahnwitzigem Krach durchbrachen wir das Hindernis. Latten flogen umher, tauchten im Scheinwerferlicht kurz auf, nur um im gleichen Moment neben uns im Schnee stecken zu bleiben. Kleinere Splitter und herausgerissene Schrauben prasselten auf uns herab. Das Tor selbst fuhr ich einfach nieder. Lächerlich!

GÁVCCINUPPELOHKÁI

Nun ging es bergauf. Ich duckte mich hinter die halbblinde Plexiglasscheibe. Mein Daumen schmerzte, weil ich ihn wie bekloppt nach links drückte. Vollgas. Bogners Schlitten hob ab, sprang kurz, setzte auf, leicht schräg, fing sich wieder und donnerte unter Getöse den Hügel in Richtung Thingplatz hinauf. Rainer brüllte: »Oberstkrass!« Eben hatten wir Bifröst übersprungen. Eine geradezu alberne Hürde für dieses PS-Monster! Ich schätzte die zurückzulegende Strecke auf noch gut einen Kilometer und betete zu allen Göttern, die mir in den Sinn kamen, dass unser Fahrzeugrelikt auch diese Distanz locker meistern würde.

Leider verfolgten uns der ungehaltene Larf und sein Götterkumpel Vidar alias Stefan auf dem zweiten benzingetriebenen Schlitten. Wie sollten wir die loswerden? Noch hielten sie einen Mjölnirwurf Abstand zu uns, doch dummerweise holten sie auf. Schon deutlich konnte ich das Grollen ihres Motors vernehmen, und der Lichtkegel ihres Scheinwerfers schnitt leicht zeitversetzt den unseren und zeichnete dadurch wilde Figuren in den Schnee.

»Miefe Verräter!«, schrie Larf. »Gleich haben wir euch! Ha!«

Doch ich hatte die Macht der Nornen vergessen. Beim Thema Schicksal hatten die das letzte Wort. Das bekamen nun auch die rasenden Asen hinter uns zu spüren. Deren Motor begann nämlich unvermittelt zu frotzeln und zu spucken. Fehlzündungen knallten. Dann ging er aus. Ich verlangsamte meine Fahrt und drehte mich um. Rainer auch. Nur der Scheinwerfer des Göttergefährts leuchtete noch, das Fahrzeug selbst war zum Stillstand gekommen. Stefan machte das, was ich in dieser Situation auch getan hätte. Er drückte auf START. Der Motor leierte und mahlte und leierte und mahlte, aber es tat sich nichts. Er schwieg beharrlich.

»Waf ift lof?«, brüllte Larf. »Fahr weiter!«

»Der Motor will nicht mehr, du Idiot!«, brüllte Stefan zurück.

»Daf merke ich auch. Und warum?«

»Weiß ich doch nicht«, brüllte Stefan, »sonst würde ich ja fahren!«

»Und fo waf will einen Motorflittenverleih haben!«, brüllte Larf. »Daf ift ja lächerlich!«

Das schien Stefan zu genügen. Er sprang vom Schlitten und schlug dem verdutzten Larf mit der Faust an den Plastikhelm, dass dieser in den Schnee fiel. Schnell rappelte er sich wieder auf, machte einen beherzten Schritt auf Stefan zu und stieß diesen nun seinerseits vor die Brust, dass er rückwärts taumelte und in den Schnee plumpste, was Larf zum Anlass nahm, sich mit einem »Wenn du Ftunk willft, kannft du ihn haben!« auf seinen am Boden liegenden Opponenten zu stürzen. Die beiden verstrickten sich in einen kräftemäßig recht ausgeglichenen Ringkampf.

Ich berechnete kurz unsere Chancen. Bis zur Hütte war es wie gesagt etwa ein Kilometer. Machte im oberschenkelhohen Schnee und bergan etwa zwanzig Minuten Fußmarsch, und danach wären die beiden dermaßen platt, dass sie keine ernst zu nehmenden Gegner mehr wären, es sei denn, sie hätten Schusswaffen, was ich nicht hoffte.

Wenn ihr Schlitten tatsächlich keinen Sprit mehr hatte, mussten sie zurück ins Idiotencamp, um welchen zu besorgen, damit sie die Verfolgung wiederaufnehmen konnten. Ich schätzte die Strecke ins Camp auf vierhundert Meter, hin und zurück machte das achthundert. Wenn man sich sputete, war das in fünfzehn Minuten zu schaffen, dann musste das Gerät aber erst betankt werden, anspringen und ebenfalls den Berg hinauffahren. Wie man es drehte und wendete, wir hatten einen Vorsprung von knapp zwanzig Minuten. Das musste reichen.

Ich wollte eben den Gashebel umlegen, da bemerkte Rainer: »Ich hab mich schon total gewundert, warum das so oberstkrass lange gedauert hat, ne.«

»Was hat so oberstkrass lange gedauert?«, fragte ich verdutzt.

»Na, das mit dem Sprit, ne.«

»Hä?«

»Ich hab mir vorhin in der Scheune schon gedacht, dass es total krass wäre, wenn wir als fliehendes Kollektiv sozusagen einen Vorteil hätten. In den ganzen Filmen und so, da manipulieren die doch immer die Fahrzeuge ihrer Gegner, ne, und da hab ich mir gedacht, ich mach denen mal den Schlitten kaputt, ne. Ich finde so was zwar eigentlich voll daneben, von wegen fremdes Eigentum und so und weil man mit Kommunikation immer weiter kommt als mit Destruktion, aber ich bin ja immer noch irgendwie sauer, ne. Und da habe ich gedacht, ich zieh mal irgendwelche Schläuche ab. Und aus dem einen ist dann Benzin gelaufen, ne. Ein echter Öko-GAU, aber, echt, ne, egal, jetzt mal.«

»Rainer ... *du* hast denen die Kiste unbrauchbar gemacht?« Meine Verwunderung kannte kaum noch Grenzen. »Wow! Respekt!«

Ich fuhr wieder an, während sich hinter uns quicklebendig die Nordgötter prügelten.

Odin hingegen wirkte absolut nicht lebendig, als wir oben am Stall eintrafen. Sein Biosystem lief offenbar auf Standby, nicht mehr. Er sah leider voll scheiße aus. Ich hatte Rainer gebeten, mit Furzi und Beißi am Schlitten zu bleiben, den ich auf dem Thingplatz mit laufendem Motor geparkt hatte. Eigentlich hatte ich gehofft, ich müsste Leifsson einfach nur stützen und ihm ein wenig gut zureden, damit er sich trotz seines heringsallergiebedingten Schockzustands zu unserem Fluchtschlitten bewegen konnte, doch weit gefehlt. Seine Hautfarbe war schneeweiß, die Augen waren geschlossen, das Haar klebte ihm schweißnass an der Stirn. Fest stand, dass ich diesen komplett entkräfteten Giganten nie und nimmer allein irgendwohin bewegen würde. Ich rief also Rainer zu Hilfe.

»Das ist ja krass! Was geht'n mit dem ab?«, fragte er sichtlich erschüttert.

»Nicht mehr viel, befürchte ich. Du musst mir helfen, ihn nach draußen zu schaffen und auf den Schlitten zu hieven.«

»Der hat die ganze Zeit gejapst und geschwitzt wie verrückt«, erklärte Anders. »Muss der denn unbedingt mit?«

»Niemand wird zurückgelassen!«, schwadronierte Rainer in S.C.H.W.O.P.P.-Team-Manier.

»Genau«, sagte diesmal ausnahmsweise ich, und dann dachte ich bei mir: Mist! Der ist ja auch noch da. Anders hatte ich temporär vollkommen verdrängt. Wir würden schon genug Probleme haben, den schwergewichtigen Odin auf den Fluchtschlitten zu legen, aber wo wir Ex-Heidrun unterbringen sollten, war mir total schleierhaft. Ich überlegte unter Hochdruck. Ihn statt des wehrlosen

Göttervaters zurückzulassen wäre eine Option, die mich in Form von Gewissensbissen den Rest meines Lebens verfolgen würde.

»Kannst du Ski fahren?«, fragte ich Anders, weil mir plötzlich eine vielleicht rettende Idee gekommen war.

»Ich bin Lappländer«, antwortete er in einer Mischung von Überheblichkeit, leichter Empörung und Stolz.

Ich interpretierte das als ein: »Selbstverständlich, und zwar exzellent!« Vermutlich waren alle Lappländer Top-Skifahrer. Wortlos eilte ich zu ihm und reichte ihm seine verschnürbaren und mit einer Art gepolsterten Innenschuhen versehenen Hufe, die ich in der Stallecke aufgehoben hatte.

Anders sah mich überrascht und wenig erfreut an. »Was hat das zu bedeuten?«

»Erklär ich dir dann, nimm sie einfach irgendwie mit raus. Aber zuerst hilf mir. Wir müssen den Obergott jetzt schnellstmöglich nach draußen schaffen, bevor es zu spät ist und die anderen hier eintrudeln. Wegen dir ist er ja überhaupt erst in diesen Zustand gekommen.«

Rainer bückte sich und ergriff Leifssons linken Arm, während ich den Rechten in den Händen hielt. Anders schnappte sich auf mein Geheiß hin Odins Beine. Wir zogen und schoben mit vereinten Kräften, doch Leifsson bewegte sich nur um knapp drei Heringslängen. Noch mal. Wieder drei Heringe. Und noch mal und noch mal und noch mal. Nachdem wir etwa einen Meter siebenundneunzig geschafft hatten, mussten wir pausieren. Mein Herz schlug wie verrückt, in meinem Schädel fuhr das Blut Karussell, und auch die anderen beiden sahen mehr als erschöpft aus.

Ich überschlug die Gesamtdauer dieser Rettungsaktion. Der Motorschlitten, der draußen mit blubberndem Motor ungeduldig auf uns wartete, stand etwa zehn Meter von unserer aktuellen Position entfernt. Wie gerne wäre ich in Anbetracht der vor uns liegenden körperlichen Anstrengung näher herangefahren, aber das ging nicht, weil die Zufahrt vom angehäuften Schnee versperrt wurde.

Unsere Kleingruppe hatte das schwergewichtige Anabolikamonstrum unter Aufbietung all ihrer Kräfte in knapp einer Minute nur circa zwei Meter weit bewegt. Demnach bräuchten wir für die noch vor uns liegende Distanz gut und gerne vier Minuten, den Verfall unserer muskulären Energiereserven nicht mit eingerechnet. Dann musste der nordische Ober-Ase noch auf den Schlitten gewuchtet werden, was ich als aussichtslos einstufte. Resigniert ließ ich Leifssons Arm fallen. »Mist! Das schaffen wir nie. Bis wir diesen Brocken auf der Sitzbank haben, sind die anderen hier.«

»Sag ich doch die ganze Zeit«, schnaufte Anders. »Wir sollten ihn einfach hier lassen.«

Rainer wollte etwas entgegnen, doch bevor es dazu kam, betrat vollkommen unverhofft Geri die Bühne des Geschehens. Der kleine, beißwütige Racker tänzelte aus der Dunkelheit herbei, entdeckte Leifsson und hüpfte in kleinen, freudigen Sprüngen zu ihm hinüber, als hätte er einen Flummi gefrühstückt. Als er jedoch bemerkte, dass sein Herrchen gar kein Spiel spielte, sondern heringskomatös am Boden inmitten einer Pfütze angefrorener, fermentierter Fischkadaver lag, begann er zu jaulen. Es war ein Jaulen, das genauso wenig mit einem Hund zu tun hatte wie sein Knurren. Es klang wie ein pfeifender Teekessel auf Ecstasy. Auch wenn dieses Geräusch in den Ohren schmerzte, so hatte es zumindest zur Folge, dass sogar der träge Freki um die Ecke gehumpelt kam. Die beiden Hunde stupsten Leifsson mit den Schnauzen an, leckten ihm im Gesicht und an den Ohren herum, bellten ein wenig, jaulten und pfiffen, und schließlich geschah das Wunder. Odin schlug die Augen auf und fragte mit matter Stimme: »Geri? Freki?«

Draußen hörte ich schon die Rufe der näher kommenden Verfolger.

»Leifsson? Alles klar?«, rief ich.

»Krass süß, die beiden und voll die oberstleistungsfähigen Therapiehunde«, begeisterte sich Rainer.

»Was ist passiert?« Leifsson setzte sich benommen auf, während er versuchte, Geri zu bändigen, der sich nun aufführte, als hätte er einen Presslufthammer gefressen. Freki hingegen freute sich auf seine Weise unbändig: Er legte sich hin und schloss entspannt die Augen.

»Du Heringe. Schock. Ohnmacht. Hunde geholt. Motorschlitten. Draußen Verfolger. Tod. Untergang. Verderben. Schnell! Wir müssen weg!«, fasste ich zusammen.

»Genau, ne«, pflichtete Rainer mir bei.

»Sie kommen näher!«, rief Anders. Er stand in der Tür des Ziegenstalls und musste wohl um die Ecke des Hüttchens geschaut haben. Sein Gesichtsausdruck war verhältnismäßig entspannt, aber er rieb sich aufgeregt die Hände, fast so, als würde er sich freuen. Aus dem sollte einer schlau werden.

Rainer und ich halfen Leifsson auf die Beine, zwischen denen Geri kläffend und Freki schlurfend ihre Runden drehten. Er war noch immer recht schwach, wir mussten ihn auf seinem Weg nach draußen stützen. Aufgrund der nun doch etwas beengten Verhältnisse auf unserem Fluchtgefährt beschlossen wir kurzum, dass für Leifsson kein Platz auf der Sitzbank war. Stattdessen nötigten wir ihn, die Beine nach hinten auf die Trittbleche auszustrecken und sich mit dem Kopf zwischen meine Fellstiefel in den Fußraum zu quetschen. Das hielt ich auch aus medizinischer Sicht für besser – schon im Erste-Hilfe-Kurs beim Roten Kreuz hatte ich gelernt, dass die Hochlagerung der Füße nach einem Unfall die ideale Anti-Schock-Lage sei – und ob man gegen einen Schulbus oder gegen zweihundert verweste Heringe gelaufen war, dürfte das Ergebnis etwa identisch sein. Unser Gepäck stellte ich, sein stillschweigendes Einverständnis voraussetzend, auf seinen Körper, um es bei der Fahrt mit meinen Knien zu fixieren.

Anders sah mich fragend an, während wir Odin zwischen das Blech und auf die Fußbretter quetschten, und erkundigte sich mit leicht panischem Unterton: »He! Und was ist mit mir? Wo soll *ich* denn sitzen?«

Nun kam mein genialer Plan zum Tragen, den ich mir als elegante Lösung des Transportproblems von Anders erdacht hatte.

»Nirgendwo«, antwortete ich. »Du fährst Ski, alter Lappländer! Schnall dir deine ehemaligen Hufe wieder an, und hol den Strick, mit dem sie dich festgebunden hatten. Quasi Wasserski, nur eben im Schnee. Und auf Knien.«

»Hä?« Anders schien nicht verstanden zu haben, was ich sagen wollte. Wasserskifahren im Schnee war ja auch eigentlich ein Widerspruch. Doch es blieb keine Zeit für lange Erklärungen. In diesem Moment hörte ich nämlich, wie unten der Motor des anderen Schlittens ansprang. Die Asen mussten Rainers Sabotage entdeckt, behoben und das Ding kurzerhand nachgetankt haben. Der Motor räusperte sich und lief zwar noch etwas unrund, aber in Kürze würden Larf, Vidar und der fette Tröten-Sven hier auftauchen, wahrscheinlich mit ein paar anderen Nachzüglern im Schlepptau. Darauf hatte ich keine Lust.

»Vertrau mir!«, sagte ich zu Anders. So etwas hilft immer. Und tatsächlich. Es klappte. Er sah mich an, zuckte mit den Achseln und verschwand im Stall.

Nervös drehte ich mich um. Die Verrückten kamen näher. Ich erkannte Fackeln und die zotteligen Umrisse ihrer Felle. Endlich kam Anders zurück. Er hatte gewisse Mühe, mit den Kochtöpfen am Bein aufrecht zu gehen. Hoffentlich stimmte das mit den skifahrenden Lappländern. Anders kam zu mir und übergab mir den Strick aus dem Ziegenstall, den er als Heidrun die ganze Zeit am Hals getragen hatte. Diesen band ich an einem Metallausleger des Schlittens fest und warf ihm das andere Ende zu, wo sich die ehemalige Halsschlaufe befand.

Anders hob das Seilende auf und steckte beide Hände hinein. Dann sah er auf seine Knie, wo sich die Kochtopfhufe schlagartig in Kochtopfski verwandelt hatten. Langsam schien er zu begreifen, und ein breites Grinsen eroberte sein Gesicht. »Du bist echt verrückt«, sagte er in erstaunlich ruhigem Ton und lachte sogar. »Dass das alles so eine Wendung nimmt, hätte ich mir in meinen kühnsten Träumen nicht ausgemalt.«

Ich stutzte kurz. Ganz dicht war der auch nicht, er klang ja fast begeistert. Ich überprüfte kurz die Lage: hinter mir Rainer mit Geri im Arm, zwischen uns Freki, unter uns der Göttervater, auf diesem und zwischen meinen Knien das Gepäck und hinter mir Anders. Sah aus, als könnte es losgehen.

»Bereit?«, rief ich in die Runde.

Leifsson war wieder ohnmächtig geworden, oder ich hörte ihn nicht, weil er meinen Rucksack im Mund hatte. Jedenfalls hielt er mit seiner Meinung hinterm Berg.

»Aber hallo, ne!«, rief Rainer.

Freki: schmatzte.

Geri: knurrte und knapste an meinem Rücken herum.

Ob Anders auch noch etwas sagen wollte, erfuhr ich nicht mehr, denn sein heiter-erstaunter Ausruf ging im Motorengeräusch unter, als ich den Gashebel (behutsamer als beim ersten Gebrauch – ich bin ja lernfähig!) auf *halbe Kraft voraus* schob. Der Schlitten motzte ein wenig wegen der erhöhten Zuladung, aber schließlich nahmen wir Fahrt auf und ließen die Asenkultstätte hinter uns.

Während wir durch die Kälte fuhren, und Anders an seinem Strick laut fluchte, wenn seine Kochtöpfe aneinanderschlugen (so leicht schien das Knieskifahren auf diesen Dingern selbst für einen Lappländer nicht zu sein), dachte ich an Linda. Ich vermisste sie sehr. Wo sie wohl steckte? Ob ich sie jemals wiedersehen würde? Ich hatte das ziemlich ungute Gefühl, dass die Asen so schnell nicht aufgeben würden, uns zu verfolgen, und bis nach Hause war es noch ein verdammt langer Weg.

Am Horizont tanzten die Polarlichter, und ich drückte uns beide Daumen für ein Happy End dieser Geschichte mit einer unversehrten Linda in meinen Armen.

OVCCINUPPELOHKÁI

Gar nicht so einfach, sich in einer nur geringfügig monderhellten und leider wildfremden Winterumgebung zurechtzufinden. Wo war noch mal dieser vermaledeite Fluss, an dem Lasse stand und wo ich nun zu gerne bereits angekommen wäre? Gefühlsmäßig noch ein gutes Stück abwärts, mitten im Wald, der sich rechter Hand von uns wie ein schwarzes Bollwerk erstreckte und uns von den ersten Ansätzen dessen trennte, was man als dünn besiedelte Zivilisation bezeichnen durfte. Und es war echt schweinekalt!

Rainer hatte sich ziemlich dicht an mich gedrängt und barg seinen behelmten Kopf an meiner Schulter. Mit Odin, der zwischen unseren Beinen klemmte und unser Gefährt zum Ächzen brachte, wollte ich erst gar nicht tauschen. Ich hoffte für ihn, dass das heringsbedingte Koma ihn den Frost nicht spüren ließ. Noch mehr hoffte ich allerdings, dass er noch nicht zu einem Eiweißklumpen gefroren, sondern noch am Leben war. Sonst hätte Rainer sich wahrscheinlich für den Rest seines Lebens oberstkrasse Vorwürfe gemacht.

Das einzig Gute im Moment: Das Motorengeräusch des Verfolgerschlittens hörte ich nicht mehr. Könnte aber auch daran liegen, dass unser Gefährt so laut war und dass mir der Fahrtwind in den Ohren rauschte. Aus gutem Grund hatte ich die Lichter der Bognerrakete noch nicht angemacht. Ich war der Meinung, dass es die Asen schon leicht genug hatten, uns zu finden, denn sie brauchten ja nur den Spuren im Schnee zu folgen. Mit Beleuchtung wäre das noch einfacher gewesen. Ich sah so zwar auch nichts, aber was sollte hier schon sein? Schnee eben, sonst nix.

»Heee!«, schrie es plötzlich verzweifelt hinter mir. »Bist du taub?« Offenbar hatte ich wegen des Geräuschpegels Anders' Rufe tatsächlich nicht gehört. Ich drehte mich zu ihm um und versuchte dabei, einhändig zu lenken, was gar nicht so einfach war.

»Was ist?«, brüllte ich zurück.

»Ich muss mal!«

»Wie bitte?« Ich hatte schon verstanden, aber konnte es nicht fassen.

»Du, er muss mal, glaube ich, ne«, brüllte mir jetzt auch Rainer ins Ohr.

»Ja, ich hab das schon verstanden«, brüllte ich zurück.

»Warum fragst du dann?«, brüllte Rainer.

»Aaaaarggghhh!«, brüllte ich.

»Halt an, ich muss wirklich dringend!«, wiederholte Anders.

Tiere in Panik auf der Flucht hatten normalerweise keinen Harndrang – Anders schon. Ich drehte meinen Oberkörper auf gefühlte hundertachtzig Grad und blickte zurück. Die Scheinwerfer des zweiten Motorschlittens waren weit entfernt, mein Plan mit dem lichtlosen Fahren war also durchaus hilfreich, zumal sich jetzt auch noch eine dicke Wolke vor den Mond schob.

»Ich mach mir gleich in die Hose, und dann erfriere ich«, jammerte Anders.

Ich gab schließlich nach und drosselte die Geschwindigkeit. Auf einer Anhöhe, die zum näher gekommenen Wald hin steil abfiel, hielt ich an und stieg ab. Rainer kletterte ebenfalls von der Sitzbank und sah sich um. Der Motor unseres Schlittens blubberte im Standgas – er durfte auf keinen Fall ausgehen, zu hoch war das Risiko, dass er nicht mehr ansprang –, und ich erkannte noch, wie Anders den Strick von sich warf, hektisch auf den Knien ein Stück in den Schnee krabbelte, sich wieder aufrichtete und begann, an seinem Ziegenfell herumzunesteln. Ich wandte mich ab. Wenige Sekunden später vernahm ich gedämpfte Laute extremer Erleichterung hinter mir, die auf einen mächtig erhöhten Blasendruck schließen ließen.

»Krass, guck mal!«, rief Rainer plötzlich und deutete mit ausgestrecktem Arm den Abhang hinab. »Ein Wolf!«

Ich suchte die Umgebung ab, und tatsächlich konnte ich in einiger Entfernung die Umrisse eines Wolfes wahrnehmen, der relativ ungerührt zu uns herübersah.

»Voll urzeitmäßig-krass«, murmelte Rainer, von dieser Begegnung sichtlich beeindruckt. Plötzlich hob er den Arm, winkte zum Wolf hinüber und rief: »He, hallo du, ne! Sei gegrüßt, Gevatter. Dir gehört die Erde, wir sind nur Gäste, ne!«

Damit begann eine Verkettung unglücklicher Umstände.

Ich fragte Rainer nämlich erzürnt: »Sag mal, tickst du noch ganz richtig, hier so rumzubrüllen? Vielleicht hören uns die Typen, die uns auf den Fersen sind? Schon mal darüber nachgedacht?«

Rainer sah mich verdattert an, und sein Gesichtsausdruck sagte: Nö, echt, ne?

Geri und Freki waren neugierig geworden und hatten offenbar erfasst, dass ein Quasi-Artgenosse von ihnen nur einen Wikingerbogenschuss entfernt stand. Jedenfalls kläfften sie drauflos – Geri ziemlich wild, wie ein kleinkalibriges Maschinengewehr: »Waffwaffwaff-

waffwaffwaff«, Freki hingegen weitaus weniger wild, eher wie eine betagte Weltkriegsstrandhaubitze à la *Dicke Berta*: »Wuff.« Pause. »Wuff.« Speichelfaden. Pause. »Wuff.« Dann machten sie sich unvermittelt in Richtung Wolf auf. Freki gab nach etwa einem Meter erschöpft auf, aber Geri, der alte Rasierer, fräste sich mit der Kraft mehrerer Akkus wie ein Verrückter unter der Schneedecke hindurch.

Rainer sah sich in der Verantwortung. »He, Geri-feini-fein. Kommt der liebe Geri mal wieder her, ne, oder wie?« Als ihm klar wurde, dass selbst seine krassesten Tiervibrations nicht ausreichen, um den kleinen Beißer von der Rückkehr zu überzeugen, begann er zu allem Überfluss, sich ebenfalls durch den Schnee zu schieben und die Verfolgung des ausgebüchsten Tierchens aufzunehmen.

Dem Wolf unterdessen schien das Ganze nun zu bunt zu werden. Er machte sich in weiten eleganten Sprüngen davon und verschwand in der weißen Unendlichkeit. Schade, dass Geri nur so hoch war wie ein Sixpack Bier. Andernfalls hätte er womöglich von seiner ohnehin sinnlosen Wolfsjagd abgelassen und wäre zurückgekehrt. So jedoch fräste er sich weiter durch den Schnee, und Rainer hinterdrein. Eben schon wollte ich rufen: »Mann, Rainer, du Vollhirni! Lass den blöden Hund, wir müssen weiter!«, da kam er mir zuvor und rief: »Boah, krass, ich stecke voll fest hier in der Natur und so, ne!«

Ich sah nichts. War ja verhältnismäßig dunkel.

Mir blieb nichts anderes übrig, als nachzuschauen, was da los war. Zuerst ein Blick über die Schulter. Mist! Hatte ich es doch geahnt. Der Scheinwerfer des anderen Schlittens kam näher. Hörte ich womöglich schon den Motor? Ich stapfte schneller Rainers Spuren hinterher. Verflucht, war das anstrengend! Ich schnaufte wie verrückt.

Rainer war in einem Loch gefangen. Keine Ahnung, was das für ein Loch war. Vielleicht ein Minitümpel, der nicht ganz durchgefroren war. Jedenfalls schaute nur noch ein Drittel Sozialpädagoge heraus.

»Hallöchen!«, grüßte er. »Cool, dass du kommst, ne. Irgendwie voll tief hier und auch krass nass am Schuh.«

Es gab zwei Dinge, die an dieser Situation positiv waren. Erstens hatte Geri aufgehört zu fräsen und saß schwanzwedelnd auf Rainers Arm. Zweitens hörte ich in einiger Entfernung das Rauschen eines wilden Flusses – es musste der Tarraälven sein, der am Ende der ziemlich steilen Senke auf uns wartete! Wir hatten offenbar schon bald die erste Etappe auf unserer Flucht in die Zivilisation gemeistert.

Es gab leider auch etwas nicht ganz so Positives, und zwar das andere Geräusch, das nun an mein Ohr drang und mich wütend herumfahren ließ. Ein Motor heulte auf, und unser Schlitten fuhr davon. Nicht zu fassen! Anders, diese Arschgeige! Das war ja wohl das Allerletzte!

»He!«, brüllte ich aus Leibeskräften, »Komm zurück, du mieser, hinterfotziger Sack!«

Kurz verringerte er seine Fahrt, hielt an, drehte sich um und rief: »Nichts für ungut, Torsten, aber ein klein wenig Spannung tut der Sache bestimmt gut. Ich bin raus. Mach's gut und viel Erfolg weiterhin!« Damit wandte er sich wieder nach vorne, gab Vollgas, und weg war er.

Ich stand mit offenem Mund im Schnee.

Nicht einmal Thoralf Leifsson hatte Verräter-Anders aus Mitleid mitgenommen, sondern hatte ihn einfach da zurückgelassen, wo der Schlitten mit laufendem Motor auf unsere Weiterflucht gewartet hatte. Zum Glück hatte er unser Gepäck auch herunter geworfen, das wäre ja noch schöner gewesen. Aber schon jetzt hatte ich eine

Stinkwut auf ihn, und ich schwor mir, dass ich mit diesem Typen, sollte ich ihn jemals noch einmal in die Finger kriegen, Dinge anstellen würde, die sich nicht einmal Odins Gefährten würden ausdenken können.

Okay. Also, die Situation hatte sich geändert.

Was hätte James Bond jetzt gemacht?

Er hätte erst mal mit einer endscharfen Tussi geschlafen, was sonst? War aber keine da. Gut, dann also ein neuer Fluchtplan.

Vom Horizont her kamen die Scheinwerfer unserer Verfolger immer näher. Das war zwar äußerst beunruhigend, aber wenig überraschend. Weitaus erstaunlicher hingegen war das typische Rotorengeräusch eines Hubschraubers, das immer lauter wurde. Irgendwann wurden auch Scheinwerfer sichtbar, die sich wie gelblich matte Lichtbalken durch den finsteren Lapplandhimmel schnitten.

»Krass, 'n Heli. Bullen oder was?«, erkundigte sich Rainer und starrte ins Dunkel.

»Keine Ahnung«, entgegnete ich, »aber das wäre nicht das Schlechteste, was uns in unserer Lage passieren könnte.« Der Helikopter schwebte nun in Schusshöhe und Schussweite quasi zwischen den Asen und uns, wobei er sich zwar nicht von der Stelle bewegte, uns aber seine Flanke zugewendet hatte. Was sollte das denn? Das waren nie und nimmer Polizisten, nein, sie verhielten sich eher wie Großwildjäger, die auf Beute lauerten. Ich hatte keine Lust, dem auf den Grund zu gehen, und hielt es für besser, schnell zu verduften, denn wer wusste schon, was für Menschen da nun wieder drinsaßen.

Auch die Asen hatten angehalten und glotzten bestimmt genauso überrascht und ratlos nach oben wie wir. Vielleicht dachten sie auch darüber nach, ob es die Polizei sein könnte, und diskutierten nun ihrerseits Fluchtpläne.

Ich zog Rainer mit Geris Hilfe aus dem Wasserloch, in das er eingebrochen war. »Komm mit! Schnell!«, wies ich ihn an.

Zusammen stapften wir zu Leifsson, der immer noch vor sich hin zu dösen schien. Seine Haut war nicht gerade heiß, aber kalt wie der Tod war sie auch nicht. Ich steckte Ex-Heidruns Strick ein. Vielleicht konnten wir den noch mal gebrauchen. Kurz duckten wir uns tiefer, denn der Helikopter verließ nun seine Position, flog einen weiten Bogen über die Asen und uns, bevor er sich an die Verfolgung von Anders machte. Jetzt hoffte ich regelrecht, es säßen Großwildjäger in diesem Hubschrauber. Trotzdem konnte ich mir keinen Reim auf diesen Vorfall machen. Die ganze Situation wurde immer seltsamer.

Als das Rotorengeräusch in der Ferne kaum noch zu hören war, blickte ich mich um. Mist! Die Asen hatten wieder Fahrt aufgenommen und kamen näher. Rasch erhoben wir uns und zogen den Bodybuilder gemeinsam von der Fahrspur unseres ehemaligen Motorschlittens weg in Richtung des Wasserlochs, das etwa fünfzig Meter entfernt lag. Das ging erstaunlich leicht, denn anders als auf dem Thingplatz lag hier so viel Schnee, dass Leifssons PVC-Hartschalenbrustpanzer wie ein Lastschlitten funktionierte, den man verhältnismäßig bequem manövrieren konnte. Dann zog ich meine Felljacke aus, stapfte schnaufend zurück zur Fahrspur des Schlittens und verwischte mittels meines göttlichen Kleidungsstücks unsere Spuren, so gut es ging. Meine Hoffnung war, dass die wahnsinnigen Asen mit hoher Geschwindigkeit dem anderen Schlitten folgen und deshalb eventuell nicht ganz so genau nach links und rechts schauen würden.

Verdammte Streitaxt! Da kamen sie auch schon angedonnert. Hoffentlich hatten sie mich nicht gesehen. Ich drückte mich mit Rainer auf den Boden neben das Loch. An Weglaufen war nicht zu denken. Sähen uns die Asen, wäre es vorbei, das war klar. Vielleicht noch ein letzter heroenhafter Kampf – mit bloßen Händen gegen Hieb- und Stichwaffen –, dann der finale Aufschrei: »Lindaaa! *Jag älskar dig!*«, und schon säße ich kopflos in Asgard. Oder so.

Es klingelte gedämpft.

Wie bitte?

Es klingelte? Gedämpft?

Hastig sah ich mich um, ob es vielleicht irgendwo um mich herum unter der Schneedecke leuchtete, denn so wie es klang, musste dort ein Telefon liegen. Mein Handy womöglich? Ich schluckte. Asen? Götter? Nornen? Also, wenn ich tatsächlich mein Telefon gefunden haben sollte, das ich mehrere Kilometer von hier entfernt im Wald verloren hatte und dessen Akku nach dieser Zeit mit hundertprozentiger Sicherheit komplett leer war, dann würde ich zum Odinsglauben konvertieren, das schwor ich mir.

»Hallöchen! Hier ist der Rainer!«, meldete sich mein Kumpel einen Meter neben mir. Ich fuhr herum und traute meinen Augen nicht. Rainer hielt ein Mobiltelefon in der Hand und sagte kopfnickend: »Ach, du bist es! Alles klaro bei euch? ... Okay, ne, alles paletti, ich geb dich dann mal weiter, ne. Tschüsschen!« Dann hielt er mir das Gerät hin. »Is für dich, Torsten.«

»Für mich?«, fragte ich komplett verdattert.

»Genau.«

Ich warf einen raschen Blick zum näher kommenden Asenschlitten, bedeutete Rainer mit einer hastigen Handbewegung, sich tief in den Schnee zu pressen, und griff gleichzeitig nach dem Handy. Der Motor wurde immer lauter.

»Hallo?«, flüsterte ich ins Mikro.

»Was dauert denn das bei euch Pfeifen so lange?«, kam es ungehalten zurück.

»Papa?«

»Nein, hier ist der liebe, gute Nikolaus. Ich wollte mit dir über deinen diesjährigen Wunschzettel sprechen.«

»Sehr witzig! Ist gerade etwas schlecht mit Telefonieren«, zischte ich.

»Mann, sprich doch lauter!«, beschwerte er sich. Es knackte und prasselte in der Leitung wie ein Lagerfeuer mit feuchtem Tundraholz.

»Ist gerade etwas schlecht mit Telefonieren«, wiederholte ich lauter zischend.

»Aha. Erst meldest du dich Ewigkeiten nicht, an sein eigenes Telefon geht der Herr Sohn auch nicht, sodass man bei einem Freund von ihm anrufen muss, und wenn ich endlich durchkomme, hast du wieder keine Zeit. Sehr nett. Und überhaupt, wo treibt ihr euch denn jetzt schon wieder rum, und was ist das für ein Motorengeräusch?«

Götter auf einem Schlitten, die uns häuten oder lynchen wollen, wäre die korrekte Antwort gewesen, aber die hätte meinen Vater in seiner Annahme meiner abnehmenden geistigen Zurechnungsfähigkeit bestärkt, oder aber gezieltes Nachfragen ausgelöst. Beides empfand ich im Moment als wenig zielführend, zumal der bedrohlich grummelnde Motorschlitten nur noch maximal einhundert Meter von uns entfernt war. Deshalb presste ich meinen Mund so dicht ans Handymikro wie irgend möglich und sagte: »Papa, hör zu! Wir haben Probleme. Wir brauchen dringend Hilfe!«

Es war kurz still zwischen den elektromagnetischen Störgeräuschen des Äthers. Aber nur kurz.

»Sag mal, ihr beiden, du und dieser Öko-Drogen-Fuzzi, ihr habt doch echt einen Knall! Was treibt ihr denn da? Ich wollte nur anrufen und dir sagen, dass es mit der Renovierung deines Hauses eigentlich ganz gut vorangeht. Na ja, bis auf Kleinigkeiten, wie die Fassadenfarbe ...« In diesem Moment blieb der Motorschlitten stehen – genau wie mein Herz. »... aber der Rest ist prima. Doch mein Herr Sohn und seine ganz persönliche Brillenschlange ohne Durchblick stellen mal wieder Unsinnn an!«

Mist! Jetzt stieg auch noch jemand ab und besah sich den aufgewühlten Schnee, wo wir abgestiegen waren. Hoffentlich hatte ich die Spuren gut genug verwischt. Ich hielt den Atem an, presste mich tief in den Schnee und Rainers Telefon ebenso fest ans Ohr.

Derweil plapperte mein Vater ohne Unterlass weiter. »Kein Wunder, dass Linda vor dir davonläuft. Aber ich habe Neuigkeiten! Ich weiß, wo sie ist. Pfarrer Pettersson hat es mir gesagt, und der hat es von seiner Frau. Ha, da staunst du, was? Dein alter Herr ist auf Zack, wie? Hallo? Redest du nicht mehr mit mir? Ist der Herr Sohn wieder mal eingeschnappt? Dann soll ich dir also nicht verraten, was ich weiß?«

Der Schein einer Taschenlampe glitt haarscharf an uns vorbei. Nur nicht bewegen, dachte ich, und Rainer bitte auch nicht, und von den Hunden sollte möglichst keiner bellen, zappeln, furzen oder winseln.

»Hier find fie nicht«, klang es plötzlich erschreckend nah. »Daf ift beftimmt nur ein Wildwechfel. Laff unf weiterfuchen. Die kriegen wir fon, die find mit dem Flitten weiter, hab ich doch gleich gefagt.« Die Schritte entfernten sich langsam-knirschend.

»Hallo? Hallo? Torsten?«, fuhr mein Vater fort. »Also, wenn dich das nicht interessiert, dann rede wenigstens mit mir. Ist schon etwas verletzend, ignoriert zu werden, nur weil man mal seine Meinung sagt. Das muss doch zwischen Vater und Sohn möglich sein, ohne dass du gleich zickig wirst wie ein Weib. Oder etwa nicht?« Kurze Pause. »Gut. Deine Entscheidung. Wenn du wissen willst, wo Linda ist, dann ruf *du* halt mal zurück, ich hab jetzt keine Lust mehr. Oder ist die Verbindung weg? Hallo? Hallo? Sohn?«

Der Motorschlitten sprang an und fuhr in einem leichten Bogen davon, vermutlich auf der Spur von Verräter-Anders.

»Papa? Papa?«, fragte ich leise ins Telefon, doch mein Vater hatte bereits aufgegeben und aufgelegt, oder die Verbindung war endgültig zusammengebrochen oder beides. Sehr witzig. »Mist, verdammter!«, fluchte ich etwas lauter, denn der Schlitten war kaum noch zu sehen und zu hören.

»Du, sag mal, brauchst du mein Telefon noch?«, fragte Rainer und richtete sich auf.

»Mann, Rainer! Warum sagst du mir denn nicht, dass du ein Telefon dabeihast? Das hätten wir doch schon viel früher nehmen können, um Hilfe zu holen.«

»Weißt du, ich hab mir das Ding geholt, von wegen Kommunikation und so. Ich setze das echt nur ganz gezielt ein, in Notfällen und so, ne, von wegen Strahlenbelastung und Elektrosmog und so, ne.«

»Ach, und wie würdest du unsere Lage hier bezeichnen? Als lustiges Abenteuer oder fröhliche Abwechslung, oder wie? Wenn das kein Notfall ist, was dann? Atomkrieg, oder was?«

»Ein Atomkrieg wäre prinzipiell ein gutes Beispiel, von wegen echter Katastrophe und so weiter, allerdings würde dann das Netz sowieso zusammenbrechen, wegen der krassen Strahlung und ...«

»RAINER! Es reicht!«

»Ich benutze es so selten, dass ich ganz vergessen hatte, dass es in meinem Rucksack war«, gab er sich schuldbewusst. Ich betrachtete ihn wie ein Wesen von einem fernen Planeten, dessen genetische Verwandtschaft man zwar ahnt, aber von dem man weiß, dass man doch nie verbal zu ihm durchdringen kann. Dann schüttelte ich den Kopf, rollte mit den Augen und wählte den letzten Anrufer. Als ich sah, dass ich als »FREUND TORSTEN :-)« in der Adressliste abgespeichert war, musste ich schlucken und beschloss, ihm nicht mehr böse zu sein, auch wenn ich ihm fürs Telefonvergessen eben noch am liebsten den Kopf gewaschen hätte, und zwar eine Stunde lang und im eiskalten Tarraälven.

Statt eines hoffnungsvollen Klingelns ertönte nur ein »Biep-biep-biep-biep-biep-biep« aus dem Telefon. *Kein Netz* sagte auch das Display. Prima!

»Und, geht jemand ran?«, erkundigte sich Rainer zaghaft.

»Nein, leider nicht. Wäre wichtig gewesen.«

»Wieso?«

»Mein Vater hat behauptet, er wisse, wo sich Linda aufhalte.«

»Na, das ist doch supi«, freute sich Rainer. »Da könnten wir dann quasi hinfahren und sie abholen, ne?«

Ich atmete tief durch und gab ihm das Telefon zurück. »Theoretisch ja, aber wir werden es nicht erfahren. Keine Verbindung.«

»Schade.«

»Ja, irgendwie krass schade«, murmelte ich, stand auf und klopfte mir den Schnee von den Klamotten.

»Und was jetzt?«

Ich sah mich achselzuckend um. Zum einen befanden

wir uns in der kompletten Einöde, und zum anderen lag der Fluss, den wir zu überqueren hatten, noch einen geschätzten halben Kilometer entfernt. Eigentlich nicht viel, aber selbst ein halber Kilometer durch hüfthohen Schnee war nicht gerade ein Pappenstiel.

Ich ging rüber zu Leifsson, dessen Anblick mich in eine Mischung aus Mitgefühl und Hass versetzte. Er tat mir leid, weil ihm die vielen Anabolika und der ungehemmte Genuss von sieben Tonnen Eiweiß in zehn Jahren bestimmt am ohnehin nicht übermäßig großen Gehirn genagt hatten. Überdies glaubte ich zu fühlen, dass er im Prinzip kein böser Mensch war. Dennoch war er maßgeblich an der Gestaltung unserer aktuell wenig erquicklichen Lage beteiligt gewesen und hatte zudem noch einen ganzen Haufen Kohle mit diesem Götterquatsch verdient.

Ich war ratlos, was zu tun war. Also versetzte ich ihm einen Tritt in die Seite. Das brachte zwar nichts, aber ich fühlte mich ein ganz klein wenig besser. Brachte nichts? Moment mal …

Odin hatte sich ein Stückchen bewegt.

Im Nebel der Kreativabteilung meiner Phantasie tauchte eine verrückte Idee auf. Doch die galt es zu überprüfen. Am besten durch zielgerichtete Empirie.

Ich trat Leifsson noch mal.

Und noch mal.

Und noch mal.

Jedes Mal bewegte er sich ein kleines Stückchen auf dem verharschten Schnee.

»He, Torsten, komm, echt, ne. Aggromäßig drauf zu sein bringt uns jetzt auch nicht weiter. Wie gesagt, ne, Schwerter zu Pflugscharen, echt ne.«

»Doch!«, rief ich zum ersten Mal mit etwas Freude in der Stimme und drehte mich zu Rainer um, der mich vorwurfsvoll und neugierig zugleich unter seinem Plastikhelm und durch seine vereisten Brillengläser hindurch ansah. In seinem Bart hatte sich Raureif gebildet, so kalt war es geworden. Ich zog den Strick aus meiner Tasche und hielt ihn in die Höhe. »Wir bauen uns einen Schlitten«, erklärte ich.

»Super«, sagte Rainer. »Und wie?«

Ich stieß Leifsson noch mal mit dem Fuß an. »Mit unserem Odin hier.«

Rainer sagte nichts, nur seine Augen sagten: Krass!

»Der hat doch diesen behämmerten Brustpanzer aus Plastik an, und der rutscht richtig gut«, erläuterte ich, da mein toller Plan meinem Gegenüber vielleicht doch noch nicht in allen Facetten klar war. »Den Strick hier«, ich hielt das geflochtene Seil vor Rainers Nase, »den binden wir ihm um ... um ...«, ich schaute zu Leifsson hinunter, »... um die Schulterteile. Cool, was?«

»Na ja, das ist so physiktechnisch voll gewagt und für Leifsson würdemäßig zumindest etwas zweifelhaft, aber insgesamt ist dein Vorschlag extrem kreativ, ne.«

»Ich weiß nur nicht, ob's klappt«, gab ich zu bedenken.

»Wäre aber echt besser, ne.«

»Wie meinst du das?«

»Schau mal. Krass! Die kommen zurück!« Rainer deutete mit der Hand in die Dunkelheit, und ich drehte mich blitzschnell um. Ach, du dickes Ei! Ich konnte zwar nicht erkennen, wer da kam – zwei irre, gewaltbereite Asenverschnitte oder ein reumütiger Verräter-Anders –, aber es war eindeutig ein Motorschlitten. Wir mussten hier weg. Und zwar sofort.

Zu allem Überfluss bildete ich mir ein, auch den Helikopter wieder am Horizont auszumachen, der ebenfalls auf unsere Position zuhielt.

»Schnell!«, rief ich Rainer zu. »Hilf mir, den Koloss hier an den Rand des Abhangs zu bugsieren!«

Jetzt hörte man den Schlitten schon, ein schwacher Lichtkegel durchschnitt die Nacht.

Zu zweit schoben wir Odin etwa drei Meter durch den Schnee bis zum Abhang, wo wir ihn mit dem Helm talwärts ausrichteten. Ich visierte einen dünnen, hellen Streifen im ansonsten fast schwarzen Waldsaum an. Eine gerodete Schneise vielleicht?

»Prima, die Richtung stimmt«, sagte ich. »Zieh deinen Rucksack über, Rainer, und sammel die beiden Hunde ein. Auf dich hören die. Ich hole derweil die Sachen und mache das Halteseil irgendwie an Odin fest.«

»Okay. Super gruppenmäßige Aufgabenverteilung. Wir müssen uns jetzt aber mal oberstkrass ranhalten, ne!«

Verflixt! Die Leute auf dem Schlitten mussten uns entdeckt haben, denn warum sonst wären sie vom Weg abgewichen, den Verräter-Anders mit seinem Schlitten gezogen hatte, und mit einem Affenzahn auf uns zugeschossen? Hatten sie Anders bereits eingeholt und mit seinem Blut ein Bild des Grauens in den Schnee gemalt?

Mit fahrigen Fingern befestigte ich die Seilenden am Brustpanzer. Kaum hatte ich die Knoten für die Schlaufen fertig, die Handschuhe wieder angezogen und auf Leifssons Brustkorb Platz genommen, da gesellte sich Rainer zu mir, mit einem Hund in jedem Arm. Das war auch höchste Zeit, denn der Motorschlitten war schon deutlich zu hören. Eine bekannte Stimme brüllte: »Stehen bleiben, bleibt stehen!« Gute Güte, die waren ja echt komplett übergeschnappt und mordlüstern! Ich wusste genug. Die wollten uns den Garaus machen!

»Voll krass!«, rief Rainer aufgeregt.

»SCHIEBEN!«, rief ich nicht weniger panisch.

Ich packte das Seil, und gemeinsam wuchteten wir unseren göttlichen Schlitten immer näher an die Kante des Abhangs. Geri und Freki kümmerte das nicht. Die waren, wie ich feststellen durfte, absolut angstfrei, und außerdem begriffen diese Tiere das alles wohl eher als ausgeklügeltes Programm, das eigens zu ihrer Unterhaltung ersonnen worden war. Sie wedelten mit den Schwänzchen und kläfften aufgeregt.

Rainer und ich schoben noch ein letztes Mal mit Schwung.

Dann kippte Odin langsam über die Abhangkante.

Und begann zu rutschen.

Erst langsam.

Dann schneller.

Und noch schneller.

Endlich.

Wir waren unterwegs.

Der Helikopter schwebte mittlerweile über uns, wie ich aus den Augenwinkeln wahrnahm.

War mir egal. Solange die Großwildjäger die Finger vom Abzug ließen.

Außerdem fuhren wir immer schneller.

Und noch schneller.

Schnee spritzte hoch, traf uns eiskalt im Gesicht, prasselte gegen unsere Helme. Ich hob meine Füße etwas an, stemmte sie in Odins Achseln. Der beschleunigte weiter, ich hatte nicht gedacht, dass der Abhang so steil war. Das waren locker zwanzig Prozent Gefälle oder so. Rhythmisch setzte Leifssons Helm auf dem Boden auf, weiß stob uns die gefrorene Gischt entgegen, hüllte uns komplett ein. Wir waren dermaßen flott, und das Sichtfeld war durch das Schneegestöber dermaßen beschränkt, dass ich komplett das Gefühl für Orientierung und Geschwindigkeit verloren hatte. Nur dass es noch immer steil bergab ging, war mir klar. Kurz kamen mir die Bilder meines wirren Traumes von gestern in den Sinn, und ich stellte fest, dass ich im Moment wirklich lieber auf einer carvenden Kuh gesessen hätte, selbst wenn sie Leifssons Gesicht gehabt hätte.

»Boah, krass!«, brüllte Rainer, bekam aber gleich darauf einen Monsterbatzen Schnee in den Mund und schwieg spontan.

Ich hoffte, dass Leifsson durch die ganze Aktion keine irreparablen Schäden davontragen würde, weil zwei Hunde und zwei Männer nebst leichtem Gepäck auf ihm mit gefühlten hundert Stundenkilometern über Schnee und Eis dahinflogen – wenn er nicht schon in Walhall angekommen war, was ich ihm und uns wirklich nicht wünschte.

Langsam verringerte sich das Tempo, das Gefälle wurde flacher. Waren wir etwa schon unten? Mühsam versuchte ich, durch den abebbenden Schneenebel etwas zu erkennen. Da sah ich einen Baum auf uns zurasen, besser gesagt: Wir rasten auf ihn zu.

»Deckung!«, schrie ich, obwohl das eigentlich gar nicht möglich war. Wir lagen ja nicht im Schützengraben. Aber mir fiel nichts Besseres ein.

Es lag an der schlechten Akustik, dass Rainer daraufhin von hinten fragte: »Waaas?« Dann sah er nach vorne und erkannte das Problem, dem wir uns mit bestimmt vierzig Stundenkilometern näherten. »Krass. Ein Baum, ne!«, rief er.

Ich versetzte Rainer einen Stoß mit dem Ellenbogen, sprang selbst von Odin ab, hielt ihn aber am Zügel fest und versuchte gleichzeitig, meine Stiefel in den Boden zu rammen, um unsere Fahrt zu bremsen. Ich sah gar nichts mehr. Irgendwo im Chaos rief Rainer wieder mal »Krasskrasskrasskrass«, ein Hund jaulte, ein anderer flog an mir vorbei. Ich hatte Schnee im Mund, in der Nase, in den Augen, in den Ohren, im Kragen, in der Jacke. Es knirschte und zischte. Ein Fuß traf mich am Kopf, ein Arm im Bauch, ich verlor meinen Asenhelm und den einen Schuh. Dann purzelte und rollte ich noch einige Meter, bevor ich endlich zum Stillstand kam.

Als ich meine Augen wieder öffnete, erhob sich ein Baum vom Durchmesser einer Litfaßsäule direkt vor mir. Nur einen Meter weiter oder eine Sekunde länger geschlittert, und ich wäre volles Rohr dagegengekracht. Benommen schüttelte ich den Kopf und horchte in mein Inneres, versuchte, irgendwo Schmerzen zu erspüren. Nichts. Ich schien keine bleibenden Schäden davongetragen zu haben. Glück gehabt auf der ganzen Linie. Also ich wenigstens.

Ich sah nach oben. Der Helikopter war spurlos verschwunden. Aber wo waren die anderen?

»Rainer? Rainer?«, rief ich angespannt und blickte mich suchend um.

»Ja. Hier du, ne«, tönte es nach einigen Sekunden rechts von mir, und aus einer buckligen Schneewehe tauchte der ebenfalls helmlose Kopf meines Mitstreiters auf. »Alles okay bei mir, du. Krasse Fahrt, echt oberstheavy, trotzdem auch noch ökotechnisch total vertretbar, ne, sind ja so ganz gravitationsmäßig unterwegs gewesen.«

Ich atmete erleichtert aus. Sein Dachschaden hatte sich nicht erkennbar vergrößert. Doch noch während ich innerlich über die frohe Erkenntnis jubilierte, dass mein Freund wohlauf war, zuckte ich überrascht zusammen.

Eine schwedische Fistelstimme, die ich schon seit geraumer Zeit nicht mehr gehört hatte, fragte von irgendwoher: »Hallo? Hallo? Wo? Ich? Wer?«

Ob es nun am nachlassenden anaphylaktischen Heringseiweißschock oder der rasanten Talfahrt durch die Kälte lag, wusste ich nicht, aber eines stand fest: Thoralf Leifsson war wiedererwacht.

Auch Geri und Freki, die es durch die ungebändigte Fliehkraft des Aufpralls in die nähere Umgebung verstreut hatte, erkannten ihr Herrchen. Freudig japsend, jaulend, winselnd, teils kläffend, teils humpelnd, machten sie sich auf den Weg zu ihm. Mir fiel auf, dass ich in meiner Rechten noch Ex-Heidruns Ex-Halsstrick fest umklammert hielt. Eigentlich müsste sich am anderen Ende der Strippe noch Leifsson befinden. Kurzerhand zog ich daran, woraufhin das mit Schnee zugedeckte Seil hochschnellte und sich straffte. Tatsächlich! Am anderen Ende hing Thoralf Leifsson und blickte zu mir herüber.

»Hallo«, wiederholte er seinen Gruß und hob die Hand.

»Hallöchen!«, rief Rainer von hinten.

Leifsson schaute verdattert zu ihm, dann wieder auf mich. »Wer? Du? Wer? Ich?«

Thoralf Leifssons Gesicht sprach Bände, und zwar Bände mit leeren Seiten. In seinem Blick lag so viel Intelligenz, wie es Palmen in Jokkmokk gab. Der war ja noch verwirrter als sonst. Was sollte ich ihm nur antworten? Wenn in seinem grundsätzlich kleinen Verstand nun auch noch eine Amnesie das Regiment über die bis vor kurzem noch vorhandene Restintelligenz übernommen hatte, könnte ich ihm ja erzählen, was ich wollte, um mich an ihm für den Asenschwachsinn zu rächen, der uns erst in diese Situation gebracht hatte. Spontan schossen mir sehr lustige Sachen durch den Kopf. Zum Beispiel könnte ich behaupten, er sei der einzige dressierte lappländische Braunbär, der sprechen und tanzen könne. Oder ich könnte mit getragener, pathetischer Stimme sagen: »Ich bin dein Vater.« Allerdings verwarf ich diesen Gedanken schnell wieder, denn ich hatte keine Lust, mir für meinen zukünftigen Sohn irgendwelche Familienverhältnisse auszudenken oder mit ihm über Liebe, Sex und ausgeliehenes und niemals wieder zurückgebrachtes Werkzeug zu diskutieren, so wie es alle Väter mindestens einmal im Leben tun müssen.

Aber irgendetwas musste ich sagen, nicht zuletzt, weil die Verrückten noch immer nicht aufgegeben hatten. Zwar hatte sich der Fahrer des Motorschlittens aufgrund des Gefällegrades anscheinend nicht getraut, uns direkt den Hang hinab zu folgen, was ihn aber nicht davon abgehalten hatte, diesen zu umrunden und nun dicht am Waldsaum entlang mit Vollspeed auf uns zuzuheizen.

Auf einmal fiel mir ein Ausweg ein. Ich sprang auf die Beine, machte drei Schritte durch den überfrorenen Schnee auf Leifsson zu, bis ich dicht vor ihm stand, und ging in die Hocke. Dann nahm ich seine schlaffen Hände, die so schwer wogen wie Gullideckel, und schaute ihm tief in die leeren Augen. Wahrscheinlich hallte es in seinem Schädel wie im Korpus eines Kontrabasses, als ich ihn beschwor: »Du bist Odin, Gott der Götter, Vater der Asen, Unterpfand der Macht des ewigen Himmels. Alle anderen Götter müssen dir ergeben sein. Und ich bin Bragi, dein eingeborener Sohn.« Ich hatte weder den Begriff Unterpfand aus der deutschen Nationalhymne noch den eingeborenen Sohn aus dem Glaubensbekenntnis je kapiert, aber sie klangen gut, und in diesem feierlichen Moment (immerhin die Wiedergeburt eines Gottes, wenngleich auf recht geringem Niveau) hielt ich deren Verwendung für durchaus angemessen. Doch ich war noch nicht fertig. »Und dies ist«, fuhr ich fort und zeigte auf Rainer, ohne Leifsson aus den Augen zu lassen, »dies ist auch dein Sohn, und sein Name ist, und sein Name ist ... sein Name ist ...«

Heilandsakra! Jetzt fiel mir der Name nicht mehr ein. Mir fiel gar keiner von diesen blöden Göttersöhnen mehr ein. Fast-Odin sah mich erwartungsfroh an. Ich musste ihm etwas präsentieren. Irgendwas ...

»Sein Name ist Schnäuzelchen!«, rief ich und verpasste mir in Gedanken dafür selbst eine Backpfeife, die sich gewaschen hatte. Wie blöd musste man denn sein, um so einen Schwachsinn abzulassen?

Doch Odin hatte das gefressen. »Ich Odin. Du Bragi. Er Schnäuzelchen. Meine Söhne.« Sein Gesicht begann zu strahlen. Ich nahm an, dass sich gewisse sprachliche Feinheiten im Laufe der Zeit wieder einstellen würden. Für grammatikalische Korrekturen war jetzt nicht der richtige Zeitpunkt, denn der Motorschlitten mit unseren bewaffneten und wütenden Verfolgern war bald da. Nur noch etwa zweihundert Meter trennten sie von uns. Also musste ich Odin die Gesamtsituation komprimiert und vor allem zu unseren Gunsten darlegen.

»Papa, hör mir gut zu. Du und ich und ... Schnäuzelchen, wir werden von Männern verfolgt, die göttermäßig unter dir stehen. Bitte hilf uns, denn sie wollen dir und deinen Söhnen wehtun.«

Odin sprang auf. Noch nie hatte ich gesehen, wie sich ein so schwerer Mann so behände zu voller Größe aufrichtete. Wütend knurrte er: »Wehtun? Odin? Odins Söhnen? Nein. Niemals!«

Dass er in der dritten Person von sich sprach, warf Zweifel in mir auf, ob das kleine, erst jüngst wiederentflammte Lämpchen in seinem Oberstübchen eventuell noch nicht ganz entzündet war und noch unentschieden flackerte. Vielleicht war aber auch der Docht des Kerzchens bei der Schlittenfahrt feucht geworden. Egal! Wichtig war: Er war echt wütend, und zwar nicht auf uns, sondern auf Larf und Stefan aus Sveg, die in diesem Moment mit ihrem Schlitten angebraust und nur einige Meter vor uns zu stehen kamen.

Rainer trat zu mir. »Du, Torsten?«

»Ja, Rainer?«

»Ich finde die ganze schwedische Kulturintegrationsgeschichte aktuell eher belastend, ne. Ich glaube, ich wäre jetzt gerne bei dir im Haus.«

»Frag mich mal, wo ich jetzt gerne wäre«, raunte ich.

»Du, was hast du dem Odin denn so erzählt?«, wollte Rainer wissen, als er sah, dass dieser sich wie eine Fleischwand vor uns aufbaute und uns somit fast die Sicht auf Larf und Stefan nahm, die mittlerweile von ihrem Motorschlitten abgestiegen waren; irgendwie fühlte man sich beschützt.

»Dass wir seine Söhne seien«, erklärte ich.

»Cooler Schachzug. Auch wenn das einem geistig nicht ganz so leistungsfähigen Menschen gegenüber möglicherweise verurteilend und nicht ganz fair ist, aber ich glaube, der hat echt so ne Art intellektuelle Sinnkrise, ne, auch wenn sich das hier eben voll familymäßig anlässt und er voll der krasse Vater ist, ne.«

»Yep«, sagte ich und hoffte inständig, dass Odin noch wesentlich oberstkrasser war als Stefan und Larf zusammen, die direkt auf uns zuhielten.

Alter Schwede, das konnte ja heiter werden.

GUOKTELOGI

»Endlich haben wir euch!«, rief Stefan und stapfte dabei weiter mit grimmiger Miene auf uns zu.

»Daf Fpiel ift jetft echt auf!«, fiel Larf ein.

Aber die beiden Asendeppen hatten die Rechnung ohne den Oberasendepp gemacht, der in diesem Augenblick auf sie zustürmte und aus Leibeskräften brüllte: »Ooodins Söhne angreifen? NEIIIN! Ooodin Rache und Bluuuuut!«

Die Logik dieser verhältnismäßig kurzen Argumentationskette ließ zwar zu wünschen übrig, verfehlte aber nicht ihre Wirkung. Stefan und Larf waren wie erstarrt. Kein Wunder. Ich meine, wenn man jemandem, etwa nachts alleine in der U-Bahn, begegnet, der unablässig stottert: »Töten, töten, töten. Gott hat mich gesandt, um Rache zu nehmen«, dann ist das per se eigenartig. Richtig befremdlich wird es aber spätestens dann, wenn dieser Typ einen als einzigen Fahrgast anstarrt und sich die Fingerkuppen und Nägel mit einem Schlachtermesser abschält.

Genau so musste es jetzt den beiden Pseudogöttern gehen. Sie fanden Themen wie Gewalt, Mord, Rache und Blut bestimmt prinzipiell völlig okay, sofern es Teil ihrer selbstproklamierten Überzeugung war. Sie schienen angesichts von Odins hochrotem Kopf aber mittlerweile zu der Einsicht gelangt zu sein, dass es in seinem Gefasel um ihr Blut ging. Das wiederum fanden sie weniger okay.

Dazu kam, dass Odin, als er noch relativ klar in der Birne gewesen war und sich noch Thoralf Leifsson genannt hatte, in seiner Muckibude (im Gegensatz zu den meisten Hobbybodybuildern, die nur Bizeps und Oberweite trainieren) nicht an Beinübungen gespart zu haben schien. Er hüpfte jedenfalls durch den verharschten Schnee wie ein Rentierbock bei der Balz. Wahrscheinlich hatte er die Testosteronmenge einer ganzen Rentierherde im Blut, so wütend, wie er dabei schnaufte und mit den Armen ruderte.

Larf ließ vor Schreck das Kinn auf die Brust fallen und versuchte voller Panik, Stefan einzuholen, der bereits das Weite ergriffen hatte, eben auf den Schlitten stieg und sofort den Motor anließ. Als Odin an der Stelle vorbeikam, wo Larf eben noch gestanden hatte, griff er sich einen Batzen Schnee, presste ihn zusammen, brüllte irgendwas Animalisches und zerquetschte ihn wie ein Baisertörtchen. Mein lieber Herr Gesangsverein, hatte der einen Brass!

Unterdes hatte auch Larf den Motorschlitten erreicht, schwang sich hinter seinen Götterkumpel auf die Sitzbank und schrie mit sich überschlagender Stimme: »Lof, gib Gaf! Fahr fon lof, der hat fie nicht mehr alle! Der maffakriert unf!«

Stefan ließ sich das nicht zweimal sagen. Er brauste mit Vollgas davon, den Hügel hinauf. Oben auf dem verschneiten Kamm hielt er mit laufendem Motor an und wartete kurz – vielleicht diskutierten die beiden, was zu tun sei? Odin war das ziemlich wurscht. Er schien immer noch sauer zu sein und sandte daher einen markerschütternden Schrei hinauf, der so laut war, dass selbst ich zusammenzuckte und Geri und Freki sich winselnd in den Schnee warfen und Deckung suchten wie bei einem Gewitter. Zwei Sekunden später fuhr der Schlitten weiter und verschwand alsbald im Dunkel des Morgens.

»Voll der oberstkrasse Vater«, urteilte Rainer und kam näher. Er wirkte noch immer total beeindruckt, und ich sah bestimmt nicht besser aus.

»Kann man so sagen«, pflichtete ich ihm bei. »Das ist ja gerade noch mal gutgegangen. Wir sollten trotzdem so schnell wie möglich verduften. Wer weiß, ob die wiederkommen, und vielleicht haben die auch noch Gewehre und andere Waffen in petto.«

»Genau, ne, besser ist das. Außerdem finde ich auch, dass ein Ortswechsel irgendwie 'ne gute Sache wäre. Ist ganz schön kalt hier.«

»Wem sagst du das?« Ich deutete nach unten auf meine Füße, von denen nur der linke in einem Fellschuh steckte, der andere in Socken. Den rechten hatte ich am Ende der rasanten Fahrt verloren und noch nicht suchen können.

Odin kam auf uns zu. Grinsend. »Söhne. Feinde. Vertrieben«, sagte er stolz. Er hatte etwas von einem wahnsinnigen Kreuzritter des Mittelalters, der, ohne mit der Wimper zu zucken, bereit war, sich selbst und vor allem jeden anderen für seine verworrenen Ideen vom Erden- und Himmelsreich zu opfern.

»Ja, große Klasse, Papa«, lobte ich ihn überschwänglich.

»Genau. Echt super, Papa!«, stimmte auch Rainer mit ein, hob nickend beide Daumen in die Höhe, sah mich dabei aber schräg und leicht verunsichert von der Seite an.

Kaum hatte Odin uns erreicht, nahm er uns in die Arme und presste uns an sich, dass uns fast die Luft wegblieb. »Söhne. Vater. Liebe. Bragi!« Damit hob er mich hoch wie ein Barbiepüppchen und küsste mich auf die Wange, setzte mich ab, griff sich Rainer und sagte zärtlich: »Schnäuzelchen.«

Meine Fresse, da hatte ich ja was angerichtet mit meinem dummen Geschwätz! Ich hoffte, wir würden auf dem Weg in die Zivilisation an einer gut geführten, mit Stacheldraht umzäunten Hochsicherheitsklapsmühle vorbeikommen, wo wir unseren neu hinzugewonnenen Vater für einen fachärztlich betreuten Kuraufenthalt von mehreren Jahren zurücklassen konnten.

Nach Leifssons Liebesbekundung war uns zwar klar, dass er der mit Abstand stärkste von uns Dreien war, aber leider auch der dümmste. Selbst seine Hunde schienen ihm in punkto Überlebensfähigkeit weit überlegen. Also blieb die Sache an Rainer und mir hängen. Nein, nur an mir. Rainer hatte sich zu dem Terzett gesellt und spielte gerade mit Odin, Geri und Freki. Bevor er zu dem vor Glückseligkeit fiependen und sich im Schnee wälzenden Odin gestoßen war, hatte er mir zwar noch zugeraunt, er tue das um der Gruppenintegration willen, aber so gut das auch gemeint war, es half uns nicht einen Meter weiter in Richtung Wärme, Sicherheit, Auto, Heimat, Linda ...

Ein Blick auf Rainers Handy hatte ergeben, dass wir weiterhin kein Netz hatten. Stufe eins unserer Flucht, das »Entkommen aus dem Asencamp«, war einigermaßen gelungen, ob Stufe zwei, der »Fußmarsch durch die Tiefkühltruhe«, auch gelingen würde, war offen. An Stufe drei, »Linda finden und eventuell ziemlich leidenschaftlich küssen«, war im Moment gar nicht zu denken.

Ich seufzte kurz in meinen vereisten Dreitagebart und blickte auf meine Armbanduhr. Sie zeigte Viertel nach drei. Immerhin, die schwache Illumination durch den

Mond gewährte mir einen Blick in die Schneise, die ich vorhin mit unserem menschlichen Schlitten angesteuert hatte. In der Verlängerung des Baumes, gegen den wir nach unserer rasanten Abfahrt fast geknallt wären, reichte diese Schneise zwischen den Bäumen hindurch bis zum Fluss. Dort mussten wir hin. Ich hatte zwar keine Ahnung, wie wir das schweinekalte Wildwasser überqueren wollten, aber ich hatte die Hoffnung auf eine Brücke noch nicht aufgegeben. Was blieb uns anderes übrig?

»Rainer?«

»Ja!« Er hatte gerade Freki hochgewuchtet, der wie ein Damenstrumpf voller Wackelpudding herabhing und hechelte, als würde er dafür bezahlt. »Was gibt's?«

»Es gibt eine Aufgabe. Wir müssen hier verschwinden, bevor die Irren wiederkommen und uns an die Wäsche wollen.«

»Irre?«, erkundigte sich Odin und sah zu mir, während er sich Geri unter den Arm klemmte wie ein Zierkissen.

Ja, Irre. Aber wie erklärte ich ihm, wie ich das meinte? Schließlich spielte er in dieser Liga unangefochten ganz oben mit. Doch er half mir aus der Bredouille.

»Irre von vorhin?«

Ich nickte und zog zur Bekräftigung die Augenbrauen in die Höhe.

»Genau«, unterstützte mich Rainer.

»Irre«, sinnierte Odin und kratzte sich am Kinn; er hatte nur noch den IQ eines eingeweichten *tunnbröd*.

»Ja, ja, die Irren«, wiederholte ich fröhlich. Damit versuchte ich, eine gewisse Aufbruchsstimmung zu generieren, was ich dadurch forcierte, dass ich mich auf den Weg in Richtung Schneise machte und den beiden Hundefreunden aufmunternd zunickte. Ich wollte weg von hier!

Schließlich erhob sich Leifsson mit Geri unterm Arm

und hielt Rainer das Tierchen hin. »Leichter. Besser. Für. Dich.«

»Krass! Superidee, ne«, freute sich dieser, und die beiden tauschten die Hunde. Ich revidierte meine Meinung bezüglich Odins IQ. Eine Scheibe Schinken lag noch auf dem weichen Brot. Immerhin. Vielleicht würde er uns doch noch nützlich sein.

Als sich Odin dann noch sämtliche Gepäckstücke auflud, wurde ich noch zufriedener. Im Schlimmsten erfreut man sich ja an Kleinigkeiten.

Die beiden folgten mir auf das lauter werdende Flussgetöse zu, doch Odin überholte mich nach wenigen Schritten mit den gefistelten Worten: »Vater. Vorgehen. Besser«, wobei er mir für einen Moment jovial seine Pranke auf die Schulter legte, bevor er an mir vorbeipflügte. Da musste ich ihm recht geben, denn ihm reichte die weiße Pracht nur bis knapp über die Knie, was den Eindruck erweckte, er würde durch ein Kindergarten-Bällebad laufen und nicht bleischwere, oberflächlich vereiste Schneemassen vor sich herschieben.

Rainer und ich sagten daraufhin wie aus einem Munde: »Danke, Papa«, tauschten vielsagende Blicke aus und liefen ihm hinterher. Wir kamen in der platt gewalzten Schneise gut voran, auch wenn mir auffiel, dass sich mit dem Ansteigen der Körpertemperatur auch Thoralf Leifssons Dunstschweif verschärfte. Der infernalische Surströmminggestank in Odins heringslakegeschwängerter Fellbekleidung rief sich bei uns olfaktorisch in Erinnerung.

Wir ließen uns zurückfallen, sodass bald ein Abstand von gut zehn Metern zwischen uns und Leifsson entstanden war. »Krass biomäßig, ne«, kommentierte Rainer die Luftverschmutzung und presste sich die Hand in den

Bart. Ich wandte mein Gesicht ab, in der Hoffnung der Gestank zöge an mir vorüber, aber es brachte nicht allzu viel, außer, dass ich nicht mehr viel von dem sah, was vor mir geschah.

So war ich dann ziemlich überrascht, als Leifsson nach geschätzten fünf Minuten plötzlich »Tarraälven« rief. Er war stehen geblieben und deutete in einer theatralischen Geste vor sich auf den wilden, lappländischen Fluss, der nur einen Schneeballwurf entfernt seine Bahn durch den dichten Wald zog. »Tarraälven. Fluss«, wiederholte Odin.

Ich war entzückt. Nicht weil meine Vermutung über die Lages des Gewässers sich bestätigt hatte (na gut, ein bisschen schon), und auch nicht, weil wir es tatsächlich geschafft hatten, ihn zu erreichen. Nein, der Grund war, dass sich linker Hand, nur etwa zweihundert Meter flussabwärts, durch den nebligen Dunst eine Hängebrücke spannte.

Ein wichtiger Schritt in Richtung Stufe drei.

Und das bedeutete ja: Wir waren so gut wie gerettet!

Oder?

GUOKTELOGIOKTA

Der Weg über die Brücke allerdings gestaltete sich beschwerlich. Unser Vater Odin bestand darauf, weiterhin die Vorhut zu bilden, in der festen Überzeugung, er müsse seine Söhne auch fürderhin beschützen. Das hatte zwar den theoretischen Vorteil, dass uns gewiss nicht ein einziges Projektil, welcher Art auch immer, getroffen hätte, wäre es vom anderen Ende der Brücke auf uns abgeschossen worden, denn Leifsson verdeckte mit Leichtigkeit mehrere Quadratmeter freies Schussfeld auf uns. Es hatte aber den praktischen Nachteil, dass die sich ohnehin eher im Rentenalter befindliche Brücke, die lediglich an spröden Seilen über dem tosenden Fluss hing, bedrohlich schwankte und durchsackte, kaum dass Leifsson sie voller Elan betreten hatte. Das Ganze wurde nicht besser, je weiter wir über die morschen, glitschigen Holzplanken gingen. Die Brücke hing so stark durch, dass das reißende Gewässer uns an die Hosen spritzte, und ich sah mich besorgt um, ob womöglich eines der beiden Halteseile nun endgültig den Geist aufgeben würde, denn es knarzte um uns herum wie auf einem alten Wikinger-Drachenboot bei unruhiger See.

Doch, gottlob, wir schafften es unversehrt ans andere Ufer. Abgesehen davon, dass Geri nach zehn Metern fast durch die Planken geflutscht wäre, war zum Glück nichts geschehen.

»Und jetzt?«, erkundigte sich Rainer. »Was geht'n ab?«

»Söhne. Schutz. Vater«, meinte Leifsson.

»Ja, ganz toll, Papa«, sagte ich, »hast uns ganz klasse beschützt. Wir sind stolz auf dich!«

»Supidupi, wie du das machst, ne. Ganz großes Kino, Vati«, lobte ihn nun auch Rainer, nachdem ich ihn mit einem weiteren Seitenblick und einem leisen Kopfnicken dazu ermuntert hatte. Ich wusste ja nicht, was geschehen würde, wenn wir Odin nicht bei Laune hielten. Nicht, dass der noch komplett ausrastete oder sich heulend in den Schnee warf, um zu erfrieren, nur weil ihn seine Söhne nicht liebhatten. Da war es mir lieber, das Risiko einzugehen, dass diesem Bodybuilder nach und nach auch noch die letzten Tassen aus dem Schrank flogen.

»Wir sollten uns am besten wieder flussaufwärts halten«, schlug ich vor und deutete mit dem Daumen nach rechts. Dort vermutete ich, sollten mich meine nur mittelmäßigen Orientierungskenntnisse nicht täuschen, das Örtchen Kvikkjokk. Und das Haus der Norne Linnea. Und, was am allerwichtigsten war: Lasse!

»Vater. Söhne. Stolz!« Odin ließ nicht locker. Er war ja fast schon rührend. Aber er nervte trotzdem.

»Danke, o Vater«, sagte ich.

»Anerkennung ist die Atemluft zwischenmenschlicher Beziehungen, ne«, kommentierte Rainer.

Ich blickte in die Richtung, in die ich bis eben noch meinen Daumen gehalten hatte und sah: viel Schnee.

»Du, Papa«, hob ich gespielt schüchtern an, »wir müssten da lang. Könntest du mit deiner göttlichen Allmacht wieder das grimme Weiß …?«

Odin nickte mit strahlenden Augen. »Vater. Geht. Vor. Söhne. Folgen. Vater.« Dann schneepflügte er auch schon los, und wir stapften ihm hinterher.

Nach etwa zwei Stunden kamen wir tatsächlich in

Kvikkjokk an. Es war ziemlich anstrengend gewesen, denn von der Hängebrücke aus war es meist aufwärts gegangen. Nun aber lag unser Ziel in greifbarer Nähe. Odin schob gerade den letzten Batzen Schnee vor sich beiseite wie ein Häuflein Staubmäuse und führte uns auf einen kleinen, verschneiten Trampelpfad, der – oh Wunder! – direkt auf den Parkplatz führte, wo – oh, noch größeres Wunder! – mein treuer Lasse stand und auf uns zu warten schien. Wieder mal hatte sich mein Orientierungssinn als gar nicht so übel erwiesen. Der war aber auch bitter nötig, denn mittlerweile waren wir dermaßen durchgefroren, dass es fast schon wehtat. Und es würde hier auch in absehbarer Zeit nicht wärmer werden, denn die Sonne würde erst in gut drei Stunden aufgehen.

»Wir müssen zum Auto, und dann nichts wie weg hier!«, sagte ich motiviert.

»Ja. Söhne. Vater«, lautetete Odins sinnloser Kommentar.

Ich sagte: »Prima. Papa.«

Rainer sagte: »Genau!« Und dann an mich gerichtet: »Ähm, du, echt 'n ganz super Plan, ne.«

»Aber?«, fragte ich, denn mir schwante Unheil.

»Na ja. Ich sag mal so ... Wer hat denn den Schlüssel?«

Ich schlug mir mit der flachen Hand vor die Stirn. »Du hast recht, Rainer! Mist!«

Ich wandte mich an Leifsson, denn ihm hatte ich ja Lasses Schlüssel in Walhall übergeben. Ich hoffte inständig, dass er ihn dabeihatte. »Sag mal, Papa, hast du meinen Autoschlüssel?«

Odin sah mich mit leerem Blick an. »Auto? Schlüssel?«

Wie sollte ich diese Frage deuten? Wusste er, was ein Auto war, aber nicht, welches ich meinte? Oder wusste er nicht einmal mehr, was ein Schlüssel war?

»Los, wir müssen abhauen«, zischte ich Odin und Rainer zu. Vorsichtig stieg ich über den hüfthohen Schneewall und rutschte die drei Meter Hang bis zum Parkplatz hinunter, denn es war schon ziemlich finster, so insgesamt. Nur ein schwacher Lichtschein, der von zwei Laternen neben dem Haus von Norne Linnea herüberfunzelte, fiel auf die Fahrzeuge. Rainer und Odin folgten mir, Geri und Freki frästen sich wieder durch den kalten Bodenbelag. Endlich erreichten wir Lasse, und ich fummelte mit klammkalten Fingern an der Tür herum, aber die war ja abgeschlossen.

»Mist! Jetzt stehen wir wirklich doof da«, murmelte ich.

»Doof? Stehen?«, fragte Odin.

»Ja, doof. Richtig doof.«

»Schlüssel? Doof?«, fragte Odin und hielt mir doch tatsächlich Lasses Wagenschlüssel unter die Nase. Sogar den Fahrzeugschein hatte er noch, wenngleich etwas lädiert und aufgeweicht. Egal. Unglaublich!

»Mensch, Papa! Super! Du hast die echt dabei? Wahnsinn!«

Er musste sie die ganze Zeit über irgendwo tief in seinem Fellwams verwahrt haben, seitdem ich sie ihm in Walhall zähneknirschend überreicht hatte.

Rainer ging auf die Beifahrerseite, während ich den Schlüssel ins Türschloss steckte. Doch schon beim Aufschließen der Fahrertür kam mir etwas komisch vor – es machte gar nicht »Klack!«, wie es sich von einer anständigen Zentralverriegelung gehörte –, und auch als ich sie öffnete, blieb es dunkel. Großes Unheil schwante mir. Rainer versuchte einzusteigen, aber es ging nicht. Diese Indizien verdichteten meine Befürchtungen zu einem unschönen Verdacht. Zuerst öffnete ich manuell die Schiebetür und bat Odin, sich hineinzubegeben, was er nebst seinen Vierbeinern, die er liebevoll und unter Äußerung des durchaus korrekten Substantivs »Hunde« auf den Arm nahm, auch widerspruchslos tat. Dann stieg ich ein, setzte mich und machte Rainer von innen die Tür auf. Als mein Sitznachbar ebenfalls seine Seite geschlossen hatte, steckte ich den Zündschlüssel ins Schloss und drehte ihn. Es passierte: nichts.

»Mist!«, fluchte ich. »Das darf doch alles nicht wahr sein!«

Rainer klappte das Handschuhfach zu.

Ich dachte nach.

Dann erinnerte ich mich plötzlich dunkel an eine Nebensächlichkeit, der ich keine Beachtung geschenkt hatte, eine Art Handschuhfach-Déjà-vu.

»Rainer?«

»Ja, du, Torsten. Springt Lasse nicht an, oder was?«

»Nein, Rainer.«

»Batterie, oder wie, ne?«

»Ja, Rainer.«

»War die nicht neu?«

»Doch, Rainer. Niegelnagelneu. Vor der Abfahrt extra noch getauscht.«

»Und wieso …?«

»Weil ein gewisser Rainer das Handschuhfach offen gelassen hat, als er hier noch herumgekramt hat, bevor wir los sind.«

»Krass. Ich hatte mein Handy da drin, ne, und …«

»Super, Rainer. Denn die Handschuhfachbeleuchtung ist ja quasi auch so eine Art Verbraucher, und jetzt hat es sich ausverbraucht, weil ein gewisser Rainer das Fach offen gelassen hat«, wiederholte ich.

»Okay, ne. Aber der Akku von meinem Handy ist jetzt

auch alle, wenn's dich tröstet, ne. Hat zwar nichts damit zu tun, so technisch und so, aber fühlt sich irgendwie kollegial an, oder?«

»Nein, Rainer!« Ich hätte ihn am liebsten seine original samische Traditionsmütze aufessen lassen, oder noch besser: Odins Helm mit Hörnern, aber weiter kam ich nicht.

Es klopfte knöchern ans Fenster. Mir fiel *The Raven* von Edgar Allan Poe ein, und ich hoffte, es würde hier und jetzt besser für mich ausgehen als für den Kerl in diesem düsteren Gedicht. Die Hunde kläfften.

Odin sagte: »Oh! Besuch«, und erkundigte sich dann noch beiläufig: »Töten?«

»Verflucht, uns bleibt auch nichts erspart«, bemerkte ich.

»Krass!«, rief Rainer erschrocken und aufgeregt.

Ich ließ die Schultern sinken und ergab mich in das von den Nornen gestrickte Schicksal. Da der Fensterheber ja auch nicht mehr ging, öffnete ich die Fahrertür und fragte scheinheilig: »Ja bitte, Sie wünschen?«

»Raus da, jetzt reicht's mir mit euch!« Es war ein Mann mit unangenehm großem Gewehr.

»Nein«, entgegnete ich und blickte ihn an. Ich hatte auf diese ganze Scheiße hier jetzt echt keinen Bock mehr.

Das Witzige daran war, dass der bewaffnete Mann jetzt nervös wurde, obwohl ich es hätte sein müssen. Wahrscheinlich weil er annehmen musste, ein dermaßen saucooler Typ, der einen doppelläufigen Eisbärentöter unter die Nase gehalten bekam und trotzdem so todesverachtend reagierte, war entweder wirklich todesverachtend und deshalb per se schon mal extrem gefährlich, oder aber er hatte etwas in der Hinterhand, einen Trumpf, einen Joker, eine Waffe, die er unbemerkt entsichern und dann auf seinen Gegner richten könnte – bereit, beim geringsten Zucken skrupellos davon Gebrauch zu machen.

Vielleicht sah sich der Mann mit dem Gewehr auch deshalb nervös im Wagen um, weil ein nach altem Fisch stinkender Bodybuilder in Fellmontur und mit zwei Hündchen im Arm von hinten lächelnd fragte: »Besuch. Töten? Jetzt?«

Oder er war von Rainer irritiert, der die ganze Zeit das Handschuhfach auf- und zugemacht hatte und nun zu dem Schluss kam: »Du, Torsten, ne, Verantwortung übernehmen, speziell in der Gruppe, ganz eindeutig ja, ne, aber ich muss hier mal anmerken, ne, dass im Handschuhfach gar kein Licht ist, ne. Ich hab's jetzt echt mehrmals getestet. Also kann ich das auch nicht gewesen sein.«

Was Rainer von sich gab, konnte der Mann höchstwahrscheinlich nicht verstehen, aber den Tonfall musste er so interpretieren, als nähme ihn wirklich nicht einmal der Verrückte mit Flaschenbodenbrille auch nur ansatzweise ernst. Gekrönt wurde das Ganze noch, als Rainer aufblickte und ihn mit den Worten grüßte: »Oh, Hallöchen! Sorry wegen der Kontroverse, ne, keine Bange, ist was Gruppeninternes.«

Da konnte Rainer die Waffe schon gar nicht mehr sehen, denn der Mann hatte sie in seiner Verzweiflung sinken lassen und glotzte vollkommen perplex in Lasses Inneres. Diese Gelegenheit nutzte ich und schlug ihm vor: »Was halten Sie von Starthilfe statt Erschießung? Ich verspreche Ihnen, dass wir im Gegenzug sofort wegfahren und wir uns nie mehr wiedersehen.«

Der Mann blickte mich einen Moment lang stumm an und ging schließlich zu einem Nebengebäude seines Anwesens. Einige Minuten später kam er ohne Waffe, aber mit einem Motorschlitten zurück, auf dessen Ladefläche ein monströses Starthilfesystem festgezurrt war. Das freute mich. Ich öffnete Lasses Motorhaube, und der verband das Starthilfesystem mit der Batterie meines Autos. Was mich ebenfalls freute, war, dass Lasse nach nur etwa vier oder fünf Umdrehungen des Anlassers ansprang und lief. Was mich obendrein freute, war das kleine Mädchen, das plötzlich im Lichtkegel der wiedergeborenen Scheinwerfer meines VW-Busses auftauchte und zu mir kam.

»Linnea!«, rief der Mann. »Ich habe dir gesagt, du sollst im Haus bleiben.«

»Aber Papa«, wehrte sich die Kleine, »die sind doch total nett, und der Mann hier«, sie zeigte auf mich, »der sucht doch bloß seine Freundin, die mit den goldenen Haaren.«

»Wie bitte?«, grummelte Linneas Vater.

»Doch, wirklich. Der Mann und sein Freund mit den Ferngläsern im Gesicht sind total nett.«

»Genau«, sagte Rainer aus dem Wageninneren und: »Hallöchen, ne.«

Linnea winkte zurück.

Jetzt stand ihr Vater dicht vor mir und taxierte mich mit kritischen Blicken. »Stimmt das?«

»Natürlich stimmt das«, entfuhr es mir, »oder glauben Sie ernsthaft, ich würde mich aus Jux und Tollerei in solche Schwachsinnsklamotten werfen?«

Der Mann schwieg. Er wirkte noch nicht restlos überzeugt, was daran liegen mochte, das Odin mit starrem Blick noch immer seine Hunde liebkoste und behauptete: »Götter. Meine Söhne. Ich. Auch. Gott!«

»Und der Bekloppte da? Das ist doch euer Freund, genau so wie die anderen Idioten, oder?«, fragte Linneas Vater und nickte zu ihm hinüber.

»Psst! Nicht so laut«, flüsterte ich. »Er mag seinen Verstand nicht vollkommen unter Kontrolle haben, aber seine Arme und sein Wille sind noch recht mächtig. Natürlich gehören wir nicht zu denen, wir haben uns nur eingeschlichen, um Linda zu finden.«

»Linda, die Frau mit den goldenen Haaren«, mutmaßte die Kleine, »das ist deine Freundin, stimmt's?«

Wie gerne hätte ich »Jaaa!« gerufen, aber das stimmte ja nicht so ganz. »Na ja«, erwiderte ich stattdessen, »also *eine* Freundin von mir ist sie schon, aber *meine* ... sagen wir mal so: Ich arbeite daran.«

Plötzlich kam Bewegung ins Gesicht von Linneas Vater, und er lächelte. »Okay, ich verstehe. Und was meine Süße hier sagt«, damit strich er seiner Tochter zärtlich über die Strickmütze, »das stimmt eigentlich immer. Sie hat so ein gutes Gefühl, was Menschen angeht. Manchmal haben wir schon gedacht, sie kann in die Zukunft ... aber lassen wir das.«

Eine Norne! Ich hatte es gewusst.

»Der Mann da war böse und gemein«, sagte Linnea plötzlich und zeigte auf den grenzdebilen Leifsson, »nun aber ist er ein nettes Kind.«

»Er braucht Hilfe und Zuspruch«, entgegnete ich, »deshalb nehmen wir ihn mit und bringen ihn zum Onkel Doktor.«

»Da hat der schon vorher hingehört«, grummelte Linneas Vater.

»Besser spät als nie«, sagte ich.

Von drinnen rief Rainer erfreut: »Du, Torsten, alles wieder paletti, ne. Das Licht im Handschuhfach geht wieder, ich hab's repariert, glaube ich. Null Problemo, ne. Wann geht's denn endlich los?«

Linneas Vater sah zu Rainer hin, der immer wieder

verzückt Lasses Handschuhfach öffnete und schloss. Vermutlich fragte er sich gerade, ob ich diesen Verrückten nicht am besten gleich eine komfortable Doppelgummizelle buchen könnte. Dann aber sagte er etwas, das mein Herz in Wallung brachte.

»Ich glaube, ich weiß, wo deine Freundin ist.«

GUOKTELOGIGUOKTE

Irgendwann erreichten wir die Landstraße und bogen in Richtung Norden ab. Lasse war erstaunlich spurstabil und schnurrte wie ein junges Schneekätzchen durch den watteartigen Untergrund, durch den sich noch keine einzige Wagenspur zog. Es war mild – für lappländische Verhältnisse wenigstens, mutmaßte ich –, denn das Thermometer zeigte den Wert minus vierzehn an. Und es war wunderschön. Draußen stob der aufgewirbelte Schnee vor die Scheinwerfer und glitzerte wie Diamantenmehl, am Himmel funkelten die Sterne, rechts am Horizont hatte sich ein Dreiviertelmond müde aufgerichtet und gegen die Ausläufer des Gebirges gelehnt (wahrscheinlich um nicht völlig umzukippen), und viel weiter im Norden glaubte ich, verwaschene, auf- und abschwellende Lichtbögen in bläulichem Grün wahrzunehmen – oder war das die Müdigkeit? Egal. Es war schön und besinnlich.

Das alles wäre jedoch noch weitaus schöner und besinnlicher gewesen, hätte Freki nicht ständig genüsslich schmatzend Flatulenzen abgesondert, Odin nach Surströmming gestunken wie die Sau und hätte Rainer nicht übernächtigt geschnarcht. Der Einzige, mit dem ich im Moment gerne fuhr, war Geri, der ausnahmsweise einfach mal ruhig war, nach nichts schnappte und wie gewohnt nach (fast) nichts roch.

Die leere Straße zog sich wie ein weißes Band durch die kontrastarme Landschaft, sodass ich mich schon gehörig konzentrieren musste, um die Kurven auszumachen, die sich nur selten durch entsprechende Verkehrsschilder ankündigten.

Ich hatte meinen Blick lange Zeit starr nach vorne gerichtet, weshalb es mich noch mehr überraschte, als ich zufällig einen Blick in den Rückspiegel warf. Mist! Ich entdeckte die Lichter von Fahrzeugen, die hinter uns herfuhren. Die rasenden Asen? Wer sonst sollte in seinen Autos um diese Zeit auf der Landstraße unterwegs sein, und das auch noch in recht hohem Tempo, denn die Lichter kamen schneller näher, als mir lieb sein konnte.

Was tun?

Als Erstes gab ich Gas, und zwar ordentlich, denn seit einer Einmündung vor etwa fünfhundert Metern war die Straße plötzlich geräumt. Wahrscheinlich begann hier die Zivilisation oder was die Lappländer dafür hielten – mir sollte es recht sein. Dann warnte ich meine Gefährten.

»Vater, oh, Vater«, rief ich lauthals, »die Feinde kommen, sie wollen deine Söhne töten.«

»Was? Wie? Wo?«, fistelte Leifsson und drehte sich nach hinten um. Als er die Autos entdeckte, rief er: »Aaaarrrggghh!« und legte mir einen Schrei später seinen komplexen Plan zur anstehenden Konfliktbewältigung in einfachen Worten dar: »Töten. Töten. Töten!«

Dieser Plan fand meine ungeteilte Zustimmung, solange andere das Ziel von Odins Vorhaben waren.

Rainer, der durch diesen Dialog das Schnarchen bereits eingestellt und die Augen wieder aufgeschlagen hatte, fragte: »Was geht ab?«

Ich erklärte ihm die Sachlage.

Dann sagte er: »Oh, oh, Obacht, krass!«

Zuerst konnte ich der Linkskurve noch folgen, etwa bis zu ihrem Scheitelpunkt, dann kam ich von der Straße ab.

Ich hatte mich nur für ein paar Sekunden nicht auf den Verlauf derselben konzentriert. Lasse rutschte, schleuderte, kippte um und rutschte seitlich einen kleinen Abhang hinunter, bis er mit dem Heck an irgendetwas prallte. Rainers Airbag öffnete sich, seine Brille flog davon. Die Hunde bellten, Odin schrie wieder: »Aaaarrrggghh!«, und ich betete, vor allem, weil sich mein Airbag nicht öffnete. War aber auch nicht nötig, denn bei der Kollision mit dem aus dem Schnee ragenden Stein hatte Lasse nur noch gefühlte drei Stundenkilometer draufgehabt.

Lagebeschreibung: VW-Bus-Motor lief noch, Licht war aber aus, Rainer hatte keine Brille mehr, wir lagen auf der Seite, Odin und seine Hunde lagen unten, aus Rainers Fenster sah man nichts, aus meinem den Sternenhimmel, ganz ohne Horizont.

Ich machte den Motor aus, von wegen Benzin und Brandgefahr und so weiter. Geri meldete sich mit seinem Elektrorasierersummen zu Wort, er lebte also noch. Oben hörte ich das Auto der Asen kommen. Waren es überhaupt die Asen? Wenn nein, dann versteckten wir uns im Augenblick nicht vor einer Gefahr, sondern vor unserer Rettung durch andere Verkehrsteilnehmer, was wiederum ziemlich bescheuert wäre. Aber ich wollte das Risiko nicht eingehen und hoffte das Beste.

Ich musste mir keine weiteren Gedanken machen, denn das Auto fuhr vorbei, ohne seine Geschwindigkeit gedrosselt zu haben. Dabei hatte ich mich schon auf einen Nahkampf eingestellt. Die *mussten* doch unsere Spuren ... Nein, mussten sie nicht, fiel mir ein. Wären wir auf ungeräumter Straße vom Weg abgekommen, ja dann hätten sie das sehen *müssen*, so aber hätten sie es nur sehen *können*. Was sie aber offenbar nicht getan hatten.

Ich atmete auf. Vielleicht suchten sie uns noch einige

Kilometer und konnten sich keinen Reim darauf machen, wie Lasse sich in Luft hatte auflösen können. Die Asen waren wir los, zumindest für den Moment – ob sie es nun gewesen waren oder nicht.

Das war das einzig Gute an der Situation.

Der Rest war ein Megahaufen Elchscheiße oder Rentierköttel oder was weiß ich – sehr groß jedenfalls.

Die Chance, dass hier in absehbarer Zeit ein weiteres Fahrzeug vorbeikommen würde, am besten noch mit uns wohlgesinnten Insassen, ging gegen null, und auch wenn ich Linneas Vater noch die Nummer meines (biologischen) Papas dagelassen hatte, mit der Bitte, diesen dringend anzurufen und ihm zu sagen, wohin wir unterwegs waren, so glaubte ich nicht einmal im Traum daran, dass Gerd Brettschneider innerhalb der nächsten Stunde auftauchen und uns retten würde. Zurück zu Linnea und ihrer Familie konnten wir auch nicht. Wir hatten uns bestimmt schon zwanzig Kilometer von Kvikkjokk entfernt, und hier in der Gegend brannte kein einziges Lichtlein, das auch nur im Entferntesten auf eine menschliche Besiedlung hindeutete. Wir waren zwar bis auf ein paar blaue Flecken körperlich unversehrt, aber trotzdem in einer ziemlich blöden Situation. Inzwischen waren wir aus Lasse herausgekrochen und den Hang hinaufgekrabbelt und standen bei schneidender Eiseskälte an einem Lappländer Straßenrand.

Odin neben mir sagte: »Kalt«, und Rainer: »So irgendwie gar nix los hier, ne.«

Ich starrte ratlos in die Dunkelheit. Der Mond beleuchtete schwach meinen aufsteigenden Atem. Beim Erfrierungstod soll man ja angeblich kaum was merken und einfach friedlich einschlafen.

Unter Umständen auch eine Option …

GUOKTELOGIGOLBMA

Letztlich hatte ich mich doch gegen den Kältetod entschieden und im kommunikativen Dialog mit Rainer beschlossen, den Weg, den wir eigentlich mit Lasse hatten zurücklegen wollen, nun zu Fuß weiterzugehen. Das hatte zwei Vorteile: Erstens erhöhte sich wenigstens theoretisch die Wahrscheinlichkeit, auf Spuren menschlicher Siedlungen zu stoßen, denn dass diese sich auf uns zubewegen würden, hielt ich für relativ unwahrscheinlich. Und zweitens würde uns hoffentlich ein klein wenig wärmer werden.

Leider war und blieb es arschkalt und wurde eher noch unangenehmer, je weiter wir in Richtung des diffusen Polarlichthorizonts marschierten. Als meine Zehen bereits zu tauben Eisklumpen mutierten, sah ich mit einem Mal von Norden her Licht auf uns zu kommen.

»Kr-kr-kr-krass! N-n-n Aut-t-t-t-o, n-n-ne«, deutete Rainer zähneklappernd das weit entfernte Irrlichtpärchen.

Auch ihm schien kalt zu sein, dabei war er vor Beginn unseres Marsches den Abhang wieder hinuntergestiegen, um seine original samische Traditionsbekleidung anzuziehen, die sich noch in Lasse befunden hatte. Auch ich hatte alles übergestreift, was ich in die Finger bekam. Meine Asenfellartikel hatte ich brav anbehalten – so schlecht waren Joppe und Handschuhe wärmetechnisch gesehen gar nicht, und auch die Fellüberschuhe wehrten die Kälte ganz gut ab, nur war alles eben leider eine ganze Ecke zu groß. Den Rucksack hatte ich zusammen mit dem restlichen Gepäck aus dem Auto geholt, welches sich Odin freundlicherweise mit der Aufforderung »Tragen. Ich!« übergeworfen hatte.

Doch in diesem Moment sagte dieser: »Licht!«

Auch das war korrekt, allerdings blieb es nicht dabei.

Odin sagte noch mal: »Licht!«

Das sollte wohl bedeuten, dass mehrere Lichter auf uns zuhielten, und es stimmte ebenfalls. Unsere Rettung? Spätestens als sich mehrere Scheinwerferaugenpaare unstet unserem Standort näherten, wurde mir klar, dass dem leider nicht so war. Im Gegenteil: Gefahr drohte! Zumindest war diese Möglichkeit nicht außer Acht zu lassen.

»Verflixt und zugenäht! Das sind bestimmt die Verrückten in ihren Autos«, überlegte ich laut. »Sie kommen zurück, weil sie uns nicht gefunden haben. Wenn sie uns entdecken, hätten wir uns die ganze Flucht und die Warterei in der Kälte sparen können. Los, wir müssen in den Wald!«

Mit diesen Worten schlug ich mich ins verschneite Unterholz. Der Schnee war an manchen Stellen mehr als hüfthoch, und zudem fühlten sich meine tiefgekühlten Gelenke wegen der beständigen Minusgrade an, als hätte ich Crushed-Ice statt Knorpel in den Knochen, und auch Rainer und Leifsson taten sich sichtlich schwer. Letzterer sagte noch nicht einmal etwas Engagiertes wie zum Beispiel »Töten« oder »Blut«, was in mir den Verdacht nährte, dass auch er nach zwei Stunden Wanderung im Eisfachambiente physisch und psychisch bereits so geschmeidig sein musste wie schockgefrosteter Blätterteig.

Als wir es endlich geschafft und uns so tief eingegraben hatten, dass nur noch eine Strickmütze, eine original samische Traditionskopfbedeckung sowie ein lächerlicher Helm mit angeklebten Kuhhörnern aus der Schneedecke ragten, konnte ich die Autos bereits hören. Ich hoffte, unsere Köpfe würden deutlich unterhalb der Sichtlinie eines in einem Auto vorbeidüsenden Asen bleiben.

Als der letzte der Wagen vorbeigerauscht war, wartete ich noch fünfzig meiner Herzschläge ab (also etwa zwanzig Sekunden), bevor ich den anderen zurief: »Kommt, wir gehen weiter, ich glaube, die haben uns nicht gesehen.«

»S-s-s-u-u-u-p-i, n-n-ne«, kam es von links.

»Kalt. Müde. Hunger«, kam es von rechts.

Irgendwo summte ein Rasierer, und es roch streng.

Die Basisvitalfunktionen von Mensch und Tier schienen noch zu funktionieren, und die gewaltbereiten Asen waren auch weg.

Wenigstens etwas.

Zurück am Straßenrand klopften wir uns den Schnee von den Klamotten und marschierten weiter, nachdem ich mich vergewissert hatte, dass uns niemand folgte und dass die Idiotengruppe über alle Berge war.

Nach nur etwa fünfhundert Metern ging es bergab, und wir folgten dem mondlichtbeschienenen Asphaltband, das sich durch die weiße Wüste zog, weiter polarlichtwärts. Nach einer gefühlten Viertelstunde glaubte ich, ein weit entferntes Geräusch zu vernehmen, doch als ich die Kapuze meiner Jacke, die ich als doppelten Kälteschutz unter meiner Strickmütze trug, übers Ohr schob und mich umdrehte, war nirgendwo ein Auto oder ein Eisbär zu sehen. Eine Sinnestäuschung?

Nein.

Nur ein paar Minuten später hörte ich ein Summen, das in unregelmäßigen Abständen von einem unangenehmen Knirschen unterbrochen wurde. Was war das denn?

Es schien näher zu kommen, denn das Summen und Knirschen wurden immer lauter. Ich dachte angestrengt nach und trat vorsichtshalber zur Seite, denn ich kannte nichts, was summte und ab und zu knirschte.

Das änderte sich in dem Moment, als ich Odin auffordern wollte, zu mir zu kommen. Er stand nämlich immer noch mitten auf der Straße und lauschte konzentriert in die Dunkelheit. Gerade wollte ich ausrufen: »O Vater, so folge denn deinen Söhnen, die dich brauchen wie die Klinge den Stahl!« oder etwas Ähnliches, da wurde Odin, alias Thoralf Leifsson, von etwas umgeworfen und fast bis vor unsere Füße geschleudert.

Noch während er in unsere Richtung schlitterte, rief er ungehalten: »Aua! Scheiße!«

Als ich aufblickte, traute ich meinen Augen nicht. Ein Auto – und zwar ein Kombi, wie ich aus den Umrissen erahnte –, war mit blockierenden Reifen ungefähr zwanzig Meter unterhalb unserer aktuellen Position zum Stehen gekommen. Was war das denn für ein Vollidiot? Der Motor lief im Standgas, aber der Fahrer hatte darauf verzichtet, das Licht einzuschalten. Oder war er einfach rotzbesoffen? Der sollte mich kennenlernen, und außerdem sollte der uns jetzt gefälligst mitnehmen.

»Alles klar, Vati?«, erkundigte ich mich bei Leifsson, dem Rainer aber schon wieder auf die Füße geholfen hatte.

»Vati. Aua. Böse.«

»Ja, ich auch. Los, dem zeigen wir's!« Ich hielt es für eine gute Idee, Thoralf Leifsson als eine Art Rückversicherung bei mir zu haben. Ging mir der bescheuerte und verantwortungslose Lappländer in der Karre vor uns an den Kragen, und ich könnte ihn nicht selbst bezwingen, so würde der Ausruf: »Papi, Hilfe, er tut mir weh!«, sicherlich genügen, damit Odins rachsüchtiger Arm den

Fahrer wie einen Sack feuchter Schmutzwäsche aus dem Auto zog und hinter sich in den Graben schleuderte.

Erregt schlidderten Leifsson, Rainer und ich zur Fahrerseite des Autos, das jetzt sogar das Licht angeschaltet hatte. Kennzeichen und Optik des Wagens kamen mir irgendwie bekannt vor. Wo hatte ich diese Schmuddelkarre schon mal gesehen? Die Antwort erhielt ich, als die Tür des Autos unvermittelt aufsprang und ich zuerst gegen den Fahrer prallte und dann auf den Boden purzelte.

»Ist das ein Überfall, oder was? Will hier einer Ärger? Ich bin bewaffnet und kann Selbstverteidigung, bleibt mir bloß von der Wäsche, ihr Scheißtypen!«, tönte es auf Schwedisch mit deutschem Akzent, und der Kegel einer Taschenlampe leuchtete uns an. »Ihr?«, fragte die Stimme weitaus weniger aggressiv.

»Daphne?«, rief ich erfreut.

»Di-di-die Da-Da-Da, n-n-n-ne, di-di-die Da-Da, ne«, stotterte Rainer fröstelnd, und Odin, der offenbar wieder etwas aufgetaut, war, fragte lakonisch: »Freund? Kennen? Feind? Töten?«

»Alles gut, Vater, wir kennen diese Frau«, beruhigte ich ihn, während ich aufstand.

»Kein Wunder, dass du so ein mieser Chauvi geworden bist, bei so einem Machotypen als Vater!«, bemerkte Daphne verächtlich und spuckte für meine Begriffe unangemessen viel Speichel vor sich auf die Straße.

»Frau?«, fragte Odin mit echter Verwunderung.

Rainer hingegen bekam nur ein »Hallöchen!« heraus, gefolgt von einem wiederholten »Die Da, ne«. Ich meinte fast, das Strahlen seines Gesichts hören zu können, das auch sein Sprachzentrum angetaut zu haben schien.

»Hör mal, Daphne, bei uns ist Not am Mann. Wir werden verfolgt von Typen, die uns umbringen wollen, und außerdem müssen wir unbedingt zu meiner Freundin, die ...«

»Die tut mir leid«, fiel sie mir ins Wort, was ich geflissentlich überging.

»... die ebenfalls in Gefahr ist, weil ihr Ex-Macker sie auf dem Kieker hat, und der ist nicht ganz dicht im Oberstübchen.«

Daphne verschränkte die Arme und schwieg. Der Dieselmotor blubberte und stank vor sich hin. Schließlich sagte sie: »Also, ganz in Ordnung seid ihr aber auch nicht, und überhaupt, was glotzt mich dieser Muskeltyp mit den bescheuerten Klamotten und dem Kackplastikhelm so gierig an? Das ist nie im Leben dein Vater, der ist doch viel zu jung!«

»Na ja, er ist so eine *Art* Vater, sagen wir mal«, erwiderte ich, um nicht erklären zu müssen, wie es wirklich stand, denn ich wollte vermeiden, dass sich Odin dadurch gekränkt fühlen und Dinge tun könnte, die er besser nicht tun sollte, zumindest nicht hier und jetzt und schon gar nicht mit uns.

»Eine *Art* Vater?«, wiederholte Daphne leicht befremdet. »Was soll das denn heißen? Ach, ist mir eigentlich auch schnurzpiepegal. Also, Leute, wenn ihr Stress mit irgendwelchen andern Mackern habt, halte ich mich da raus. Ich habe gelernt, dass frau sich bei so was nicht reinhängt, vor allem nicht, wenn irgendwelche hormonbeherrschten Typen unbedingt Revierkämpfe und Schwanzvergleiche austragen müssen. Die Einzigen, die mir hier leidtun, sind dein Freund Rainer und deine Freundin, und deswegen nehme ich euch mit. Aber ich sag euch eins: Lasst bloß während der Fahrt eure Finger bei euch, wenn ihr sie behalten wollt, und erklär das auch deiner *Art* Vater oder wer der Typ da wirklich ist.«

Hätte ich Daphne ehrlich gesagt, wie fern es mir lag, einen Finger in besagter Absicht nach ihr auszustrecken, dann wäre sie wahrscheinlich sofort losgefahren, und zwar ohne mich, aber zuerst über mich drüber. So aber gab ich mich einverstanden und sagte: »Geht klar, Chefin.«

»Geht doch. Gut, nachdem wir das eindeutig geklärt haben: Rein ins Auto und Klappe halten! Rainer, du kannst auf den Beifahrersitz neben mich, aber immer locker, ja!«

»Ich bin ultraoberstkrass locker drauf, Da, ne!«, rief Rainer und freute sich wie verrückt, neben seiner Angebeteten sitzen zu dürfen.

»Und ihr zwei Penner, du und der Eiweißdepp, ihr setzt euch auf die Rückbank, klar? Die Hunde, sind das Rüden?«

»Nein«, log ich hastig, weil ich mir blitzschnell überlegte, dass alles ohne männliches Glied bei Daphne von vornherein bessere Chancen hatte, menschenwürdig behandelt zu werden, »die heißen Tanja und Chantal.« Ich sah, wie Rainer aufbegehren wollte, aber ich bedeutete ihm, den Mund zu halten. Odin hatte zum Glück nichts kapiert und schwieg ebenfalls.

»Tanja und Chantal? Was sind das denn für beschissene Blondinennamen? Aber okay, was soll's. Die Hundemädels kommen zu Rainer, hinten ist nämlich kein Platz mehr. Wären es Rüden gewesen, hätte ich die Dreckstölen hiergelassen«, fuhr Daphne fort. »Los jetzt, mir friert der Arsch ab!«

Im Wagen war es stickig, total unaufgeräumt, und es stank dermaßen intensiv, dass sogar Odins Surströmminggeruch kaum noch durchkam. Der wenig attraktive Duft schien aus den prall gefüllten Säcken zu kommen, die im offenen Kofferraum auf der Ladefläche gestapelt waren. Daphne hatte neben mir und Thoralf Leifsson ihre Taschen abgestellt und unsere noch dazugeschmissen. Es war supereng. »Alter Freund ... äh ... ich meine ... alte Freundin, was müffelt hier denn so?«

»Rentierköttel«, erklärte Daphne knapp.

»Rentierköttel?«, vergewisserte ich mich. »Säckeweise?«

»Na, wegen einem Kilo komme ich nicht nach Schweden, aber wenn dir das nicht passt, kannst du ja aussteigen.«

»Nö, alles supi«, sagte ich. »Kann losgehen.«

»Wohin?«, knurrte Daphne.

»Nach Isipaurinoppki.«

»Wohin?«

»Das ist ein kleiner Ort, wo Linda sich in einem Hotel namens *Polstjärnan* aufhalten soll. Angeblich ist es ausgeschildert. Kommt auf dieser Straße nach ungefähr dreißig Kilometern.«

»Sagt wer?«

»Der Vater eines kleinen Mädchens in Kvikkjokk, der es wissen muss.«

»Und da befindet sich deine bemitleidenswerte Freundin?«

»Ja. Hoffentlich.«

»Wie heißt die eigentlich?«, wollte sie wissen.

»Linda«, antwortete ich, »Linda Pettersson.«

Bevor Daphne krachend den Gang einlegte, schaute sie noch mal zu Rainer hinüber. »Echt coole Klamotten, Mann. Nicht schlecht.«

Rainer gluckste zufrieden: »Danke, ne, deine auch.«

»Schleim hier nicht rum, sonst setzt es was!«, wies sie ihn zurecht, dann machte sie die Innenraumbeleuchtung aus und gab Gas.

Daphne war etwas ziemlich Besonderes, aber wenigstens funktionierte die Heizung. Des Weiteren schienen sowohl unser Tod durch einen irrsinnigen Mördermob in Asenverkleidungen als auch der lappländische Kältetod fürs Erste abgewendet zu sein.
Danke bis hierher, ihr drei Nornen!
Während der Fahrt mit dem Uralt-Mercedes vermischte sich langsam, aber sicher der intensive Geruch verbrannten Heizöls mit dem wiedererstarkten Surströmmingduft eines auftauenden Thoralf Leifsson und dem Gestank der fünf großen Jutesäcke hinter mir.
Fünf Säcke voller Rentierköttel.
Ich fasste es nicht.
Womit hatte ich das verdient?
Die Reise, die Asen, Heidrun, die Flucht und vor allem die Nacht ohne Schlaf forderten ihren Tribut. Müde lehnte ich mich in Ermangelung eines weichen Kopfkissens an einige Gepäckstücke, die nach einer Mischung aus Mottenkugeln und Gerberei rochen, aber darauf kam es in dieser verseuchten Atmosphäre jetzt auch nicht mehr an.
Daphne hatte Alanis Morissette eingelegt, aber netterweise leise genug, dass ich die Augen schließen und wegschlummern konnte. Langsam wurde es dunkel und noch gedämpfter um mich herum, als es ohnehin schon war. Gefühle tiefer Sehnsucht und Bilder von Linda zogen in mir herauf und vermischten sich auf meiner Traumleinwand mit Impressionen wiehernder Rentiere mit Wikingerhelmen (dass die wieherten, irritierte mich komischerweise noch mehr als die Kopfbedeckung) und der Vision eines Weihnachtsfestes an einem Tapeziertisch und auf Bierkisten in einem kackbraun gestrichenen Haus.

GUOKTELOGINJEALLJE

Rainer stand vor einem ungewöhnlich großen Mikrowellenofen und wollte gerade eine total verkohlte Weihnachtsgans aus dem funkensprühenden Gerät befreien. Er schrie erschrocken auf, die Druckwelle einer Explosion trat mich ins Kreuz, die Glastür der Mikrowelle platzte, Scherben klirrten leise – dazu sang Alanis Morissette *Ironic*, was ich relativ passend fand. Irgendwann fiel mir glücklicherweise ein, dass ich wohl nur geträumt hatte.

Doch als ich die Augen öffnete, stellte ich erschrocken fest, dass einiges aus dem Albtraum offenbar Realität war. Rainer hatte wohl tatsächlich geschrien, irgendetwas hatte gerumst und geklirrt. Dazu kam, dass ich mit meinen Ersatzkopfkissen irgendwie nach vorn gegen die Rückenlehne des Beifahrersitzes geschleudert worden war, obwohl sich in Daphnes Benz keine Mikrowelle befand, soweit ich mich entsann. Alanis Morissette zog dabei ihren musikalischen Stiefel durch und wirkte von all dem nicht sonderlich beeindruckt. Die war eh ziemlich cool drauf.

Daphne auch.

Sie meinte bloß beiläufig: »Hoppla. Kackschnee.«

Endlich erfasste ich die Situation. Sie war in eine Schneewehe gerauscht, die der dienstbeflissene und kundenorientierte Betreiber der Tankstelle aufgetürmt hatte, als er Parkplatz und Zapfsäulenzufahrt für potenzielle Kunden freiräumte. Daphne war wohl mit etwas zu viel

Testosteron im Blut von der Landstraße auf die Tankstelle gebraust und im wahrsten Sinne des Wortes übers Ziel hinausgeschossen. Sie hatte ihren alten Mercedes-Panzer mit Schmackes in den Schnee gebügelt, und das klirrende Geräusch musste vom rechten Scheinwerfer hergerührt sein, denn das Auto war nun halbblind, und nur die linke Leuchte verrichtete noch ihren Dienst.

»Kackschnee«, wiederholte Daphne. Wahrscheinlich stand das für: »Sorry, ich kann nicht so gut Auto fahren.« Aber das hätte sie niemals so zugegeben. Inzwischen hatte sie den Rückwärtsgang eingelegt und tuckerte zu den Zapfsäulen.

»Frau Holle war aber 'ne Frau«, rutschte es mir heraus. Ich rieb mir die müden Augen und grinste heimlich.

»Wenn du laufen oder einen Kinnhaken willst, kannst du es einfach direkt sagen!«

Ich schwieg, aber grinste immer noch. Es war ja einigermaßen dunkel im Auto.

»Was geht'n ab?«, erkundigte sich Rainer, der mittlerweile seine original samische Traditionsmütze und die Brille wieder aufgesetzt hatte, beide mussten ihm im Schlaf oder beim Aufprall vom Kopf gerutscht sein.

Odin fragte: »Benzin?«, gefolgt von einem echten Göttergähnen.

»Korrekt. Tanken, Pinkeln, Essen und Trinken kaufen, weiter«, gab Daphne den geplanten Verlauf der nächsten Minuten stichpunktartig bekannt.

»Supi«, sagte Rainer kopfnickend, »Hunger und so hab ich auch, ne, und 'n Klo wär echt 'ne ultralässige Maßnahme, auch für die Hunde«, fuhr er fort. »Nur weil die nicht reden können, ne, äußern sie trotzdem ihre Bedürfnisse, so physiologietechnisch und mental und so.«

»War Telepathie auch Bestandteil deines Seminars

›Hund-Mensch/Mensch-Hund – Kommunikation über die Grenzen des pädagogisch Festgefahrenen‹? Diese drei echt krassen Tage in der Ost-Rhön, mit Übernachten in der Hundehütte und so?«

»Nö, nicht direkt ... aber ich glaube, irgendwer hat mir gerade auf den Schuh gepieselt, ne.«

»Was?«, fauchte Daphne und trat auf die Bremse. Zum Glück muss man sagen. Wir rutschten und knallten zwar mit dem Heck an die Zapfsäule, aber wenigstens etwas langsamer. Ich hielt den Atem an. Aus mehreren Gründen. Grund 1: Ich musste instinktiv an das finale Inferno in Gödseltorp zurückdenken. Doch zum Glück widerstand die Zapfsäule, anstatt wie in jedem Durchschnittsactionfilm abzureißen und eine riesige Benzinfontäne von sich zu geben, woraufhin dann ein Typ vorbeigekommen wäre, ein noch brennendes Streichholz zufällig genau in die Spritlache geschnickt und damit alles in die Luft gejagt hätte.

Grund 2 ergab sich aus Grund 1: Die Gefahr, die von einem Zündhölzchen ausgegangen wäre, gab es nicht. Dafür aber einen ziemlich breiten Typen mit Pelzkappe und dick gefütterter Tankstellenjacke, der einen dicken Batzen eingespeichelten Snus vor uns auf den Boden rotzte und sich fürchterlich aufregte. Er musste bereits bei Daphnes erstem Einschlag den Fernseher leise gestellt haben und erschrocken ans Fenster getreten sein, und als sie dann voller Elan zurücksetzte, war er wahrscheinlich schon in unsere Richtung gelaufen, um weiteres Unheil abzuwenden. Hatte aber nicht geklappt. Ich meinte, Wörter wie »Idiot!«, »Missgeburten«, »Scheißtouris!« und »Verrückte!« zu hören.

Es folgte eine Verkettung unglücklicher Ereignisse.

Daphne wandte sich von Rainer ab und dem tobenden

Tankstellenpächter zu. Sie betrachtete ihn durchs Wagenfenster, wie man einen Fisch im Restaurantaquarium betrachtet – mit einer Mischung aus Appetit, Interesse und Mitgefühl. Das änderte sich schlagartig, als der tobende und schimpfende Mann erkannte, wer den Wagen gesteuert hatte, und verächtlich ausrief: »O Gott, eine Frau! Hey, das ist keine Waschmaschine und auch kein Bügeleisen! Das Teil hier hat Räder und eine Bremse. Man nennt es Auto!«

Da war der Ofen aus, zumindest der von Daphne.

Sie sprang aus dem Auto und trat dem Mann ohne jegliche Vorwarnung zwischen die Beine, woraufhin dieser stöhnend zusammenklappte und sich auf dem vereisten Boden kringelte wie ein Wurm am Angelhaken.

Die Tür des Tankstellenhäuschens sprang auf, und zwei weitere Typen eilten ihrem Freund zu Hilfe.

Das wiederum rief Rainer auf den Plan. Der stieg nun ebenfalls relativ zügig aus dem Wagen, um seiner neuen Liebe zu Hilfe zu eilen, obwohl der sich am Boden krümmende Mann die aus medizinischer Sicht wohl eher benötigt hätte.

Geri und Freki begleiteten ihn, der eine knurrend und wieselflink, der andere verhalten humpelnd.

Die beiden Männer aus der Tankstelle – einer trug dieselbe Oberbekleidung wie der Typ, der sich am Boden wand, vermutlich also ein Kollege oder Untergebener – erreichten den Ort des Geschehens und trafen auf Rainer und Daphne, die geübt die Fäuste auf Gesichtshöhe hob, so wie sie es auf ihren vermutlich in zweistelliger Anzahl absolvierten Anti-Vergewaltigungs-, Selbstverteidigungs- und Männer-durch-gezielte-Schläge-töten-Seminaren gelernt hatte.

Einer der beiden ging auf Rainer los, der noch beschwichtigend rief: »Alles ist zur Diskussion freigegeben, ne, keine Grenzen, aber Reden ist echt wichtig, und Schuldzuweisungen helfen einem im Gesamtkontext echt nicht weiter ...« Da verstummte er, denn der Typ verpasste ihm eine Ohrfeige.

Okay, das reichte jetzt aber wirklich. Wenn diese Lappländer Stunk wollten, dann sollten sie ihn bekommen! Wofür gab es denn Versicherungen? Da musste man nun wirklich nicht handgreiflich werden. Ich griff um die Gepäckstücke auf meiner Seite herum, fühlte den Türgriff, zog daran, die Koffer, Rucksäcke und Taschen fielen heraus, ich stieg hinterher, umrundete wutentbrannt das Auto und sah, dass Thoralf Leifsson mir zuvorgekommen war. Mann, war der sauer!

»Schnäuzelchen. Sohn. Vater. Feinde. TÖTEN!«, ließ er alle an seiner Erkenntnis teilhaben.

Rainer saß auf dem Boden und rieb sich die Wange. »Scheiß krasse Aggrotypen, echt, ne. Ich wollt bloß schlichten. Wo die Faust anfängt, hört der Geist auf, ne.«

Leifsson drehte sich zu Daphne um und fistelte leise zischend und mit funkelnden Augen: »Weib. Geh. Weg. Geh. Zu. Mann.« Er deutete auf Rainer. Das machte tatsächlich Eindruck auf sie. Daphne holte kurz Luft, um etwas zu entgegnen, dann aber taxierte sie ihren Diskussionspartner, schätzte den Koeffizienten aus IQ und Bizepsumfang auf einen Wert nahe 1 und überließ ihm deshalb das Feld.

Odin wandte sich den drei Männern zu. Der Tankstellenpächter war inzwischen von seinen beiden Kollegen auf die Beine gezogen worden. In ihren Augen war blankes Entsetzen zu erkennen. Sie mussten sich einem Haufen Irrer gegenübersehen. Klar. Eine Frau, die mit dem Auto gegen Zapfsäulen dotzt, Verbalkritik an ihrer Fahrweise mit einem gezielten *Mae-geri* in den Genitalbereich des Geschädigten beantwortet, ein Same mit deutschem Akzent und Monsterbrille, ich erbost (obwohl ich noch am harmlosesten aussehen musste), zwei seltsame Hunde und schließlich ein Muskelberg wie Thoralf Leifsson in Wikingerkluft, der keine ganzen Sätze bilden konnte, dafür aber so aussah, als hätte er zum Aufziehen von Winterreifen auf eine handelsübliche PKW-Felge kein Werkzeug gebraucht außer seinen Händen und auch keinen Kompressor zum Aufpumpen. Das alles legte eine geglückte Gruppenflucht aus einer Irrenanstalt nahe.

»Töten!«, schlug Odin in diesem Moment vor und machte zur Anhebung des Angstlevels noch einen Schritt auf seine Opponenten zu.

»Tanken!«, schlug ich hingegen vor und machte Daphne, die sich immer noch für ihre Verhältnisse fast liebevoll um Rainer kümmerte (sie klopfte ihm auf den Rücken, als habe er eine Heringsgräte verschluckt, was wahrscheinlich so eine Art zärtliches Streicheln darstellen sollte) ein Zeichen, das möglichst schnell zu tun. Glücklicherweise kam sie meiner Aufforderung sofort nach. Aus Rache für Rainers Ohrfeige ließ ich die Drei von der Tankstelle noch kurz in ihrem Angstschweiß schmoren, doch dann, bevor Leifsson sie durch den Fleischwolf seiner Klodeckelhände drehen konnte, rief ich ihm zu: »Odin, Vater mein, so komm denn, und zeige Größe durch Gnade. Dein anderer Sohn, Schnäuzelchen, ist wohlauf. Sieh nur, oh, sieh doch!«

Tatsächlich hörte Papi auf mich und drehte sich zu Rainer um, der den Ernst der Lage glücklicherweise begriff, bereits wieder stand und Leifsson ein Lächeln und zwei erhobene Daumen schenkte.

»Töten? Nicht? Och!«

»Nein, Vater, so lass denn ab von diesen Würmern, diesem unwürdigen Geschmeiß!« Ich konnte mir nicht verkneifen, die missliche Lage der drei Männer auszunutzen. Immerhin hatten sie Rainer gehauen!

»Och«, wiederholte Odin. »Schade.«

»Ja«, pflichtete ich ihm bei, »irgendwie ist das wirklich schade, aber jetzt setzt du dich wieder ins Auto, Vati, oder?«

Odin nickte und tat wie ihm geheißen.

Ein metallisches Geräusch erklang. Daphne zog den Tankstutzen aus ihrem Benz und meinte: »Fertig. Ich muss aber noch aufs Klo.«

»Genau, ne. Und das mit dem Essen ist auch noch nicht erledigt, ne«, merkte Rainer an.

»Na, dann geht doch rüber und kauft für uns ein. Holt auch etwas Hundefutter, falls es das hier gibt, und Wasser für Tanja und Chantal.« Als sich Daphne, Rainer und ich wie auf Kommando zu den beiden Tierchen umdrehten, hoben diese gerade die Hinterbeinchen und pinkelten wie in einer einstudierten Ballettchoreografie gemeinsam an die von Daphne gerammte Dieselzapfsäule. Ich wusste, dass das für weibliche Hunde ein eher untypisches Verhalten war. Daphne auch. Sie sah mich noch mal grimmig an, dann die Hunde, dann wieder mich. Ihr einziger Kommentar zu meiner dreisten und nun entlarvten Genderlüge war: »Aha, die beiden Rüden Tanja und Chantal, oder?«, um schließlich mit Rainer im Schlepptau in Richtung Tankstellenhäuschen zu gehen.

»Ich warte hier«, rief ich ihnen nach und: »Bringt ihr mir und … meinem Vater auch was zu essen mit? Und einen Kaffee? Bitte!«

Rainer hielt den einen Daumen nach oben, dann waren sie auch schon im Kassenraum verschwunden.

GUOKTELOGIVIHTTA

Nachdem die zwei zurückgekommen waren, ließ ich Odin als Wachhund kurz aus dem Wagen, damit die drei von der Tankstelle während meiner Abwesenheit keine Probleme machen konnten. Ich wollte nämlich unbedingt meinen (biologischen) Vater darüber informieren, was wir vorhatten und wo wir uns befanden. Und vielleicht hatte er sogar Neuigkeiten von Linda? Niemand von uns hatte ein funktionierendes oder wenigstens existierendes Handy, und in der Tankstelle gab es mit Sicherheit ein Telefon.

Dem war auch so. Als mir allerdings zum dritten Mal meine eigene Stimme entgegenklang, zuerst auf Schwedisch (*»Hej! Du har kommit till Torsten Brettschneider. Jag kan inte ta emot ditt samtal just nu, men om du lämnar ett meddelande efter signalen, ringer jag upp så snabbt som möjligt. Tack och hej då!«*) und anschließend auf Deutsch (*»Hallo! Dies ist der Anschluss von Torsten Brettschneider. Leider kann ich Ihren Anruf momentan nicht persönlich entgegennehmen, aber wenn Sie mir nach dem Signalton eine Nachricht hinterlassen, rufe ich so bald wie möglich zurück. Vielen Dank und auf Wiederhören!«*), hinterließ ich tatsächlich eine Mitteilung. Ich hoffte, mein Vater würde sie abhören. Seine Mobilnummer hatte ich natürlich nicht im Kopf; genauso wie alle anderen war sie in meinem Handy abgespeichert gewesen und lag jetzt irgendwo bei Kvikkjokk im verschneiten Wald.

Dann ging ich wieder hinaus in die Saukälte, wo ich Daphne mit Engelszungen davon überzeugte, dass ich wenigstens einen Teil der Rechnung an der Tankstelle zu zahlen gedachte. Zunächst wollte sie es nicht zulassen und drohte mir Schläge an, würde ich diesen »frauenverachtenden Tankstellenkackfressen«, wie sie die drei Männer titulierte, auch nur eine Krone geben. Doch dieses Risiko nahm ich in Kauf und setzte mich unbeirrt durch. Ich erklärte ihr, dass ich mich auf diese Weise beteiligen und mich bedanken wolle, weil sie uns ja schließlich vorm Kältetod errettet habe, und zum anderen machte ich ihr klar, dass es vor Gericht definitiv besser aussah, wenn man sich nicht darüber stritt, ob man *überhaupt* bezahlt hatte, also nicht das Rechtsgeschäft als Ganzes infrage stellte, sondern sich nur um die Höhe prügelte.

Irgendwie hatte mich während der Ereignisse der letzten Viertelstunde das Gefühl überkommen, dass das Ganze noch ein Nachspiel haben würde. Und auch wenn Odin meiner Bitte bestimmt sogleich nachgekommen wäre – ich konnte unmöglich veranlassen, die drei Zeugen zu töten. Das wäre doch ein wenig unangemessen gewesen.

Also rechnete ich im Kopf vor mich hin. Nachdem ich den Diesel und die Lebensmitteleinkäufe addiert – Rainer und Daphne hatten ganz schön was in die Tüten gepackt, denn wer wusste schon, ob es da, wo wir hinfahren wollten, auch etwas zu essen geben würde? – und den geschätzten Schaden am Tankstellenequipment draufgeschlagen hatte, standen rund einundsiebzigtausendsechshundert Kronen auf der Kreditorenseite meiner Erlebnisbuchhaltung. Die mittelschwere Körperverletzung (die Ohrfeige, die Rainer kassiert hatte) und die diskriminierenden Beleidigungen von Daphne (ich wusste, dass die Schweden so etwas sehr ernst nahmen und die Strafen in diesem Bereich drakonisch waren) subsummierte ich grob auf einundsiebzigtausendeinhundert Kronen.

Daraufhin ließ ich den noch immer am Boden sitzenden Tankstellenmännern das zu deren Gunsten ausgefallene Bilanzsaldo in Form eines Fünfhundertkronenscheins vor die Füße segeln. Daphne richtete einen letzten verächtlichen Kommentar an die drei: »Waschmaschine? Bügeleisen? *Fuck you, dirty old suckers!* Kackfressen!« Dann stiegen wir ein, und Daphne dieselte mit durchdrehenden und rollsplittspuckenden Reifen in die Dunkelheit davon.

Isipaurinoppki 24 stand auf dem mit Eisstaub überzogenen und nach Norden weisenden Straßenschild. Daphne hielt mit den Worten: »Da wären wir!«

Ich blickte hinaus, soweit es die verdreckten Scheiben zuließen. Am Horizont war die fahle Wintersonne zu erahnen. Ein Blick auf die Uhr verriet, dass es zwanzig vor zehn war.

»Da wären wir«, wiederholte Daphne ungeduldig, was sie mit auf dem Lenkrad trommelnden Fingern unterstrich.

»Schön«, sagte ich. »Dann wollen wir mal da lang.«

»Da lang?«, fragte Daphne ungläubig und drehte sich nach hinten um. »Du hast ja wohl die Pfanne heiß, oder?«

»Von der Optik her eindrucksvoll und total urmäßig, aber natur- und schneetechnisch schon echt krass, ne«, merkte Rainer an und nickte dabei, als trüge er einen ganzen Jutesack voller Bedenken.

»Linda ist aber in Isipaurinoppki«, beharrte ich. »Oder hat hier jemand die Hosen voll wegen einem bissi Schnee, oder was?«

Mit *jemand* meinte ich Daphne.

Und die fühlte sich auch angesprochen. Statt zu antworten, murmelte sie etwas wie: »Chauvi« und: »Arme Frau«, legte aber den Gang ein und bog von der Landstraße in den schmalen Weg ab, der sich in die Unendlichkeit des Nichts zu ziehen schien. Einzig die Bäume verliehen der Umgebung einen minimalen optischen Reiz, sonst hätte man sich durchaus wie nach dem Urknall vorkommen können – raum- und zeitlos.

Der Benz mühte sich redlich, aber wir kamen kaum voran. Irgendwann hatte bestimmt mal jemand den Weg geräumt, sonst hätte man ihn gar nicht erkannt, aber da in der letzten Nacht gut dreißig Zentimeter Neuschnee gefallen waren, entwickelte sich das Ganze doch zu einer ziemlich langsamen Rutschpartie, und das, obwohl wir zwischenzeitlich Schneeketten aufgezogen hatten.

Nach einer Stunde Fahrt waren wir keine zehn Kilometer weit gekommen, schätzte ich, aber immerhin hatten wir einen See umrundet und erreichten eine weitere Weggabelung. Wieder ein Schild mit *Isipaurinoppki*, diesmal mit einer *12* dahinter, darunter zeigte der Hinweis *Kvikkjokk 39* in die Richtung, aus der wir gerade gekommen waren, und das andere, auf dem *Jokkmokk 87* zu lesen war, nach rechts. Mit meinen zehn Kilometern pro Stunde hatte ich also nicht so weit danebengelegen. Falls die Schildangaben korrekt waren, hatten wir gut eineinhalb Stunden vor uns bis Isipaurinoppki. Da fielen die Strahlen der aufgehenden Sonne plötzlich auf ein weitaus kleineres Hinweisschild ganz unten am Rohrpfosten: *Hotell Polstjärnan Isipaurinoppki 12*.

GUOKTELOGIGUHTTA

Die Lapplandsonne hatte ihren Zenit schon fast erreicht, was in dem Fall bedeutete: Sie stand jetzt ungefähr eine Eisbärentatze breit über dem Horizont. Ich wusste, dass sie gegen halb zwei wieder untergehen würde, jeden Tag drei Minuten früher, bis zur Wintersonnenwende am einundzwanzigsten Dezember, an der sie sich gegen halb elf müde aus ihrem Sternenbett erheben, sich allerdings bereits um zwanzig vor eins wieder auf ihre kosmische Matratze hauen, also gerade mal zwei Stunden zu sehen sein würde. Sonne müsste man sein, was für ein Leben.

Kälte hin, Dunkelheit her – es war dermaßen schön, dass ich fast vergaß, warum wir durch die eiskalte Landschaft fuhren. Vorne arbeitete der Sechszylinder von Daphnes Benz sonor vor sich hin, leise rasselten die Schneeketten. Rainer hatte sich eng an die Da geschmiegt, die so aussah, als schwankte sie zwischen den beiden Alternativen, Rainer durch einen gezielten Schlag zu töten oder sich ihm hinzugeben. Sie wirkte emotional überfordert, was in Rainers Gegenwart nicht selten vorkam, bei ihr war es aber irgendwie anders. Als sie bemerkte, dass ich sie beobachtete, lächelte ich. Sie nicht. Dann rückte sie demonstrativ von Rainer ab, was gar nicht ging, weil es ja viel zu eng war. Also sah sie weg.

Als Daphne uns um einen weiteren kleinen See herumgesteuert hatte, gab die wald- und bergumsäumte Ebene den Blick auf Isipaurinoppki frei, das noch geschätzte zehn Schritttempominuten von unserer aktuellen Position entfernt in einem Tal vor uns lag.

Für Isipaurinoppki galt dieselbe Grundsatzfrage wie für Kvikkjokk. War es ein Ort? Isipaurinoppki verfügte ebenfalls über eine winzige Kirche am Ortsrand, darüber hinaus aber noch über ein auffallend ausladendes, altes Gebäude mit einer Art angebauter Mehrzweckhalle. Den flackernden Leuchtbuchstaben über dem Entree war zu entnehmen, dass es sich um das Hotel *Polstjärnan* handelte. Es bildete den zentralen Punkt des Örtchens und war umgeben von vier einfachen Blockhütten.

Daneben befand sich eine Gruppe von Behausungen, die aussahen, als wären sie von Eskimos erschaffen worden, denen der Schnee ausgegangen war. Zwar waren die buckligen Rundhütten ebenfalls mit Schnee bedeckt, aber im Eingangsbereich konnte man sehen, dass ihr Grundgerüst aus Ästen konstruiert worden war, verfüllt mit allerlei organischem Material – schätzungsweise auch Rentierkötteln. Diese schienen allerdings ausschließlich für touristische Belange errichtet worden zu sein, denn sie erinnerten zwar an Koten, die original samischen Urbehausungen, waren aber unbewohnt. Das Ganze wirkte eher wie ein Freilichtmuseum.

»Das is ja bis auf das Hotel mal supertotal basic hier, ne«, rief Rainer und erhob sich freudig erregt aus dem Beifahrersitz. »Zum ersten Mal fühl ich mich wie kurz vor 'ner echten kulturellen Integration.«

Gut, dass mein Vater nicht hier war.

Er hätte Rainer auch gesagt, was er dabei fühlte.

Rainers neuer Vater, der neben mir saß, sagte erst zärtlich: »Schnäuzelchen«, wobei er ihm den stolzesten Vaterliebesblick schenkte, den ich je gesehen hatte (was als biologischer Sohn eines Gerd Brettschneider nicht schwer war, da lag die Messlatte nicht allzu hoch). Dann strich er ihm als flankierende Maßnahme seiner tiefen Empfindungen auch noch von hinten sanft über den Kopf.

Unser Gefährt hielt, wir stiegen aus und gingen in Richtung Hotel. Dabei machte mein Herz einen Riesensprung, denn ich entdeckte, dass auf dem Parkplatz neben der Mehrzweckhalle ein alter roter Saab stand. Lindas Auto! Ich hätte jubeln können und beschleunigte meine Schritte derart, dass selbst Odin mit seinen Monsterbeinen einen Zahn zulegen musste, um mitzuhalten. Doch noch bevor ich die Stufen des Eingangs erreicht hatte, öffnete sich die Tür, und eine ganze Reihe von Menschen, ich zählte sechs, trat heraus.

»Hallo und herzlich willkommen zu unserem Selbstfindungskurs im Hotel *Polstjärnan*! Wir haben euch schon vermisst und ...« Die Frau von Ende vierzig, die uns so fröhlich willkommen geheißen hatte, verstummte, musterte uns nacheinander und zog dann die Augenbrauen zusammen. Während sie in Begleitung der anderen, die in einem ähnlichen Alter waren und allesamt sportliche Freizeitbekleidung trugen, die vier Treppenstufen zum Eingang herabschritt, erklärte sie: »Ach, ihr seid ja gar nicht die, auf die wir warten. Ihr habt nicht den Kurs gebucht, oder? Sorry, Leute, nichts für ungut, aber das Hotel hier ist komplett für unsere Selbstfindungswochen reserviert. Eine reine Frauenveranstaltung.«

Stimmt, jetzt sah ich es auch. Das waren ausschließlich Frauen.

Daphne verschränkte die Arme vor der Brust und stieß nur ein stolzes »Ha!« von sich und dann: »*Hej, systrar!*«

Rainer blickte mich verwundert an, schien aber weniger überrascht als ich. Er nickte nur und sagte: »Okay, nee, echt, auch okay, mal was anderes, Hauptsache Kultur und so, ne.« Aber so ganz begeistert klang das auch nicht.

Einzig Odin schien Daphnes Begeisterung zu teilen. »Oooh. Frauen. Viele. Gutes. Lager. Hä. Hä.« Dabei grinste er ein dreckiges Götterlächeln, warf mir einen Seitenblick zu und stieß mich jovial in die Seite, wie bei so einer Vater-Sohn-Sache. Wahrscheinlich hatte sich ein Areal in seinem Stammhirn in diesem Augenblick durch eine spontane Testosteron-Adrenalin-Ausschüttung von Umnachtung befreit, und seine wahren Urinstinkte traten hervor.

Doch das kümmerte mich nicht. Ich war wegen Linda hier und wandte mich an eine auffallend groß gewachsene Frau, die sich nun vor mir mit einer nicht zu übersehenden Aura der Empörung aufbaute.

»Hallo ... äh ... Schwestern. Wir sind auch nicht hier, um an eurem ... äh ... was immer das hier ist ...«

»Zwei Wochen Selbstfindung für Frauen im Einklang mit der Erde«, zischte die Große.

»Das ist wiederum echt mal ein total interessanter und differenzierter Ansatz, so emanzipatorisch, ne«, urteilte Rainer anerkennend. »An der Uni hatte ich mal einen geschlechterübergreifenden Arbeitskreis, der auch zu dem Schluss gekommen war, dass Natur und Vagina ...«

»Prima, Rainer. Danke, das hilft jetzt echt weiter«, schnitt ich ihm freundlich, aber bestimmt das Wort ab. »Ich suche meine Freundin«, fuhr ich fort. »Sie heißt Linda, und ich wollte mich erkundigen, ob es ihr gut geht.«

»Warum soll es ihr nicht gut gehen?«, mischte sich nun eine andere Frau ein. »Oder glaubst du, wir sind nicht in der Lage, aufeinander aufzupassen, bloß weil wir Frauen sind?«

Daphne frohlockte: »Ha! Typisch Mann, sag ich doch die ganze Zeit. Chauvi!«

Ich raufte mir die Haare, also innerlich. Äußerlich ging das nicht wegen meiner Kapuze, und außerdem wollte ich meine Verzweiflung über dermaßen solide und über Jahrzehnte bestens trainierte Vorurteile keinesfalls zeigen.

Odins Miene wurde erst nachdenklich, dann immer grimmiger. Er schien aus Walhall und anderen Orten, die sich scheinbar mühevoll aus den Untiefen seines verdunkelten Gehirns in die Dämmerung seines Verstandes erhoben, so etwas nicht gewohnt zu sein. Dort, so vermutete ich, waren die Hauptaufgaben des weiblichen Geschlechts noch klar umrissen: Surströmming einwecken, Wundversorgung verletzter Recken mittels Heilkräutern sowie Befriedigung fleischlicher Lüste mit dem Ziel der Zeugung von Nachkommenschaft oder wahlweise auch nur zur profanen Kurzweil. Was in seiner klar strukturierten Welt wohl nicht vorkam, war das Aufmucken von Frauen gegenüber Männern. »Prügel?«, lautete daher seine knappe Ansage.

Rainer ging kommunikationsstrategisch subtiler vor. Sein Schwedisch war noch ziemlich holprig, aber trotzdem war ich mir sicher, dass die Damenwelt ihn verstand.

»Stopp jetzt mal, ne. Ich find die Genderdebatte grundsätzlich überfällig und gesellschaftlich gesehen alles andere als abschließend diskutiert, ne, keine Frage, aber im Augenblick sollten wir die von Torsten erbetene Aussage nach dem Wohlbefinden seiner Lebensgefährtin korrekt und respektvoll beantwortet bekommen, ne.«

Damit hatte keine der Frauen gerechnet.

Daphne auch nicht. Fast mit einem Anflug von Stolz blickte sie zu Rainer hinüber, korrigierte dieses weichliche Versehen aber sofort, als sie sah, dass ich sie wieder einmal beobachtete. Die anderen Damen schauten sich zuerst mit gerunzelten Augenbrauen an und dann zu Rainer, der daraufhin »Genau, ne«, sagte.

Schließlich gab die Rädelsführerin Auskunft. »Linda ist nicht da.«

»Super«, sagte ich. »Und wo ist sie?«

»Draußen bei den Rentieren mit vier anderen Kursteilnehmerinnen der Frauenselbsterfahrungsgruppe. Über Nacht. Morgen früh kommt sie wieder.«

»Das ist ja ultraspannend«, meinte Rainer. »Wird da auch kulturelle Identität vermittelt?«

Niemand antwortete ihm.

Daphne nicht, weil sie nur anerkennend nickte.

Thoralf Leifsson nicht, weil er das alles nicht verstand. Seine Wikingerwelt erfuhr im Moment ein mentales Erdbeben, Stärke acht Komma neun auf der nach oben offenen Rollenskala, schätzte ich.

Mir ging es wie Leifsson, nur aus anderen Gründen. Ich verstand nicht, was in Linda gefahren war, ich verstand nicht, warum sie mir das alles nicht erzählt hatte, ich verstand nicht, warum sie es offenbar niemandem erzählt hatte, ich verstand nicht, warum sie nicht einfach wieder nach Leksand gekommen war, obwohl sie sich doch offensichtlich mit Olle gestritten hatte, weil er sich, ganz wie ich es erwartet hatte, als Arschgeige entpuppt hatte.

Zumindest schien es ihr gut zu gehen. Das war im Augenblick das Wichtigste und erleichterte mich erheblich, auch wenn ich beschloss, mit ihr noch ein ernstes Wörtchen über dieses Thema zu reden.

Hier in Isipaurinoppki, einem Punkt im Lappländischen Nichts, eingebettet zwischen Bergen und Wäldern, zwischen Eis und Schnee, zwischen Himmel und eisenhart gefrorenem Boden, stand außer diesem Hotel mit seinen geschätzten dreißig Zimmern, vier dickstämmigen Holzhäusern in traditioneller und solider Schwedenbauweise, der kleinen Kapelle am Rande des Ortes sowie einer Handvoll im samischen Kotenstil errichteter Rundhäuser nicht viel, also eigentlich nichts, um genau zu sein. Was mir allerdings neu war: Bei den Damen handelte es sich um die Jokkmokker Frauengruppe *Jiekŋanissona*, die das Hotel den ganzen November über und bis zum Nikolaustag in Beschlag genommen hatte, um diverse Kurse anzubieten. Ihre Zielgruppe waren Frauen auf der Suche nach sich selbst oder auf einem neuen Weg, meist nach Trennung oder Scheidung. Deswegen der Name »Eisfrauen«? Waren sie zu kühl für neues Gefühl? Und: Was wollte Linda hier? Mit Daphne jedenfalls unterhielten sich die Frauen des Camps ganz normal, und kaum hatten sie erfahren, wie es um Daphnes Einstellung zu Männern stand, wurden sie noch offener.

Rainer fand das im Prinzip erst mal supi, aber ihm fehlte das wirklich Urkulturelle. Odin alias Thoralf Leifsson hatte aufgegeben: keine Vergewaltigung, kein Brandschatzen, kein Töten, ja nicht einmal eins von den Mädels übers Knie legen durfte man hier. Das ging ihm ungefähr so ab wie den *Jiekŋanissona*-Mädels der Besuch von Männern in ihrem gemieteten Hotel. Dennoch hatten die Frauen freundlicherweise dafür gesorgt, dass uns der Hotelier eine der Blockhütten aufgesperrt und angeheizt hatte. Es handelte sich um Apartmenthäuser, die zum Hotel gehörten. Es gab sogar Strom und fließend Wasser und, was genauso wichtig war, vier Schlafzimmer. Alles in allem ein enormer sozialer Aufstieg, wenn ich an das Asencamp und den Aufenthalt in Daphnes Rentierköttelbenzkombi zurückdachte.

Daphne hatte betont, dass wir morgen sofort weiterzufahren hätten, da unsere Anwesenheit die Frauen in der Gruppe verunsichern könnte (wovon ich bisher nichts gemerkt hatte, es schien mir eher umgekehrt zu sein). Anschließend hatte jeder von uns sein enges Zimmerchen mit Stockbett bezogen, und ich begab mich vor die Tür, um etwas Luft zu schnappen, bevor auch ich mich hinhauen wollte, weil mir die letzten achtundvierzig Lapplandstunden doch ziemlich in den Knochen steckten.

Gedankenverloren blickte ich zum beleuchteten Hotel und zu den Koten hinüber, die nur etwa fünfzig Meter von unserem Blockhaus entfernt standen. Davor brannten gewaltige Windlichter, wahrscheinlich, um eine gewisse Atmosphäre zu erzeugen. Die Lampen waren aber auch wirklich nötig. Zum einen, weil es zwar erst kurz vor vier Uhr nachmittags war, aber draußen bereits rabenschwarz. Zum anderen, weil aus Richtung Nordpol ein fieser Wind heranpfiff, wodurch es weitaus kälter wirkte als die ohnehin unangenehmen achtzehn Grad minus. Die Sterne musste er auch weggepustet haben, denn sie waren nicht mehr zu sehen. An Polarlichter war überhaupt nicht zu denken. Erste Schneekristalle stachen mich im Gesicht.

GUOKTELOGIČIEŽA

Es wurde eine unruhige Nacht. Wir hatten uns in unserer allgemeinen Müdigkeit bereits gegen neunzehn Uhr in die Kojen gelegt. Kojen traf es ziemlich gut, denn die vier Schlafzimmer, die diese Bezeichnung kaum verdienten, waren eher hoch als lang oder breit. Wenn man sich an der Wand entlangdrückte und nicht mehr Gepäck dabeihatte als ich, dann gelangte man nach einigen Mühen zu einer Stelle, von der aus man sich in die untere Etage eines Doppelstockbetts zwängen konnte.

Darin fühlte man sich wie ein Surströmming in seiner ausgebeulten Blechbehausung. Vermutlich roch ich auch nicht wesentlich besser, denn ich war nicht nur rund zwei Tage schlaflos geblieben, auch eine Dusche oder Ähnliches hatte ich solange nicht von innen gesehen. Daher war mir die abendliche Benutzung der Hüttennasszelle ein Hochgenuss. Danach fühlte ich mich zumindest wie ein sauberer Surströmming.

Unruhig war die Nacht nicht nur, weil es verflucht kalt war in der Hütte. Einen Kamin gab es nur im Wohnzimmer nahe dem Eingangsbereich; der Elektroheizkörper in meinem Zimmer hingegen mühte sich zwar redlich, kam aber nicht gegen die Kälte an, die von außen hereindrang. Außerdem hatte der Wind zugenommen und brachte das Holzhaus regelmäßig zum Zittern, sodass ich immer wieder aufwachte und mich vergewisserte, dass sich das Dach noch über mir befand und die Wände noch standen. Die Zeit zwischen diesen Prüfungen verbrachte ich damit, mich im Bett herumzuwälzen und blöde Sachen zu träumen. Irgendwann war ich dann endlich vor Erschöpfung weggeschlummert.

Allerdings nur bis zu dem Zeitpunkt, als mich eine tanzende Taschenlampe und eine durchaus vertraute Stimme weckten: »Du, Torsten, ne, ich glaub, die haben uns verfolgt, ne. Oberstkrass, echt wie so 'ne Art Geheimpolizei. Komm schnell! Der Odin ist auch schon super angestresst und will sie am liebsten umbringen, aber ich finde ja, dass Gewalt keine Lösung ist, ne. Vielleicht kannst du das regeln?«

Müde schlug ich die Augen auf und blinzelte ins Licht. Mein Blick fiel auf meine Armbanduhr. Es war kurz vor neun. Immerhin.

»Wer kommt? Wer ist gestresst? Wer will wen töten? Und vor allem: Warum?« Schwungvoll setzte ich mich auf, donnerte mit dem Kopf gegen den oberen Teil des Stockbetts und sank zurück ins Kissen. »Au! Mist!« Ich rieb mir die schmerzende Stirn. »Also noch mal, Rainer. Was ist los?«

»Die Aggrotypen vom Kulturbetrügercamp kommen mit den Motorschlitten. Ich glaube, die haben uns gefunden, ne.«

»Larf und die Asenbande?« Ich machte einen erneuten Versuch, mich aufzusetzen, diesmal behutsamer, auch wenn mich diese Neuigkeit eher dazu trieb, mit einem Satz aus meinem unbequemen Nachtlager zu hüpfen.

»Genau, ne. Krass, oder?«

»Megakrass! Leuchte mir doch mal mit der Lampe, damit ich meine Schuhe und den Pulli anziehen kann.«

»Wir dachten, dass wir das Licht besser auslassen, damit die nicht sofort sehen ...«

»Ja, ja, das war weise. Gut gemacht, auch wenn ich glaube, die werden bestimmt erst zum Hotel fahren. Die können ja nicht wissen, dass wir in der Blockhütte sind.«

Als ich endlich meine Stiefel und meinen Pulli angezogen hatte, was in der Enge des Schlafgemaches von der Größe einer Besenkammer eine beachtliche Leistung war, gingen Rainer und ich ins Wohnzimmer. Dort warteten bereits Odin, der leise »Tötentötentötentöten!« vor sich hin säuselte, und Daphne, die angestrengt aus dem Fenster starrte. Von dort aus hatte man den Weg im Blick, auf dem wir erst vor wenigen Stunden angekommen waren.

»Sind das die Typen, die hinter euch her waren?«, erkundigte sie sich mit dem Ton eines kampfbereiten Pioniers.

Ich stellte mich neben sie und wischte etwas Eis von der Innenseite der Scheibe. Der Sturm hatte deutlich nachgelassen, aber er hatte etwa weitere dreißig Zentimeter Neuschnee mitgebracht und wie eine durchgehende Baiserschicht über allem verteilt. In der lappländischen Finsternis erspähte ich zwei Paar flackernde, schwankende Scheinwerfer. Jetzt waren auch Verbrennungsmotoren zu hören. Ganz klar: Das waren Motorschlitten.

»Wie habt ihr die denn vorhin schon gehört?«, wollte ich wissen.

»Die Hunde haben uns geweckt«, erklärte mir Daphne knapp, »also der kleine.«

»Echt? Und das, obwohl sie Rüden sind?«, stichelte ich ein wenig.

Daphne lächelte nicht, sondern sah schweigend hinaus. Wahrscheinlich hätte sie mir am liebsten gegen den Adamsapfel geschlagen, unterließ das aber netterweise im Moment. Die Lichter kamen langsam näher. Wie hatten die uns bloß gefunden? Das konnte doch nicht wahr sein. Allerdings reichte es mir jetzt endgültig. Ich hatte keine Lust mehr, vor ein paar Bekloppten davonzulaufen. Ich hoffte zwar, dass sie nicht bewaffnet waren, zumindest nicht mit Schusswaffen oder Handgranaten (denen traute ich alles zu), aber ich sah auch, dass wir einen großen Vorteil hatten, oder sogar zwei, nein, sogar drei. Der erste hieß Odin und war seit kurzem nicht nur mein und Rainers Vater, sondern auch groß, stark und aufgrund seines eingetrübten Verstandes verhältnismäßig gewaltbereit – außerdem war er ja als Gott schon quasi im Himmel, was sollte ihm also noch groß blühen? Der zweite Vorteil hieß Daphne, war zwar etwas kleiner als Odin und wahrscheinlich etwas schwächer, was die Da aber durch ihre Entschlossenheit und ihre Verachtung bestimmter Männer wettmachte, gegen die sie jederzeit bereit war, mit äußerster Härte und Brutalität vorzugehen. Der dritte Vorteil lautete: Überraschungsmoment. Selbst wenn die Asen wissen sollten, dass wir uns in Isipaurinoppki aufhielten, so wussten sie hoffentlich noch nicht, wo genau im Camp.

Drei Vorteile, die ich zu unseren Gunsten auszuspielen gedachte. Außerdem waren Rainer und ich ja auch noch da. Diese Idioten sollten sich besser warm anziehen, wenn sie es aufgrund der Eiseskälte nicht ohnehin schon getan hatten. Nun galt es, jeden Einzelnen von einem beherzten Eingreifen zu überzeugen. Ich begann mit der einfachsten Aufgabe.

»Vater, o Vater mein, Gott der Götter. Errette uns, deine Söhne. Errette Schnäuzelchen und mich, denn dort sind die Männer, die uns bedrohen.«

»Töten?«, hakte Odin unsicher nach, und ich meinte, einen Anflug von Ungläubigkeit und Vorfreude wahrzunehmen.

»Nicht komplett töten, nur ein wenig, okay? Aber warte bitte, o Vater mein, o Odin, bis ich das Zeichen gebe, ja?«

»Töten! Warten! Zeichen!«

Er hatte es kapiert.

Hoffentlich.

Dann wandte ich mich an Rainer. »Gewalt ist keine Lösung, nur manchmal. Bist du noch im S.C.H.W.O.P.P.-Team, mein Freund?«

»Na logo, Torsten, echt, ne, ist doch sonnenklar. Freundschaft kommt noch vor Gewaltverzicht. Ehrensache. Gejagte aller Länder, vereinigt euch, ne!« Er lachte grunzend auf. Auch wenn ich befürchtete, er habe den Ernst der Lage nicht ganz vor Augen (was bei *der* Brille durchaus nachvollziehbar war), so war Rainer doch bereit zum letzten Gefecht, wie mir schien. Und dass er bisweilen nette Ideen hatte und man ihn nicht unterschätzen durfte, hatten sein beherzter Angriff auf den wesentlich größeren Tankstellenmann und unsere Motorschlittenflucht aus dem Lager der Nordgötterimitationen eindrucksvoll bewiesen. Zwar hätte ich unsere Verfolger noch viel lieber gefesselt in einen Verhörraum gesperrt und Rainer auf ganz andere Art auf sie losgelassen, etwa mit der Themenvorgabe: »Prinzipielle Sozialkritik am individuellen und kollektiven Mitgliederverhalten einer pseudoreligiösen Kleingruppe im Kontext der gesellschaftlichen Bewertung von Gewalt gegenüber außenstehenden Dritten«, aber zum einen hatte ich hier in Isipaurinoppki keinen Verhörraum gesehen, und zum anderen wäre das auch einfach eine zu fiese Folter gewesen, so eine Art Verbal-Waterboarding, das wahrscheinlich gegen die Genfer Konventionen verstoßen hätte.

Daphne zu motivieren war überhaupt nicht nötig. Sie

war es schon. Über ihre Gewaltbereitschaft machte ich mir grundsätzlich keine Gedanken, denn die war zweifelsohne im Überfluss vorhanden, nur die Richtung musste noch genau definiert, der Pfeil angespitzt, Daphne sozusagen subtil eingenordet werden.

Wie beiläufig bemerkte ich: »So, jetzt gibt's Ärger. Ich habe die Typen satt. Das sind sie. Die haben uns gefangen gehalten, die haben uns verfolgt, und die wollten uns ans Leder, die haben meine Freundin gejagt.«

Das genügte schon.

»Okay!«, bemerkte Daphne mit aufkeimendem Zorn.

Das wertete ich als Ja.

»Mein Plan geht so«, erklärte ich. »Wir warten, bis sie hier drin sind, dann überwältigen wir sie.«

Alle sahen mich an.

Daphne auch. Dann sagte sie: »Toller Plan«, allerdings mit einem ironischen Unterton. »Und wie willst du wissen, wann und wo sie die Schlitten abstellen? Und warum sollten die hierher zu uns kommen? Wahrscheinlich düsen die bis zum Hotel, und wir müssen dann hundert Meter durch den Tiefschnee stapfen, bis wir da sind.«

»Nö«, widersprach ich, »das kriegen wir schon. Seid ihr bereit?«

Ich schaltete für alle überraschend das Licht an. Nach einigen Sekunden hatten sich meine Augen an die Helligkeit gewöhnt. Ich blickte mich zwinkernd um. Odin sah total bereit aus. Er hatte seinen Helm aufgesetzt (zwar etwas schief, aber immerhin), das Fell übergeworfen und den PET-Brustpanzer angelegt, der noch Schleifspuren von unserer Schlittenfahrt zeigte.

Rainer wirkte weniger bereit, was aber an der Optik lag, nicht an seiner prinzipiellen Grundeinstellung. Er hatte geschickt zwei Modestile vereint und zur original samischen Traditionsbekleidung ganz frech einen Kochtopf aus der Hüttenküche als Helm kombiniert. Er sah vollkommen bescheuert aus, aber das konnte im Gefecht durchaus ein Vorteil sein. Lachende Gegner können nicht zuhauen.

»Hast du sie noch alle? Einfach so ohne Vorwarnung das Licht anzumachen! Ich glaub, du spinnst! Du Macho-Penner!«, rief Daphne, die mir ohnehin jederzeit kampfbereit vorkam.

»Versteckt euch. Ich locke sie an, und sobald sie drin sind: Auf sie mit Gebrüll«, erklärte ich ungerührt und schritt zum Eingang.

Odin fragte zur Sicherheit nach: »Töten? Gleich?«

»Ja, o Vater«, sagte ich und öffnete die Tür. Beim Einatmen gefror die Schleimhaut meiner Nase, beim Ausatmen taute sie wieder auf. Ein sehr seltsames Gefühl. Mit Rainers Taschenlampe vollführte ich eine wahre Lasershow, welche die Asen auf ihren Schlitten unmöglich übersehen konnten. Und tatsächlich. Einer der Schlittenfahrer holte auf, machte dem anderen wahrscheinlich ein Zeichen, dass er etwas entdeckt habe, beide Gefährte blieben stehen, um kurz darauf gleichzeitig auf uns zuzuhalten. Als sie nur noch einen Schneeballwurf von unserer Hütte entfernt waren, konnte ich drei Götter auf ihnen ausmachen. Zwei dünne auf dem linken und einen etwas kräftigeren auf dem rechten Motorschlitten. Es mussten Larf, Heimdall und der unangenehme Schlittenverleiher Stefan aus Sveg sein, der sich Vidar nannte.

Bevor sie ganz bei uns waren, machte ich die Taschenlampe aus und ging in die Hütte zurück. Zum einen hatte ich nicht vor, von etwaigen Projektilen irgendwelcher Art getroffen zu werden, und zum anderen wollte ich schnell wieder rein, weil mir vor Kälte fast die Haut von Gesicht und Händen fiel. Die anderen hatten sich versteckt, teils gut (Rainer hinter einem Vorhang, unter dem nur seine original samischen Traditionslederstiefelspitzen hervorlugten), teils mittelmäßig (Daphne wartete mit einem abgebrochenem Stuhlbein hinter der Tür) und teils weniger gut (Thoralf Leifsson stand mitten im Raum und hielt sich die Augen zu). Ich wollte ihn unter beschwichtigenden Sohnesworten ein wenig beiseiteziehen, doch er zeigte sich bockig und begehrte auf.

»Versteck. Gut«, rief er, was ich ihm zunächst nicht ausreden konnte. Erst als ich ihn aufgefordert hatte, ein gutes Beispiel für mich und Schnäuzelchen zu sein, setzte er sich in Bewegung und folgte mir zur Garderobe, wo wir gemeinsam in die Hocke gingen, was allerdings bei ihm in punkto Sichtbarkeit weniger brachte als erhofft.

Ich war nicht nervös.

Ich nahm deutlich wahr, wie Odin neben mir vor Anspannung bebte. Nicht vor Furcht, sondern eher vor freudiger Erregung, schätzte ich, weil er seine gesamte Muskelmasse in wenigen Augenblicken endlich auf einen Gegner loslassen würde. Fast meinte ich, seinen Bizeps kichern zu hören, was aber auch daran liegen mochte, dass mir langsam der Schlafmangel zusetzte, den ich noch lange nicht ausgeglichen hatte.

Rainer war zwar alles andere als eine physische Gefahr für unsere Gegner, aber dafür war ja Daphne zu uns gestoßen, die sich mit starrem Blick rhythmisch das Stuhlbein in die geöffnete Handfläche schlug, vermutlich um es auf seinen Einsatz auf einem Chauvischädel einzustimmen. Und ich war ja schließlich auch noch da. Mit einem dürren, hoffentlich unsportlichen Larf würde ich es allemal aufnehmen, Ha!

Ich löschte das Licht.

Dann warteten wir.
Bereit, die Asen zu verdreschen.
Ich hörte, wie die Schlitten vor der Hütte ankamen und das Geblubber der Motoren verebbte.
Mein Plan schien zu funktionieren.
Inzwischen pochte mein Herz schneller.
Na gut, ich war doch nervös.
Ziemlich sogar.

Gedämpfte Schritte auf Holzstufen, Gemurmel, sechs Füße stampften sich den Schnee von den Asenstiefeln, die Tür ging auf, Lappland hauchte eisig in die Hütte, und dann kamen sie. »Hallo? Ist da wer?«, sagte jemand.

Ich zögerte verdutzt. Kannte ich diese Stimme nicht? Da Daphne nicht hören konnte, was ich dachte, und weil ihr das wahrscheinlich ohnehin schon alles viel zu lange dauerte, schrie sie plötzlich: »Jetzt! Auf die Schweine mit Gebrüll!« Ich machte das Licht wieder an. Na gut, zumindest wäre das die nächste Stufe meines Planes gewesen. Da ich aber den Lichtschalter nicht sofort fand, wurde es nicht hell, und ich rief stattdessen: »Scheiße! Wartet mal!«

Parallel dazu hörte ich ein Klirren wie von Ringen, die auf den Boden prasselten, ein Knirschen und einen dumpfen Schlag, wie wenn ein Jäger seine Beute auf den Teppich wirft. Danach noch einen, von der Tonlage her aber etwas heller und hohler. Jemand fluchte auf Deutsch: »Aua! Seid ihr behämmert?« Eine Frau schrie hell und gellend auf, und eine andere Stimme rief (auf Lateinisch und Schwedisch): »*Pax vobiscum*, wir kommen in friedlicher Absicht!«

Neben mir kam Bewegung in Odin. Mit markerschütternder Stimme brüllte er: »TÖTEN!« Dann rumpelte es, und Odin sagte: »Oh.« Er musste der Länge nach hingeschlagen sein. Daphnes erstickter Ausruf: »Verdammt! Nimm deine dreckigen Finger von mir, sonst brech ich dir irgendwas!« ließ darauf schließen, dass jemand sie befummelte. Zwischendrin nahm ich Knurren und Gekläffe wahr. Und Hecheln. Und Gewusel. Es folgte ein erneuter Schlag, diesmal klang es nach Holz auf PET. Odin stellte fest: »Aua!«

Endlich fand ich den Lichtschalter.

Das Bild, das sich mir nun darbot, ließ mich ehrfürchtig innehalten. Und auch etwas schockiert. Und perplex.

Selbst ein Topregisseur hätte das nicht besser hinbekommen.

Odin lag der Länge nach auf dem Bauch. Mit einer Hand hatte er Daphnes Knöchel gegriffen, wohl im Glauben, es handele sich um den Fuß eines Gegners, was daran lag, dass Daphne Odin in einer Tour mit dem abgebrochenen Stuhlbein auf den Wikinger-Plastikhelm hämmerte.

Rainer war gar nicht zu sehen. Das wiederum lag daran, dass er den Vorhang, hinter dem er sich versteckt hatte, komplett mit Gardinenstange von der Wand gerissen, sich hoffnungslos darin verheddert hatte und schließlich zu Boden gegangen war. Nun wälzte er sich unter einem gedämpften: »Krass, echt krass hier, ne, der Mist!«, in der Mitte des Raumes, was Geri und Freki total schön fanden. Gern spielten sie dieses lustige Spiel mit, sie sprangen und hüpften fröhlich umher und kläfften, was das Zeug hielt.

Das war aber nicht die größte Überraschung dieser Inszenierung. Die nämlich saß mit erschrockenem Gesicht vor mir auf dem Hosenboden, sah mich mit weit aufgerissenen Augen an und fragte: »Torsten?«

Ich fasste es nicht.

»Papa?«

»Nein, ich bin der Weihnachtsmann und bringe die Geschenke«, kam es zurück. »Wir hatten doch letztens schon mal telefoniert. Erinnern Sie sich?« Keine Frage, das *war* mein Vater.

Dafür hielt sich Odin allerdings auch. Ungeachtet der weiter auf ihn einprasselnden Wut-Emanzenschläge hob er seinen Kopf und fragte: »Papa? Sohn? Ich! Hier!«

»Ist der Typ noch ganz dicht?«, fragte mein biologischer Vater und nickte zu Thoralf Leifsson hinüber, der Daphnes Knöchel mittlerweile losgelassen und sich aufgesetzt hatte.

»Nein«, antwortete ich, »aber bis wir ihn zu einem Spezialisten gebracht haben, wirst du dich damit abfinden müssen, dass ich zwei Väter habe.«

»Du hast aber auch eine kleine Macke, was, Sohn?«

»Sohn. Vater«, kommentierte Odin.

Mein Vater schüttelte den Kopf.

»Hallo, Pfarrer Petters... ich meine natürlich: Hallo Jan-Peer«, sagte ich und ging zu ihm, um ihn zu begrüßen. Er war etwas blass um die Nase. »Ha... ha... hallo, Torsten. Was ist denn hier los? Wer sind dieser«, er zögerte und deutete auf Thoralf Leifsson, der wortlos in der Mitte des Raumes saß, »Mann und diese...«, nun wanderte sein Finger zu Daphne, »Frau?«

»Och, das sind Bekannte. Der Mann in der Mitte ist Odin, der Gott der Asen und sozusagen mein zweiter Vater, und die Frau, die ihm weiterhin ständig aus unerfindlichen Gründen auf den Helm haut, heißt Daphne, genannt Da. Sie kommt aus Deutschland und lebt von Tierscheiße.«

»Der Penner hat mich angegrabscht im Dunkeln. Ihr Männer seid doch alle gleich«, fauchte es von rechts.

»Welcher Typ soll dich schon angrabschen? Hast du mal in den Spiegel geschaut?«, rief mein Vater. »Lächerlich!«

»Wer ist denn der alte Machoknacker? Dein echter Alter?«, wollte Daphne von mir wissen. »Da ist ja der andere noch besser! Kein Wunder, dass du so geworden bist.«

»Ist es die Di da, die da am Eingang steht, oder die Di da, die da ...«, trällerte Rainer gedämpft aus seiner Stoffverpackung heraus.

Manchmal ist es besser, Probleme und Sachlagen einfach zu ignorieren. Die Lösungschance steigt erheblich, wenn man sich stillschweigend die eigene Fehlbarkeit eingesteht. »Ach ja, den kennst du ja, Jan-Peer«, fuhr ich daher seelenruhig fort. »Rainer.«

»In einem Vorhang?«

»Ja, sieht so aus.«

»Hallöchen, ne«, rief es. Ein Stück Stoff beulte sich aus, wahrscheinlich wollte Rainer Pfarrer Pettersson zuwinken, was aber nicht ging.

»Ich hab echt gedacht, das gute kosmische Karma hätte uns verlassen«, kam es plötzlich von der anderen Seite.

»Mensch, Renate, entschuldige«, sagte ich und nahm sie kurz in den Arm. »Geht's gut? Schön, dass du auch da bist.«

»Klar geht's der gut. Sie quasselt schon, seitdem wir auf die Schlitten umgestiegen sind, von kosmischem Karma, das sich am Horizont zeigt.«

»Polarlichter?«

»Habe ich ihr auch erklärt, aber sie hört ja nicht auf mich.«

»Da hat sie auch verdammt recht«, meinte Daphne. »Ein alter Machoknacker wie du mit einem so jungen Mädel, ich fass es nicht!«

»Willst du mal in den Schnee, Mannsweib?«, fuhr mein Vater auf.

»Kannst du haben, du lächerlicher Viagrawallach!«, kam es zurück.

»He, können wir uns bitte mal alle zusammennehmen? Ihr seid doch nicht hergekommen, um euch zu streiten«, ging ich dazwischen.

»Aber auch nicht, um sich von einer Möchtegernamazone mit Mittelstürmerfrisur beleidigen zu lassen«, schimpfte mein Vater.

»Ich hab wenigstens noch Haare!«

»Klar. Auf den Zähnen! Und wahrscheinlich auch auf der Brust und auf dem Rücken und sonst wo.«

»Mann! Klappe jetzt, ihr zwei!«, brüllte ich, weil mir die Hutschnur platzte. »Ihr habt doch echt die Pfannen heiß. Ich habe das alles auf mich genommen, um Linda zu finden, uns verfolgen ein paar Bekloppte in Wikingerverkleidung, draußen sind minus zwanzig Grad, und ihr habt nichts Besseres zu tun, als euch zu streiten wie zwei Kleinkinder?«

»Genau, genaustens, ne«, sagte der Vorhang am Boden.

»Und überhaupt«, wandte ich mich an meinen Vater, »kannst du mir mal verraten, warum ihr Motorschlitten genommen habt und nicht mit dem Auto gekommen seid wie normale Menschen?«

»Ich fand das karmamäßig auch bedenklich«, pflichtete mir Renate bei.

»Wollt ihr mir denn alle vorschreiben, was ich in meinem Alter noch erleben darf und was nicht?«, beschwerte sich mein Vater. »Ich bin noch nie auf so einem Ding gefahren, und als ich auf der Landstraße von Jokkmokk, kurz vorm Abzweig nach Isipauripoppi, oder wie das

Kaff hier heißt, den Motorschlittenverleih entdeckt habe, da ...«

»Ja, ja, ist ja schon gut«, gab ich mich geschlagen. »Du darfst natürlich noch ganz viel erleben.«

»Aber deswegen sind wir nicht hier«, mischte sich nun Pettersson ein.

»Sondern um euch zu streiten, oder wie?«, fuhr Daphne kampfbereit auf.

Doch Jan-Peer Pettersson war professionell genug, sie in diesem Moment zu überhören. »Linda ist anscheinend wohlauf«, fuhr er fort. »Sie hat meiner Frau einen langen Brief geschrieben«, er zögerte kurz, »es war ein Brief von Frau zu Frau.«

»Ha!«, sagte Daphne.

Ich warf ihr einen unmissverständlichen Blick zu.

»Erst wollte meine Elsa mir nichts davon erzählen, weil sie es ihr versprochen hatte«, erklärte Pettersson. »Aber als du dann mit Rainer nach Jokkmokk gefahren bist, und sie gemerkt hat, dass auch ich mir große Sorgen machte, da hat sie es mir verraten. Und als dann auch noch dieser Mann aus Kvikkjokk bei deinem Vater angerufen hat, sind wir natürlich sofort los. Wir haben gehofft, euch in Isipaurinoppki anzutreffen, denn Linda macht hier in der Abgeschiedenheit einen Selbstfindungskurs, aber ihr scheint es gottlob gut zu gehen, und das ist doch das Wichtigste, nicht wahr.« Seine Stimme klang allerdings ein wenig unglücklich. Wahrscheinlich weil er sich gewünscht hätte, seine Tochter hätte sich selbst eher in Gott als in einem weltlichen Frauenproblemlösungsurlaub in Lappland gefunden.

»Weiber«, sagte mein Vater.

»Bestimmt macht die das wegen irgendwelchen Männern«, sagte Daphne.

»Hallöchen, ne«, sagte Rainer, der es endlich geschafft hatte, sich aus dem Vorhang zu befreien.

»Linda ist anscheinend über Nacht weg, kommt aber morgen früh zurück. Das hat zumindest die Kursleiterin erzählt, und Lindas Auto steht auch auf dem Hotelparkplatz. Wir müssen uns also um sie keine großen Sorgen mehr machen.«

Man konnte Pettersson ansehen, dass ihm ein Stein vom Herzen fiel. »Das ist ja großartig! Wir hätten euch gerne angerufen, aber wir wussten nicht, wo, und dein Handy war genauso tot wie Rainers«, fuhr Pettersson fort. »Es ging immer nur der Anrufbeantworter ran.«

»Ich habe meins verloren, und von Rainers Handy ist mittlerweile der Akku leer.«

»Wenn man sich auf eines verlassen kann, dann auf die Tatsache, dass mein Sohn aber auch gar nichts auslässt«, frotzelte mein Vater. Doch dann kam er zu mir und klopfte mir auf die Schulter. »Aber deine Linda hast du ja sogar selbstständig gefunden. Respekt! Eine Klassefrau, schnapp sie dir!«

»Danke für die tolle Anerkennung, Papa, und auch für deinen überaus weisen Rat.«

Pettersson guckte etwas verstört, weil mein Vater über seine Tochter sprach wie über ein Aktienpaket mit Perspektive. Odin allerdings guckte mehr als verstört. Mühsam erhob er sich und sagte mit weinerlichem Unterton: »Sohn? Papa?«

Ich sah, dass seine Seele anfing zu bröseln. »Sohn. Du. Schnäuzelchen«, hob er an.

»Nee, nee, das ist nur so 'ne Redensart bei uns«, erklärte ich Leifsson. »Klar bist du mein Vater.«

Mein richtiger Vater blickte von ihm zu mir und wieder zurück, schüttelte den Kopf und schlug sich an die Stirn.

Schließlich fragte er leise: »Sag mal, wo hast du denn die Typen hier aufgegabelt? War das ein Gruppenausbruch aus einer Nervenheilanstalt, und du konntest nicht ablehnen, als die bei dieser Kälte am Straßenrand standen?«

»Teilweise so ähnlich, teilweise umgekehrt«, gab ich ausweichend zurück. »Aber wollen wir uns nicht zusammen an den Tisch setzen? Wir haben bestimmt noch ein oder zwei Stunden, bis Linda kommt. Es hat ja eben erst angefangen zu dämmern, und vor Mittag wird sie nicht hier sein, hat man uns gesagt. Dann erzähle ich euch alles von Anfang an. Außerdem brauche ich einen Kaffee, und ich habe Hunger. Ihr doch sicherlich auch, oder? Im Kühlschrank sind Eier und Käse, und Brot habe ich auch gesehen. Und du musst mir von den Renovierungsarbeiten an meinem Haus berichten.«

Mein Vater machte ein Gesicht wie ein Arzt, der einem die Todesnachricht nicht überbringen möchte, weil er einen mag. »O ja, die Renovierung.«

»So viel Zeit haben wir aber gar nicht, glaube ich. Meine inneren Stimmungen sagen mir, dass uns bald besondere Begegnungen widerfahren werden, und es ist überall Licht!«, rief Renate.

»Was meinst du?«, wollte ich wissen und ging zu ihr ans Fenster.

Ich sah, was sie meinte.

Ein Auto kam auf Isipaurinoppki zugefahren, also quasi auf uns. Bald schon erkannte ich, dass es ein Volvo war, und ich war mir leider sicher, diesen Wagen schon einmal gesehen zu haben.

GUOKTELOGIGÁVCCI

Neun Uhr dreißig. Eine Art Sonne, heute mal zur Abwechslung blass wie Sahneheringshappen (ohne Rote Bete), hievte sich hinter den Bergen am Horizont empor. Eigentlich verdammt schön. Zwielicht, Weite, Schneekristalle, die, wie von Elfenhand getrieben, bei leichtem Nordostwind emporwirbelten und von der Sonne in Myriaden von schillernden Diamanten verwandelt wurden.

Einzig der Volvo, der seine Reifenspuren auf dem verschneiten Weg zog, trübte das Bild. Nicht zwingend optisch, denn dieser pittoreske Anblick hätte perfekt in jeden Werbespot für Wodka, Kühlmittel oder Reifen mit Spikes gepasst. Der aufgewirbelte Schnee erhob sich in einer kleinen Fontäne hinter dem Fahrzeug, fächerte auf, um wie frisch gewaschener Brillantenstaub sanft wieder niederzugehen; einsam zog das Auto seine gleichförmigen Spuren im Schnee.

Nein, es war beileibe nicht die Optik, die irritierte, die Bildstörung war eher mentaler Art. Denn leider ahnte ich schon, wer in diesem metallicblauen Volvo mit der Aufschrift *Stefans & Marias Snöskoteruthyrning – 84 232 Sveg* zu uns gefahren kam. Der Fahrer und die beiden Gestalten waren zwar nur schemenhaft zu erkennen und noch ein gutes Stück entfernt, doch die Hörner ihrer Helme ragten wie dunkle Fühler in die Höhe.

»Wer oder was ist das denn?«, wunderte sich mein Vater, der zu mir und Renate getreten war.

»Asen«, erklärte ich.

»Asen?«

»Nordische Götter.«

»Nordische Götter? Also, Sohn, hör mal …«

»Sohn. Odin. Vater«, kam es von hinten. Die Elternproblematik schien für Leifsson noch nicht abschließend ausdiskutiert zu sein. Für meinen Vater schon.

»Götter wie der?« Mein Vater deutete mit dem Daumen hinter sich, ohne sich umzudrehen.

Ich nickte. »Genau solche, nur kleiner.«

»Sag mal, Junge, und vor solchen gestörten Flöten lauft ihr davon?«

Daphne ließ ein Geräusch ertönen, das wie ein kurzes, verächtliches Prusten klang.

»Die haben eventuell Waffen und waren obendrein fünfmal mehr als Rainer und ich«, verteidigte ich mich, »außerdem war Odin nicht immer so handzahm. So ist er erst, seitdem er … Er hatte eine Art Verkehrsunfall an einem Baum. Hast du mal seine Arme gesehen?«

»Genau«, sagte Rainer. »Krasse Arme, ne.«

Jetzt drehte sich mein Vater um.

»Sohn. Odin. Vater«, wiederholte Leifsson.

»Habt ihr Schiffschaukelbremser mal sein Gehirn gesehen? Ich nicht, weil er keins hat. Der braucht keinen Bewacher, der braucht einen Betreuer.«

»Sag ich doch die ganze Zeit«, meinte ich und stöhnte leise. »Und was meinst du, wer dieser Betreuer ist?« Ich senkte meine Stimme. »Ich. Deswegen spiele ich auch seinen Sohn, verstehst du?«

»Und ich auch, ne. Ich bin Schnäuzelchen«, ergänzte Rainer überflüssigerweise.

Mein Vater sah ihn an. »Wer? Schnäuzelchen?«

»Genau.«

Dann schüttelte er den Kopf mit einem hoffnungslosen Gesichtsausdruck und sagte: »Es wird Zeit, dass ihr heimkommt.«

»Gerne, Papa. Sobald ich mich davon überzeugt habe, dass es Linda gut geht, fahren wir. Am besten nehmen wir sie gleich mit. Wenn sie will«, fügte ich leiser hinzu.

»Weichei«, grummelte mein Vater. »Klar will sie. Weil du es willst. Sei einmal ein Mann.«

»Machoknacker mit Erektionsstörung«, sagte Daphne zu meinem Vater, und er konterte: »Kurzhaarhexe mit Penisneid.«

»Echt jetzt mal *peace* hier, ne. Das ist weder Umfeld noch Raum für eine Genderdebatte«, meinte Rainer, und ich intervenierte: »Mensch, Klappe jetzt, verflixt! Egal, was geschieht – als Erstes müssen wir an denen vorbei.«

»Die kriegen eins auf die Fresse«, schlug Daphne vor.

»Gute Idee«, meinte mein Vater. »Hätte von mir sein können.«

»Wir könnten reden«, entgegnete Rainer. »Aber worüber, das weiß ich auch nicht, ne.«

»Wenn du sagst, es seien Asen«, mischte sich Pettersson ein, »dann wären eventuell ein Exorzismus und eine Art späte Christianisierung vonnöten.«

»Das fände ich nicht gut«, kritisierte Renate. »Das ist eine vorgefasste religiöse Einengung der Selbstfindung und des persönlichen Karmas. Gott ist nicht gleich Gott, und er oder sie ist in dir, und wir alle sind vereint im Kosmos.«

»Auch eine Sichtweise«, meinte Rainer nickend, »muss man gelten lassen, ne.«

»Stimmt«, sagte Daphne. »Und wer behauptet eigentlich, dass Gott ein Mann ist? Nur die Machokirche, die beherrscht wird von Männern. Punkt.«

»Niemand sagt das«, antwortete Renate mit sanfter Stimme, als spräche sie zu den verirrten Mitgliedern einer Sekte. »Er ist nicht sie, sie ist nicht er, er ist *es*, genauso, wie sie *es* ist, vereint in einem geschlechtslosen, universellen Engelslicht des allumfassenden *Wir*, das in uns allen leuchtet als kosmische Urenergie, bis wir am Ende den Sinn erfassen, wenn wir eins geworden sind mit allem.«

»Das ist Blasphemie«, empörte sich Pettersson.

»Sagt mal, habt ihr eigentlich noch alle Latten am Zaun?«, fragte mein Vater. »Ich glaube, von euch erfasst hier echt niemand mehr irgendwas.«

»Wahrheit kann man nicht belügen«, widersprach Renate mit funkelnden Augen. »Und der Kosmos ist die absolute Wahrheit.«

»Genau«, sagte Rainer. »Verbalgewalt ist auch Gewalt, und so läuft das nicht, ne.«

»Ha. Machoknacker«, sagte Daphne und verschränkte grinsend die Arme vor der Brust.

Mir war klar, dass ich diese Diskussion beenden musste. Und zwar schleunigst, denn inzwischen war kostbare Zeit vergangen, die der Asen-Volvo genutzt hatte, um bis zum Blockhaus zu kommen. Nun ging der Motor aus, und ich konnte bereits ihre Stimmen hören.

»Meinft du, fie find hier?«

»Bestimmt.«

»Soll ich mal ins Gjallarhorn stoßen?«

»Bitte nicht!«

»Nein! Laff ef!«

»Hör doch mal auf, so bescheuert zu reden!«

Larf. Heimdall. Vidar. Kein Zweifel.

Dann kamen Schritte näher.

Es klopfte.

»Geht mal aus dem Weg«, raunte ich den anderen zu,

die sich überrascht bis empört zu mir umdrehten. Als sie jedoch begriffen, was ich vorhatte, sprangen sie sofort zur Seite.

Pettersson faltete die Hände wie zum Gebet und blickte kurz gen Himmel.

Rainer sagte: »Oberstkrass! Echt immer Gewalt!«

Daphne: »Hau rein, Alter!«

Renate schmiegte sich an meinen Vater, was dem offenbar gefiel, weswegen er diesmal nicht seinen Senf dazugab.

Es klopfte noch mal.

Ich sagte fröhlich: »Herein!«

Dann ging die Tür auf, und ich konnte an Larfs Gesicht (er stand nun mal ganz vorne – sein Pech!) erkennen, wie sich ein normaler, gefasster Gesichtsausdruck in Panik und blankes Entsetzen verwandelte.

Denn nun ließ ich Odin von der Leine.

»Geh nun, Vater, und renne unsere Feinde über den Haufen. Deine Söhne lieben dich!«

»Genau, ne«, sagte Rainer, aber ziemlich leise und ehrfurchtsvoll.

Es dauerte noch eine gefühlte Sekunde, bis Thoralf Leifsson schreiend und mit hasserfülltem Gesicht losspurtete, die etwa vier Meter bis zur Tür auf ungefähr Gabelstaplervollgas beschleunigte und mit etwa der gleichen Masse und Wucht in Larf einschlug. Dem blieb aus physikalischen Erwägungen heraus keine andere Wahl, als luftentleert aufzustöhnen und in seinen Hintermann Stefan zu fliegen, der dasselbe Geräusch von sich gab und sich seinerseits mit spitzen Knochen in Heimdall bohrte. Dem flog zuerst sein bescheuertes Gjallarhorn in hohem Bogen aus der Hand, dann purzelte er selbst mit dem Hintern zuerst in den Schnee. Es folgten Stefan und Larf.

Und Thoralf Leifsson.

Mann, war der wieder mal sauer. Wie seinerzeit an der Tankstelle. Da hatten sich wahrscheinlich über die letzten Stunden der Brutalitätsenthaltsamkeit ein paar hundert Gramm reines Adrenalin angestaut, die nun mit einem Schwups ins Blut gelangt waren.

Wie ein Tier sprang er auf und ab, suchte anscheinend nach Gegenständen und Menschen, die er verbiegen oder zerbrechen konnte. Er raste zum Gjallarhorn, Heimdall flehte noch: »O nein, nicht das Horn«, doch Odin hatte es schon hochgehoben und zu Altmetall verarbeitet, bevor er es hinter sich übers Dach warf. Dann trat er in einer Art Übersprunghandlung an einen Pfosten, der die Veranda des Eingangs trug, sodass das ganze Holzhaus erzitterte, bevor er sich den drei verängstigten Asen zuwandte, die wie paralysiert vor uns im Schnee lagen und erst jetzt die Lebensgefahr zu begreifen schienen, in der sie sich befanden.

»TÖÖÖTEN!«

Aus den Augenwinkeln sah ich, wie in einiger Entfernung ein paar der Damen des Selbstfindungskurses, angelockt durch das unfassbare Gebrüll von Thoralf Leifsson, vor das Hotel traten, die Szene zuerst kurz beobachteten und sich nun zu beraten schienen.

Odin lief breitbeinig und von Rage getrieben auf die drei Männer am Boden zu, wahrscheinlich um sie in selbigen zu stampfen. Eben wollte ich meinem Ersatzvater die magischen Worte: »Gnade, lass ab, o Vater!« zurufen, um die Situation zu entspannen, als dieser mir die Entscheidung abnahm, unterhalb der Treppe unglücklich auf einer überfrorenen Wasserlache ausglitt, einen monströsen Sturz hinlegte und mit dem Hinterkopf an die unterste Treppenstufe donnerte.

Er sagte nicht einmal mehr »Aua!«, sondern blieb besinnungslos liegen.

»Scheiße, verfluchte!«, rief Larf. »Jetzt ist es aber genug! Es hat sich ausgeast.«

Ich sah ihn verwirrt an. »Sag das noch mal.«

»Was?« Jetzt sah er mich verwirrt an. Und auch ein wenig säuerlich.

»Was du eben gesagt hast.« Damit ging ich die Stufen hinab und auf die drei Männer in ihren albernen Wikingerkostümen zu. Die anderen folgten mir zögerlich. Alle schienen zu spüren, dass sich die Gesamtsituation in punkto Anspannung deutlich verändert hatte.

»Sag mal: Skilift.«

»Skilift.«

»Sag mal: Sessellift.«

»Ich bin doch kein Echo«, wehrte er sich. »Meinetwegen: Sessellift. Zufrieden?«

Ich kratzte mich am Kopf. »Wo ist dein Sprachfehler hin?«

Er sah mich mitleidig an. »Du hast es noch immer nicht begriffen, was? Ich habe keinen Sprachfehler.«

»Du hast gelispelt.«

»Habe ich.«

»Jetzt nicht mehr.«

»Stimmt.«

»Aber wieso?«

Larf, der ab sofort wieder Lars hieß, erhob sich, und Stefan und Sven taten es ihm gleich.

»Es war Teil der Castingshow.«

»Was für eine Castingshow?« Ich war fassungslos.

»Echt die oberstkrassen Kulturintegrationsbetrüger!«, empörte sich Rainer und stellte sich neben mich. »Genau, ne, was für 'ne Castingshow überhaupt?«

»Wir sind gar keine Asen«, erklärte Lars und klopfte sich den Schnee vom Hintern.

»Ist nicht wahr?«, kommentierte mein Vater in gespielter Entrüstung. »Und das sagt ihr uns erst jetzt? Ich bin empört!«

»Wir sind Schauspieler«, erklärte Lars.

»Richtig«, pflichtete ihm Stefan bei. »Laienschauspieler.«

»Das hingegen wusste ich sofort«, schoss mein Vater wieder in die Menge.

»Was labern die denn da für einen Müll?«, erkundigte sich Daphne und schob ein verächtliches: »Pfft, Männer« hinterher.

»Das Ganze ist so eine Art Kultur-Castingprojekt«, erklärte Sven.

Das wiederum erfreute Rainer, und mit erheblich versöhnlicherer Stimme sagte er: »Alles klaro, ne, da sieht die Sache mal echt wieder anders aus.«

Ich ahnte, was hier gespielt wurde, aber verstehen konnte ich es absolut nicht. »Okay, Jungs«, hob ich an. »Ihr seid also Laienschauspieler. Aber was soll das Ganze? Wen oder was stellt ihr denn für wen oder was dar? Wo ist eure Bühne, wo ist das Publikum, wer ist der Regisseur, weshalb ...«

Weiter kam ich nicht mehr.

Die lappländische Stille hatte plötzlich Pause.

Alle sahen sich um. Weit entfernt am Horizont bemerkte ich einen Helikopter, der näher kam, ich schätzte, aus Richtung Kvikkjokk. Gleichzeitig ertönten in etwas geringerem Abstand Rufe und Glöckchen vom Hotel zu uns herüber. Zu diesen akustischen Eindrücken gesellte sich das anschwellende Geräusch zweier Fahrzeuge, allerdings aus der entgegengesetzten Richtung.

»Linda!«, rief ich völlig aus dem Häuschen und blickte zu der Ansammlung von Rentierschlitten, die soeben in der Mitte von Isipaurinoppki eingetroffen waren.

»Eine Bell 407, glaube ich«, mutmaßte mein Vater mit Blick auf den Helikopter.

»Boah, Staatsgewalt im Anmarsch, ne. Krass, Lapplandbullen!«, rief Rainer entsetzt mit Blick auf die herannahenden Autos. Er hielt sich die Hände wie ein Fernglas vor die Augen.

»Das ist ja schön und gut, aber kannst du mir mal erklären, was du da für einen Unfug veranstaltest?«, fragte ihn mein Vater. »Meinst du, dadurch siehst du besser?«

»Das ist ein internes Lappland-Zeichen für Gefahr und dass man sich vorsehen soll und so weiter, ne. Hab ich von der kleinen Linnea gelernt, ne«, erklärte Rainer und starrte unbeirrt weiter durch sein Fernglas.

Mein Vater starrte auch, und zwar mich mit offenem Mund an, aber ich hatte keine Lust, ihm das jetzt zu erklären. Mir kam es nämlich so vor, als hätte ich diesen Hubschrauber nicht zum ersten Mal gesehen. Es dürfte derselbe sein, dem wir schon auf der Flucht aus dem Asencamp begegnet waren. Ob es allerdings eine Bell 407 war, dazu konnte ich nichts sagen – mein Vater war Diplom-Ingenieur, ich nicht. Wahrscheinlich hatte er dieses Ding einstmals mitentwickelt und erkannte ihn wieder.

Die Fahrer der beiden Autos waren in der Tat Polizisten, und wie es sich für Witterung und Landstrich gehörte, kamen die wirklich mit recht hochbeinigen Geländewagen angedüst. Die Rentiere von Lindas Schlittenexkursion, die in einigem Abstand von uns warteten, begannen nervös zu werden und machten einige Schritte. Das typische Knacken ihrer Beinsehnen klang wie ein Kastagnettenkonzert zu uns herüber.

»Ich bin gespannt, was jetzt passiert«, sagte ich noch, bevor uns die Damengruppe erreichte, die vom Hotel zur Hütte gestapft war. Und tatsächlich, da war sie, endlich! Linda.

»Torsten? Papa? Rainer? Renate? Herr Brettschneider? Was macht ihr denn hier?«, fragte sie, kaum dass sie uns erreicht hatte. »Und was sind das für komische Männer? Und der Große, ist der etwa …?«

»Nein, keine Bange. Der gönnt seinem Hirn nur einen Kurzurlaub in der Dunkelkammer«, erklärte mein Vater und deutete auf den ohnmächtigen Thoralf Leifsson vorm Treppenabsatz. »Aber nenn mich ruhig Gerd, meine Tochter«, fuhr er fort, wobei er mir zweideutig zuzwinkerte und auffordernd in Lindas Richtung nickte. Er konnte es einfach nicht lassen.

»Linda!«, rief ich erleichtert und glücklich, sie endlich wohlbehalten wiederzusehen, und ging auf sie zu.

»Gott sei's gedankt, du bist wohlauf, Linda!«, rief Pfarrer Pettersson. Er überholte mich und erreichte sie vor mir. »Kind, warum bist du denn nicht ans Telefon gegangen? Wir haben uns große Sorgen gemacht!«

»Ich habe mich doch immer mal gemeldet«, wunderte sich Linda. »Ich wollte etwas Abstand, und bei den Kursen hier sind Handys nur in Notfällen erlaubt. Ich hab doch gesagt, dass ich wiederkomme! Ihr hättet euch wirklich keine Sorgen machen müssen, Papa. Das tut mir leid.« Mit diesen Worten schloss sie ihren gerührten Vater in die Arme.

»Echt, ne, so familymäßige Zusammenführungen gehen mir total nahe, so gefühlstechnisch, ne«, sagte Rainer, woraufhin ihn Daphne mit einer Mischung aus anerzogener Verachtung und tiefer Zuneigung anschaute. Immerhin schwieg sie ausnahmsweise. Zum Glück.

»Wir sind dir auf den Spuren des kosmischen Karmas gefolgt«, schwärmte Renate, »und haben dich gefunden. Die Lichter haben uns zu dir geleitet.«

»Hi, Linda«, begrüßte ich sie endlich, nachdem ihr Vater sie aus seinen Armen entlassen hatte.

Wir sahen uns an.

Lange.

Dann küsste sie mich samtweich auf die Wange. »Hallo, Torsten. Schön, dich wiederzusehen.«

»Erklärst du mir, was du hier machst?«, bat ich sie.

»Gerne, aber ich glaube, du hast mir einiges mehr zu erklären. Die Männer da ...«

»Ex-Asen«, sagte ich. »Schauspieler.«

»Laienschauspieler«, präzisierte mein Vater, »Betonung auf *Laien*.«

»Laienschauspieler? Und die Frau?«

»Ich bin Daphne, aber du kannst mich Da nennen, Schwester.«

»Daphne hat uns vom Asencamp in Kvikkjokk mit hierher genommen«, erläuterte ich. »Sie sammelt Rentierköttel.«

»Nur nebenher«, rief Daphne, »als zweites Standbein sozusagen.«

Lindas Blick war vollkommen verwirrt, dann schien sie sich zu fassen. »Du warst in Kvikkjokk? Was um Himmels willen hast du denn da gemacht?«

»Ich war auch mit, ne!«

Mittlerweile hatten sich die anderen Frauen um uns geschart und sahen den Polizisten, die inzwischen eingetroffen waren, dabei zu, wie sie die Motoren ebenfalls abstellten und ausstiegen. Es waren acht Beamte, und sie wirkten leicht verwirrt. Mir ging auf, dass der Helikopter, der in nur etwa hundert Meter Entfernung zur

Landung angesetzt hatte, definitiv nicht zu ihnen gehörte. Zum einen hatte er zivile Farben, und zum anderen entstiegen ihm sechs Männer, von denen einer eine relativ große Kamera hielt, ein anderer ein Mikrofon mit Monsterfellbüschel, das aussah wie ein ausgestopfter Polarfuchs am Stiel, und zwei weitere, die sofort nach der Landung technische Ausrüstung und Aluminiumkoffer aus dem Hubschrauber luden. Nur zwei der sechs durchschritten selbstgefällig die von den Rotorblättern aufgewirbelte Schneewand.

Und als ich erkannte, wer der eine der beiden war, blieb mir fast die Spucke weg.

Diese Arschgeige!

GUOKTELOGIOVCCI

»Hallo, alle miteinander!«, rief Anders, der nun gar nicht mehr aussah wie Heidrun. Er hatte einen furchtbar selbstverliebten Gesichtsausdruck und graue Schläfen und trug einen Seidenschal und eine Retro-Designerbrille aus schwarzem Horn. Irgendwie kam mir das alles unangenehm bekannt vor, und zwar nicht nur aus dem Götterlager.

»Anders?«, fragte Lars. »Heidrun?«

Der lachte nur. »Anders? Heidrun? Nun ja, es freut mich zu hören, dass ich als integraler Bestandteil der selbstinszenierten retrokulturellen Live-Lappland-Performance so überzeugend rübergekommen bin. Talent ist eben Talent.«

»Was ist das denn für ein borniertes Heini?«, wollte mein Vater von mir wissen. »Kennst du den?«

»Leider ja. Der war mal eine Art Asenorakel in Ziegengestalt, aber dann ist er mit uns geflohen und hat uns sitzen lassen«, erklärte ich.

»Also eine Arschgeige?«

»Könnte man so sagen.«

»Trotzdem 'n interessanter Ansatz, das mit der retrokulturellen Live-Lappland-Performance«, fabulierte Rainer neben mir, war aber ebenfalls erstaunt, unseren ehemaligen Mitgefangenen in einem solchen Aufzug auf uns zulaufen zu sehen. Ein fieser Verdacht kam in mir hoch, je länger ich Anders betrachtete.

Dieser wurde leider im nächsten Moment bestätigt, denn Linda rief vollkommen fassungslos: »Olle? Du hier? Sag mal, das gibt's doch nicht. Was hat das denn alles zu bedeuten?«

»Linda, Liebchen«, sagte Olle, der eben noch Anders geheißen hatte. »Verzeih mir. Später erkläre ich dir alles. Versprochen! Alles für die Kunst. Und für dich!« Er warf ihr eine Kusshand zu.

Na klar! Ich Depp! *Daher* kannte ich ihn.

Das war Olle Olofsson.

Lindas Ex.

Ex zumindest schien zu stimmen, so, wie sich Linda anhörte. Ich verstand trotzdem nur Bahnhof. Wieso war Olle Anders und Anders Heidrun? Wieso war er hier? Kultur schien mir das Bindeglied zwischen diesen drei Persönlichkeiten zu sein, beziehungsweise das, was Olle unter Kultur verstand.

»Dieser Heini ist Lindas Ex?«, fragte mein Vater erstaunt. »Vielleicht revidiere ich das mit der Klassefrau noch mal.«

»Jeder macht Fehler im Leben«, entgegnete ich, »aber ganz unrecht hast du nicht.«

»Wäre ja nicht das erste Mal.«

Mittlerweile hatten uns von links die Polizisten erreicht und von rechts die gesamte Filmcrew. Der Typ neben Anders war stockschwul. Nicht, dass mich das stören würde, aber es ist bisweilen erheiternd, wenn jemanden seine Homosexualität wie eine rosa Discokugel vor sich herträgt. Er bewegte sich, als hätte jemand eine sehr große Teekanne in seine mit Fell verbrämte Designerwinterjacke eingenäht, und machte seinen Untergebenen ständig irgendwelche Handzeichen. Zudem schien er der Regisseur der Aufnahmen zu sein, die nun begannen, was die

Polizisten, von denen ich wusste, dass sie gar nicht so gern gefilmt wurden, nicht amüsierte.

»Uuund, Action!«, rief die Pelz-Teekanne.

Die Polizei schaute nur mürrisch. Einer der vier Beamten kam auf uns zu. »Was soll das alles? Wir suchen eine Daphne Teichmann. Ist die anwesend?«

Sofort stellte sich Rainer schützend vor Daphne. »Deutsche Polizisten, Mörder und Faschisten«, grummelte er. »Nix da, ne.«

Daphne zischte: »Was wollen denn die Kackbullen von mir?«

Ich konnte mir das schon denken.

»Wir sind hier nicht mit Rudi Dutschke auf einer Demo, Rainer«, raunte ich den beiden zu, »und ganz abgesehen davon stammt der Spruch aus den Sechzigern und überhaupt nicht aus Schweden, okay? Also Klappe jetzt, ihr zwei!«

»Wir wissen, dass Frau Teichmann hier irgendwo sein muss«, fuhr der Polizist fort. »Wir haben die Namensmeldung vom Hotelier bekommen, der uns benachrichtigt hat, weil ihr beschädigtes Auto ihm irgendwie verdächtig vorgekommen ist. Verstecken ist zwecklos! Wir suchen sie wegen des Vorwurfs der schweren Sachbeschädigung, Beleidigung, Nötigung und Körperverletzung in mehreren Fällen, geschehen an einer Tankstelle in der Nähe von Kvikkjokk. Sie muss dazu ihre Aussage machen.«

»Scheiß Männerlügen! Die Ärsche haben *mich* beleidigt!«, rief Daphne und schob Rainer beiseite.

Eben wollte ich mich an den Polizisten wenden und mich schlichtend einsetzen, doch dann ging alles sehr, sehr schnell.

»TÖÖÖTEN!«

Mist! Odin war erwacht und brach durch uns hindurch. Zuerst trat er nach Lars, Stefan und Sven, seine Ex-Asen, woraufhin diese auseinanderstoben und einen Polizisten anrempelten, sodass dieser stolperte und der Länge nach hinfiel.

»Tolle Action. Geh mal ins Close-Up, Andreas!«, befahl die Teekanne und stolzierte, Kamera-, Licht- und Ton-Mann im Schlepptau, auf den am Boden liegenden Polizisten zu. »Könnt ihr drei mit den furchtbaren Klamotten bitte mal aus dem Bild gehen«, befahl er meinem Vater, Pfarrer Pettersson und Renate. »Ich kann so nicht arbeiten!«

»Willst du Naturkajal, Prinzessin?«, fragte mein Vater wenig amüsiert, bückte sich, machte einen Schneeball und warf ihn dem Regisseur mit Karacho an den Kopf.

»Iiiihhhh!«, kreischte dieser und stürzte ebenfalls.

»Frieden schaffen fast ohne Waffen«, meinte Rainer und begann nun seinerseits, Schneebälle auf die noch stehenden Polizisten zu schleudern, die allerdings im Moment mit einem komplett enthemmten Zweimetermann in Asenoutfit beschäftigt waren, der durch sie hindurchfegte wie der Leibhaftige, ihnen Ausrüstungs- und Kleidungsstücke vom Körper riss und wahllos in der Gegend umherwarf.

Lars, Sven und Stefan liefen Odin hinterher und versuchten, ihn zu besänftigen. »Thoralf, Thoralf, lass es gut sein. Es ist vorbei, das Schauspiel ist vorbei. Wir sind's, deine Freunde aus dem Laientheater von Jokkmokk, erkennst du uns nicht?«

Nein, tat er nicht. Er drehte sich um, packte Lars und schleuderte ihn wie ein Strohpüppchen über die Motorhaube eines Polizeiwagens. Die anderen beiden sahen ein, dass es um Leifssons Diskussionsbereitschaft aktuell verhältnismäßig schlecht bestellt war, und suchten das Weite, so gut es ging.

Daphne hatte sich zwischenzeitlich vor dem Polizisten aufgebaut, der ihr die Vorwürfe überbracht hatte, und da man den Boten schlechter Nachrichten gerne mal für den Inhalt selbiger bestrafte, obwohl dieser meist dafür gar nichts konnte, schrie sie ihn an: »Was willst du Penner von mir? Ich soll die beleidigt haben? Ich geb dir gleich!« Damit stieß sie ihn mit beiden Armen vor die Brust, dass er ausglitt und auf seinen Kollegen fiel, den Odin kurz zuvor umgerannt hatte.

»Auf sie, Schwestern!«, brüllte Daphne in Richtung der Damen aus dem Selbstfindungscamp, was die sich nicht zweimal sagen ließen.

»Männer raus hier!«, klang es von überall her, Schneebälle flogen in Richtung der Polizisten. Und in unsere. Stimmt, wir waren ja zum Teil auch Männer. Ich bekam einen an den Kopf und einen ans Bein. Rainer und mein Vater wurden ebenfalls eingedeckt, wehrten sich aber tapfer und schleuderten zurück, mal in Richtung der tosenden Frauen, mal zu den Polizisten hinüber, die sich hinter dem Auto verschanzen wollten, von wo sie aber der rasende Odin immer wieder aufscheuchte.

Ich machte selbst ein paar Schneebälle und feuerte wahllos in die Reihen. Das war zwar vollkommen sinnfrei, machte aber tierisch Spaß.

Pfarrer Pettersson empfand das anscheinend nicht ganz so. Er war mit einer pastoralen Geste und erhobenen Segensarmen todesmutig in die Mitte der Streitenden gelaufen und hatte wahrscheinlich etwas wie: »Ach, Brüder und Schwestern, so streckt denn die Waffen und fallet einander in Frieden in die Arme«, sagen wollen, kam aber nur bis: »Ach, Brü... brmpft!«, weil ihn ein relativ großer weißer Klumpen mitten in den Mund getroffen hatte.

Linda indes hatte nur Augen für Olle. Was aber okay war, denn sie funkelte ihn böse an. Sie stand am Rande des Schlachtfeldes, die Hände in die Hüften gestemmt, und machte ihn so rund wie ein Iglu. Er blieb so lange grinsend vor ihr stehen, bis sie ausholte und ihm eine Ohrfeige verpasste, die sich gewaschen hatte. Bravo! Ich beschloss, sie zu unterstützen, und außerdem war Anders-Olle-Heidrun uns noch etwas für den Verrat schuldig. Schließlich hatte er uns sitzen lassen und hatte das geklaute Schneemobil mitgenommen. Ich bückte mich, formte einen riesigen Schneeball, den ich schön festdrückte. Ich zielte lange, dann schleuderte ich mein Schneegeschoss in Richtung Olle, der ihn mit Schmackes an den Kopf bekam und daraufhin fluchend auf die Nase fiel. »Entschuldigung!«, rief ich und winkte ihm zu.

Dann fuhr ich herum. Hatte ich mich verhört? Nein! Ich schaute mich um, erblickte einen kleiner werdenden Wagen auf dem Weg in Richtung Hauptstraße, konnte aber nicht erkennen, wer der Fahrer war, denn im nächsten Moment bekam ich meinerseits fast einen Schneeball an den Kopf und musste in Deckung gehen.

Im Hintergrund konnte ich beobachten, wie sich mittlerweile mehrere Polizisten auf Odin gestürzt hatten. Die Griffe, mit denen sie ihn zu bändigen suchten, glitten jedoch genauso von seinem PET-Brustpanzer und seinem Betonschädel ab wie die Stockschläge, die sie ihm verpassten. Ein Polizist wurde dabei von einem Kollegen am Kopf getroffen und fiel unter leichtem Zittern stocksteif in den Schnee. Irgendwann jedoch hatten sich drei Beamte regelrecht in Leifsson verbissen, und es gelang ihnen endlich, ihn zu Fall zu bringen, woraufhin sie ihm sofort Handschellen anlegten. Zwei andere Beamte kamen völlig außer Atem und sichtlich derangiert zu uns, und der Ranghöchste brüllte: »Schluss jetzt mit dem Theater! Aufhören oder wir nehmen alle fest!«

»Haaach, ist das toll! Mehr Licht, mehr Licht! Andreas, komm mal mit der Kamera her, und halt mal drauf. Wackele doch nicht so!«

»Sie!«

»Wer? Iiich?« Der Regisseur zeigte auf sich und blickte sich dabei suchend um.

»Ja, Sie. Wer sind Sie überhaupt, und was soll das mit der Kamera? Runter damit, sonst gibt's Ärger!« Der Polizist signalisierte zwei anderen Beamten, zu Aufnahmeleiter und Kameramann hinüberzugehen, um dem Filmen ein Ende zu bereiten.

»Was fällt Ihnen ein, Sie Rohling?«, empörte sich der Regisseur. »Wissen Sie nicht, wer ich bin?«

»Mir vollkommen egal. Runter mit der Kamera, oder wir konfiszieren Ihre gesamte Ausrüstung und nehmen Sie auch gleich fest wegen Widerstandes gegen die Staatsgewalt!«

»Das wagen Sie nicht. Ich bin Miguel-Joakim Svensson, und wir arbeiten hier an einem Projekt, das beim Samischen Filmfestival in Guovdageaidnu präsentiert werden wird, aber ich schätze, so ein Hackklotz wie Sie kennt solche kulturelle Veranstaltungen wohl gar nicht, oder?«

»Wie is'n der unterwegs?«, wollte Rainer wissen.

»Ne Megatunte«, stellte mein Vater unumwunden fest.

»Ein eitler Pfau«, sagte ich ausweichend. Dennoch interessierte mich, warum Miguel-Joakim Svensson gerade hier seine Aufnahmen machte, und noch mehr, warum er zusammen mit Olle Olofsson in einem Helikopter hergekommen war und warum dieser schon zuvor in Kvikkjokk über uns gekreist war.

Olle hielt sich immer noch die Wange, auf der mit Sicherheit alle fünf Finger von Linda zu sehen sein mussten, und die Stelle am Kopf, wo ihn mein Riesenschneeball getroffen hatte, aber er versuchte dennoch, Contenance zu bewahren.

Mittlerweile hatten alle Anwesenden, einschließlich der Polizisten, einen Kreis gebildet, in dessen Mitte Svensson und Kultur-Olle standen. Linda war neben mich getreten und hatte zu meiner großen Freude meine Hand ergriffen. Sie blickte ziemlich sauer drein. Ex-Heimdall ohne Gjallarhorn, Stefan aus Sveg und Lars wirkten so, als hätten sie zwar verstanden, dass es den Weihnachtsmann gar nicht gab, aber als wollten sie trotzdem gerne wissen, ob das rechtfertigte, dass er unter seinem roten Plüschmantel nackt war.

Rainer schaute interessiert fragend. Ich konnte ihm ansehen, dass ihn die Mischung aus Kultur, Kulturschock, Kulturbeauftragten und Frauenselbstfindungskursen in Isipaurinoppki beeindruckte und er bestimmt irgendwelche Wurzeln suchte. Dabei blickte er sich von Zeit zu Zeit suchend um, denn Daphne war nicht mehr da. Schnell war mir klar geworden, dass sie es gewesen sein musste, die vorhin mit ihrem Auto durch die verschneite Pampa abgedüst war und das Weite gesucht hatte. Ich schätzte, sie hatte wenig Bedarf an Wiedergutmachung an Ding und Mensch im Fall der beschädigten Tankstelle nahe Kvikkjokk gehabt. Sie hatte, so schien's, einen Teil des Herzens eines Frankfurter Studenten der Sozialpädagogik im elften Semester mitgenommen.

Odin hingegen, vor gar nicht allzu langer Zeit noch tosender Eisbär, gab sich aktuell eher schneehasenmäßig.

Mit hängenden Riesenschultern und in Handschellen stand er zwischen den vier Beamten und hatte sein Kinn auf die Anabolikabrust abgelegt. Er hatte jetzt andere Sorgen, als die, warum Kultur-Olle und Teekannen-Svensson hier waren.

Pfarrer Petterssons Gesicht sah ich nicht. Er hatte sich links neben seine Tochter gestellt, als wolle er sie vor allem Unheil beschützen. Eben fiel mir auf, dass ich das ja irgendwie auch tat, nur von rechts. Kein vernünftiger Mensch hatte die Vorkommnisse der letzten Stunden begriffen, vermutlich auch der Pfarrer nicht. Allerdings hatte er den unschlagbaren Vorteil, dass er sich und das Schicksal aller einfach in die Hände des Herrn befehlen und sich selbigem ergeben konnte – nicht die schlechteste Lösung, sie erspart einem manchmal das Denken.

Nun aber trat Olle vor. Und räusperte sich.

Selbstgefällig, wie ich fand.

Seine linke Wange war tatsächlich rot. Das freute mich.

»Liebe Leute, die schlechte Nachricht ist: Es ist alles ein wenig anders gelaufen, als ich es mir ausgedacht hatte, aber die gute lautet: Ihr seid alle Teil und Darsteller der größten menschlichen Live-Installation, die Schweden, ach, was sage ich, die Skandinavien je gesehen hat.«

Man hörte nur den Lapplandwind. Selbst die drei Nornen schienen gespannt den Atem anzuhalten und machten Strick- und Häkelpause.

In einem Tonfall, als würde er einem Primaten den Unterschied zwischen zwei Urknalltheorien auf Teilchenebene erklären, fuhr Olle fort: »Alles war ein bisher nicht da gewesenes Experiment, das das menschliche Stressverhalten als Ausdruck seiner Kultur auf der Leinwand einer überkommenen Gesellschaft zeigen sollte. Und das ist mir gelungen. Toll, was?«

Nur Miguel-Joakim Svensson nickte bestätigend und mit einem anerkennenden Lächeln auf den Lippen.

Die Gesichter der restlichen Anwesenden blickten weiterhin reichlich orientierungslos.

Ungehalten trat der leitende Beamte vor und wandte sich an Olle: »Wissen Sie, das ist mir alles relativ egal. Wir suchen Frau Daphne Teichmann wegen diverser Delikte. Ist die jetzt da oder nicht?«

Es blieb stumm.

Ich tat einen Teufel, zu verraten, dass Daphne getürmt war.

Rainer flüsterte nur traurig: »Die Da ...«

Nachdem sich keine der umstehenden Frauen gemeldet hatte, ließ der Polizist verlautbaren: »Gut, wenn das so ist, dann darf ich alle, insbesondere die Damen, bitten, sich auszuweisen, damit wir die Personalien aufnehmen und abgleichen können. Sollte Frau Teichmann nicht unter Ihnen sein, dann sollten sich diejenigen unter Ihnen angesprochen fühlen, die sie und am besten noch ihren Aufenthaltsort kennen, und sich melden, um eine Aussage zu machen. Wenn wir das hinter uns haben, werden wir nach Jokkmokk zurückfahren, auch wenn ich nicht wenig Lust hätte, Sie alle wegen tätlicher Angriffe auf uns festzunehmen, aber darauf wollen wir mal verzichten, es ist ja niemand ernsthaft zu Schaden gekommen. Nur diesen Herrn dort«, er wandte sich um und zeigte auf Odin, der noch immer regungslos und bedröppelt zwischen den Beamten stand, »den nehmen wir mit. Bei dem, was er sich geleistet hat, hört der Spaß auf. Weiß jemand, wie er heißt? Er kann nämlich außer ›Töten!‹ offenbar nicht viel sagen und müsste wohl mal zum Arzt gebracht werden.«

Lars, Sven und Stefan sahen sich an, dann mich, doch noch bevor wir uns wortlos darauf einigen konnten, wer der Polizei Odins wirklichen Namen mitteilte, geschah ein Wunder.

»Mein Name ist Thoralf Leifsson.« Odin konnte wieder richtig sprechen – mit Konjunktionen, Verben und Satzbau. »Und wenn ich Ihnen sage, was alles geschehen ist und wie das zusammenhängt, werden Sie aufhören, nach dieser Daphne Teichmann zu suchen. Denn dann werden Sie, außer mir, noch jemand ganz anderes in Gewahrsam nehmen, nämlich diesen Mann da.« Damit zeigte er auf Olle Olofsson, dem mit einem Mal der Seidenschal (den er mit Sicherheit unter seiner kulturell belastbaren Oberbekleidung trug) zu eng zu werden schien.

Alle Augen richteten sich auf Olle, was mir sehr gefiel. Ihm nicht so.

»Da schaust du, was? Dachtest wohl, man kann alles und jeden hinters Licht führen, wie?«, zischte Leifsson Olle zu, dann wandte er sich wieder an die Polizei. »Olle Olofsson ist der Drahtzieher und hat uns alle an der Nase herumgeführt«, erklärte er, und sein Blick wurde finster. »Er hat uns ausgenutzt für seinen miesen Plan, diesen Film- und Kulturpreis einzuheimsen, denn der hat ein hohes Renommee und ist hoch dotiert, von den Filmrechten ganz zu schweigen. Uns«, damit nickte Leifsson in Richtung seiner untergebenen Ex-Asen Stefan, Lars und Sven, »uns hat er vorgemacht, wir würden berühmt werden und wir wären Mitwirkende an einem Castingprojekt.«

»Aber für was?«, fragte ich dazwischen.

»Irgendwas mit Kultur, ne«, mutmaßte Rainer.

»Seine Idee für das Castingprojekt *Yggdrasils riddare* bestand angeblich darin, die besten Schauspieler unter realen Bedingungen zu finden. Er wollte sehen, wie kreativ und rollenfest wir uns in einer solchen Lage verhalten würden. Das Ganze wurde sogar gefilmt. Mal vom Heli, mal vom Boden aus. Überall im Lager waren versteckte Kameras, sogar vor und auf dem Klo und auf den Motorschlitten und im Ziegenstall. Und unsere Flucht und das Finale hier, auch wenn es so nicht geplant war, hat er dann von diesem Heini da aus der Luft aufnehmen lassen«, nun nickte er zu Miguel-Joakim Svensson hinüber.

»Er hat uns aufgenommen?«, fragte ich empört, zugleich kamen mir die mir damals deplatziert erscheinenden Vogelhäuschen und die Anbauten am Motorschlitten von Willy Bogner in den Sinn. »Die Vogelhäuschen waren Kameras?«

Leifsson nickte. »Ja. Mit direkter Funkverbindung und Aufzeichnung über Bewegungsmelder. Letzter Stand der Technik. Er hat euch aufgenommen und uns auch.«

»Ihr wusstet aber wenigstens von den Kameras«, wandte ich säuerlich ein.

»Das schon. Es ist ja unsere Leidenschaft, auf der Bühne zu stehen, da war diese Idee etwas Neues und eine echte Herausforderung. Wir sind ja Schauspieler«, fuhr Leifsson fort.

»*Laien*schauspieler«, korrigierte mein Vater mit Betonung auf den ersten beiden Silben des Wortes.

»Psst!«, wies ich ihn an.

»Wir wussten, dass wir aufgenommen wurden und dass wir eine Rolle zu spielen hatten. Er hat gesagt, es sei das Casting für einen Historienfilm, der ganz groß produziert werden sollte. Als ihr ankamt, konnten wir ja nicht wissen, dass ihr gar keine Schauspieler wart, wir dachten, ihr hättet euch zum Casting nachgemeldet und wärt einfach nur etwas zu spät gekommen, denn zwei Leute haben tatsächlich noch gefehlt.«

»Da haben wir ja richtig Glück gehabt«, merkte ich an.

Leifsson warf mir einen entschuldigenden Blick zu,

dann fuhr er fort: »Olofsson hat uns für die Teilnahme Geld abgeknöpft und uns weisgemacht, wir wären Teil der möglichen Besetzung, dabei waren wir selber Versuchskaninchen in diesem Experiment. Von der Website bis zum Camp – alles eine einzige Lüge!« Leifsson war auf hundertachtzig und sah aus wie Ratatöskr, das tobende Eichhörnchen im Geäst der Weltenesche Yggdrasil, nur dass sich bei ihm die Äste deutlich durchgebogen hätten.

»Gaaanz toll! Weiter so. Licht, schnell!«, freute sich Svensson und wollte schon wieder die Kamera heben, wovon ihn aber ein zutiefst hasserfüllter Blick aus geschätzten zwei Dutzend Augenpaaren sofort abbrachte.

Olle lächelte genüsslich und selbstgefällig wie ein Feldherr, dem sein zahlenmäßig weit überlegener Gegner in eine geniale Falle getappt war. Lässig schob er sich mit ausgestrecktem Mittelfinger die Designerbrille etwas höher.

»Und mir hast du gesagt, dein Kulturprojekt hätte mit einer Mischung aus experimenteller Archäologie und Religion zu tun. Und dafür hast du mich noch wochenlang vorbereiten und recherchieren lassen? Ich war auch nur Teil deines egoistischen, bescheuerten Projektes. Du blödes Arschloch!«, fuhr Linda ihn an.

»Aber Liebchen ... ich konnte dir doch nicht die Wahrheit sagen. Das Projekt ... ich meine, du bist doch mein schöner Schneestern ...«, wollte Olle sie beschwichtigen, was ihm nicht gelang.

»Ich will dich nie wiedersehen. Blöder Vollidiot!«, rief Linda, hakte sich bei mir unter und drückte sich fest an mich.

»Schöner Schneestern?«, fragte ich leise.

Sie sah mich an. »Ach, sei ruhig! Es tut mir leid. Da war nichts, versprochen. Ich wusste schon länger, wo ich hingehöre, und das war nicht bei Olle, aber ... ich erklär dir alles später, okay?«

»Okay«, sagte ich versöhnlich. »Schneestern. Pfft ...«

»Dazu kommt«, ergriff Leifsson wieder das Wort, »dass er nicht nur schamlos die Schauspielleidenschaft der anderen und unsere finanzielle Lage ausgenutzt, sondern uns obendrein noch mit Lügen gelockt hat. Dafür mussten wir vorab pro Kopf einhunderttausend Kronen bezahlen, um überhaupt mitmachen zu dürfen.«

»Aha«, sagte der leitende Beamte, »jetzt wird's interessant.«

»Stimmt«, pflichtete ich ihm bei.

»Die haben echt alle eine Vollmeise unterm Hörnerhelm«, stellte mein Vater fest.

»Nur ich musste nichts zahlen. Und ich war auch noch sein Handlanger und habe meinen Kollegen gesagt, es handele sich um ein schauspielerisches Castingexperiment, bei dem es darauf ankäme, sich nicht zu outen. Es gab Rollenbeschreibungen für jeden in diesem Livecasting. Ich war der Einzige, der wusste, dass Heidrun, also Anders, Olle Olofsson war, und ich war der Einzige, der an den Einnahmen beteiligt war.«

»Krasse Abzocke«, merkte Rainer an, dann dachte er kurz nach. »Aber irgendwie auch ziemlich cool, ne.«

»Wenn das mit deinem Heringsschock nicht passiert wäre, würden wir noch immer in diesem Stall sitzen?«, wollte ich von Leifsson wissen. »Oder war das auch nur gespielt?«

Leifsson hob seinen Blick. »Nein, das war echt. Ich habe wirklich eine Heringsallergie. Wegen dem Fischeiweiß. Außerdem hatte ich echt keine Lust mehr, bei der ganzen Sache mitzumachen. Ich wollte euch wirklich die Wahrheit erzählen, aber dann war es zu spät. Olle hat meine Schwäche skrupellos ausgenutzt. Ich hätte dabei draufgehen können.«

Fassungslos schüttelte ich den Kopf. Dass man an Surströmming sterben könnte, hatte ich mir immer schon gedacht, allerdings eher, weil man sich die Seele aus dem Leib kotzte. Auf eine Proteinunverträglichkeit mit derlei Folgen wäre ich nie gekommen. »Jedenfalls kommt beim lieben Kultur-Olle jetzt auch noch schwere Körperverletzung hinzu«, sagte ich.

»Mit Vorsatz!«, bemerkte mein Vater, hob den Zeigefinger und grinste Olle an, der noch immer nicht zu verstehen schien, dass es sich eben ausprojektiert hatte.

»Du hast uns auch beschissen?«, empörte sich nun Lars fassungslos, als er begriffen hatte, was ihm sein ehemaliger Kollege gerade eben gebeichtet hatte. »Und wegen dir habe ich mir Sorgen gemacht!«

»Das sah aber nicht so aus«, wandte ich ein.

»Erst als ich gesehen habe, wie ihr ihn ohnmächtig auf dem Motorschlitten weggebracht habt, habe ich kapiert, dass es diesem Verräter wirklich schlecht ging. Bis dahin habe ich natürlich gedacht, es wäre Teil seiner Rolle für das Casting«, eiferte sich Lars, »und ihr seid ja mit ihm immer weiter geflohen vor uns, mit diesem ... diesem ... Verräter!« Er machte dabei eine Geste in Richtung Leifsson, der aussah, als wäre er in diesem Moment gerne vor Scham unter die Schneedecke geschmolzen.

»Du dreckiger Verräter!«, stimmte Sven lautstark mit ein.

Motorschlittenverleih-Stefan aus Sveg spuckte nur in den Schnee. »Was hast du dafür bekommen? Dreißig Silberlinge?«

»Fünfundzwanzig Prozent der Einnahmen«, gestand Leifsson kleinlaut. »Echt, es tut mir so leid. Meine Rechnungen ... der Gerichtsvollzieher ... ich musste es tun ... die hätten mich eingebuchtet ... außerdem hat mich Olle doch genauso beschissen wie euch, nur anders. Belogen hat er jeden von uns.«

Ich hätte ihm am liebsten geraten, zukünftig nicht mehr so viele überteuerte Eiweißdrinks zu bestellen, die bestimmt den Großteil seiner Schulden ausgemacht hatten, aber irgendwie tat er mir auch leid. Der war nicht böse, nur etwas naiv, und ohne ihn wären wir nicht entkommen.

»Gut, das mit dem Einbuchten können wir noch arrangieren. Abführen – und diese beiden Herren da auch!«, wies der Einsatzleiter seine Kollegen an, wobei er auf Olle und seinen Miguel-Joakim zeigte.

»Wie bitte?«, fragte Olle vollkommen überrascht in dem Tonfall eines ungläubigen Königs kurz vor seinem Sturz. »Mich?«

»Neiiiiiin, nicht ins Gefängnis!«, rief Svensson.

Schon legte sich das Zwielicht der untergehenden lappländischen Sonne wieder über Isipaurinoppki und ich drückte Lindas Hand.

Olle Olofsson und sein Odin wurden abgeführt.

Götterdämmerung ...

GOLBMALOGI

Die Polizei hatte Olofsson, Svensson und die gesamte Crew in drei weiteren, eigens dafür bestellten Fahrzeugen mitgenommen. Und Thoralf Leifsson auch, der nach seinem Geständnis immer noch traurig dreingeblickt hatte, wohl weil ihm schwante, dass er für irgendetwas noch irgendwie von irgendwem zur Rechenschaft gezogen werden würde.

Dass ihm überhaupt wieder etwas schwanen und er auch wieder ganze Sätze bilden konnte, hatte mich und die anderen zuerst verwirrt. Dann aber war mir eingefallen, dass es mit den verzweifelten Stockschlägen durch die Beamten zusammenhängen könnte ... Auszuschließen war das zumindest nicht.

Lars, Sven und Stefan hatte die Polizei ebenfalls eingesackt. Sie waren in gewisser Hinsicht zwar Tatbeteiligte, aber offenbar waren auch sie von Kultur-Olle hinters Licht geführt worden, denn sie hatten keinen Schimmer gehabt, dass es überhaupt nicht um ein Casting ging, sondern um die bloße Inszenierung dessen. Olle hatte einfach ein paar total verzweifelte Schauspieler und Deppen mit dem Versprechen von Geld und Ruhm vor die Kamera gelockt, um sie schamlos für seine Zwecke zu missbrauchen. Das alles erinnerte mich doch schwer an eine Mischung aus *Lapplandcamp* und *Wer wird der nächste Superase*. Ich hoffe, zumindest Olle als Drahtzieher dieses Unterfangens würde das diesjährige Weihnachtsfest in einer (möglichst saukalten) Gefängniszelle verbringen.«

Uns hatte der leitende Beamte mitgeteilt, wir würden noch von ihm hören und sollten uns für eventuelle Aussagen zur Verfügung halten, allerdings nicht als Beschuldigte, sondern nur als Zeugen. Dass Rainer und ich Opfer von Olles Possenspiel geworden waren (worauf mein Vater übrigens noch gefühlte hundert Mal hämisch herumritt), kaufte man uns ab, und eine Tatbeteiligung an denjenigen Vergehen, die man Daphne Teichmann vorwarf (Tanksäulenumfahren, Tankstellenpächter zwischen die Beine treten und so weiter) konnte uns nicht nachgewiesen werden. Laut Aussage der Geschädigten war das »wahnsinnige deutsche Mannweib« die alleinige Aggressorin gewesen. Und natürlich Thoralf Leifsson, aber der wurde ja sowieso eingebuchtet.

Schließlich hatte der Einsatzleiter über Funk Verstärkung zur Räumung des Asencamps bei Kvikkjokk angefordert, um die anderen dort zu vernehmen und um Beweise zu sichern. Er hatte versprochen, dass sich niemand dem gestrengen Arm des schwedischen Gesetzes entziehen könne. Danach war der ebenfalls bestellte Polizeipilot mit dem Helikopter des Kamerateams abgeflogen, um ihn nach Jokkmokk zu überführen. Alle Beamten und die Festgenommenen hatten sich mit den Polizeiautos verdünnisiert.

Dann war es ruhig geworden.

Endlich.

Und dunkel.

War ja Lappland und Winter und schon Viertel vor zwei!

Auf Lindas Bitte hin hatten uns die Damen des Selbstfindungskurses von Isipaurinoppki gestattet, noch eine

Nacht in der Hütte zu verbringen. Am nächsten Tag sollten wir aber bitte zusehen, dass wir Land gewönnen.

Damit konnte ich leben.

Und jetzt?

Die Sonne war weg, nur noch ein roter Hauch ragte über den Horizont, wo in der Schwärze des Himmels kleine Sternenlämpchen angezündet wurden. Und dann begann das Nordlicht für uns zu tanzen.

Linda drückte sich an mich und lehnte ihren Kopf an meine Schulter.

»Ich bin nach Jokkmokk gegangen, weil mir Leksand auf einmal zu eng war ... auch wegen meiner Gefühle zu dir ... Ich wollte zu mir selbst finden, bevor ich einen so großen Schritt gehe. Außerdem wollte ich die Sache mit Olle ein für alle mal klären, und ganz abgesehen davon hat mich dieses Projekt wirklich interessiert. Es klang sehr spannend.«

»Spannend war's ja auch, das kann man nicht anders sagen.«

»Ach, Torsten. Hätte ich geahnt, dass du und Rainer, dass ihr in die Hände dieser Verrückten fallt und dass Olle ein doppeltes Spiel spielt, dann ...«

»Das kann auch nur meinem Sohn passieren«, tönte es plötzlich von hinten.

»Ah, Papa, schön, dass du kommst und uns belauschst. Sehr höflich und diskret.«

»Stell dich nicht so an«, kam es zurück. Mein Vater stand Hand in Hand mit Renate neben uns im Dunkeln.

»Außerdem werden deine Witze und Sticheleien nicht besser, nur weil du sie hundert Mal wiederholst.«

»Da bin ich anderer Ansicht.«

»Gerd, jetzt sei doch mal still, und genieße diesen Moment«, rief ihn Renate zur Ordnung. »Das ist der Kosmos, den du immer verlachst, hier kannst du ihn fühlen und sehen. Er steckt auch in dir.«

»Wollt ihr wissen, was in mir steckt?«

»Klappe!«, riefen Renate und ich wie aus einem Mund. Dann schwiegen wir. Sogar mein Vater war still. Die Polarlichter flammten auf, wechselten die Farbe von tiefem Blau über Türkis zu leuchtendem Grün, bewegten sich wie ein von Göttern gewebtes hauchzartes Tuch aus purem Licht.

»Hallöchen, ne!«

»Hi, Rainer«, begrüßte ich meinen Kumpel, der sich mit Pfarrer Pettersson zu uns gesellte. »Hallo, Jan-Peer.« Neben uns hechelte und wuselte es. Rainer hatte sich auf Odins tränenerstickes Flehen hin der Hunde angenommen. Er nahm seine Rolle als Ex-Götterhundewärter sehr ernst; vermutlich würden diese Tierchen binnen kürzester Zeit sogar diskutieren können.

»Echt crazymäßig kosmisch hier, ne, die Aurora Borealis.«

»Sag ich doch«, pflichtete Renate ihm bei.

»Echt oberstkrass schön und anmutig, ne.«

»Ja, voll anmutig.«

»Echt einsam und doch entfernungstechnisch so nah am Himmel, ne.«

»Rainer?«, fragte ich ihn leise, weil ich ahnte, wo ihn der Schuh drückte.

»Ja, du?«

»Du wirst die Daphne schon wiedersehen. Wenn nicht in Schweden, dann in Frankfurt, okay.«

»Meinste?«

»Na klar«, ermutigte ich ihn.

»Bestimmt«, sprang Linda mir zur Seite.

»Aber dann wird das mit Kulturintegration in Schweden wohl echt nix, ne. Wenn ich wieder in Frankfurt bin«, dachte er laut nach.

»Hast du immer noch nicht genug von diesem Humbug?«, erkundigte sich mein Vater. »Außerdem sind Frauen und echte Männerkultur eh nicht vereinbar.«

Ein dumpfes Geräusch erklang, gefolgt von einem überraschten Ausruf meines Vaters. Renate hatte ihm einen Schneeball an den Kopf geworfen und stellte kühl fest: »Wenn das so ist, dann brauche ich heute Nacht ja nicht auf deine sehr speziellen kulturellen Wünsche einzugehen, nicht wahr?«

»Aber meine wilde Heckenrose, so war das doch nicht gemeint ... ich ...«

Alle lachten. Außer meinem Vater.

Ich machte Pfarrer Pettersson ein Zeichen, sich bitte um Rainer zu kümmern. Dann gab ich Linda einen Kuss und stellte mich etwas abseits, um den Moment mit ihr allein zu genießen, denn so schön Mittel- und Südschweden auch waren – Polarlichter in dieser Herrlichkeit würde ich so bald nicht mehr zu Gesicht bekommen, und schon gar nicht zusammen mit Linda nach so einer Geschichte.

»Hattest du genug Zeit für dich, um zu wissen, was du wirklich willst?«, nahm ich leise unseren Dialog wieder auf.

»Ja, definitiv. Willst du mich immer noch?«

»Wenn du nie wieder ohne mich nach Lappland fährst, vielleicht«, gab ich urmannmäßig cool zurück, aber frohlockte innerlich wie ein ganzer Weihnachtsknabenchor.

»Damit kann ich leben«, flüsterte sie.

»Gut. Dann lautet meine Antwort natürlich: Ja!«

Sie gab mir einen Kuss, und ich spürte ihre Erleichterung. »Weißt du, warum ich glaube, dass das mit uns klappen wird?«

»Hm?«
»Du bist genauso bescheuert wie ich.«

Kurz kam mir in den Sinn, ihre Aussage zu dementieren, doch nach kurzem Nachdenken ging mir auf, dass die Wahrheit von dieser Behauptung nicht allzu weit entfernt war.

»Genauso bescheuert vielleicht schon, aber ganz anders.«

Sie schenkte mir ein Lächeln, und zum ersten Mal hatte ich seit langer, langer Zeit das Gefühl, angekommen zu sein.

Wir küssten uns eng umschlungen, und als ich durch den Wimpernschleier meiner geschlossenen Augen lugte, meinte ich, zwischen den fast halluzinogenen Schlieren der Polarlichter am Himmel die Gesichter dreier alter Frauen zu sehen, die sich kichernd anstießen und mir zuzwinkerten.

TRETTIOETT

Es stürmte. Der Schnee wurde vor meinem Haus entlanggepeitscht und verwirbelte kunstvoll zwischen den mit Schutt vollgestopften Containern, die noch immer meinen Vorgarten zierten. Einige Meter weiter stand Lasse etwas verbeult, aber der war ja Kummer gewohnt. Schließlich hatte ich ihn in Lappland in den Graben gesetzt, und er musste dort erst von einem Spezialfahrzeug geborgen werden, bevor wir mit ihm wieder nach Leksand fahren konnten. Vielleicht tat er mir im Moment deshalb ein wenig leid. Er hatte viel durchgemacht, und nun war er auch noch vollkommen eingeschneit. Das passte zwar ganz herrlich zum heutigen Heiligabend, so stimmungsmäßig, aber mir nicht in den Kram, denn ich sah mich schon, wie ich ihn morgen freischaufelte.

»Torsten?«

Ich drehte mich zu Linda um. Sie sah bezaubernd aus. Ihre langen blonden Haare fielen wie Gold auf ihr festliches bordeauxrotes Kleid.

»Geht's schon los?«

»Ja. Kommst du? Die Familie wartet.«

»Sorry, ich habe nur ein wenig die Schneeflocken gezählt.«

»Dazu ist Weihnachten doch auch da«, sagte sie sanft, trat zu mir, gab mir einen Kuss und führte mich an der Hand ins Wohnzimmer, wo Rainer, mein Vater, Renate und sogar das Ehepaar Pettersson beisammenstanden, um mit der Bescherung und dem Essen beginnen zu können.

»Schön, dass du es einrichten konntest«, maulte mein Vater. »Lass dir ruhig Zeit, wir warten gerne.«

»Dir auch ein frohes Fest, Papa.«

»Trotzdem, echt krass friedlich, so im direkten aggressionsmäßigen Vergleich zu Lappland, ne«, stellte Rainer lächelnd fest. Trotzdem wirkte er ein wenig betrübt. Die Da war eben nicht da. Auf der Rückfahrt von Jokkmokk nach Leksand hatte ich ihm am Ende fast Schläge androhen müssen, damit er aufhörte, ständig »Da, Da, Da, du liebst mich nicht, ich lieb dich doch«, eine schmerzvoll abgewandelte Interpretation des Trio-Klassikers aus den Achtzigern vor sich hin zu singen.

»Bescherung oder wie?«, fragte mein Vater, dessen Leuchten in den Augen mir zeigte, dass er Weihnachten und dessen Bräuche mehr mochte, als er je zugeben würde. Wir hatten uns darauf geeinigt, dass jeder nur genau eine Kleinigkeit für den jeweils anderen besorgen durfte, was selbst unter dieser numerischen Restriktion immerhin den Austausch von über vierzig Präsenten bedeutete – die auf Druck von Rainer erworbenen und ebenfalls in Geschenkpapier eingepackten Knochen für Geri und Freki nicht eingerechnet. So dauerte diese Aktion dann auch über eine Stunde, flankiert von Hundeschmatzen und diversen Ausrufen der Beschenkten.

»Boah, krass, echt, ne ...« Rainer bemühte sich, das Präsent, das er in den Händen hielt, einzuordnen, und las die Artikelbezeichnung auf der Umverpackung vor. »Ein Haartrimmer? Äh ... ne ... äh ... Danke, Herr Brettschneider, ne. Wozu is'n der?«

»Torsten, du bist echt verrückt, diese Kette war doch viel zu teuer!«

»Herzlichen Dank, Jan-Peer. Eine Kunstdruckbibel mit Goldschnitt wollte ich schon immer haben.«

»Nee, Gerd, die Wäsche ist echt sexy, aber roter Lack ist karmamäßig bei mir im Energieresonanzspektrum bedenklich.«

Und so weiter.

Dann gab mir mein Vater sein Geschenk. Anhand des Formats war unschwer zu erkennen, dass es ein Buch war. Aber welches?

Ich riss das Geschenkpapier auf, das mit infantil anmutenden Ornamenten und Elchen bedruckt war. Und Rentieren.

»*Johnny Cowboy und die Vorstadtindianer?*«

»Eine Geschichte, die zu dir passt wie die Faust aufs Auge«, erklärte mein Vater stolz.

»Das erste Kapitel heißt *Applaus für einen Pferdeapfel*«, zitierte ich die Überschrift.

»Sag ich doch. Passt wie die Faust aufs Auge. Mit Scheiße und so weiter hast du's doch, oder? Vielleicht inspiriert dich das. Außerdem lies mal weiter, wie der Cowboy Johnny wirklich heißt.«

Ich überflog die ersten Seiten, bis ich fündig wurde. »Samuel Brettschneider«, las ich vor und war noch immer ziemlich verdattert.

»Toll, was?«, freute sich mein Vater. »Das ist doch ein dickes Ding, gelle?«

»Super«, sagte ich, aber ich verstand meinen alten Herrn. Klar, wer keine Gefühle ausdrücken kann, kauft eben indirekte gedruckte Liebeserklärungen. Ich nahm ihn in die Arme. »Frohes Fest, du alter, rechthaberischer Meckersack.«

»Jetzt werd mal bloß nicht sentimental hier, Junge.«

Das Essen war fabelhaft. Linda und Frau Pettersson

tischten dermaßen viel auf, dass sich der festlich dekorierte Tapeziertisch nur so bog. Es gab Räucherlachs mit Rührei und Knäckebrot vorneweg, dann einen riesigen, von Elsa Pettersson und Linda zubereiteten *julskinka*, den berühmten schwedischen Weihnachtsschinken, in einem von mir vorgeschlagenen kulinarisch-kulturellen Zusammenspiel mit Rosenkohl, Kartoffelknödeln und brauner Bratensoße (was die Schweden normalerweise niemals essen würden, was aber allerseits große Zustimmung fand) und danach ein von mir zubereitetes weißes *Mousse au chocolat* mit Sesam und Himbeermark. Ziemlich lecker! Außerdem wurde reichlich Wein kredenzt, den mein Vater und Renate aus Deutschland mitgebracht hatten. Zu vorgerückter Stunde waren wir alle mehr als satt und hatten schon einen kleinen Schwips, aber es ging uns saugut.

»Und Sohn, Klasse, was die Handwerker unter meiner Anweisung aus der Drecksbude gemacht haben, was?«

»Prima, Papa«, sagte ich. »Nee, wirklich, ich bin begeistert! Küche, Schlafzimmer, Bad, Wohnzimmer, Tapeten, alles super, und die Fassadenfarbe, nun, da hast du ...«

Es klopfte.

»Wer kommt denn an Heiligabend zu fremden Leuten nach Hause?«, empörte sich mein Vater augenblicklich.

»Vielleicht eine arme Seele ohne Heim?«, mutmaßte Jan-Peer Pettersson.

»Vielleicht will 'n Nachbar 'ne Tasse Milch oder so, ne. Als ich in Frankfurt in der Kommune an der Uni ...«

Es klopfte wieder. Lauter.

»Der Weihnachtsmann kann es ja nicht mehr sein, der war ja schon da«, sagte ich und stand vom Tisch auf.

Ich ging durch den Flur und hörte schon den wütenden Schneesturm pfeifen, bevor ich die Tür erreicht hatte.

Wenig später blies mir der Wind ins Gesicht und schoss so durch den Flur ins Haus, dass ich aus dem Wohnzimmer Rufe vernahm, ich solle die Tür gefälligst wieder schließen.

Konnte ich aber nicht.

Dazu war ich zu baff.

Vor mir stand eine Frau in garantiert original samischer Traditionsbekleidung, die mit tiefer, aber wohlbekannter Stimme rief: »Frohes Fest, du Machopenner! Ist Rainer da?«

Ich hatte nicht einmal Zeit zu nicken, da war sie schon mit Sack und Pack an mir vorbei in den Flur getreten.

Im nächsten Moment hörte ich aus dem Wohnzimmer einen Ausruf, für den der Begriff unbändige Freude nicht ganz genügte, es aber in etwa beschrieb: »Oberstmegaultrakrasse Geschichte! Supi-dupi, die Da-Da-Da ist da-da-da, ne!«

Dann sagte mein Vater: »O ja, klasse, jetzt ist das Fest ja endlich gerettet.«

»Klappe, du Sackgesicht!«, rief Daphne.

»Jetzt sei doch mal still, Gerd!«, rief Renate.

»Genau, ne!«, rief Rainer.

»Friede auf Erden!«, rief Pfarrer Pettersson, und seine Frau nickte bekräftigend.

»Tolle Idee, das mit der Erde«, bemerkte ich. »Ist allerdings ein hehres Ziel, wir könnten ja etwas kleiner anfangen, zum Beispiel mit diesem Wohnzimmer! Was meint ihr?«

Niemand hörte mir zu.

»Schön, dass du da bist, Daphne«, sagte Linda.

Geri und Freki bellten kurz. Zustimmend oder zur Begrüßung, schätzte ich.

»Genau«, sagte Rainer.

Bereits jetzt stand zu vermuten, dass dieses Weihnachten einen schönen Verlauf nehmen würde, aber als Daphne, kaum dass ich das Wohnzimmer betreten hatte, meinte: »Hübsche Hütte. Echt geschmackvoll. Hat Potenzial, finde ich. Aber draußen ist so fassadentechnisch noch was zu machen, oder bleibt das so? Welches Weichei malt denn sein Haus cremebeige an? Waren das die Vorbesitzer?«, war ich mir endgültig sicher.
Danke, Papa.
Danke Urd, Verdandi und Skuld.
Danke, Mustafa, Gunnar und Kjell.
Danke, Herr Johansson.
Man muss die Feste feiern, wie sie fallen!
Ich gab Linda einen dicken Kuss, hob mein Weinglas in die Höhe und rief: »*Skål och God Jul till er alla!*«

ENDE

EPILOG

Das diesjährige Fest hatte mir richtig Spaß gemacht. Es war schön gewesen, alle hier zusammen bei mir im Haus zu haben, auch wenn noch nicht alle Schlafzimmer von den vier Bauarbeiter-Daltons der Johansson byggtjänst AB vollendet worden waren. Zumindest konnte man wieder anständig in meiner Immobilie leben und sogar feiern, und Rainer hatte mir zu Weihnachten doch tatsächlich einen neuen Mikrowellenofen geschenkt. Also war die Küche auch wieder komplett nutzbar. Echt knorke!

Für ihn hatte ich eine komplette Hundeausstattung für seine beiden neuen drei- bis vierbeinigen Freunde besorgt (Näpfe mit Namen drauf und zwei anständige Hundegeschirre fürs Gassigehen) und ihm ein T-Shirt mit der Aufschrift »*Don't mess with S.C.H.W.O.P.P.-Team Lappland!*« drucken lassen. Und weil ich ohnehin schon auf der Website des T-Shirt-Gestalters war, hatte ich für meinen Vater (neben einer Flasche seines Lieblingscognacs, sechs richtig guten kubanischen Zigarren inklusive der Erlaubnis, mir die Bude vollqualmen zu dürfen, und einer Packung Lebkuchenherzen mit Marmeladenfüllung, die er zwar liebte, was er aber nicht zugab) ein T-Shirt mit dem Aufdruck »Ich bin zwar kein Gynäkologe, aber ich schau's mir gerne mal an!« herstellen lassen. Er freute sich über alles, schaffte es aber natürlich wieder mal, so zu tun, als wäre dem nicht so.

Rainer trug sein T-Shirt über die gesamte Weihnachtszeit mit so viel Begeisterung, dass wir ihn aufgrund sich anbahnender körperlicher Geruchsumstände nach drei Tagen unter Androhung von Gewalt dazu bringen mussten, es mal zu wechseln. Genau genommen war es Daphne gewesen, die zärtlich sagte: »Du stinkst. Aber du kannst wählen zwischen T-Shirt- oder Blutwäsche!« Dann hatte sie ihn in seinen mit dem neuen Barttrimmer vollkommen verunstalteten Gesichtsteppich geküsst und ihm dabei freundschaftlich in den Magen geboxt. Zumindest blieb er nicht mehr in ihrer Haarspange hängen.

Am 3. Januar, nach einem ausgelassenen Silvesterfest, waren alle abgereist. Renate und mein Vater nach Frankfurt. Daphne und Rainer auch, im Unterschied zu Renate und meinem Vater allerdings mit zwei Hunden im Gepäck. Die fünf Säcke Rentierköttel hatte Daphne bereits bei ihrer ersten Fahrt (oder besser gesagt: Flucht) nach Deutschland bei ihren Kampfschwestern in Frankfurt-Bockenheim abgeladen, die die Scheißbollen jetzt wohl trockneten und konfektionierten, um sie im Internet anzubieten. Leckere Vorstellung. Elsa und ihr Gatte Jan-Peer hingegen waren bereits am 29. Dezember abgezischt, denn Pettersson hatte zwar über Weihnachten aufgrund der Linda-Suchaktion ausnahmsweise eine Vertretung für seine Gemeinde gefunden, die aber nun wieder abgelöst werden wollte.

Jetzt war ich mit Linda alleine.

Wirklich sehr schön.

Ich hatte alles genossen, und obwohl es einige Anlaufschwierigkeiten mit uns gegeben hatte, sagte mir mein Bauch, dass wir eine Zukunft hatten.

Wirklich sehr schön.

Sagte ich ja bereits.

Wir hatten am Küchentisch Platz genommen. Schweigend sahen wir hinaus auf das verschneite Grundstück. Es war Sonntag. Nichts und niemand bewegte sich, nur der Schnee fiel leise und bedächtig, fast so, als wolle er nicht stören. Nachdem der ganze Trubel endlich vorbei war, merkte ich erst, wie sehr mir die Ruhe gefehlt hatte.

»Eines muss man Kultur-Olle lassen. Er ist größenwahnsinnig, selbstverliebt, borniert, überheblich und egoman, aber dumm ist er nicht. Nur eine Arschgeige«, kommentierte ich. Vor mir auf dem Küchentisch lag der Ausdruck eines Zeitungsartikels aus dem *Norrbottens-Kuriren*. Ein großes Foto zeigte Olle Olofsson, wie er in Handschellen dem Untersuchungsrichter vorgeführt wurde. Ein schönes Motiv. Ich dachte darüber nach, es mir einzurahmen.

Linda schenkte uns Kaffee nach, griff meine Hand und sagte: »Aber eine große Arschgeige! Und ich dumme Nuss habe ihm auch noch Kontakte zu Schauspielern besorgt, die er in persönlichen Gesprächen für das angebliche Casting ausgesucht hat, und mich um Drehgenehmigungen und die Verwaltung des Camps gekümmert, das ich nie betreten hatte. Ich war nur einmal in Kvikkjokk, als ich ihn hingefahren und ihm gesagt habe, dass er sich jemand anderen für den Job suchen soll. Da habe ich schon geahnt, dass da etwas nicht stimmt.«

»Er selbst war diese ominöse Zentrale. Unglaublich! Er hat wirklich alle und jeden verarscht«, sagte ich, »und er wird sich schon die Allereinfältigsten aus den Bewerbern für das Casting herausgesucht haben.«

»Anzunehmen. Allerdings bin ich ihm ja auch auf den Leim gegangen. Egal. Vorbei ist vorbei. Ich bin nur froh, dass ich nach den Ferien wieder als Lehrerin in meiner alten Schule anfangen kann.«

»Und Isipaurinoppki?«

»Das hatte ich schon lange vor. Das ist ein guter Ort, um eine Zeit lang allem zu entkommen und um sich selbst zu finden. Habe ich ja jetzt. Und dich auch.« Sie lächelte.

»Beneidenswert. So ziemlich das Gegenteil von einem Asencamp mit lauter Irren. In diesem Artikel des *Norrbottens-Kuriren* steht, dass sie Olle der Nötigung und Unterschlagung, des Betrugs und einiger anderer Delikte anklagen wollen. Anfangs habe ich noch befürchtet, dass er durch solche Artikel am Ende vielleicht noch die Aufmerksamkeit für sein blödes Projekt bekommt, die er wollte, aber laut Artikel hat die Polizei alle Filmaufnahmen aus dem Asencamp beschlagnahmt und die seines Kameramanns aus Isipaurinoppki gleich mit.«

»Freut mich«, sagte Linda. »Keine Filme, kein Projekt, kein Projekt, kein Ruhm. Stand auch etwas zu den anderen in der Zeitung?«

»Außer einem gewissen Thoralf L., der angeblich wegen Widerstands gegen die Staatsgewalt, Körperverletzung in neun Fällen sowie Betruges und Handels mit verbotenen Muskelpräparaten im großen Stil weiter einsitzen muss, sind alle anderen Schauspieler aus der Untersuchungshaft entlassen worden. Man konnte ihnen weder nachweisen, dass sie etwas Böses im Sinn hatten, noch, dass sie etwas Ungesetzliches getan haben.«

»Wie gut, dass Naivität nicht strafbar ist«, merkte Linda an.

Ich schmunzelte. »Ich denke, das kommt auch Rainer entgegen.«

»Das stimmt allerdings«, pflichtete sie mir lachend bei und drückte meine Hand.

Mir war wohlig warm, was nicht an meinem Norwegerpulli lag. Zum ersten Mal seit Langem war ich rundum glücklich. Ich hatte den Stoff für eine richtig gute Geschichte im Kopf, verfügte noch über einen ordentlichen Batzen Geld von Bjørn Hakansens großzügigem Geschenk aus Gödseltorp, war heil aus allem rausgekommen, und mein Haus war wirklich schön geworden.

Ich küsste Linda, und nicht nur, weil sie meinen Kuss überraschend innig erwiderte, durchflutete mich das Gefühl, am glücklichen Ende einer langen, total verrückten Reise angekommen zu sein.

ENTSCHULDIGUNGEN

Wie bei meinen Romanen im Rahmen der Tierkotserie üblich, will ich mich auch dieses Mal entschuldigen. Muss ja. Vor allem bei den Asen. Echt, Jungs, das habe ich alles nicht so gemeint. Ich weiß, dass ihr keine Hörnerhelme getragen habt, ich weiß, dass ihr Teil einer komplexen Mythologie seid, die keinen Vergleich zu anderen Religionen scheuen muss, ganz im Gegenteil! Je länger ich mich mit euch befasst habe – und ich habe wirklich nur laienhaft an der *Edda*-Oberfläche gekratzt –, desto mehr hat mich das alles fasziniert. Und seien wir doch mal ehrlich: Angenommen, man wüsste nicht, was man heute weiß, und stünde beispielsweise während eines echt fiesen Gewitters dort, wo die Blitze um einen herum Bäume spalten und in Brand setzen, wo der Donner von den finsteren Bergen heranrollt und wo man den Elementen schutzlos ausgeliefert ist – was würde man instinktiv glauben? Dass dies alles nur eine vorübergehende physikalische Erscheinung ist, logische Konsequenz aus unterschiedlich warmen Luftströmungen, und dass die eigene Todesangst völlig unbegründet ist? Oder würde man eher vermuten, dass da gerade Thor vor Wut mit seinem Hammer Mjölnir ordentlich auf die Kacke haut, weil ihm etwas gewaltig stinkt, weshalb man ihm besser rasch was opfern sollte? Jeder, der mal ein Gewitter im Freien erlebt hat, kann bestimmt nachvollziehen, was ich meine.

Zurück zu meinen Entschuldigungen. Es tut mir leid,

den Anschein erweckt zu haben, schwedische Handwerker und Immobilienmakler seien schlechter als ihre deutschen Kollegen. Blödsinn! Die sind genauso gut, nur anders!

Was außerdem echt mal an der Zeit war, ist eine anständige Entschuldigung, die sich an alle sich durch meine Bücher verunglimpften SozPäd-Studenten richtet, insbesondere an die der Frankfurter Uni, Fachbereich Erziehungswissenschaften. Sorry, ne, das ist echt megakrass unfair von mir, mit einem total unrealistischen Stereotyp wie Rainer Renner zu arbeiten, echt Leute.

Darüber hinaus finde ich es von mir selber voll daneben, dass ich mich über Selbstfindungskurse für Frauen lustig mache. Der Gleichberechtigung halber müsste ich mich auch über die von Männern erheitern, aber vielleicht geht ja das Asencamp in der Nähe von Kvikkjokk als Repräsentant dieser Gattung durch, liebe SelbstfinderInnen? Fände ich prima! Außerdem danke für eure Akzeptanz meiner posttextuellen Distanzierung.

Damit wären wir beim Thema Kvikkjokk. Und Jokkmokk. Ich war zwar schon auf samischem Gebiet, aber nie in diesen Orten. Die Beschreibungen entspringen meinen Recherchen sowie der irrigen Annahme, da oben sähe es, wenn nicht gleich, so dann doch überall relativ ähnlich aus. Den Ort Kvikkjokk gibt es allerdings wirklich, wie den Fluss Tarraälven auch, die Tankstelle hingegen nicht, zumindest nicht da, wo ich sie hinverpflanzt habe. Isipaurinoppki gibt es gar nicht. Klingt aber voll lappländisch, finde ich, und in einem Land, wo bereits in Mittelschweden unschuldige Hügelchen Namen tragen wie Pilkalampinoppi (da war ich allerdings schon, in der Nähe wohnt ein Bekannter von mir, und da gibt es einen hübschen Aussichtsturm und sehr viel Umgebung.

Lohnt sich!), da darf man sich so etwas ja wohl mal ausdenken, oder?

Weiterhin möchte ich mich bei allen Mädchen, die Linnea heißen, entschuldigen, bei allen Frauen in Jokkmokk, die mit dem Morgenrock auf die Straße gehen, bei allen dreibeinigen Boxerrüden und bei allen Frauenläden, ob in Frankfurt-Bockenheim oder sonst wo.

Die Bitte um Toleranz mir gegenüber gilt auch den Betreibern, Förderern und Teilnehmern des seit 1996 ausgerichteten Samischen Filmfestivals in Kautokeino (samisch: Guovdageaidnu). Es hat, neben der echt lässigen Tatsache, dass es als einziges Schneemobil-Drive-in-Kino der Welt gilt, wirklich kulturelle Relevanz, und Leute wie Olle Olofsson haben da mit ihren Machwerken eigentlich echt nix verloren. Ganz klar!

Bei der schwedischen Polizei muss ich mich wohl auch entschuldigen, weil die eventuell wieder mal etwas dösbaddelig erscheinen mag. Die Beamten kamen ja schon in *Elchscheiße* nicht gut weg. Zu meiner Verteidigung muss ich allerdings in die Waagschale werfen, dass das Tradition hat! Man denke nur an das Duo Kling & Klang aus Astrid Lindgrens *Pippi Langstrumpf* – helle waren die beiden ja nun wirklich nicht, wenn Sie sich erinnern. Ist ja nicht meine Schuld. Dann soll es halt Kurt Wallander rausreißen und das Image der schwedischen Polizei wieder aufpeppen, der macht das schon.

Weiterhin gilt meine Entschuldigung allen Hoteliers, besonders denen in Jokkmokk, die aus Fachkräfte- und/oder Geldmangel gewisse Jobs in Personalunion mit sich allein erfüllen müssen, selbst wenn sie dafür in kurzen hellblauen Kleidchen mit farblich passendem Lidschatten und mit Staubwedel in der Hand putzen müssen – eine irgendwie entwürdigende Vorstellung ...

Hab ich etwas oder jemanden vergessen?
Nö, glaub nicht.
Wenn doch: *Mun váidalan*!

DAS KLEINE RENTIERKÖTTEL-SCHWEDISCH-KOMPENDIUM

Dieses Kompendium enthält diejenigen schwedischen Sätze und Vokabeln, die man zum Verständnis dieser Geschichte braucht, in der Reihenfolge ihres Auftretens im Text. Manches wurde bereits im Roman übersetzt, aber hier kommt sicherheitshalber noch mal alles zusammen.

Schwedisch	Deutsch
ett	eins
Hej!	Hallo!
kanelbulle, -ar	Zimtschnecke, -n
Nej, tack!	Nein, danke!
två	zwei
tre	drei
Johansson byggtjänst AB	Johansson Baudienstleistungen AG
Vakttornet	Wachtturm
Skål!	Prost! wörtl.: »Schale!«, also in etwa: »Hoch die Schalen!«
Kulturföreningen Yggdrasils riddare	Kultur- und Sprachverein der Ritter Yggdrasils
fyra	vier
fem	fünf

Julens nöje	Weihnachtsvergnügen
sex	sechs
Sötnos	Kosename wie Süßer/Süße/Schätzchen, wörtl.: Süßschnäuzchen
Kvarn	Mühle
Var hälsad!	Sei(d) gegrüßt!
Och jag heter Rainer.	Und ich heiße Rainer.
Valhall! Valhall, mitt hemliga hem!	Walhall! Walhall, mein heimliches Heim!
Tyst! Håll käften och ät!	Ruhe! Halt's Maul und iss!
Jag älskar dig!	Ich liebe dich!
tunnbröd	Weiches, dünnes Brot, ähnlich wie ein Wrap. wörtl. »Dünnbrot«
Hej! Du har kommit till Torsten Brettschneider. Jag kan inte ta emot ditt samtal just nu, men om du lämnar ett meddelande efter signalen, ringer jag upp så snabbt som möjligt. Tack och hej då!	Hallo! Dies ist der Anschluss von Torsten Brettschneider. Leider kann ich Ihren Anruf momentan nicht persönlich entgegennehmen, aber wenn Sie mir nach dem Signalton eine Nachricht hinterlassen, rufe ich so bald wie möglich zurück. Vielen Dank und auf Wiederhören!
Hotell	Hotel, Pension

Polstjärnan	Polarstern
Hej, systrar!	Hallo, Schwestern!
Snöskoteruthyrning	Motorschlittenverleih
trettioett	einunddreißig
Julskinka	Weihnachtsschinken
Skål och God Jul till er alla!	Prost und Frohe Weihnachten alle miteinander!

DAS KLEINE RENTIERKÖTTEL-SAMISCH-KOMPENDIUM

Die samischen (oder saamischen) Sprachen gehören zu den uralischen Sprachen und sind ausnahmslos in Nordeuropa angesiedelt. Man unterteilt sie in Ost-, Zentral- und Südsamisch, wobei Letztere auch begrifflich manchmal zu Westsamisch zusammengefasst werden.

Man schätzt, dass es heute noch insgesamt zwischen einhundert- und einhundertfünfzigtausend Samen gibt (die früher auch als »Lappen« bezeichnet wurden, was von den Samen selbst aber als diskriminierend empfunden wird). Nur rund fünfzehntausend von ihnen sind in Schweden ansässig, der Großteil lebt in Norwegen und Finnland, knapp fünfzehnhundert in Russland und nur noch ein paar Dutzend in der Ukraine.

Nach Jahrhunderten der Unterdrückung und Ausbeutung haben die Samen mittlerweile ein wenig Autonomie erlangt und Samisch als zweite Amts- und Schulsprache in Schweden durchgesetzt. Es geht ihnen besser als noch vor fünfzig oder hundert Jahren, aber so richtig gut noch lange nicht. Dieses Schicksal teilen sie mit den meisten Urbevölkerungen dieses Planeten, die von einer Zivilisation überrollt wurden, die sie nicht gerufen hatten und gegen die sie sich nicht wehren konnten.

Im *Rentierköttel*-Samisch-Kompendium behandele ich übrigens nur die samische Sprache, die im schwedischen Lappland gesprochen wird, das sogenannte Nordsamisch. Es gibt nämlich trotz der wenigen Muttersprachler eine unerhörte Anzahl an Dialekten und sprachlichen Unterschieden.

So, nun aber genug der ernsten Worte, die jedoch meines Erachtens nötig waren, um ein ganz klein wenig den Hintergrund zu erhellen und die Samen zu ehren. Denn auch wenn sie aus unserer Sicht eventuell echt komische Dinge essen und lustige Sachen tragen, witzige Lieder singen und eine Sprache haben, die man nur im Bereich von null Komma vier bis eins Komma null Promille Blutalkohol einigermaßen korrekt aussprechen kann, war dieses Volk schon lange da, bevor die Wikinger kamen, und so befremdlich uns einiges aus diesem Kulturkreis vorkommen mag – im Gegensatz zu vielen Menschen, die ich leider persönlich kenne, haben die Samen wenigstens eine anständige Kultur, die ihnen viel bedeutet – *Máistte!*

Samisch	**Deutsch**
Ja dal: Buorre mátki!	Und nun: Gute Reise!
čieža	sieben
gávcci	acht
ovcci	neun
logi	zehn
oktanuppelohkái	elf
guoktenuppelohkái	zwölf
golmanuppelohkái	dreizehn
njealljenuppelohkái	vierzehn
vihttanuppelohkái	fünfzehn
guhttanuppelohkái	sechzehn
čiežanuppelohkái	siebzehn
gávccinuppelohkái	achtzehn

ovccinuppelohkái	neunzehn
guoktelogi	zwanzig
guoktelogiokta	einundzwanzig
guoktelogiguokte	zweiundzwanzig
guoktelogigolbma	dreiundzwanzig
guokteloginjeallje	vierundzwanzig
guoktelogivihtta	fünfundzwanzig
guoktelogiguhtta	sechsundzwanzig
Jiekŋanissona	Eisfrauen
guoktelogičieža	siebenundzwanzig
guoktelogigávcci	achtundzwanzig
guoktelogiovcci	neunundzwanzig
golbmalogi	dreißig
Mun váidalan!	Es tut mir leid!
Máistte!	Prost!

LARS SIMONS ULTIMATIVE MUSIKTIPPS WÄHREND DES LESENS VON RENTIERKÖTTEL

Schon bei *Kaimankacke* habe ich mir erlaubt, eine musikalische Empfehlung zur weiteren Erhöhung des Genusses und der atmosphärischen Dichte meines literarischen Werkes zu geben. Also möchte ich natürlich nicht versäumen, dies auch hier zu tun.

Mein genereller Musiktipp ist diesmal ganz klar: *Götterdämmerung* aus dem letzten Teil von Richard Wagners *Ring des Nibelungen*, zumindest ab der Stelle, an der Rainer und Torsten jemandem ganz Bestimmtes in die Eiweißarme laufen (musste ich so umschreiben, sonst wär's ein Spoiler, falls Sie, verehrter Leser, sich diese Musiktipps noch vor der eigentlichen Geschichte reinziehen); davor tun's auch Stücke von Mari Boine, Ulla Pirttijärvi, Yana Mangi, Wimme oder natürlich die des unvergessenen Nils-Aslak Valkeapää. Wie, die kennen Sie nicht? Dann wird's aber höchste Zeit!

In der Küche am Tapeziertisch mit Torsten am Anfang der Geschichte konsequenterweise *Mamma mia* von ABBA und dann *American Idiot* von Green Day.

Im Kapitel *Guokteloginjeallje* schlage ich textkonform *Ironic* von Alanis Morissette vor, von wegen Daphne und so.

Für den Epilog empfehle ich unbedingt den Weihnachtsklassiker *Stille Nacht* (gerne auch in der Version des unerreichten Nat King Cole).

Alles nur so ganz unverbindliche Vorschläge, ne …